Le Match Parfait

par Clare Lydon

Première édition : novembre 2025
Publié par Custard Books
Copyright 2025 Clare Lydon
ISBN : 978-1-918129-12-0

Conception de la couverture : Kevin Pruitt
Roman traduit de l'anglais : Marion Cecile et Amelie Thomas
Composition : Adrian McLaughlin

Achetez directement sur notre boutique en ligne: clarelydon.shop
En savoir plus : www.clarelydon.co.uk

Tous droits réservés. Ce livre ou toute partie de celui-ci
ne peut être reproduit ou utilisé de quelque manière
que ce soit sans l'autorisation expresse de l'auteur.

Il s'agit d'une œuvre de fiction. Tous les personnages
et événements de cette publication sont fictifs et toute
ressemblance avec des personnes réelles (vivantes
ou décédées), des lieux ou des événements est
purement fortuite.

Remerciements

C'est en 2015 que j'ai pour la première fois envisagé d'écrire une romance centrée sur le football féminin. À cette époque, le sport n'était pas encore aussi développé, et surtout, je n'étais pas encore pleinement engagée dans cette thématique. Cependant, au fil du temps, les choses ont commencé à évoluer, tant dans le monde du football que dans mon propre investissement personnel.

La Women's Super League a bénéficié d'un investissement accru et d'une couverture médiatique améliorée, ce qui m'a permis d'assister à plusieurs matchs et de suivre les rencontres à la télévision. Les finales de la Women's FA Cup ont attiré des foules impressionnantes à Wembley, et j'étais présente pour soutenir les équipes. J'ai également eu l'occasion d'assister à des matchs amicaux internationaux et à des rencontres de la Ligue des champions. Mon amour pour mes Spurs bien-aimées et mon équipe locale, Charlton, s'est intensifié. C'était le même jeu que j'adorais déjà, mais joué par des femmes. En tant qu'enfant passionnée de football, à qui l'on avait interdit de jouer après l'âge de 11 ans, j'étais émerveillée et captivée par cette évolution. J'en voulais toujours plus, et à l'été 2022, j'ai enfin eu ce que je désirais.

31 juillet. Stade de Wembley. J'étais parmi le public qui a

célébré le glorieux triomphe européen des Lionnes, un jour qui a marqué un tournant décisif. Le football féminin, longtemps resté dans l'ombre, émergeait enfin sous les projecteurs. Ces femmes étaient de véritables athlètes d'élite, jouant avec passion et détermination. J'étais captivée. À cet instant, j'ai compris qu'il était temps de commencer à écrire sur des femmes qui jouent au football et qui, finalement, découvrent l'amour. Une association parfaite.

Et c'est ainsi que nous en arrivons à ce livre : Le Match Parfait. Mon hommage au football féminin et à la beauté du jeu. Dans ces pages, j'espère avoir réussi à capturer l'essence de ce qu'il faut pour devenir une professionnelle. J'espère avoir transmis ma passion pour le football et mon admiration pour ces femmes qui défient les attentes, depuis le début des années 1900 jusqu'à aujourd'hui. Être une star du sport féminin, c'est encore s'opposer aux normes traditionnelles de ce que signifie être une femme. Bravo à toutes celles qui poursuivent chaque ballon et se lancent dans chaque tacle, quel que soit leur niveau. Vos actions contribuent lentement à changer le monde.

Par où commencer mes remerciements ? Tout d'abord, je tiens à exprimer ma gratitude à mes premières lectrices, Angela, Sophie et Kathy, qui m'ont offert le coup de pouce initial dont j'avais tant besoin. Ensuite, un immense merci à mon excellente équipe ARC, qui a dû fournir un travail acharné pour adapter tous les britannismes que Sloane pensait et prononçait au départ. Écrire des personnages américains en tant que Britannique est un véritable défi, et il est évident que j'aime me compliquer la vie. Stupide Clare ! Un clin d'œil spécial à Henriette, qui a su saisir des nuances que beaucoup d'autres ont manquées !

Je tiens à saluer mon talentueux trio de professionnels

qui s'assurent que mes livres aient la meilleure apparence et se lisent de la meilleure façon possible. Un grand merci à Kevin pour la magnifique couverture de footy, à Cheyenne pour son travail d'édition minutieux, et à Adrian pour son expertise en matière de composition. J'adore vous avoir à mes côtés, et je ne pourrais pas réaliser tout cela sans vous. Merci également à tous les blogueurs et lecteurs qui ont montré un tel enthousiasme pour ce livre avant son lancement. J'espère sincèrement que vous l'aimerez autant que j'ai aimé l'écrire !

Un immense merci et tout mon amour à ma femme, Yvonne, pour avoir été à mes côtés à tous les matchs. En particulier ceux des Spurs, où nous avons souvent connu la défaite et où j'ai eu ma petite période de bouderie. Tu as suivi le football féminin bien avant moi, et tu as été une source d'inspiration essentielle pour l'écriture de ce livre. Même si ton cœur appartient à Arsenal. (Mais, chuchotons-le, le niveau de jeu d'Arsenal est plutôt agréable à regarder. De véritables moments épiques ! Dommage pour la bière blonde d'Arsenal, cependant.)

Merci également à Sam, ma première partenaire de foot. Que serait-il advenu si nous n'avions pas été interdites de jouer à l'âge de 11 ans ? Un grand merci à Emma pour son humour à mon égard dans l'équipe de football de notre université. Je me souviens d'une fois où j'ai marqué un superbe but, mais il était malheureusement hors-jeu. J'étais la dernière à le réaliser, m'éloignant en sprintant, les bras en l'air. Quelle époque ! Et enfin, à ma famille, en particulier à mon défunt père, pour m'avoir transmis l'amour du football et pour m'avoir emmenée voir mon tout premier match avec les Spurs en 1988. Nous avons battu Blackburn en Coupe de la Ligue. Gazza jouait. C'était un moment de pure magie.

Enfin, un immense hommage aux Lionnes. L'été 2022 a été si spécial que j'en ai encore la chair de poule en y repensant. Ma femme et moi avons eu la chance d'assister à la victoire 8-0 contre la Norvège à Brighton. Et nous étions également présentes à la finale à Wembley, où vous avez triomphé de l'Allemagne 2 à 1. J'ai été fan de football toute ma vie et j'ai assisté à des centaines de matchs, mais cette finale européenne fut, sans aucun doute, la meilleure expérience footballistique de ma vie. Et quel bonheur de pouvoir dire que nous avons gagné ! Je souhaite que le football féminin continue d'être une source d'inspiration. À de nombreux autres jours où vous inspirerez le monde par votre bravoure et votre talent.

J'espère que ce livre sera à la fois divertissant et inspirant.

Cette histoire vient du cœur.

Merci de votre lecture.

Si vous souhaitez me contacter, vous pouvez le faire en utilisant l'une des méthodes ci-dessous.

Instagram : @clarefic
TikTok : @clarelydonauthor
Facebook : www.facebook.com/clare.lydon
Pour en savoir plus : www.clarelydon.co.uk
Contact : mail@clarelydon.co.uk

*Pour Emma, qui aurait pu
être une candidate.*

Chapitre Un

Un vent vif ébouriffa les cheveux blonds et courts de Sloane Patterson lorsqu'elle sortit du Boeing 777 et s'engagea dans l'escalier métallique branlant. Elle jeta un coup d'œil au ciel mélancolique, ponctué de nuages sombres. Miraculeusement, il ne pleuvait pas. Tout le monde lui avait dit qu'il pleuvait constamment en Angleterre, surtout ici, dans le nord. Première coche dans sa colonne « Nouvelle vie ». Même si l'été au Royaume-Uni était comme ceci.

Elle monta dans le bus VIP (en réalité rien d'autre qu'un bus avec l'inscription VIP sur une carte collée à la fenêtre), puis essaya de cerner les émotions qui lui traversaient le corps. Excitation. Trépidation. Le sentiment d'avoir fait quelque chose.

Mais elle était ici maintenant. Il n'y avait pas de retour en arrière possible. Des frissons la parcoururent. Elle s'agrippa à un poteau tandis que le bus se mettait en mouvement. Tomber quelques minutes après son arrivée ne serait pas une bonne chose. Surtout pas sur sa mauvaise cheville.

Que lui avait dit Jackson, son thérapeute à Los Angeles ? « Si tu penses à ta cheville comme à une mauvaise cheville, c'est ce qu'elle deviendra. Pense plutôt à une cheville forte. Répète le mantra tous les matins. Fais en sorte que ta cheville soit la plus forte possible. C'est ta meilleure chance de t'en sortir. »

Sloane jeta un coup d'œil vers le bas. *Tu es ma meilleure cheville.* Puis elle leva les yeux au ciel.

Jackson ne serait pas content.

« Tu es sûre de vouloir faire ça ? Est-ce qu'ils connaissent le football féminin là-bas ? » avait demandé sa mère, comme si elle était une experte du football mondial. Ou même une experte de Sloane. Elle n'était ni l'une ni l'autre.

Lorsque Sloane avait répondu que le Royaume-Uni était la patrie du football, sa mère avait tempéré son argument.

« Le football masculin vient de là. Mais ils sont un peu rétrogrades en ce qui concerne le football féminin, n'est-ce pas ? »

Sloane lui avait assuré que la Super Ligue Féminine était établie et qu'elle était là pour durer.

Sa mère n'était pas convaincue.

« Je dis simplement que c'est un engagement important. On ne peut pas simplement sauter dans une voiture et rentrer à la maison si on a le cafard. »

Sloane le savait. Mais à quand remontait la dernière fois qu'elle avait pris la voiture pour rendre visite à sa famille ? Elle avait connu des coups de blues à plusieurs reprises au cours de l'année écoulée, mais ses parents n'étaient jamais son premier port d'attache. Ils étaient ses parents, pas ses amis. Souvent, ses parents ne se montraient même pas particulièrement amicaux.

De plus, Sloane en était sûre. Elle avait besoin de s'éloigner. Une nouvelle perspective. Une nouvelle culture à laquelle s'acclimater. Un nouveau club pour lui donner un but à atteindre. Un endroit assez différent, mais où l'on parle la même langue. Elle avait reçu des offres de l'Espagne et de l'Allemagne, mais c'est l'Angleterre qui l'avait finalement emporté.

Au cours des deux dernières saisons à Los Angeles, elle avait suivi un rythme de croisière. Venir aux Salchester Rovers était quelque chose de complètement nouveau et stimulant. Le fait que cela lui permette d'oublier le désordre de sa vie amoureuse était un bonus supplémentaire. Elle avait passé la première heure du vol à se demander ce que faisait Jess. Si elle pensait à elle. Jusqu'à ce qu'elle ait des mots durs envers elle-même et qu'elle mette *Wonder Woman*. Deux heures de Gal Gadot suffisent à distraire même les cœurs les plus durs. Puis elle avait bu trois coupes de champagne et s'était endormie. Sloane n'était pas une grande buveuse. C'est ce que lui rappelait son esprit, qui essayait encore de démarrer comme un vieil ordinateur poussiéreux.

Le bus s'arrêta devant le bâtiment principal. Sloane franchit la porte et s'engagea dans un couloir d'un blanc éclatant. Elle était complètement seule. Il y avait eu d'autres personnes en première classe sur son vol, mais elles avaient été dirigées ailleurs.

Un nouveau pays. Où elle ne connaissait personne. Elle était seule avec ses pensées.

Elle prit une grande inspiration.

Elle en était capable. Elle avait marqué le but de la victoire pour les États-Unis lors de la finale de la Coupe du monde. Mais cela avait été facile, ce n'était que de la mémoire musculaire et de la répétition. À l'inverse, elle n'avait jamais été déracinée de sa vie auparavant. En fait, elle n'avait jamais pris l'avion seule. Elle était habituellement toujours entourée de ses coéquipières et du personnel, en sécurité dans le cocon de son club. En dehors du terrain, Sloane s'était habituée à ne pas penser par elle-même. Les choses étaient sur le point de changer. Depuis qu'elle avait dit oui à son agent, elle ne pensait qu'à ça.

Le claquement des talons sur le sol brillant interrompit ses pensées. Elle était plus habituée à entendre le claquement des crampons sur le béton qui entoure les terrains de football. Une femme vêtue d'un jean et d'un sweat-shirt vert menthe se dirigea vers elle et lui souhaita la bienvenue.

Sloane se redressa. Elle jeta un coup d'œil vers le bas pour vérifier qu'elle n'avait rien renversé sur son sweat-shirt et se passa une main dans les cheveux.

— Sloane, c'est un plaisir de vous rencontrer.

La femme connaissait son nom. Elles se serrèrent la main. L'excitation qu'elle ressentait remontait le long du bras de Sloane.

— Je m'appelle Sara et je travaille pour le service VIP de l'aéroport de Lancashire, dit-elle d'une voix à faire tomber la mousse d'un café à trois tables de distance.

Sloane se balança sur ses talons et résista à l'envie de se frotter les oreilles.

Sara fit une pause, jeta un coup d'œil au sol, puis se releva.

— Honnêtement, c'est un plaisir de vous rencontrer et je suis ravie que vous ayez signé pour les Rovers. C'est exactement ce dont l'équipe a besoin pour cette saison, surtout que nous nous battons pour le championnat, les coupes et une place en Ligue des champions.

Sara secoua la tête et reprit son air professionnel.

— Mais je ne veux pas vous submerger d'attentes. Je

sais que vous venez de faire un long vol et que vous êtes probablement fatiguée.

Sloane sourit. Elle rencontrait des fans comme Sara partout où elle allait, mais elle leur en était toujours reconnaissante.

— J'ai un peu soif, c'est sûr, dit-elle. Mais c'est toujours agréable de rencontrer quelqu'un qui suit le jeu. Je vais faire de mon mieux pour aider le club sur tous les fronts.

— Super, super, répondit Sara en hochant la tête comme un de ces chats chinois porte-bonheur. Passons le contrôle de sécurité. J'ai quelqu'un qui s'occupe de vos sacs et une délégation du club vous attend sur le parking. Et puis, bien sûr, il y a quelques fans qui attendent en route.

Sloane se sentait envahie par une vague de chaleur. Des fans étaient venus. Cela se produisait partout aux États-Unis, mais elle n'avait aucune idée si cela se produirait ici. Son humeur s'éclaircit instantanément.

— C'est parfait, merci Sara.

La simple prononciation de son nom fit sourire Sara.

Sloane connaissait toutes les astuces. Impressionner les femmes, c'est la même chose, qu'il s'agisse de charmer pour un rendez-vous galant, de faire la cour à une journaliste ou encore de plaire à une admiratrice. Concentrez-vous sur elles, retenez leur nom et répétez-le. C'était un moyen infaillible de faire en sorte que cette femme se sente comme le centre de votre monde. Cela avait toujours très bien fonctionné pour Sloane. Jusqu'à ce que ça ne marche plus. Mais elle n'allait pas penser à cela maintenant.

Sloane sortit son passeport américain bleu et le tendit à l'homme chargé du contrôle des frontières. Elle était proche de s'en faire faire un nouveau. Sa photo datait d'il y a près de neuf ans, à une époque où toute personne âgée de 28 ans était considérée comme une personne âgée. Pourtant, elle avait 28 ans et n'était pas encore à l'article de la mort. Si vous aviez dit à Sloane, âgée de 19 ans, ce qui allait se passer dans sa vie et sa carrière au cours de la prochaine décennie, elle aurait été plutôt satisfaite.

— Bienvenue au Royaume-Uni, Mme Patterson, dit le douanier avec un sourire qui soulignait la fossette de sa joue. J'espère que vous vous sentirez bien dans votre nouvel emploi.

Il marqua une pause et se pencha en avant.

— Mais pas trop bien, parce que chez moi, on est fan de Salchester United, lui fit-il avec un clin d'œil.

Sloane laissa échapper un rire et ses épaules se relâchèrent. Elle n'avait pas réalisé à quel point elles étaient tendues jusqu'à cet instant. Elle jeta un coup d'œil au badge de l'homme. Simon.

— Merci Simon, j'avais besoin de rire. Mais je suis désolée d'apporter de mauvaises nouvelles. Nos Rovers vont vous donner une leçon de football cette saison, et j'ai l'intention d'être au cœur de l'action.

Elle retourna le clin d'œil de Simon et l'entendit encore rire lorsque Sara poussa une double porte qui donnait sur le salon d'arrivée VIP.

Sloane cligna des yeux lorsque les flashs des appareils photo se déclenchèrent et que le volume explosa. Elle sourit. Si sa mère pouvait la voir maintenant.

Peut-être qu'après tout, venir au Royaume-Uni était la bonne décision.

Chapitre Deux

Ella se tenait debout et regardait fixement le centre d'entraînement d'élite des Salchester Rovers devant elle. L'impressionnant nouveau bâtiment avait été construit au cours des cinq dernières années, offrant des terrains d'entraînement, des gymnases, des logements et des installations de récupération ultramodernes pour les équipes masculine et féminine, ainsi que pour les équipes de jeunes. Aujourd'hui, cela devenait son lieu de travail. Elle serra le poing et se mit à respirer profondément. Inspirer par le nez, expirer par la bouche.

C'était le moment. Après deux diplômes et près d'une décennie à travailler avec ses propres clients, elle avait enfin décroché le poste de ses rêves. Elle n'était pas venue ici pour jouer au football comme elle l'avait souhaité lorsqu'elle était petite fille. Cependant, ce rêve ne s'étant pas réalisé, le prochain point sur la liste d'Ella était de travailler aux Salchester Rovers d'une manière ou d'une autre. Elle était donc prête à commencer à travailler en tant que coach de l'équipe féminine, spécialisée dans les performances et le style de vie. La première de son genre dans la Super League féminine.

Comme sa mère aurait été fière. Sa famille et ses amis étaient ravis. Elle s'était même permise d'être fière d'elle un instant.

Elle prit une profonde inspiration et saisit son nouveau

sac noir, élégant, posé sur la banquette arrière de sa Mini vert métallisé. Pour ce premier jour, il était essentiel de donner le meilleur d'elle-même, de faire semblant jusqu'à ce qu'elle se sente vraiment à sa place. Cela faisait un moment qu'Ella avait vécu son premier jour, juste après la perte de sa mère. Ce jour-là, elle avait réussi à masquer sa douleur. Si elle avait pu surmonter cela, elle était convaincue qu'elle pouvait affronter n'importe quel défi.

Une voiture noire impressionnante aux vitres teintées s'arrêta à quelques mètres d'elle. Ella se pencha pour apercevoir qui se trouvait à l'intérieur, mais elle n'avait pas encore développé la capacité de voir à travers les vitres. Elle se redressa, se demandant si elle devait prendre son blazer bleu marine, qui reposait sur la banquette arrière. Bien que le soleil de juillet brillait intensément, Salchester avait la réputation de changer de temps en un clin d'œil. Elle hésita un instant, puis décida de le saisir. Peut-être était-elle un peu trop habillée, mais il valait mieux donner une image professionnelle pour son premier jour. Elle pourrait toujours ajuster le reste au fur et à mesure.

— Vous pensez que vous serez capable de faire ce travail, Mme Carmichael ? avait demandé le directeur des Ressources humaines lors de son entretien. Il s'agit de stars de la Women's Super League. Des joueuses que l'on reconnaît lorsqu'elles marchent dans la rue. Certaines d'entre elles sont célèbres dans le monde entier. Le jeu s'est développé d'une manière que l'on n'aurait jamais cru possible il y a dix ans. Aujourd'hui, les femmes, tout comme les hommes, sont des superstars. Comment pensez-vous vous en sortir en travaillant à leurs côtés ?

Ella était consciente que les choses avaient changé depuis la dernière fois qu'elle avait lacé ses chaussures de football.

Cependant, la question ne l'avait pas troublée. Elle avait l'habitude de traiter avec des athlètes professionnels. Elle était une entraîneuse d'élite compétente et expérimentée, qui avait aidé des sportifs de tous horizons. Elle traiterait chaque personne de la même manière que n'importe quel client : avec soin, respect et professionnalisme.

Elle avait également dit à son interlocuteur qu'elle attendait la même chose en retour.

— Nous sommes tous du même côté, avec l'objectif ultime de faire entrer sur le terrain des joueurs et des joueuses en forme et en bonne santé, dans leur corps et dans leur tête, afin qu'ils donnent le meilleur d'eux-mêmes pour les Salchester Rovers.

C'était indéniablement la réponse professionnelle, celle qu'elle avait répétée devant le miroir avant l'entretien. Mais à présent, la réalité de son nouveau travail commençait à l'envahir. Elle faisait partie de l'équipe qui avait bercé son enfance. Des papillons s'agitaient dans sa poitrine, et elle s'efforçait de les apaiser. C'était l'équipe qu'elle venait voir avec sa famille lorsqu'elle était petite, celle qu'elle soutenait encore avec passion aujourd'hui. Mais maintenant, elle avait un accès privilégié à chaque match, un laissez-passer pour les coulisses de chaque journée.

Elle avait été engagée avant tout pour s'occuper de l'équipe féminine. Pour s'assurer que leur état d'esprit et leur mode de vie étaient aussi sains et bien réglés que leur corps. Elle n'était pas psychologue, le club en employait déjà. Salchester l'avait engagée pour travailler à temps partiel dans un tout nouveau rôle afin d'aider l'équipe à se surpasser. Faire pour elles ce qu'elle avait fait pour d'autres athlètes. En faire les meilleures.

Car cette année, les Salchester Rovers étaient prêts à se battre non seulement pour le championnat avec leur grand rival, Salchester United, mais aussi pour la FA Cup et une deuxième place consécutive parmi les quatre premiers. Le club avait dépensé beaucoup d'argent sur le marché des transferts, engageant Ella et un grand nombre d'autres membres du personnel. Les Salchester Rovers prenaient leur équipe féminine tout aussi au sérieux que leur équipe masculine.

La portière d'une voiture claqua derrière elle. En se retournant, Ella aperçut une silhouette encapuchonnée qui sortait de la voiture noire et brillante, un sac de voyage pendu à son épaule gauche. Le sac avait une allure luxueuse. Ella n'était pas experte en marques, mais sa cousine Marina lui avait donné un cours accéléré sur les étiquettes de mode lorsqu'elle avait appris pour son nouveau travail. Elle se demanda si cette personne était quelqu'un de connu, un membre de l'équipe ou peut-être une célébrité.

« Si tu veux t'entendre avec les joueuses, surtout les plus importantes, tu dois apprendre à connaître leur vie. Pour cela, il faut être au courant de la mode. »

Elle enfila son blazer, ajusta son sac sur son épaule et verrouilla sa voiture avec un bip sonore. En marchant sur le trottoir, elle s'apprêtait à contourner la silhouette encapuchonnée, quand celle-ci rabattit sa capuche et recula brusquement, heurtant les chaussures noires et brillantes d'Ella.

La douleur lui monta à la jambe, et elle poussa un petit glapissement, surprise par la rencontre inattendue. Elle leva les yeux, prête à s'excuser, mais son regard croisa celui de la personne, et elle sentit son cœur s'emballer.

— Merde ! Je suis désolée !

Un accent américain.

Ella cligna des yeux, et se concentra. Puis elle prit une grande inspiration.

Bon sang de bonsoir.

La femme qui tenait le sac de marque et qui venait de lui marcher sur le pied n'était autre que la meilleure attaquante du football féminin à l'heure actuelle. La nouvelle recrue des Salchester Rovers, Sloane Patterson. Une pin-up homo. Très extravertie. Et très douée pour le football. En la recrutant, les Salchester Rovers avaient battu le record mondial de transfert pour une femme. Sloane était un élément incontournable des médias, une coqueluche des tabloïds avec sa fiancée Jess Calder, une pépite du milieu de terrain anglais, et un très gros bonnet. Son travail consistait à faire passer le club au niveau supérieur. Dans le cadre de ses nouvelles fonctions, Ella devait s'assurer qu'elle se trouvait dans un état d'esprit propice à la réalisation de cet objectif. Elle n'allait donc pas lui crier dessus parce qu'elle se tenait debout sur son pied.

Au lieu de cela, Ella secoua la tête.

— Pas de problème, répondit-elle en prenant les choses à la légère. Je suis juste contente que ce ne soit pas moi qui t'aie marché sur le pied. Cela aurait été bien pire.

Sloane laissa échapper un éclat de rire.

— Ça dépend. Si un métatarse avait été touché, ça aurait certainement donné lieu à une enquête, n'est-ce pas ?

— Je n'ai pas l'intention de te casser le pied, ni maintenant ni plus tard, répliqua Ella avec un sourire.

Elle se sentit soulagée de voir que la tension s'était dissipée. La rencontre inattendue avait pris une tournure amusante, et elle commençait à se sentir un peu plus à l'aise dans ce nouvel environnement.

Ella se racla la gorge. Elle était en train de discuter et de rire avec la meilleure attaquante du monde. C'était sa vie maintenant. Il n'y a pas de quoi en faire un plat.

Cependant, c'était une chose de traiter avec un joueur de basket-ball mondialement connu, un coureur de haies ou un plongeur médaillé d'or. Ella savait ce qu'il fallait faire pour arriver au sommet de n'importe quel sport, et tous ceux qui y parvenaient avaient toute son admiration. Mais elle n'avait jamais eu l'impression d'être avec une star.

Jusqu'à présent.

Ella avait vu Sloane jouer quelques fois, et elle était à la hauteur de ce qu'on disait d'elle. Talentueuse, ultra-compétitive et toujours la première à jouer, quoi qu'il arrive. Ses résultats parlaient d'eux-mêmes. Elle était présente dans les grands matchs et marquait des buts importants. Maintenant, elle se tenait devant Ella, le visage orné d'un sourire à l'américaine.

— C'est ton premier jour ? demanda-t-elle à Sloane.

Jouer la carte de la sérénité. Ella avait dit à son patron qu'il n'y aurait pas de problème avec les joueuses. Et elle avait eu le temps de se préparer mentalement, avec des questions à leur poser, des recherches sur lesquelles s'appuyer. Elle n'avait pas encore approfondi le passé de chacune. Elles ne devaient pas revenir sur le terrain d'entraînement avant la semaine prochaine, et elle ne voulait pas se présenter à une réunion avec des idées préconçues. La seule chose qu'elle savait sur Sloane ? Des jambes fabuleuses, des bras toniques, des pieds mortels, une fiancée magnifique.

Sloane secoua la tête, plissant un peu le front.

— Oui et non. Je veux dire, oui, c'est la première fois que je viens sur le terrain d'entraînement. La voiture du club m'a déposée. Un service très sympathique. Je suis ici pour saluer la directrice. Je pense qu'elle veut s'assurer que je suis bien arrivée et que je n'ai pas l'intention de m'enfuir avant l'arrivée des autres joueuses la semaine prochaine.

Un autre rire doux. Sloane n'avait rien à voir avec ce qu'elle était sur le terrain. Là-bas, elle était une force de la nature. Dans la vraie vie, elle semblait décontractée. La combinaison idéale.

—Je suis Sloane Patterson, dit-elle en lui offrant une poignée de mains. Mais j'ai l'impression que tu le savais déjà.

C'était au tour d'Ella de sourire. Elle n'arrivait pas à rire. Pas quand Sloane attendait qu'elle lui serre la main. Elle déglutit, mais réussit à avancer sa main et à saisir celle de Sloane. Elle était chaude et douce dans l'étreinte d'Ella. Elle fit de son mieux pour l'ignorer. Il fallait vraiment qu'elle surmonte son béguin enfantin.

Mais putain de merde, elle touchait Sloane Patterson !

— Ella Carmichael. Enchantée de te rencontrer, Sloane, répondit-elle en se penchant en avant. Je le savais. C'est aussi mon premier jour. Je suis la nouvelle coach de performance du club, alors je pense que nous nous verrons beaucoup.

— Dieu merci, tu travailles vraiment ici. C'est le blazer qui m'a mis la puce à l'oreille.

Elle balaya Ella du regard.

— Tu as l'air très professionnelle.

Ella fit une fausse révérence.

— Et bien… merci.

C'est quoi ce bordel, Ella ?

Sloane ouvrit son sweat à capuche noir et pencha la tête vers le bâtiment. Ses cheveux dorés brillaient dans le soleil du matin.

— On entre ensemble ?

Elle n'arrivait pas à croire que c'était en train de se produire, mais elle accepta. Elle lutta contre l'envie de sortir son téléphone et d'instagramer ce moment au monde entier.

Elle se mit au pas à côté de Sloane. En plus de son sac chic, elle portait des baskets Nike qu'Ella n'avait jamais vues auparavant. Elles avaient probablement été fabriquées spécialement pour elle. Ella suivait Sloane sur les réseaux sociaux, enfin quand pensait à y faire un tour. Elle était toujours à la dernière mode, avec les dernières baskets qui allaient avec.

— As-tu travaillé avec d'autres équipes de football ? Je suis impressionnée qu'ils t'aient recrutée. Les coachs en performances, ce n'est pas si courant.

— Salchester Rovers est la première équipe à en avoir un, d'après ce qu'on m'a dit. Nous innovons. Je travaille généralement en free-lance. J'ai aussi mon propre cabinet, qui travaille sur plusieurs sports différents. Mais le club m'a engagée trois jours par semaine pour travailler avec les équipes, avec la possibilité d'en faire plus si nécessaire. Je ferai également partie de l'équipe féminine les jours de match. J'ai vraiment hâte de relever le défi, d'autant que je suis aussi une supportrice de longue date.

— Je ferais mieux d'être à la hauteur alors, n'est-ce pas ? sourit Sloane. Mon frère était pareil quand je jouais pour Houston. Il adore cette équipe sans raison apparente, car nous sommes originaires de Détroit. Mais à chaque fois que je faisais un mauvais match ? Il m'appelait et m'envoyait chier.

Elle leva son regard vers Ella.

Ella fut frappée par le bleu des yeux de Sloane. Elle les avait déjà remarqués à la télévision. Mais dans la vraie vie ? Ils vous fixaient et ne vous lâchaient pas. Il n'aurait pas été étonnant que ces yeux-là fussent à l'origine de nombreux cœurs brisés.

— Je suis sûre que tu seras excellente et que tu te donneras à fond pour l'équipe. Je t'ai vu jouer. Tu as un talent fou.

Elles atteignirent la porte d'entrée du terrain d'entraînement et Sloane s'avança.

— Prête pour ton sourire du premier jour ? Tu veux d'abord t'entraîner sur moi ? Voici le mien.

Sloane fit une grimace exagérée.

Ella renifla. Elle ne pouvait pas s'en empêcher. Elle était sous le charme.

— Avec ça, Lucy Harris ne manquera pas de tomber dans le panneau.

Lucy était la responsable de l'équipe féminine.

— C'est ce que je pensais, répondit Sloane en donnant un coup de coude à Ella. Je suis nerveuse. Tu es nerveuse ? Les gens pensent que je ne suis pas nerveuse, mais je me sens bien de te le dire. Tu es psychologue, non ? Ce serait mal de ne pas être nerveuse, non ?

— Je ne suis pas à proprement parler une psychologue, juste une humble coach de performance, sourit Ella. Mais je suis d'accord, ce ne serait pas bien. Tout le monde est nerveux et veut faire une bonne première impression.

— Surtout quand on a une réputation comme la mienne.

Je n'hésite jamais à m'attaquer à quelqu'un. Une mauvaise fille au franc-parler, ajouta-t-elle en portant une main à sa poitrine. Mais ça, c'est sur le terrain. En dessous de tout ça, je suis une grand tendre. Tu le crois, n'est-ce pas ?

— Je n'écoute jamais les ragots. Je sais ce que l'on dit de certains joueurs, mais je réserve toujours mon jugement jusqu'à ce que je les rencontre et que je connaisse les faits.

Sloane haussa un de ses sourcils super stylés, bien plein, comme c'était la mode de nos jours.

— Une femme intelligente… Je t'aime bien.

Ella garda ce commentaire en mémoire pour le dire à sa cousine lorsqu'elle lui parlerait. Marina allait complètement paniquer.

Sloane appuya sur l'interphone, puis ouvrit la porte principale lorsque la réceptionniste les fit entrer. Lorsque la porte vitrée se referma, deux silhouettes se levèrent des canapés bleus de la réception. Elles s'approchèrent toutes deux de Sloane et regardèrent Ella d'un air perplexe.

— Sloane, commença l'un des hommes.

Il saisit la main de Sloane, qui laissa tomber son luxueux fourre-tout sur le sol poli et brillant.

— Comment allez-vous ? Nous sommes absolument ravis que vous ayez pu venir. C'est bien de vous acclimater avant que tout le monde n'arrive. Une touche personnelle pour notre nouvelle star.

Il continuait de secouer la main de Sloane, les muscles de son avant-bras fléchissant en même temps. Il portait un polo noir moulant, un jean noir et une surprenante ceinture citron.

— Je suis heureuse de faire partie de l'équipe, Paulo, merci pour l'accueil, répondit Sloane.

Elle lança un sourire à Ella. Comme si elles étaient dans le même bateau.

Ella lui répondit par un sourire. Devait-elle rester ici ou aller à la réception ? Probablement la seconde option, mais elle attendait ici depuis trop longtemps pour que la transition soit facile.

— Désolé, c'est une de vos amies ? demanda Ceinture Citron, alias Paulo Martinez, le président de Salchester.

Son accent espagnol dansait sur ses mots anglais.

— Voici Ella Carmichael, votre nouvelle coach de performance d'élite, lui dit Sloane. Elle commence aussi aujourd'hui.

Paulo sourit chaleureusement à Ella et lui serra rapidement la main.

— Bienvenue, Ella. Je suis sûr que Beth pourra vous aider si vous allez là-bas.

Il agita la main en direction de la réception, mais son attention resta fixée sur Sloane, la star.

Ella comprit l'allusion.

— Passe une bonne première journée, Sloane. Je te verrai dans le coin.

— J'y veillerai, répond Sloane.

Ella se permit un petit sourire, puis se dirigea vers la réception.

Sloane Patterson n'était pas du tout celle à laquelle elle s'attendait.

Chapitre Trois

— Comment trouves-tu ton nouvel appartement ?

Sloane mit ses deux mains derrière sa tête et se concentra uniquement sur sa nouvelle cheffe. Lucy Harris portait un haut d'entraînement bleu de Salchester avec les initiales LH sur le devant. Chaque fois que Sloane voyait Lucy sur la ligne de touche à la télévision, elle était vêtue de son survêtement, comme si elle était prête à entrer en jeu et à changer la donne. À 40 ans, c'était l'une des plus jeunes dirigeantes du championnat, n'ayant raccroché les crampons que depuis six ans.

— Il est bien. Belle vue sur la ville. J'apprécie d'avoir eu l'appartement-terrasse.

Elle avait passé les deux premières nuits à respirer sa nouvelle ville en regardant le paysage nocturne qui s'offrait à elle. Elle avait pourtant besoin d'un pull. Cela faisait un mois qu'elle était ici et la température ne faisait qu'empirer. Même en août. À Los Angeles, personne n'avait besoin d'une veste à cette période.

— Tu l'as mérité. Continue à marquer des buts pour nous cette saison et tu pourras rester là.

Lucy tapota son crayon sur son bureau et adressa un large sourire à Sloane.

— C'était une blague, hein.

— Je n'étais pas inquiète. Ma philosophie repose sur l'atteinte des objectifs.

Lucy lui fit un signe de tête appréciateur, puis s'assit.

— Et tu te fais au climat ?

— C'est une compétence que je n'ai pas encore acquise, mais je suis sûre qu'elle viendra avec le temps.

Sa manager ne semblait pas vraiment s'en préoccuper.

— Tu es la première grande joueuse américaine à venir dans cette ligue et je pense que beaucoup d'entre elles sont découragées par le temps. Mais elles ne devraient pas. Une fois qu'on s'y est habitué, c'est plus agréable de jouer.

— Je te crois sur parole.

Sloane avait déjà commandé une couverture électrique.

Lucy était une légende du football féminin. Quelqu'un qui avait tout gagné au niveau du club et qui était aujourd'hui l'un des managers les plus respectés de la ligue. Elle avait pris les rênes de Salchester lorsqu'ils avaient créé leur équipe féminine il y a seulement cinq ans. Petit à petit, l'équipe s'était renforcée et était désormais prête à disputer le championnat. Sloane savait que Lucy n'accepterait rien de moins qu'un engagement total pour la cause. Et c'est ce qu'elle était prête à faire.

— Tu connais certaines des filles, mais je voulais te demander si tu aimerais que quelqu'un te fasse visiter la ville. Je peux demander à un membre du personnel de le faire si tu le souhaites.

Sloane secoua la tête.

— C'est bon. Je connais Layla, je suis sûre qu'elle me fera découvrir les lieux. En plus, j'ai déjà été photographiée, ce qui m'a surprise. Je ne viens pas de gagner l'Euro, je ne suis pas une Lionne.

Lucy s'assit dans son fauteuil en cuir noir.

— Oui, mais tu es fiancée à l'une d'entre elles.

Un frisson parcourut le corps de Sloane. L'était-elle ? Selon le reste du monde, oui.

— De plus, aux dernières nouvelles, tu étais encore la gagnante de la Coupe du monde, vraiment proche du record du plus grand nombre de buts internationaux marqués par une Américaine.

Sloane fit un signe de la main.

— Je ne prête pas beaucoup d'attention à ce genre de choses. Je suis juste surprise que les gens sachent qui je suis. Je n'ai même pas encore joué un match.

— Tu as fait les unes des tabloïdes. Tu es une star, Sloane.

— J'espérais passer un peu plus inaperçue ici.

Lucy plissa les yeux, puis haussa les épaules.

— Si ça peut t'aider, tu es peut-être une star dehors, mais ici, dit-elle en montrant la fenêtre de son bureau, sur ce terrain d'entraînement et sur le terrain, tu fais juste partie de l'équipe.

— C'est tout à fait comme ça que je vois les choses, répondit Sloane.

— Bien. Mon plan pour cette saison ? Former l'équipe autour de toi. Je sais qu'avec ton ancienne équipe, tu t'enfonçais dans les profondeurs pour mieux récupérer le ballon, et c'est une excellente facette de ton jeu. Mais je veux que tu sois la figure de proue de notre équipe. Nous avons une jeune attaquante formidable en la personne de Nat Tyler. Elle est très enthousiaste à l'idée d'apprendre à tes côtés. Prends-la sous ton aile. Partage ton expérience. Elle a déjà un talent fantastique et c'est une buteuse née. Mais associée à toi, c'est le combo gagnant.

Lucy fixa Sloane de son regard intense.

— De plus, nous avons un milieu de terrain exceptionnel avec Millie Welsh et la capitaine de l'équipe, Layla Hansen, que tu connais. Mais surtout, je veux que tu sois heureuse ici. Je te l'ai dit au téléphone, je veux connaître mes joueuses sur et en dehors du terrain.

Sloane se souvint de cette conversation avec son ancien entraîneur à Cali. À l'époque, *elle* était la jeune attaquante en vogue, associée à une coéquipière plus âgée et plus mûre. Jess Calder, une milieu de terrain prometteuse, faisait également partie de l'équipe. Lorsqu'elles s'étaient rencontrées, les étincelles avaient jailli, et leur passion sur et en dehors du terrain s'était traduite par des buts à foison. Sloane était bien consciente que la vie en dehors du terrain avait toujours infiltré la vie sur le terrain. Cependant, elle avait fait un pacte avec elle-même en venant ici. Être heureuse et satisfaite, se concentrer sur elle-même et sur son jeu. Rien d'autre. Surtout pas Jess.

Après avoir entendu ce plan de jeu, Sloane esquissa son meilleur sourire.

— Je suis ici pour vivre une nouvelle expérience, et une partie de cette expérience consiste à jouer au mieux de mes capacités dans un nouveau pays et une nouvelle ligue. Je suis ravie d'être ici et j'espère que ma vie en dehors du terrain sera si ennuyeuse que je devrai y mettre toute mon excitation. Je suis engagée à 100 %.

La directrice inclina la tête, puis fit un signe de tête ferme à Sloane.

— Je sais que tu es très engagée. Je t'ai vu à l'œuvre.

Elle marqua une pause, fixant à nouveau Sloane du regard.

— Je sais aussi qu'un déménagement apporte son lot de défis, même pour une professionnelle chevronnée comme toi.

Ma porte est toujours ouverte, que ce soit sur le terrain ou en dehors. De plus, nous avons engagé une coach de performance, alors fais appel à elle aussi.

Sloane esquissa un sourire. Ella. Elle se remémorait son visage rieur, sa masse de cheveux bruns. Elle l'avait tout de suite appréciée. Elle pensait qu'elle pourrait être une amie. Avait-elle le droit de se lier d'amitié avec la coach de performance ? Elle n'avait peut-être pas le choix. Avoir des amis en dehors du terrain était tout aussi important que d'en avoir sur le terrain. Elles s'étaient rencontrées une fois au cours des premiers jours de son séjour ici, puis plus rien. Lorsque Sloane avait posé la question, on lui avait dit qu'Ella avait une pause programmée pour coacher des clients existants ailleurs. Elle était très demandée. C'était bon signe.

— Je le ferai. Je suis juste impatiente de commencer.

Sloane était une gagnante. Lucy était gagnante. C'était un partenariat fantastique qui s'annonçait.

Lucy tapota à nouveau son crayon.

— Encore une chose. J'introduis une séance d'histoires personnelles avant chaque match. Les joueurs et le personnel partageront quelque chose que nous ne connaissons pas sur leur parcours. Les obstacles que vous avez surmontés. Ou quelque chose qui vous préoccupe encore. Je vais commencer. Me ferais-tu l'honneur de faire le deuxième partage ?

Sloane acquiesça.

— Avec plaisir.

— Super. Une dernière chose. Comment va ta cheville ?

Sloane afficha son plus beau sourire.

— Je me sens bien. Génial, même. Prête pour la nouvelle saison et tout ce qu'elle apporte.

Chapitre Quatre

— Entre, entre.

Ella se leva de son siège et conduisit Sloane au premier rang de la salle de cinéma. Cependant, cette salle n'était pas utilisée pour visionner les dernières superproductions. C'était plutôt là que les joueurs et joueuses venaient voir leurs performances et celles des autres équipes. C'est là qu'ils analysaient ce qu'ils avaient fait et ce qu'ils pouvaient améliorer. C'est aussi là qu'avaient lieu leurs séances individuelles de coaching avec Ella.

On était loin de la carrière de joueuse d'Ella, où les installations étaient inexistantes et où le manager leur hurlait dessus lorsqu'elles faisaient des bêtises. Le monde avait changé depuis, tout comme les techniques de gestion des joueurs. Personne ne réagit bien aux critiques acerbes qui lui sont adressées comme une gifle. Lucy exigeait des normes élevées, et elle s'assurait que les joueuses étaient accueillies avec un bras autour de l'épaule, et une légère poussée dans la bonne direction quand c'était nécessaire.

Pendant ce temps, le travail d'Ella était d'accentuer les points positifs, de trouver des moyens d'aller de l'avant et d'envelopper toutes les lacunes dans une bonne dose d'optimisme. Sa tâche consistait à aller plus loin et à voir où les joueuses pouvaient s'améliorer en dehors du terrain, ce qui se traduisait ensuite sur le terrain.

Même avec des joueuses comme Sloane Patterson.

Qui avait l'air drôlement élégante, même dans un survêtement de club standard.

— C'est bon de te revoir. Je te cherche depuis notre premier jour, mais tu es insaisissable.

Sloane afficha un sourire charmeur, jeta sa peau de banane dans la poubelle à sa gauche, puis étira ses longues jambes en s'installant dans son siège de velours rouge.

— Je finis juste mon déjeuner.

Elle prit une gorgée de son café, grimaça et le reposa.

— Ce truc est mortel. Ça a le goût de pneus chauds et fondus.

Ella s'assit à deux places de Sloane.

— Je suis d'accord. Si tu veux un bon conseil, c'est pour cela que j'apporte le mien au travail, dit-elle.

— C'est noté.

— C'est aussi un plaisir de te revoir, poursuivit Ella. J'avais quelques clients au championnat aquatique européen et j'avais déjà accepté d'accompagner l'équipe. C'est donc mon deuxième premier jour.

Sloane haussa un sourcil et termina de mâcher avant de parler.

— Comment se sont-ils débrouillés ? J'imagine qu'avec ton aide, ils ont tout déchirer.

Le charme opérait à nouveau. Mais cette fois, Ella était préparée. La première fois qu'elles s'étaient rencontrées, elle avait été stupéfaite, une fan. Cette fois-ci, elle contrôlait la situation, et elle avait préparé des questions.

— Ils ont bien travaillé. Mais nous ne sommes pas ici pour parler d'eux. Nous sommes ici pour parler de toi. Tu es ici depuis trois semaines maintenant. Comment est-ce que tu t'intègres ?

Sloane acquiesça.

— Bien. Très bien. Je deviens plus forte et plus affûtée physiquement, et l'équipe est géniale.

— Lucy m'a dit que tu t'entraînais bien. Ce n'est pas une surprise. Tu es l'une des meilleurs joueuses de football au monde.

— De soccer, mais nous sommes d'accord pour ne pas être d'accord.

— La meilleure attaquante de la profession. Un gros bonnet, aussi. Une championne, littéralement.

Les yeux de Sloane se plissèrent un instant.

— Un gros bonnet ? J'espère que c'est positif ?

Ella se contorsionna pour essayer de ne pas bouger. Elle n'avait pas voulu que cela sorte de sa bouche.

— Bien sûr, je n'ai entendu que du bien de toi. Tu assures sur le terrain. Mais qu'en est-il en dehors de l'entraînement ? Tu es sortie avec des filles ?

Un autre signe de tête.

Ella voulait aller plus loin, mais il était peu probable que cela se produise dès la première séance. Les clients sont toujours très réservés lorsqu'ils discutent pour la première fois.

Comme pour le confirmer, Sloane se redressa et croisa les bras sur sa poitrine avant de prendre la parole.

— Tout va bien. Après l'entraînement, nous sommes allées au Shot Of The Day, le café que Michelle tient avec sa femme.

Ella n'y était pas encore allée, mais elle savait que c'était une destination populaire. Michelle Howard était un pilier de l'équipe, qui arrivait à la fin de sa carrière. Sa femme et elle avaient ouvert leur café l'année dernière, tout près du terrain d'entraînement. L'alcool étant généralement absent du menu, la drogue de prédilection de la plupart des joueurs était la caféine. Ella devait trouver son propre café à fréquenter maintenant qu'elle travaillait régulièrement ici. Elle essaierait d'y aller, pour voir.

— Et le soir ? Je viens d'emménager dans mon propre appartement et je ne connais personne dans le quartier. Je sais que l'on peut se sentir seule.

Elle était née ici, mais sa famille avait déménagé à deux heures de route vers la côte lorsqu'elle avait neuf ans. Salchester était encore la grande ville la plus proche, la plaque tournante du nord, à un peu plus de deux heures de train de Londres.

Sloane serra son corps un peu plus fort et plissa les sourcils.

— J'ai l'habitude. J'apprécie ma propre compagnie. J'ai Netflix, je parle à mon frère et à Jess.

Sa bouche tressaillit.

Ah, oui. La fiancée que Sloane avait laissée aux Etats-Unis. Ce n'était pas inhabituel dans leur métier, mais Ella voulait savoir pourquoi.

— Comment va Jess ?

— Elle va bien. Elle est occupée avec son équipe. Nous nous concentrons toutes les deux sur nos propres carrières en ce moment. La carrière d'un joueur de football est courte, cette décision me semble donc la plus logique pour moi en ce moment.

Ella enfonça sa langue sur le côté de sa joue et fit un signe de tête rassurant à Sloane.

Un éclair de vulnérabilité se dessina sur le visage de Sloane, mais elle le dissimula en se raclant la gorge. Elle laissa tomber le regard d'Ella.

— Mais elle sera dans le pays pour le camp international en octobre ? Lucy m'a dit que tu restais sur place et que tu ne rentrais pas pour le tien.

Sloane tressaillit.

C'était presque imperceptible. Mais Ella le remarqua.

— Si elle est choisie. Mais c'est à Surrey, pas ici.

— Tu ne la verras pas ?

— On ne fait pas de projet pour l'instant. Le calendrier est très serré.

Cette réponse lui dit tout ce qu'elle avait besoin de savoir. Sloane et Jess étaient en froid, et cela pourrait avoir un impact sur le rendement footballistique de Sloane cette saison.

— Tu t'intègres bien dans la ville, c'est une bonne nouvelle. Nous allons bientôt jouer notre premier match en Allemagne dans le cadre de notre tournée de pré-saison. Quels seront, selon toi, tes plus grands défis ?

Sloane prit une profonde inspiration, puis fixa Ella d'un regard de défi.

— S'intégrer dans une équipe bien établie va être essentiel, mais je l'ai déjà fait auparavant, donc je suis prête.

Elle baissa la tête, s'assit en avant, puis se tourna vers Ella.

— Tu n'as pas besoin de me psychanalyser. Je suis un livre ouvert sur le terrain. J'ai lu beaucoup de livres sur la performance, et j'avais un entraîneur pour cela. Je sais ce qu'il faut faire. Il y aura des défis, mais je suis prête à les relever. Je m'épanouis dans les défis. J'aime prendre des risques. J'ai connu le succès et l'échec et je sais qu'ils sont tous deux importants. Je vis pour la pression. Que le premier match commence !

Ce fut au tour d'Ella de lever un sourcil. Sloane parlait de clichés.

— Si tu me trouves redondante, je suis ravie.

Elle mentait. Sa peau se hérissa sous le regard de Sloane.

— Je comprends que tu aies déjà fait ce travail et que tu aies lu tous les livres sur le sujet. Mais si tu es si bien documentée, tu sais qu'il n'y a jamais de moment où tu as tout compris. Il s'agit d'un voyage constant d'apprentissage et de réapprentissage. De se rendre vulnérable et brillante, encore et encore. Tu peux le faire seule, ou tu peux le faire avec moi comme pom-pom girl.

Elle marqua une pause.

— Je ne sais pas ce qu'il en est pour toi, mais j'ai toujours été fan des pom-pom girls. Quelqu'un à tes côtés, prêt à faire des pirouettes et des culbutes juste pour toi ? Pour moi, c'est le summum.

Peut-être était-il temps d'ajouter une anecdote personnelle pour tirer Sloane de sa position défensive ? D'habitude, elle ne le faisait pas si rapidement, mais Sloane était un cas à part.

— Ma mère était ma pom-pom girl. Les jupes courtes ne lui allaient pas vraiment bien et ses pompons étaient un peu usés, mais le fait de l'avoir à mes côtés m'a donné des ailes. Ce petit plus à chaque fois que je devais relever un défi. C'est à cela que sert l'équipe d'encadrement. Lucy, les entraîneurs, les physios, les nutritionnistes, les psychologues. Moi, je suis un petit plus sur le côté. Nous sommes là pour mener vos batailles de fond et veiller à ce que votre chemin soit clair, de sorte que lorsque vous êtes sur le terrain, vous n'ayez à penser qu'à vous et au jeu.

Ella attendit de voir si son astuce psychologique avait fonctionné.

Sloane expira et ses épaules se détendirent. Si l'on se fie au langage corporel, c'était le cas.

— Tu as dit que ta mère était ta pom-pom girl ? Elle ne l'est plus ?

Ella eut un haut-le-cœur. Elle avait ouvert la porte. Elle devait la franchir. Elle secoua légèrement la tête.

— Elle est morte il y a huit ans. Je sais ce que c'est que d'affronter le monde sans sa principale pom-pom girl à ses côtés. On peut le faire, mais c'est plus difficile. C'est pourquoi, lorsqu'on m'en propose d'autres, je les accepte. La vie est déjà assez dure.

— Je suis désolée de l'apprendre.

Sloane se mordit la lèvre.

— Et je n'étais pas réticente. J'ai besoin de pom-pom girls autant que les autres, ajouta-t-elle en fixant Ella.

— C'est bon à entendre parce que je suis payée pour être ici, donc je le ferais que tu le veuilles ou non.

Enfin un vrai sourire.

Ella le lui rendit.

— Nous devrions réessayer de répondre à cette question. Quels seront, selon toi, tes plus grands défis ?

Sloane prit le temps de réfléchir à la question avant de répondre.

— Se fondre dans une équipe déjà bien installée. Apprendre à connaître mes coéquipières en dehors du terrain et sur le terrain. Apprendre les schémas de jeu. Réussir les transitions. Rester sur le terrain comme le veut le manager. Mais cela viendra avec le temps.

Elle marqua une nouvelle pause.

— Cette semaine, mon plus grand défi sera de sourire à l'appareil photo et d'avoir l'air sincère lors de ma séance de photos pour Nike. Je suis toujours un peu gênée dans ce genre de situation. Je n'ai jamais pu être mannequin. C'est plus difficile qu'il n'y paraît.

Sloane baissa le regard vers le sol, puis regarde à nouveau Ella. Sloane avait menti : elle pourrait tout à fait être mannequin. Mais aussi, sa garde était baissée. Elle admettait enfin une faiblesse.

— En même temps, si c'est pour ne manger que des miettes, je ne les envie pas, répondit Ella, je préfère encore marquer des buts.

— Moi aussi.

Ella grimaça. Cela n'arrivait jamais lorsqu'elle parlait à des plongeurs ou à des coureurs de haies, n'est-ce pas ?

Mais Sloane ne l'avait pas manquée.

— Toi aussi ? Tu as déjà joué ?

Ella se mordit la lèvre.

— Il y a longtemps. Mais il ne s'agit pas de moi, mais de toi.

— Et si je veux en savoir plus sur toi ? Cette relation ne va-t-elle pas dans les deux sens ?

Sloane saisit le regard d'Ella et le maintint.

Les entrailles d'Ella vacillèrent sous sa chaleur. Elle aurait aimé partager son histoire avec Sloane. Mais ce n'était ni le moment ni l'endroit. Elle prit une profonde inspiration et secoua la tête.

— Peut-être un jour, quand tu m'en auras dit un peu plus sur toi. C'est une conversation à double sens, mais j'ai besoin d'une base de travail.

Sloane ne lâcha pas son regard.

— Peut-être qu'au cours de la deuxième séance, nous en découvrirons un peu plus toutes les deux. Tu pourras me parler de ta carrière de footballeuse. Je pourrai t'en dire un peu plus sur la façon dont je me suis sentie seule certains soirs.

Elle aspira sa lèvre supérieure et leva la main.

— Mais ce n'est pas un problème. Cela fait partie du travail. J'y suis habituée.

Ella savait que c'était vrai. Elle faillit lui proposer de prendre un café avec elle. Mais ce ne serait pas professionnel. Ella était ici pour faire un travail pour l'équipe, tout comme Sloane.

Elle finirait par la faire parler.

Chapitre Cinq

Les muscles de ses cuisses lui faisaient mal et elle savait que ses fesses seraient douloureuses demain. Mais c'était le bon type de douleur. Celle qu'elle supporterait tous les jours. Elle savait qu'elle avait fait travailler son corps et que ses muscles se renforçaient de jour en jour. Sloane se souvenait encore de la saison qu'elle avait passée sur la touche à cause d'une blessure à la cheville qui n'avait jamais vraiment guéri. Deux semaines s'étaient transformées en quatre mois de frustration croissante, alors qu'elle voyait ses coéquipières soulever le titre sans son aide. Elle avait tout de même reçu une médaille, qu'elle pensait ne pas avoir méritée. Cette saison, elle voulait mériter tout ce qu'elle recevrait et amener cette équipe au niveau supérieur. Cela passait par ses fameux penaltys, qu'elle venait juste de terminer de pratiquer.

— Merci, Becca, tu es une star !

La gardienne de Salchester félicita Sloane, puis s'empressa de quitter le terrain devant elle, sa queue de cheval rousse se balançant derrière elle.

— Je ne peux pas m'arrêter, je dois aller chez ma mère pour son anniversaire !

Sloane la repoussa du terrain avec ses mains.

— Vas-y, alors.

Becca disparut dans les vestiaires.

— Bon tir aujourd'hui, jeune prodige.

Sloane sourit à Layla qui s'installa à ses côtés. Layla était restée dehors avec elle pendant qu'elle s'entraînait aux penaltys, comme Sloane le faisait à chaque séance. L'accent norvégien de Layla était toujours présent en arrière-plan si l'on écoutait bien. Cependant, les années passées en dehors de son pays d'origine, à la fois aux États-Unis et maintenant au Royaume-Uni, lui donnaient un accent encore assez particulier. Un peu de Texan, un peu de Lancashire, un peu d'Oslo.

Layla et elle avaient joué ensemble à l'université, s'étaient affrontées dans le championnat américain et s'étaient retrouvées dans des équipes adverses lors de tournois internationaux pour leur pays. Layla était une joueuse de milieu de terrain créative, dont la spécialité était de débloquer les défenses en jouant des ballons mortels aux attaquantes. Sloane avait une véritable admiration pour ce type de joueuses. Elles faisaient preuve d'altruisme et jouaient avant tout pour le bien de l'équipe. En outre, elles renvoyaient toujours une image positive, ce qui lui plaisait beaucoup. En revanche, les attaquants avaient tendance à être égoïstes par nature, c'était inscrit dans leur ADN.

— Quarante-sept penaltys sur cinquante. Ce n'est pas mal. Mais je pense que c'est toi qui étais la plus brillante à l'entraînement aujourd'hui.

Sloane donna un coup de coude à Layla pendant qu'elles marchaient.

Layla repoussa son compliment d'un geste de la main.

— Alors, comment ça se passe pour toi, Patts ? J'ai entendu dire que tu avais obtenu un appartement assez central. Quand je suis arrivée, ils m'ont mise dans le bloc habituel qu'ils réservent aux nouveaux joueurs. Mais visiblement, tu es un cas à part.

Sloane leva les mains.

— Je n'ai rien à voir avec ça. Je pense c'est peut-être un arrangement obtenu par mon agent.

— Plus près de l'action, répondit Layla. Non pas que tu veuilles de l'action.

Elle secoua la tête en signe d'incrédulité.

— Je suis mariée et tu es fiancée. Qui l'aurait cru à notre grande époque à la ligue, quand nous embrassions toutes les filles qui voulaient de nous?

— Qui donc ?

Leurs crampons claquèrent sur le béton lorsqu'elles sortirent de la pelouse et franchirent les portes vitrées des vestiaires. Sloane avait entendu dire que les installations étaient bonnes à Salchester, mais elles étaient meilleures que partout où elle était allée auparavant. Elle s'entraînait sur un tapis de velours d'herbe verte taillée à la perfection. À sa droite, un mur de verre abritait une salle de sport ultramoderne. Au-delà, d'immenses salles de traitement et de réunion, où elle savait qu'elle trouverait Ella. C'était un pas en avant par rapport à ce qu'elle avait connu. Des hommes et des femmes s'entraînant dans les mêmes installations, sur un pied d'égalité.

— Une histoire intéressante de Lucy aujourd'hui. Ça sera à ton tour quand nous arriverons en Allemagne. Tu sais ce que tu vas dire ?

Sloane secoua la tête.

— Pas encore, mais je vais y réfléchir.

Lucy avait commencé l'entraînement aujourd'hui en leur

racontant sa carrière et comment elle rêvait de jouer dans des stades plus grands lorsqu'elle était jeune. Mais à l'époque, le football féminin n'était pas encore répandu, et les équipes jouaient sur des terrains dépourvus de toute installation.

— À un moment donné, comme mes parents n'acceptaient pas que je sois lesbienne et que le football ne payait pas, j'ai dormi dans ma voiture pendant quelques mois, leur raconta-t-elle.

Tout le monde s'exclama, y compris Sloane. Mais heureusement, son histoire s'était bien terminée, et elle était maintenant manager dans ces grands stades où elle rêvait de jouer.

— La FA est encore dirigée par des hommes. Le droit de jouer a été retiré une fois, alors souvenez-vous toujours de celles qui se sont battues pour le récupérer. Vous bénéficiez des efforts de celles qui ont durement ouvert la voie avant vous. Alors profitez-en, vivez pleinement votre vie, mais ne la considérez jamais comme acquise.

Sloane n'avait pas beaucoup réfléchi à ce qu'elle allait dire avant leur premier match en Allemagne, mais elle voulait que ce soit quelque chose de personnel, pour montrer qu'elle leur faisait entièrement confiance, tout comme Lucy l'avait fait. Peut-être pourrait-elle raconter l'histoire de ses parents ? Elle ne l'avait jamais fait auparavant, principalement parce que c'était *très* personnel et que cela lui demanderait de se montrer vulnérable. Cela correspondait parfaitement à la situation.

— Comment va Jess ?

La peau de Sloane se hérissa. Qu'est-ce que Layla avait entendu ? Le football féminin avait beau s'être mondialisé et avoir conquis une foule de nouveaux fans, le monde restait petit. Lorsque des relations se nouaient ou se dénouaient, tout le monde le savait bien vite. Cependant, étant donné que Sloane ne savait pas vraiment ce qui se passait dans sa relation, elle serait surprise que Layla le sache.

— Bien.

Des réponses courtes. C'est ce qu'elle avait décidé de donner si les gens lui posaient des questions. Elle savait qu'ils le feraient, bien sûr. Jess et elle formaient un couple puissant sur le terrain et en dehors. Elles marquaient des buts, gagnaient des sponsors et signaient des contrats très lucratifs. Elles étaient deux des personnes qui gagnaient le plus d'argent dans le football mondial. Mais elles n'étaient encore que deux femmes, naviguant dans leur relation à distance. Sloane savait que leur vie avait fait l'objet de nombreux articles depuis qu'elle avait accepté de déménager au Royaume-Uni. Les Youtubeurs s'en étaient donnés à cœur joie. Twitter s'était effondré. Le fait que Jess soit restée aux Etats-Unis n'avait pas aidé les rumeurs. Cependant, elles n'avaient pas dit un mot à leurs amis ou collègues. Pour tout le monde, Sloane et Jess étaient toujours ensemble, et toujours engagées dans leur relation.

— Elle vient pour le camp international en octobre ? Si c'est le cas, ce serait génial de rattraper le temps perdu.

Si Jess était choisie, elle serait sur le sol britannique. Sloane avait repoussé cette question à l'arrière de son esprit.

— Je te tiendrai au courant. Je lui parlerai plus tard. Nous devons voir comment nos emplois du temps vont s'organiser. Tu sais ce que c'est quand on est dans des pays différents et qu'on joue dans des ligues différentes.

Elles arrivèrent à leurs postes de travail et Layla enleva

son haut, révélant un six pack bien tonifié. Elle se levait tous les matins et faisait 200 abdominaux. Sloane le savait parce que Layla ne se lassait jamais de le lui dire.

—Tu sais ce qui s'est passé quand Courtney et moi avons essayé de vivre dans des pays différents. Ça s'est vite gâté. Mon conseil ? Restez en contact, soyez à l'aise avec le téléphone et la vidéo, et ne restez pas trop longtemps sans parler. Sinon, les choses risquent de s'enliser là où vous ne voulez pas qu'elles aillent.

Elle caressa son ventre ferme.

— Maintenant, est-ce qu'on va prendre un pot après ça au Shot Of The Day ? Michelle m'a dit ce matin que Suzy avait préparé un gâteau à la Guinness au chocolat hier soir.

Sloane jeta un coup d'œil en direction de Layla.

—Tant que tu me conduis d'abord en ville pour que je puisse acheter une machine à café, ça me va.

* * *

À leur arrivée, un groupe d'adolescentes excitées se trouvait dans le café, comme c'était souvent le cas. Le café étant la propriété d'une légende de Salchester et de sa femme, les fans s'y attardaient souvent dans l'espoir d'apercevoir un joueur. Sloane posa pour des photos et signa des autographes avant de s'asseoir. Elle prit une première gorgée. Bon sang, c'était bon. Le gâteau à la Guinness était épuisé, mais cette boisson valait le déplacement. Ce flat white lui rappelait les tasses qu'elle avait bues sous le soleil de Californie avec Jess. Il faudrait peut-être qu'elle vienne plus souvent au Shot Of The Day.

L'esprit de Sloane se tourna vers Ella. Avait-elle déjà goûté à cela ? Elle aimerait aussi ce qu'il y a à Los Angeles. Elle s'y sentirait bien. L'énergie optimiste et incisive d'Ella était très californienne, contrairement à son accent, que Sloane avait parfois du mal à comprendre. Peut-être que cette énergie venait de sa détermination à être la meilleure et à faire en sorte que tout le monde soit le meilleur autour d'elle. C'est ce que tout le monde faisait sur la côte ouest. Ils étudiaient, ils mangeaient bien, ils essayaient d'améliorer leur vie.

L'équipe de Salchester était bonne, mais elle n'était pas sûre qu'elle ait ce *petit quelque chose* en plus. Et pourtant. Elle pouvait aider à l'apporter. Ella aussi. Sloane était sûre qu'Ella avait tout donné sur le terrain. Jusqu'à quel niveau avait-elle joué ? Et pourquoi s'était-elle arrêtée ? Sloane était intriguée. Ella était la personne qu'elle aimerait le plus connaître. L'équipe était formidable et il y avait de bons éléments, mais elle avait déjà rencontré ce genre de personnes dans ses clubs précédents. Les studieux. Les tactiques. Les physiques. Les bleus.

En revanche, elle n'avait jamais rencontré d'Ella auparavant.

Au bout de 45 minutes, elle fit ses adieux, avant de rentrer chez elle avec sa nouvelle machine à café.

Sloane franchit la porte d'entrée, posa la machine et jeta ses clés sur la table. Cet endroit ressemblait encore à une coquille vide et froide. Il fallait qu'elle le réchauffe. Dehors, la bruine tachetait les fenêtres du sol au plafond. C'était un nouveau mot qu'elle avait appris depuis qu'elle était arrivée ici. Bruine. Sloane était presque sûre que ce mot n'existait pas à Los Angeles.

Elle enleva ses baskets et s'installa sur le canapé gris,

arrachant ses chaussettes et remuant les orteils. La séance d'aujourd'hui avait été bonne, ses penaltys étaient à point. Il fallait qu'ils le soient. C'était son travail cette saison, et comme elle le disait toujours, le meilleur moment pour commencer à se préparer, c'était maintenant.

Elle sortit son téléphone de sa poche et se rendit sur son Instagram. Elle fit défiler la page jusqu'à l'année dernière. Elle s'arrêta quand elle arriva à la photo d'elle à genoux, demandant Jess en mariage sur une plage hawaïenne. C'était censé être l'ultime demande en mariage romantique, capturée par un photographe au coucher du soleil. Seulement, les cieux étaient couverts et il pleuvait à verse. Pour Sloane, cela avait rendu la demande plus réelle, plus spéciale. Jess, en revanche, n'était pas très enthousiaste à l'idée d'être trempée. Ce que la caméra n'avait pas montré, c'est que sa mauvaise humeur avait duré toute la soirée.

Sloane reposa sa tête sur l'accoudoir du canapé et ferma les yeux. Elle avait dit à Ella qu'elle se sentait seule, mais elle n'avait pas dit pourquoi. Los Angeles lui manquait. Ses amis et son frère lui manquaient. Mais Jess ne lui manquait pas. Cela en disait long.

Son téléphone s'alluma dans ses mains.

Appel vidéo en provenance de Jess.

Merde.

Sloane laissa tomber son téléphone comme s'il était en feu. Avait-elle manifesté cet appel par la pensée ? Elle essaya de contrôler sa respiration, passa une main dans ses cheveux. Elle n'avait pas le temps de vérifier à quoi elle ressemblait. Cela avait-il de l'importance ? Jess avait couché avec quelqu'un d'autre, alors est-ce qu'elle s'en souciait ?

Sloane se racla la gorge et leva le bras, dévoilant ainsi tous ses muscles.

Jess apparut à l'écran, son visage pixellisé avant la mise au point. Elle avait l'air fatiguée.

— Hey.

Elle tenta un sourire, mais il n'atteignait pas tout à fait son visage.

— Je me suis dit que j'allais appeler, vu que je suis en train de me tourner les pouces sur le canapé.

Elle marqua une pause.

— Comment ça se passe dans le nord ?

Sloane cligna des yeux. Elle était dans le nord. Dans le Lancashire. Lorsqu'elle avait atterri pour la première fois, elle voulait l'appeler le Midwest, mais apparemment, cela n'existait pas au Royaume-Uni.

— Ça va. La notion d'été ici est un peu bizarre, mais jusqu'à présent, je n'ai pas à me plaindre.

— Bel appartement ?

— Un appartement pour toi, dit Sloane avec un sourire. Un appartement-terrasse, bien éclairé. Je fais des fêtes tous les soirs, bien sûr.

— J'en suis sûre. J'ai vu des photos de toi en ligne avec Layla en train de prendre un café à Shot Of The Day.

— Les nouvelles vont vite. C'était il y a deux heures à peine.

— Les fans spéculent sur le fait que vous êtes ensemble.

Jess la fixait du regard.

Sloane roula des yeux.

— Les gens ont trop de temps à perdre.

Elle marqua une pause.

— De toute façon, aux yeux du monde, nous sommes toujours fiancées, n'est-ce pas ?

— Juste aux yeux du monde ?

Jess eut au moins la décence la bonne grâce de porter son regard vers le bas.

— À toi de me le dire, Jess. C'est toi qui as couché avec quelqu'un d'autre et qui n'as pas voulu me parler avant que je parte.

Jess grimaça. Elle n'avait jamais été très douée pour dire la vérité.

Le silence s'étira.

— Comment se passe l'entraînement ? Est-ce que tu gères les penaltys ?

Le football. Lorsque Jess était nerveuse, elle ramenait toujours la conversation sur le football. C'était son langage de l'amour.

— Ne change pas de sujet. Est-ce qu'on va en parler un jour ?

Jess soupira.

— Je voulais venir te voir avant ton départ, mais tu sais que nos emplois du temps ne sont jamais compatibles.

Elle n'avait jamais été douée non plus pour définir ses priorités.

— Je ne veux pas faire ça au téléphone, tu le sais, poursuivit Jess.

— Nous n'avons pas vraiment le choix. Il s'agit de nous. De notre avenir. Tu m'as dit que Brit était une erreur de courte durée.

Elle ne la croyait toujours pas vraiment. Mais Jess était la fiancée de Sloane et elle l'aimait. Ou du moins, elle l'aimait jusqu'à très récemment. Ce n'était pas si facile de passer l'éponge.

— Nous avons convenu de réfléchir à ce que nous voulions pendant l'été. L'été est presque terminé.

— Pas à Los Angeles.

Sloane regarda fixement la caméra. Elle n'avait pas envie de jouer. Elles devaient résoudre ce problème pour leur bien à toutes les deux.

— Brit et moi, c'est fini. C'était une stupide aventure qui a dégénéré. Je te l'ai dit.

— Vous êtes toujours coéquipières.

— Et c'est tout ce que nous sommes, soupira-t-elle. Je te veux, Sloane, mais tu as traversé un océan, alors où cela nous mène-t-il ? Tu sais que ça a toujours été toi. Depuis qu'on s'est rencontrées.

Ses yeux scintillèrent tandis qu'elle déglutissait.

— Me dire que ça a toujours été moi et me tromper ensuite ? Ce n'est pas de l'amour, Jess. C'est une forme de connerie bizarre. Quelque chose dont je ne suis plus sûre d'avoir besoin dans ma vie.

— Tu portes toujours ta bague ?

Sloane regarda son doigt. C'était le cas. Elle n'était pas sûre de savoir pourquoi. Peut-être parce qu'elle ne voulait pas échouer. Sloane n'échouait pas. Ni au football, ni dans la vie, ni en amour. Elle pouvait déjà entendre sa mère lui dire qu'elle le lui avait bien dit. Que les relations homosexuelles ne durent pas.

Elle acquiesça.

— Continuons, s'il te plaît. Nous n'avons pas terminé. Je t'appelle la semaine prochaine. Je t'aime.

Sloane avait les larmes au bord des yeux. Une partie d'elle aimerait toujours Jess, elle aussi. Mais elle était sûre à 90 % que ce n'était plus suffisant.

43

Chapitre Six

— Je n'arrive pas à croire que tu aies attendu près d'un mois pour me donner des nouvelles de la délectable Sloane Patterson. Est-ce qu'elle t'a dit ce qui se passe entre elle et Jess ? Je vais flipper si elles se sont séparées. Elles représentent THE couple parfait. Ce sont mes préférées. Un mélange parfait de chaleur américano-britannique, d'habileté, de gentillesse et de baisabilité.

Marina reprit son souffle à l'autre bout du fil. Puis elle se remit au travail.

— Je les suis toutes les deux sur Insta. Jess a beaucoup de Britney Navas et de Wanda Rutherford sur sa page. Si Sloane et elle se sont séparées, tu penses qu'elles sont en couple ?

— Je ne peux pas te proposer un scenario aussi remarquable que ce que tu es en train d'inventer.

Ella se gara sur sa place de parking, coupa le moteur et appuya sa tête contre l'appui-tête. La journée avait été longue, et elle avait eu une réunion d'équipe avant de partir avec Lucy, les physios et d'autres membres du personnel d'entraînement. Sloane avait une légère douleur à la cheville et n'avait donc pas participé à l'entraînement aujourd'hui, par précaution. Mais Ella n'allait pas partager cela avec sa cousine à la langue bien pendue. Marina ne pourrait pas s'empêcher de répandre la nouvelle sur les réseaux sociaux, même si elle avait promis de ne pas le faire. Ella savait déjà qu'elle devait limiter ce qu'elle disait à qui que ce soit au sujet de l'équipe. Elle ne pouvait pas laisser s'ébruiter des choses qui pourraient influencer le choix des adversaires. Marina ne l'envisagerait pas. Elle serait simplement ravie des ragots.

— Tout ce que je peux dire, c'est que c'est une personne tout à fait normale. Nous avons discuté de son installation en ville et je l'ai vue à l'entraînement. Elle habite dans l'appartement terrasse de mon immeuble, mais nous ne nous sommes pas encore croisées. Elle a les pieds sur terre, alors si tu veux que je te dise qu'elle exige que sa lessive soit lavée avec un détergent parfumé au jasmin et qu'elle ne boit que de l'eau à température ambiante, tu vas être déçue.

Marina poussa un soupir audible.

— Tu es la pire personne pour faire ce travail. Invente quelque chose pour moi au moins. N'oublie pas que je viens te voir dans quelques semaines et que je m'attends à ce que tu me fasses visiter ton lieu de travail. Peut-être même une présentation de ta joueuse préférée.

Ella bafouilla, détacha sa ceinture de sécurité, puis sortit de sa voiture en gardant le téléphone collé à l'oreille.

— Jamais de la vie, mais bien essayé.

— Tu dois me l'accorder, répondit sa cousine. Mais sérieusement. Comment se passe le premier mois ? Tu t'adaptes bien ? Maman m'a dit que tu lui avais dit que l'équipe se débrouillait bien et était contente de toi.

Tante Ursula avait appelé plus tôt dans la semaine.

— C'est vrai, toute l'équipe est très satisfaite, ce qui est formidable. Mais ce n'était pas le sujet principal de notre conversation.

Marina gémit.

— Laisse-moi deviner. C'était pour que tu trouves une femme. Si ça te semble familier, c'est parce qu'elle a eu la même conversation avec moi hier soir. Elle veut des petits-enfants. S'ils viennent de toi, c'est déjà bien, même si ce n'est pas techniquement correct.

Ella sourit.

— Elle n'a pas sorti la carte des petits-enfants. Elle m'a attendrie, parce qu'elle veut que je rentre à la maison pour Noël, ce que je ne suis pas sûre de pouvoir faire.

— Je suis sûre qu'elle en serait ravie.

— Certainement.

Ella marqua une pause.

— Mais revenons à nos moutons. Si tu viens, tu devras me montrer comment utiliser l'application que tu m'as installée et sur laquelle tu m'as inscrite.

— Tu es une femme adulte, tu sais sûrement swiper à droite ?

— Manifestement non, puisqu'elle est sur mon téléphone depuis deux mois.

— Tu es trop occupée, c'est ça ton problème.

Ella prit son sac et ses courses sur la banquette arrière, verrouilla la voiture avec un bip sonore, puis s'approcha de son immeuble. Elle chercha ses clés dans la poche de sa veste, mais ses doigts ne touchèrent rien. Elle fronça les sourcils. Elle vérifia dans la poche opposée. Pareil.

— Je dois y aller, Marina. Je suis devant ma porte pour chercher mes clés, et je ne peux pas jongler avec toi en même temps.

— N'importe quelle excuse. Appelle-moi si tu as envie de déjeuner ce week-end, d'accord ?

— Je le ferai. Je t'aime.

Ella raccrocha, s'apprêta à ranger son téléphone, mais fit tomber la poignée d'un de ses sacs de courses. Sa brique de lait de deux litres tomba, ainsi qu'un multipack de barres chocolatées, des œufs et, évidemment, des tampons.

Ella soupira, posa ses sacs par terre, puis s'accroupit pour ramasser ses courses. Dans le parking, un moteur s'arrêta, puis quelques instants plus tard, une paire familière de baskets du club apparut à côté d'elle. Elle leva les yeux pour voir Sloane.

En quelques secondes, elle s'était penchée à terre pour l'aider à ramasser ses courses. Ella réussit à attraper les tampons et le lait, mais elle rougit lorsque Sloane se tint debout, tenant ses barres de chocolat, ainsi que les œufs légèrement fêlés et détrempés.

— Je pense qu'il va falloir faire une opération chirurgicale d'urgence sur ces œufs si tu veux les sauver.

— Je crois bien que tu as raison.

Sloane se pencha et prit l'un des sacs de courses d'Ella.

— Je me demandais si nous allions finir par nous croiser. Laisse-moi te donner un coup de main jusqu'à ton appartement pour que tu n'aies pas d'autres mésaventures.

Ella pensa à dire non, mais la probabilité d'autres mésaventures était grande. Elle acquiesça.

— Merci, ce serait super.

Ella se demandait ce qui allait lui tomber dessus. Son esprit se mit à tourner sur lui-même.

Elles montèrent dans l'ascenseur, la proximité forcée donnant la chair de poule à Ella. Elle sourit à Sloane, mal à l'aise, lorsque les portes se refermèrent et que son regard parcourut l'espace. Étaient-elles en train de commencer à être amies en dehors du travail ? Les portes de l'ascenseur se refermèrent tandis qu'elle essayait de résoudre le problème dans sa tête, puis elle se gifla mentalement. Ce n'était qu'une collègue qui faisait une bonne action. Il fallait qu'elle soit plus détendue.

Mais elle suivait Sloane sur ses réseaux sociaux depuis le début de sa carrière. Elle avait liké de nombreux messages, suivant l'évolution de son jeu et de sa vie. Maintenant, elle était dans un ascenseur avec elle.

C'était quand même bizarre.

Ella tendit la main pour appuyer sur le bouton de son étage.

Sloane s'approcha pour faire la même chose.

Leurs doigts s'entrechoquèrent et Ella sursauta.

À côté d'elle, Sloane rougit.

Comment savait-elle à quel étage elle habitait ? Ella appuya sur l'étage cinq et l'ascenseur se mit en marche. Elle évita de regarder Sloane à nouveau.

Le bout de son doigt était brûlant.

Arrivée à son étage, Ella se jeta hors de l'ascenseur comme si elle était en feu.

Ce qu'elle était en quelque sorte.

* * *

— Probablement pas aussi chic que ton appartement.

Ella se racla la gorge et ramena ses épaules en arrière, déterminée à prendre le contrôle de la situation.

Sloane suivit Ella dans la cuisine et posa ses œufs gluants sur le comptoir.

— C'est plus chaleureux, quand même, dit-elle en désignant

le mur du fond. Tu as une photo. C'est plus que ce que j'ai pu faire en quelques semaines ici.

— J'ai réussi à récupérer quelques bricoles dans mon garde-meuble en effet, sourit Ella. C'est bien d'avoir des choses autour de soi. On se sent plus à l'aise.

Elle marqua une pause.

— Si tu veux aller à Ikea et faire une course aux photos, je serais ravie de t'y emmener.

Après avoir jeté les œufs sur le comptoir de la cuisine, Sloane passa sa main sous le robinet et s'essuya la main sur le torchon, avant de le plier proprement et de le replacer sur la poignée de la cuisinière.

— Je vais peut-être te prendre au mot.

Ella acquiesça, essayant de ne pas paniquer à l'idée de choisir des cadres photos et des bougies avec Sloane. Marina deviendrait folle. Elle devait se rappeler que Sloane n'était qu'une personne normale. Elle était incroyablement belle et talentueuse, mais elle était aussi normale. Elle aimait probablement les boulettes de viande et la purée d'Ikea, comme tout le monde. Même les superstars du sport mondial devaient manger. Même si les barres chocolatées ne faisaient probablement pas partie de son régime alimentaire.

Comme si elle lisait dans ses pensées, Sloane les prit sur le comptoir.

— Est-ce que c'est bon ? J'adore essayer de nouveaux en-cas dans tous les pays que je visite., dit-elle en levant la main. Pas que je visite ici, mais tu vois ce que je veux dire.

— Tu devrais absolument les essayer, répondit Ella. Les Wispas sont mon point faible. Mais si tu le demandes gentiment, je pourrais t'en donner une bouchée.

Est-ce que ça ressemble à un flirt ? Ce n'était pas censé l'être. Arrête, Carmichael.

— Tu veux quelque chose ? Un café, peut-être ?

Elle secoua la tête.

— C'est un peu tard, mais je ne refuserais pas un peu d'eau.

Ella lui indiqua son canapé.

— Assieds-toi, je vais t'apporter ça.

— Je peux y aller, dis-moi simplement où trouver les verres.

— Au-dessus de l'évier.

Ella rangea ses courses dans le frigo. Elle s'occuperait des œufs une fois que Sloane serait partie. Elle n'avait pas besoin de la voir brouiller des œufs.

Quand Ella leva les yeux, Sloane regardait la photo à cadre magnétique sur son réfrigérateur.

Ella serra un peu plus fort le sac de pâtes qu'elle tenait. Elle tentait de chasser l'idée que Sloane commençait à en savoir plus sur elle que l'inverse. Ce n'était pas la façon dont cela devait fonctionner.

— C'est toi ?

La photo représentait Ella, âgée de quatre ans. Elle avait une coiffure volumineuse qui ressemblait à une construction en Lego et était vêtue de l'équipement complet des Salchester Rovers, une jambe sur un ballon de football, les deux bras fléchis dans une démonstration de force. Cette photo faisait toujours rire les gens, y compris Ella.

— Oui, c'est moi, future star du football, à l'âge de quatre ans.

— C'est ta mère qui a pris la photo ?

Ella acquiesça.

— Toujours. Elle m'encourageait à être ce que je voulais être.

Elle pointa du doigt la photo du dessous, sur laquelle sa mère aurait 40 ans pour toujours. Toujours en train de sourire et de l'encourager.

— C'est elle.

Sloane se pencha.

— Tu as ses yeux. Et ses cheveux épais.

— Je sais.

C'est ce que tout le monde disait à Ella.

— Et ton père, il est toujours en vie ?

Ella secoua la tête.

— Je ne le connais pas.

Sloane acquiesça, puis étudia à nouveau la photo de sa mère.

— J'aime aussi son collier en argent.

— C'était aussi l'un de mes préférés. Le pendentif était gravé d'une boussole. Maman croyait beaucoup au destin, au fait de suivre le cours de sa vie. C'est ce qu'elle représentait. J'avais son collier, mais je l'ai perdu lorsque j'ai vendu sa maison et que nous avons tout vidé. Je ne sais pas comment. Cela me perturbe encore aujourd'hui.

Elle gardait un vague espoir de le retrouver un jour.

Sloane tourna la tête, le regard intense et plein de sympathie. En temps normal, Ella évitait ce genre de regard. Mais avec Sloane, elle n'en avait pas envie.

— Cela doit faire mal. Mais il te reste le souvenir et la photo. Les souvenirs sont la chose la plus importante.

Sloane fit une pause.

— J'ai aussi perdu une bague dans mon déménagement. Elle me manque encore, dit-elle en adressant un sourire triste à Ella. Ta mère doit te manquer.

— Chaque jour. Il paraît qu'avec le temps ça devient plus facile. Je ne suis pas sûre que ce soit vrai.

Ella serra les yeux pour éviter les larmes qui menaçaient, puis rangea les pâtes. Elle prit le saumon et le yaourt et les mit au réfrigérateur. Elle n'avait pas envie de parler de ça maintenant. Heureusement, Sloane changea de sujet. Ella lui en fut reconnaissante.

— La famille est l'une des raisons pour lesquelles je suis venue au Royaume-Uni. Une parmi d'autres. Je veux en savoir plus sur mes racines. Mes arrière-grands-parents se sont rencontrés et sont tombés amoureux ici. Il jouait pour une équipe locale de football, Kilminster United, à une quinzaine de kilomètres d'ici. Je veux en savoir plus, car mes parents ne savent rien et ne sont pas très intéressés. Mais je pense qu'il est important de savoir d'où l'on vient. Cela fait de vous ce que vous êtes.

Ella acquiesça.

— Je ne serais pas ce que je suis sans le soutien et l'amour de ma mère. Je suis sûre qu'il en va de même pour toi. Ce qui fonctionnait pour tes grands-parents a probablement été transmis de génération en génération.

Sloane soutint son regard, puis se dirigea vers le salon, de l'eau à la main. Puis elle se tourna vers Ella.

— En fait, j'espérais venir voir l'ancienne équipe de mon arrière-grand-père ce week-end, à l'occasion d'un match spécial. Une collecte de fonds d'avant-saison.

Elle marqua une pause.

— Si tu es libre, est-ce que tu veux m'accompagner ?

Son visage exprimait l'hésitation.

— Je préfère ne pas y aller seule, et ça m'aiderait d'avoir un chauffeur car je ne suis toujours pas à l'aise sur le mauvais côté de la route. Je paierai l'essence et je pourrai t'offrir du café et du gâteau. Ou une tarte à la mi-temps, parce qu'on m'a dit que ça se faisait dans les stades anglais.

Un éclair de vulnérabilité traversa le visage de Sloane.

Ella voulait lui tendre la main et lui dire que tout allait bien se passer. Au lieu de cela, elle dit :

— Une tarte au poulet balti ?

Le corps de Sloane se détendit.

— Si ça en vaut le détour, alors oui.

— Clairement. Une chose dégoûtante que ton nutritionniste te déconseillerait probablement, mais ça vaut vraiment le coup.

Ella pencha la tête.

— Tu ne veux pas y aller avec Layla ? Il me semble que vous êtes amies, non ?

Sloane posa son verre d'eau sur la table basse et secoua la tête.

— Elle veut passer le plus de temps possible avec sa femme et son fils avant le début de la saison. Alors que nous, nous sommes toutes les deux nouvelles ici, et il n'y a rien dans le règlement qui dit que nous ne pouvons pas être amies.

Ella secoua la tête.

— C'est vrai. De plus, je suis libre et j'ai besoin de compagnie. Kilminster, tu as dit ?

Le sourire de Sloane illumina son visage.

— Le match commence à 15 heures, je passe te prendre vers 13h30 ?

Quelque chose palpitait dans la poitrine d'Ella. Elle l'ignora.

— Je m'en réjouis.

Chapitre Sept

— C'est ce à quoi tu t'attendais ?

Sloane se gratta la nuque et haussa légèrement les épaules.

— Je ne sais pas, mais c'est avec ça que j'ai grandi. J'aime bien leur stade aussi : de la vieille école, sans sponsors. Très rétro. Juste l'odeur de l'herbe, les lignes blanches irrégulières. Être si près que tu peux voir les écorchures sur les genoux des joueurs. J'adore aller dans des grands stades et regarder des matchs énormes, mais j'aime aussi ce type de football.

Elle regarda les quelques centaines de spectateurs rassemblés pour la collecte de fonds.

— Je t'ai aussi promis une tarte, mais il n'y a même pas de stand de tarte.

Ella sortit un Wispa de son sac.

— Il y a un manque honteux de tartes, je suis d'accord. Mais je peux t'offrir ceci à partager si tu le souhaites.

Un sourire se dessina sur le visage de Sloane.

— Partager tes Wispas, je sais ce qu'ils représentent pour toi. J'en serais ravie, merci.

Le vent se leva et les cheveux épais d'Ella enveloppèrent son visage. Elle les repoussa. Cela rendrait Sloane folle, mais cela convenait à Ella.

Sloane n'avait pas manqué de remarquer à quel point il

était facile d'être en compagnie d'Ella. Du moins, quand elle n'était pas sur le terrain d'entraînement. Là, Ella faisait partie du personnel : elle était envoyée pour évaluer et aider. C'est pourquoi Sloane n'avait pas donné grand-chose lors de leur première rencontre. Elle protégeait ses sentiments de la même façon qu'elle aimait protéger le ballon. Elle ne connaissait pas Ella lors de leur première séance, mais elle la connaissait un peu mieux maintenant. Maintenant, elles étaient là, partageant un samedi. Elles avaient conduit jusqu'ici, partageant des souvenirs. Passer du temps avec Ella en dehors du travail, c'était comme ouvrir son journal intime.

Peut-être que Sloane avait besoin de parler à quelqu'un de Jess. Elle ne pouvait pas appeler sa famille. Son frère était toujours parti avec la Marine. Ses parents ne s'intéressaient pas à elle. De plus, toutes ses autres amies étaient impliquées dans le football. Elles connaissaient Jess. Elles pourraient lui parler. Même sa bonne copine, Alex, était la partenaire de Jess au milieu du terrain en Caroline du Nord. Toutes ses voies habituelles étaient coupées. Ella serait la candidate évidente.

Le ballon qui vola haut dans les airs tout près d'elle l'arracha à ses pensées. Un défenseur de l'équipe adverse et un milieu de terrain de l'équipe locale s'élancèrent vers le ballon et leurs têtes s'entrechoquèrent en l'air dans un bruit sourd et écœurant, tandis que le ballon s'écrasa contre les panneaux publicitaires à proximité et rebondit sur le terrain.

Sloane grimaça et s'agrippa à la rambarde en fer qui lui arrivait à la taille. Elle avait elle-même été victime de quelques incidents de ce genre et, au mieux, ils vous donnaient un mal de tête assourdissant, au pire, une commotion cérébrale. Elle espérait qu'il ne s'agisse ici pas de ce deuxième cas.

Lorsque le coup de sifflet annonçant la fin du match retentit 15 minutes plus tard, Sloane applaudit et acclama la victoire 2-1 de son équipe. Pendant ce temps, l'un des joueurs ayant participé au choc se frottait la tête en quittant le terrain.

— Tu es d'accord pour qu'on aille au clubhouse pour voir si je peux en savoir plus sur ma famille ? J'ai appelé en début de semaine, et ils ont dit que c'était ouvert.

Ella lui fit un signe de tête ferme.

— Nous avons vu le jeu, mais ce n'est que la moitié du travail, n'est-ce pas ? Tu es ici pour enquêter.

Sloane sourit. Enquêter. Elle aimait la tournure de phrase d'Ella. Super britannique.

Elles marchèrent sur l'herbe molle et glissante (il avait plu pendant la nuit), puis montèrent sur le porche en bois couvert et ouvrirent d'un coup sec la porte blanche du club-house.

Sloane cligna des yeux. Il ne s'agissait pas d'un grand clubhouse comme ces bâtiments cossus avec des canapés moelleux et des bars luxueux dans les communautés fermées de Floride. Ce clubhouse avait un sol gris éraflé, des tables pliantes blanches avec des chaises en plastique rouge et, au bout, un petit bar qui s'excusait presque. Cependant, il était rempli de supporters, encouragés par leur victoire, une pinte à la main. L'endroit est peut-être triste, mais les gens à l'intérieur ne l'étaient pas le moins du monde.

— Je vais chercher à boire, ou tu veux parler à quelqu'un ?

Sloane n'avait rien prévu de particulier. Elle pointa du doigt les photos de foot sur le mur du fond.

— Jetons d'abord un coup d'œil à celles-là.

Lorsqu'elles atterrirent devant, Sloane fut attirée par les

plus anciennes, en noir et blanc. S'il n'était pas mort, son grand-père aurait eu 81 ans. Ses arrière-grands-parents étaient tous deux nés en 1920, et il avait joué ici à la fin des années 1930. Est-ce qu'il y avait des photos à l'époque ? Elle était presque sûre qu'ils en avaient une ou deux.

Une main sur son bras lui fit lever les yeux vers Ella.

— Comment s'appelait ton arrière-grand-père déjà ?

— Robert Patterson.

— Dans ce cas, bingo !

Ella pointa une photo encadrée devant elle.

— C'est une photo où il s'apprête à marquer un but lors d'un match de championnat en 1938.

Elle secoue la tête.

— Je me sens un peu émue, et ce n'est même pas ma famille.

Elle rapprocha Sloane. Sloane jeta un coup d'œil à l'intérieur, et bien sûr, Ella avait raison. Son arrière-grand-père était là, avec une coupe courte et un ballon à ses pieds. Sloane eut un sursaut d'orgueil et des larmes de joie menacèrent de couler, mais elle les ravala. Elle avait espéré trouver des preuves de son existence, mais elle n'aurait jamais pensé que ce serait aussi facile.

À côté des photos, un avis demandait le parrainage d'un club. C'était peut-être pour cette raison que leurs maillots n'avaient pas de sponsor : ils n'avaient pas trouvé d'entreprise disposée à le faire. Cela expliquait pourquoi le clubhouse était si fatigué, s'ils étaient à court d'argent.

Une chaise raclant le sol derrière elle la fit se retourner. L'homme au crâne brisé y était assis. Sloane fit un pas de côté et lui adressa une grimace.

— Comment vous sentez-vous ? C'était un sacré choc là-bas.

L'homme, une coupure de boxeur au-dessus de l'œil droit, fortement enduite de vaseline, lui adresse un demi-sourire fatigué.

— J'ai connu pire, mais je ne vais peut-être pas boire dix pintes ce soir. Je n'ai pas besoin d'un mal de tête plus intense que celui que j'ai déjà.

Il se toucha la tempe droite, comme pour vérifier qu'elle était toujours là, puis désigna la photo.

— J'ai vu que vous la regardiez quand je me suis assis. C'est mon grand-oncle sur cette photo.

Le cœur de Sloane manqua de s'arrêter. Elle pointa à nouveau du doigt.

— Ce type ?

L'homme lui adressa un sourire.

— Ce type.

— Eh bien, bon sang !

Elle reprit son souffle et ses esprits.

— Cet homme est mon arrière-grand-père, donc je suppose que nous sommes liés d'une manière étrange.

L'homme pencha la tête vers la droite.

— C'est le cas ? Mais vous êtes américaine.

Il marqua une pause, comme s'il évaluait ses paroles.

— Attendez un peu. Vous êtes de la famille de Robert ?

Elle pointa son index sur sa poitrine.

— Mon arrière-grand-père.

— Putain.

Sloane se pencha et tendit la main.

— Je suis Sloane.

Il lui serra la main lentement.

— Ryan.

Il grimace à nouveau.

— Désolé, ce n'est pas mon heure de gloire.

— Un beau but, quand même.

Il sourit.

— Merci.

Le chef d'équipe s'approcha, portant une pinte d'eau. Il la posa sur la table devant Ryan.

— Bois ça, mon gars. Reste hydraté en permanence. Pas de bière pour toi ce soir.

Il regarda Sloane, puis lui tendit la main.

— Matt Cook, directeur de l'équipe.

— Enchanté, Matt.

Elle lui serra la main. Le col de sa chemise était à moitié rentré et à moitié sorti de son pull noir. Sloane imaginait que c'était la signature de Matt.

— Sloane Patterson, nouvelle fan.

Matt s'était arrêté au milieu de la poignée de main en entendant son nom.

— Sloane Patterson ? Comme la star du football américain, Sloane Patterson ?

Ses yeux s'écarquillent.

Oh, merde. Elle ne s'attendait pas à être reconnue ici. Sloane déglutit, puis acquiesça.

— Je ne parlerais pas de star, mais oui, je joue.

— Tu joues ?

La voix de Matt était montée d'un octave.

— Tu as signé pour les Rovers et tu es une grande joueuse oui !

Il rit.

— Qu'est-ce que tu fais ici ?

Ryan intervint pour expliquer, et Matt mit ses mains sur ses hanches.

— Je ne m'attendais pas à ça. Alors, tu veux de l'histoire ? Il y en a beaucoup. Il faut que tu parles à Barry, là-bas, indiqua Matt. C'est l'historien officiel du club. Je suis sûr qu'il adorerait te renseigner. Il connait les histoires et les secrets de toute le monde.

Matt jeta un coup d'œil à Ryan.

— Ta mère ne vient pas aujourd'hui ?

Le cœur de Sloane s'accéléra.

— Ta mère serait ma quoi ? Une cousine éloignée ?

Ryan fronça les sourcils.

— Je ne sais pas, mais elle aimerait bien te rencontrer. Surtout si tu es une star du football. Tu es célèbre ?

Il fit une pause.

— Ma petite amie aimerait aussi te rencontrer. C'est une grande fan de football féminin.

Matt acquiesça.

— Elle vient de signer pour les Rovers dans le cadre du plus gros transfert jamais réalisé dans le football féminin. Elle jouera dans le stade officiel pour son premier match à domicile de la saison.

Ryan leva les yeux vers elle.

— Mince alors. Enchanté de te rencontrer, célèbre cousine éloignée.

Matt sortit son téléphone.

— Ça te dérange si on prend une photo pour les médias sociaux ? Cela pourrait nous permettre d'attirer de nouveaux fans s'ils pensent que tu viens. Tu seras de retour quand la nouvelle saison commencera ?

— Si l'emploi du temps le permet.

Elle se pencha pour que Matt puisse prendre un selfie. Il avait l'air très content en tapant une légende.

— Sloane Patterson. Fan de Kilminster United. Qu'en pensez-vous ?

Il fit une pause.

— Si Robert était ton arrière-grand-père, il y a une histoire sur tes grands-parents que tu devrais entendre. Surtout quand on sait qui tu es, dit-il en secouant la tête. Mais ce n'est pas à moi de la raconter. Je pense que Cathy aimerait avoir les honneurs de cette histoire.

— Cathy ?

— Ma mère, dit Ryan.

— Tu devrais être un peu plus enthousiaste à l'idée d'avoir un lien de parenté avec Sloan, dit Matt à Ryan. Elle a gagné la Coupe du monde.

— Ma mère va paniquer. C'est le premier match qu'elle rate depuis longtemps et voilà ce qui arrive.

Ryan se frotta l'épaule.

— On viendra te voir pour ton premier match. Solidarité familiale.

Cela réchauffa le cœur de Sloane. Elle n'avait jamais connu cela auparavant. Son frère avait toujours été absent. Elle pouvait compter sur les doigts de la main les matchs auxquels ses parents avaient assisté au cours de sa vie. Si elle était mariée à un homme, les choses seraient peut-être différentes. Ou peut-être qu'elle n'a pas cherché sa famille au bon endroit depuis le début.

— Mais qu'est-ce que je dois savoir ?

Ryan secoua la tête.

— Je ne sais que vaguement. Parle à ma mère. Elle te renseignera.

Il marqua une pause.

— Tu es aussi ma cousine éloignée alors ? demanda-t-il à Ella.

Elle s'était tenue à l'écart pendant que Sloane bavardait, mais ce dernier la ramena dans le groupe.

— Voici Ella, une collègue de Salchester. Elle m'a gentiment conduite ici aujourd'hui.

Ils se serrèrent tous la main.

— Je ne suis pas une cousine américaine. Je suis née et j'ai grandi dans le Lancashire, dit-elle en adressant au groupe un sourire fier.

Matt montra son téléphone, où la photo d'eux faisait déjà parler d'elle.

— Cela attire plus l'attention que tout ce que j'ai pu poster auparavant. Le pouvoir de la célébrité.

— Je peux avoir ton numéro pour que ma mère puisse te contacter ? demanda Ryan.

Sloane se sentait mal à l'aise. Elle ne donnait pas facilement son numéro, même à sa famille potentielle. Elle s'était déjà fait avoir de cette façon.

— Je peux prendre ton numéro ou celui de ta mère ? Je ne donne pas mon numéro, j'espère que tu comprends.

Matt tapa sur l'épaule de Ryan.

— Un peu de respect. C'est comme demander son numéro à David Beckham, idiot.

Ryan rougit et donna à Sloane le numéro de sa mère.

— Je lui dirai d'attendre ton appel.

— Dis-lui d'y compter. Surtout maintenant que je sais qu'il y a un secret que je dois connaître.

***

— Cela s'est mieux passé que je ne l'espérais.

Sloane enclencha sa ceinture de sécurité tandis qu'Ella sortait en marche arrière du parking du club. Ryan se tenait devant la porte et lui faisait signe. Elle lui répondit par un signe de la main.

— Tu crois qu'il a été vexé que je ne lui donne pas mon numéro ?

Ella secoua la tête.

— Il te fait signe depuis la porte, donc je pense que ça va. Et s'il est vexé, il comprendra bien assez tôt pourquoi tu ne pouvais pas le lui donner. Tu es une personnalité publique.

— Parfois, je déteste ça.

Ella lui jeta un coup d'œil.

— Mais je suis sûre qu'il y a de quoi compenser, n'est-ce pas ? Ça fait partie du jeu. Vous devenez très bon dans quelque chose, et les gens sont attirés par vous. Ils veulent savoir comment vous êtes arrivé là et comment vous faites. C'est aussi mon travail avec les joueuses. Je cherche à savoir ce qui vous fait vibrer et je vous aide à trouver comment exploiter pleinement votre pouvoir.

— Tu n'as pas mon numéro non plus.

Sloane sourit à Ella alors qu'elle s'engageait sur la route principale.

— Je n'en abuserais pas. Je t'enverrais juste des emojis ennuyeux à des moments inopportuns.

— Des aubergines ?

— Trop évident. J'opte pour les dames qui dansent et les chats.

Sloane sourit. Elle était heureuse d'être tombée sur Ella dès leur premier jour. Cela avait créé entre elles une étrange camaraderie dont elle n'était pas sûre qu'elle aurait existé autrement.

— Merci aussi de m'avoir accompagnée au match aujourd'hui. Jess n'a jamais vraiment aimé venir regarder les matchs locaux avec moi. Surtout les matchs masculins. Elle était très concentrée sur les femmes, et elle aimait un certain type de stade, même s'il était vide. Pour quelqu'un qui aime tant le football, je n'ai jamais compris. Nous avions l'habitude de nous disputer à ce sujet.

Ella tambourina ses doigts sur le volant alors qu'elle s'arrêtait à un feu rouge.

— L'habitude ?

Sloane sentit ses joues rougir. Elle voulait parler à quelqu'un, et Ella était là.

— Je ne pense pas que tu seras surprise d'apprendre que tout n'est pas rose entre nous.

— Je m'en doutais, vu qu'un océan vous sépare. Mais je ne voulais pas faire de suppositions, certains s'en chargent déjà.

— Nous n'avons pas officiellement rompu parce que nous sommes fiancées. Si ce n'était pas arrivé, il aurait été plus facile de s'en aller.

Sloane marqua une pause. Devait-elle raconter toute l'histoire ? Elle était déjà à fleur de peau.

— Évidemment, c'est confidentiel ?

Ella acquiesça, tout en gardant les yeux sur la route.

— Évidemment.

Sloane expira.

— Elle m'a trompée lorsque nous vivions séparément aux Etats-Unis. Trois mois après ma demande en mariage. Je ne l'ai découvert que deux mois plus tard, et j'étais prête à passer l'éponge, mais elle veut réessayer. Mais je garde en tête qu'elle m'a trompée avec une coéquipière. Elle dit que cela a été de courte durée, mais elles sont toujours dans la même équipe et dans la même ville. Ce que je sais, c'est qu'elle couchait avec elle *et* avec moi. C'est difficile à avaler.

— Je vois ça.

Ella se lécha les lèvres.

— Et je suis vraiment désolée aussi. Je me souviens avoir vu ta demande en mariage, c'était partout sur mes réseaux sociaux. C'était très romantique.

Sloane ricana.

— Ça l'était pour moi, mais ça ne signifiait clairement pas grand-chose pour elle. Nous avons eu une conversation cette semaine, mais elle ne veut pas parler de choses importantes au téléphone. J'ai essayé de la voir avant de partir, mais elle n'a jamais pu me recevoir. Ou ne voulait pas.

Sa peau le démangeait rien que d'y penser.

— Je ne sais pas trop où nous en sommes. Ou peut-être que si. Mais nous sommes toujours officiellement fiancées, alors je suis dans l'incertitude. J'aimerais une rupture nette, mais ce n'est pas facile quand on a aimé une personne aussi longtemps que je l'ai aimée.

Sloane avait la gorge sèche. C'était bien plus que ce qu'elle avait partagé depuis des lustres avec qui que ce soit. Et elle connaissait à peine Ella.

Elle ferma la bouche. Peut-être en avait-elle déjà trop dit.

— On dirait qu'il y a beaucoup de ce que Jess veut, et pas beaucoup de ce que tu veux.

Les phalanges d'Ella fléchirent alors qu'elle saisissait le volant.

— Je parle en tant qu'amie, et non pas en tant que coach pour tes performances et ton style de vie. Bien que cette merde puisse vraiment affecter tes performances.

Ella fit claquer sa langue.

— Mais désolée, je ne devrais probablement pas m'en mêler.

Mais elle devrait peut-être le faire. C'était bien d'entendre l'opinion de quelqu'un d'autre. Quelqu'un avec une nouvelle perspective. Peut-être qu'Ella avait raison aussi. Jess était celle qui avait tout gâché. Maintenant, c'est elle qui s'accrochait. Sloane s'était mise en colère, puis Jess lui avait parlé. Peut-être qu'elle devrait se mettre en colère à nouveau.

— Et toi ? Tu es dans une relation ?

Ella rit.

— Avec moi-même, oui. Avec quelqu'un d'autre, non.

— Au moins, tu es heureuse.

Sloane se tortilla sur son siège lorsque la vérité de cette déclaration la frappa. Elle n'était pas heureuse. Elle ne l'était plus depuis un certain temps. Elle devait prendre le contrôle avec Jess. Faire ce qu'elle voulait de sa vie, tout comme Ella.

— Je suis heureuse, mais ma famille ne l'est pas. Mon oncle et ma tante aimeraient que je rencontre quelqu'un, mais je pense que ça arrivera quand ça arrivera. Je ne veux rien forcer.

Ella jeta un coup d'œil à gauche et serra à nouveau le volant.

— Quand ce sera le bon moment, je le saurai. Ma famille pense que je ne suis pas romantique, mais je le suis.

Ses joues rougirent d'un rose vif.

— C'est pourquoi j'ai aimé ta demande en mariage. Je suis désolée que ça ait tourné au vinaigre.

Aigre. Sloane médite sur le mot pendant une minute. C'était une bonne façon de décrire son année de fiançailles.

— C'est bien que ta tante soit investie, quand même.

Même si la mère d'Ella était morte, elle avait encore de la famille proche. Plus que Sloane.

— C'est vrai, même si nos idées sur ma vie s'opposent parfois. Elle pense qu'on ne peut pas être heureux tout seul. Mais je l'ai été. Cela ne veut pas dire que je n'aimerais pas rencontrer quelqu'un, mais il faut que ce soit quelqu'un qui me convienne. Je ne vais pas me contenter de quelqu'un juste parce que le temps presse pour se marier ou avoir des enfants, ou parce que la société pense que je devrais le faire.

Sloane serra les poings. Ella parlait sa langue.

— Si je pense à Jess, il y avait quand même quelques signaux d'alarme depuis que nous nous sommes séparées. Le fait de coucher avec quelqu'un d'autre en était un énorme, mais il y en a eu d'autres que j'ai ignorés aussi.

Elle n'avait pas envisagé de déménager avec Sloane lorsqu'elle avait reçu l'offre qu'elle ne pouvait pas refuser à Los Angeles, même si l'équipe était également intéressée par sa signature. Il y avait aussi son goût trop prononcé pour les bières et son habitude d'envoyer des textos au milieu de la nuit alors qu'elle était pompette ou ivre.

— Parfois, il faut du recul pour voir ces choses. Nous

apprenons tous au fur et à mesure. Je suis sûre que vous avez aussi eu de bons moments.

Sloane acquiesça.

— Oui, c'est vrai.

Même s'il était de moins en moins facile de s'en souvenir.

— À quand remonte ta dernière relation ?

Est-ce trop personnel ? Elle avait parlé de sa vie, alors Sloane espérait que c'était possible d'en parler.

Ella hésita avant de parler.

— Il y a quatre ans. Nous étions ensemble depuis un an. Reba était analyste financière pour la ville, et nos vies n'étaient pas sur la bonne voie. L'argent était un problème, tout comme son addiction à son travail. Il fallait bien que quelque chose s'arrête, et ce fut nous.

Elle haussa les épaules.

— Depuis, il n'y a plus personne. D'où l'inquiétude de ma tante. Ma mère était mère célibataire et je suis fille unique. Elle n'a jamais eu de chance dans les relations amoureuses, et ma tante craint que cela ait déteint sur moi. Elle ne veut pas que je devienne solitaire. Je pense que c'est un code familial pour dire « bizarre ».

Sloane rit.

— Donne-moi le numéro de ta tante et je l'appellerai pour lui dire que tu es tout sauf bizarre. Je dirais que tu sais écouter et que tu es peut-être la première amie que je me suis faite depuis mon arrivée au Royaume-Uni, ce que j'apprécie. De plus, tu as rencontré ma famille. Plus que Jess ne l'a jamais fait.

— Je suis honorée, répondit Ella. Et pour ce que ça vaut, tu devrais régler les choses avec Jess, d'une manière ou d'une autre. La vie est toujours meilleure quand on la vit de manière authentique. Quand on fait ce que l'on veut vraiment. Tu le fais déjà sur le plan professionnel. Tu as juste besoin de mettre de l'ordre dans ta vie amoureuse.

Elle secoua la tête.

— Enfin, qui aurait pensé ce matin que je donnerais des conseils en matière de relations amoureuses à Sloane Patterson.

Elle mit une main sur sa poitrine.

— Tu devrais m'ignorer. Je suis la femme qui n'a jamais eu de relation plus longue que quelques années, alors qu'est-ce que j'en sais ? Les performances de pointe dans les sports d'élite, c'est mon domaine d'expertise. Les relations ? C'est un mystère.

— Je pense que tu es plus sage que tu ne le penses.

Leur immeuble apparut. À côté, le soleil d'été plongeant projetait des flammes chaudes dans l'eau de la rivière. On aurait dit une œuvre d'art moderne.

— C'est joli, dit Sloane. Les couchers de soleil californiens sur l'océan me manquent, mais cette vue sur la rivière a un charme qui lui est propre.

Ella ralentit la voiture, puis tourna à droite.

Automatiquement, Sloane tressaillit, craignant pour sa vie. Elle n'était toujours pas habituée à se trouver du mauvais côté de la route.

— Je suis contente que tu conduises. Je te jure, j'aurais tourné tout droit dans le trafic venant en sens inverse.

— Ce n'est qu'une histoire d'entraînement.

Ella appuya son coude sur la porte. Elle avait l'air cool sans effort. Comme si elle était dans un road trip, sur le point de lâcher une perle de sagesse qui changerait sa vie.

Sloane se réprimanda.

Elle n'avait jamais pensé cela avec Jess non plus.

— J'ai conduit à droite en Europe continentale et il y a toujours des moments où l'on s'arrête, mais ensuite on s'y habitue.

Ella sortit la voiture de la route et se gara à la place qui lui avait été attribuée. Elle coupa ensuite le moteur et adressa un sourire timide à Sloane.

— Si tu veux, je peux t'emmener pour que tu t'entraînes un peu sur de grands espaces où tu ne risqueras pas de t'écraser contre quoi que ce soit. Ensuite, nous pourrons passer aux routes.

— Ce serait génial.

Il fallait qu'elle surmonte son blocage à l'idée de venir en voiture. Elle voulait son indépendance.

— Tu es sûre de pouvoir le faire ?

— Je suis très patiente, c'est mon métier. En plus, tu sais conduire, ça ne sera pas long. Quelques séances suffiront à te débarrasser de tes craintes.

Sloane se retourna sur son siège. Lorsqu'Ella fit de même, elle perçut une bouffée de son parfum floral. Il convenait parfaitement à cette rose anglaise. Elle ressentit une sensation de pulsation au bas de son estomac. Sloane cligna des yeux devant ses propres pensées. Elle ne savait pas exactement d'où elles provenaient, mais ce n'était pas de son cerveau normal.

Elle se racla la gorge.

— Marché conclu. Merci.

Elle marqua une pause.

— Pour ce que ça vaut, je suis d'accord avec ta tante. Tu devrais sortir et rencontrer quelqu'un si tu le souhaites.

Déclaration intéressante.

Ella roula des yeux.

— Ne commence pas. Ma cousine m'a inscrite sur l'application de rencontres Honey Pot, mais je ne suis pas très enthousiaste.

— Pas quand nous sommes sur le point de partir en tournée de pré-saison. Mais à notre retour, tu devrais sortir. Je vais suivre ça de près, dit Sloane en agitant le doigt. Tu peux le faire, tu dois le faire. Je n'ai pas de femmes en ce moment pour des raisons évidentes. Mais imagine si j'allais sur Honey Pot, toute l'attention que j'aurais.

Sloane frissonna.

— C'est pourquoi j'ai tendance à sortir avec des filles que je rencontre sur le terrain. Elles sont connues aussi. On ne sait jamais si les gens sont sincères quand on est célèbre. Même juste un peu, comme moi.

— Je pense que tu es plus célèbre que tu ne le penses. Tu es même connue à Kilminster United.

Sloane rit.

— Un coup de chance. Ryan n'en avait aucune idée. On fait un pacte ? Je réfléchirai sérieusement à ma relation si tu t'engages à au moins jeter un œil sur Honey Pot.

— Même le nom me fait frémir.

Ella marqua une pause.

— Mais ma famille serait ravie.

— Un rendez-vous pourrait les calmer un peu.

— C'est pas faux.

— Avons-nous un accord ? Pour info, tu as la partie facile du marché.

Ella prit son sac sur le siège arrière, puis tendit la main.

Sloane la prit, puis essaya de contenir la secousse qui traversa son corps à son contact. Son regard se porta sur Ella. L'avait-elle ressentie aussi ? L'air de la voiture devint très chaud, et son cœur se mit à battre la chamade.

— Nous avons un accord.

La voix d'Ella était ferme, mais ses joues étaient devenues écarlates.

Chapitre Huit

Ella n'était jamais allée en Allemagne auparavant, mais elle aimait ce qu'elle avait vu jusqu'à présent. L'équipe logeait dans un hôtel du centre de Francfort qui disposait d'un sauna, d'un spa et d'un hammam fantastiques au dernier étage, qu'Ella avait bien l'intention d'utiliser plus tard. L'un des avantages d'être membre du personnel était qu'elle avait une chambre pour elle seule, contrairement aux joueuses qui devaient partager leur chambre. Même les meilleures comme Sloane. Ella sourit à cette pensée. Elle était loin d'être la vedette que les médias décrivaient. Elle était une personne normale, naviguant dans la vie comme le reste d'entre eux.

L'autre partie qu'elle avait appréciée ? L'avion privé qu'elles avaient pris. Elle vivait un rêve. Elle avait envoyé à sa cousine un selfie depuis l'avion, avec l'équipe derrière elle.

J'espère que tu as pris quelques-unes de ces jolies bouteilles de champagne dans ton avion privé ! répondit Marina dans un texto.

Ella sourit et tapa :

— *Nous sommes une équipe sportive d'élite. Nous ne sommes pas en voyage à Ibiza.*

— *Tu as bien changé,* ajouta Marina, avec une série d'émojis.

Ella descendit de l'autocar sur le trottoir étincelant de propreté à l'extérieur de l'hôtel. Lucy était juste derrière elle, transportant sa valise de marque.

L'équipe se présenta à la réception huppée, leurs survêtements bleus et leurs baskets Nike ne semblant pas à leur place dans l'opulent hall d'entrée. L'espace était rempli de piliers d'un blanc étincelant, ainsi que de pots gargantuesques de fleurs roses et violettes. Des lustres en cristal pendaient du plafond, tandis que des parfums coûteux et variés imprégnaient l'air.

Ella se souvenait d'avoir pris l'avion pour aller jouer contre une équipe en France à l'époque où elle jouait. Elles avaient payé leurs propres billets, voyagé les genoux contre la poitrine, porté leurs propres sacs et séjourné à quatre dans un hôtel bon marché. Le bond en avant était stupéfiant.

À sa gauche, un groom coiffé d'un chapeau en forme de boîte à chapeaux se faisait prendre en selfie avec Sloane, puis lui demandait un autographe. Ella resta en retrait, s'émerveillant à nouveau de la célébrité de son amie. Elle et Sloane se croisaient peut-être pour un bref moment de leur vie, mais la célébrité de Sloane était profondément enracinée et ne la quitterait jamais. Ella ne pourrait jamais comprendre cela.

— Réunion d'équipe dans une heure dans la salle de conférence A. Installez-vous et soyez là à 17 heures. Sloane partagera une anecdote sur sa carrière à ce moment-là également.

Lorsque Lucy prenait la parole, toute l'équipe s'arrêtait et écoutait, comme si elle était le professeur le plus redouté de l'école. Si elle avait son sifflet, Ella imaginait que tout le monde dans le hall d'entrée se serait arrêté en plein travail pour prêter attention, comme les Von Trapps bien éduqués. Tout le monde, y compris le personnel de l'accueil et les grooms.

Ella attendit que l'équipe se disperse, ne jetant qu'un bref coup d'œil en direction de Sloane. Elle partageait sa chambre avec Layla, tandis que celle d'Ella se trouvait à côté de celle de Lucy. Elles prirent l'ascenseur ensemble.

— Je regardais dans l'avion, je voyais qui s'asseyait à côté de qui, qui parlait à qui.

Lucy s'était adressée directement à Ella et n'avait pas jeté un seul coup d'œil à son propre reflet dans les immenses miroirs de l'ascenseur. Quelle maîtrise de soi !

— Les jeunes ont l'air de bien s'adapter.

Ella sourit.

— En effet, mais certaines d'entre elles sont si immatures que cela me fait rire. Je suis sûre que je n'ai jamais été aussi éloignée de la vie réelle quand j'avais 19 ans.

La musique de l'ascenseur flottait autour d'elles comme un baume apaisant. Cet hôtel prenait la relaxation au sérieux.

— Prends Nat. Une si belle frappe de balle, un fabuleux cerveau de footballeuse. Une telle perspective, elle est effrayante. Mais mardi, lors d'une séance avec elle, je lui ai demandé s'il lui manquait quelque chose à la maison. Sa réponse ? Les œufs brouillés épicés sur toast de sa mère. Je lui ai dit qu'elle pouvait le faire elle-même, car elle a un appartement avec une cuisine. Mais elle m'a dit qu'elle ne saurait pas par où commencer. Elle peut marquer un but devant des milliers de supporters, prendre les bonnes décisions en une fraction de seconde. Mais si on lui demande de faire quelque chose pour elle-même, elle ne sait pas quoi faire.

Lucy passa une main dans ses courts cheveux noirs et sourit.

— Ne m'en parle pas. L'autre jour, j'ai dû montrer à Brie comment lacer sa propre chaussure. Elle m'a dit qu'elle pouvait le faire en croisant les lacets, mais qu'elle n'y arrivait pas. Je lui ai montré que ce n'était pas si difficile.

— Mais en dehors des compétences de vie, je pense que les jeunes s'en sortent bien et que les nouvelles s'intègrent bien aussi.

Lucy glissa sa main droite dans la poche de son tailleur bleu marine et évalua Ella.

— Je t'ai aussi vue discuter avec Sloane dans le salon de l'aéroport. Je sais que nous pensons toutes qu'elle est bien, mais c'est aussi une nouvelle. Même si elle est plus âgée et qu'elle a gagné tout ce qu'il y a à gagner.

— Pas de titre de Super Ligue féminine, ni de Coupe d'Angleterre, ni de Ligue des champions.

— C'est à venir.

Lucy agita son index en parlant.

— Mais sérieusement, elle va bien ? Je lui ai demandé, mais je ne sais pas trop qu'en penser.

Ella enfonça sa langue dans son palais et s'efforça de ne pas rougir.

— Elle va bien. Elle habite dans mon immeuble, alors nous avons appris à nous connaître un peu en dehors du travail. Elle apprécie le Royaume-Uni jusqu'à présent. En plus, elle a acheté une nouvelle machine à café l'autre jour, alors je pense qu'elle a l'intention de rester.

L'ascenseur atteignit leur étage, et elles marchèrent toutes deux sur la moquette moelleuse jusqu'à leur chambre.

— Ces joueuses se nourrissent de café. Attends qu'elles atteignent 40 ans et qu'elles ne puissent plus fermer l'œil après en avoir bu.

Lucy sourit en marchant.

— Je suis ravie qu'elle discute avec toi. Au-delà de ton travail, c'est une bonne chose pour elle d'avoir une amie sur laquelle elle peut compter et qui n'est pas une autre joueuse. J'ai toujours été amie avec des membres du personnel lorsque je jouais, et j'appréciais tellement ces relations.

Elle marqua une pause.

— Je sais que nos chemins ne se sont pas beaucoup croisés à l'époque, mais es-tu toujours en contact avec l'une de tes anciennes coéquipières ?

Ella secoua la tête. C'était quelque chose qu'elle regrettait, mais lorsqu'elle avait pris la décision d'abandonner le football, elle avait coupé tous les ponts.

— Pas vraiment. C'est pourquoi c'est bien de connaître ces joueuses, de voir comment les choses ont changé. Y compris les recrues, et même les superstars comme Sloane. J'ai hâte d'assister à sa séance d'aujourd'hui.

Lucy acquiesça.

— Tu penses que c'est une bonne idée ?

— Je pense que ça va même au-delà de cela. Ces séances permettent à tout le monde de se faire davantage confiance. C'est un coup de génie.

Chapitre Neuf

La salle de conférence de l'hôtel ressemblait à toutes celles que Sloane avait connues dans sa vie. Un tableau à feuilles mobiles. Des bureaux disposés en U avec leurs chaises. Des fenêtres ombragées. Café, thé, biscuits. Elle était sûre que de nombreuses affaires avaient été conclues sur ces bureaux. Mais aujourd'hui, Sloane se tenait au sommet du U, la main droite dans la poche de son survêtement, la lèvre inférieure serrée sous ses deux dents de devant. Elle essayait de rester calme, mais elle n'avait jamais raconté toute son histoire auparavant. Elle avait décidé qu'il était temps de le faire aujourd'hui.

— Ok, tout le monde, dit Lucy en frappant dans ses mains. Faisons un peu de silence pour l'histoire de Sloane. Elle s'est courageusement proposée pour être la première joueuse à partager une histoire. Le prochain sera Dan, notre physio en chef, et ensuite, je choisirai une autre joueuse. Écoutez, apprenez, respectez le courage de l'orateur, car il faut du courage pour dire sa vérité. Ne touchez pas à votre téléphone, s'il vous plaît, et ouvrez grand vos oreilles. Et n'oubliez pas que tout ce qui est partagé au cours de ces séances ne va pas plus loin. Cercle de confiance.

Elle sourit. L'ambiance était détendue.

Sloane lui fit un signe de tête, puis se racla la gorge.

— Merci Lucy, et merci aussi pour ton histoire puissante de la dernière fois, à laquelle j'ai beaucoup pensé depuis. Je me suis dit qu'il était temps de partager la mienne.

Elle recula les épaules et posa une paume sur sa poitrine. Les battements de son cœur s'accélérèrent sous le bout de ses doigts. C'était quelque chose de nouveau.

— Vous me connaissez sous le nom de Sloane Patterson. Vous avez probablement une idée fixe de qui je suis, basée sur ma façon de jouer, ma compétitivité, mon palmarès et mes victoires. Mais ce que vous ne savez pas, c'est le combat que j'ai dû mener pour pouvoir jouer au football. Parce que mes parents ne voulaient pas que je le fasse.

Elle regarda autour d'elle et vit la surprise se dessiner sur les visages. Elle n'avait jamais raconté cette histoire qu'à ses amis proches. Quelques-unes de ses anciennes coéquipières à Los Angeles. Jess. Même Layla n'en connaissait pas l'étendue. Mais si Lucy voulait qu'elles soient vulnérables, qu'elles s'ouvrent les unes aux autres et qu'elles se fassent confiance, c'est ce qu'elle devait faire. La seule personne qu'elle évitait de regarder dans les yeux était Ella. Cela pourrait la faire trébucher.

— J'ai grandi à Détroit dans un bon quartier. Moi, mes parents, mon frère. De l'extérieur, on aurait pu croire que nous étions une famille très unie. Nous étions toujours bien habillés pour aller à l'école, nous étions bien nourris, nous avions une belle maison et nous allions toujours à l'église. Religieusement, pourrait-on dire.

Quelques sourires à la clé.

— Mais mes parents ont poussé la religion à l'extrême. Ils pensaient que les garçons et les filles devaient se comporter d'une certaine manière. Avoir une fille qui voulait jouer au football ne faisait pas partie de leurs plans. Au lieu de cela, ils ont essayé de me forcer à jouer du violon et à danser. Mais la seule danse que je voulais faire, c'était sur le terrain. Toute mon enfance a été une longue bataille pour que mes parents m'emmènent jouer au football. Ils ont refusé, jusqu'à l'intervention d'un gentil voisin. Il emmenait sa fille et m'a emmenée avec lui. Sans lui, je ne serais pas là aujourd'hui.

Sloane fit une pause, puis reprit son souffle avant de continuer.

— En grandissant, j'ai pu prendre le bus moi-même et me faire conduire par mes coéquipières. Très brièvement, lorsque j'ai commencé à me faire remarquer, mes parents se sont mobilisés. Mais cela n'a pas duré. Ils ne pouvaient pas envisager que je fasse une carrière de footballeuse. Ma mère m'a dit que cela faisait honte à la famille.

Elle marqua une pause.

— Une jeune fille qui tape dans un ballon sur un terrain. Cela lui faisait honte.

Sloane secoua à nouveau la tête. Elle se souvenait encore de la dureté de ce commentaire. Aujourd'hui encore, elle ne le comprenait pas.

— J'ai essayé de faire changer ma mère d'avis tant de fois, mais j'ai appris à laisser tomber. Vous pouvez sans doute deviner qu'elle n'était pas très enthousiaste lorsque je lui ai annoncé mon homosexualité. Une joueuse de football lesbienne pour fille. Ce n'est pas ce qu'ils avaient espéré. Mais me voilà. Je vis mes rêves. Je joue au jeu que j'aime avec des gens qui l'aiment tout autant que moi.

— Le football m'a donné la famille dont j'avais besoin

lorsque la mienne m'avait laissé tomber. Il m'a donné un foyer et un but, et m'a permis de m'appuyer sur la meilleure version de moi-même. Je serai toujours reconnaissante envers ce sport, mais aussi envers vous toutes. Car le football est un sport d'équipe, et je suis un joueuse d'équipe. Ce que je veux dire, c'est que si vous voulez vraiment quelque chose, si c'est dans votre cœur, vous trouverez toujours un moyen. Même si c'est douloureux au début, les choses deviennent plus faciles.

Les cicatrices se sont peut-être refermées, mais elles ont toujours été là.

— Mon histoire n'est pas connue du grand public. J'ai toujours pu célébrer mes victoires avec mes coéquipières, mes entraîneurs, mes petites amies et parfois mon frère. Personne ne remarque que mes parents ne sont pas là. C'est leur choix, leur perte. Ils ne viennent toujours pas à mes matchs, ne reconnaissent jamais les deux parties les plus importantes de ma vie : ma carrière et mon identité. On n'a qu'une vie, et ma propre expérience m'a appris à la vivre selon ses propres conditions et celles de personne d'autre.

Un silence stupéfait s'installa dans la salle. On aurait franchement pu entendre une mouche voler.

— C'est tout. C'est mon histoire. J'espère qu'elle vous aidera à me comprendre un peu mieux.

Sloane se suçota l'intérieur de la joue, puis esquissa un sourire hésitant.

Il s'en suivit des applaudissements assourdissants.

Sloane baissa les yeux vers le sol, gênée par l'attention qu'on lui portait. Lorsqu'elle releva la tête, son regard se heurta à celui d'Ella. Elle serra le poing et le pressa contre sa poitrine.

Le cœur de Sloane se mit à rougir.

***

Après une journée d'entraînement sous un soleil radieux, l'équipe devait jouer le lendemain après-midi contre l'Eintracht Francfort, qui avait terminé troisième de la première ligue allemande la saison dernière. Lorsqu'elles pénétrèrent sur le terrain, Sloane prit une profonde inspiration pour essayer de se calmer, comme à son habitude. Elle inclina ensuite la tête en arrière, laissant l'adrénaline et l'excitation envahir son corps.

Quelques milliers de supporters, pour la plupart vêtus des maillots noirs de Francfort, faisaient du bruit dans les tribunes en béton qui bordaient un côté et l'autre du terrain. C'était le premier grand test de Salchester avec de nouveaux joueurs dans l'équipe de départ, y compris le nouveau duo d'attaquants entre Nat et elle. Elle était déterminée à bien commencer.

Ella avait organisé une séance de cuisine avec eux en début de semaine pour renforcer leur relation sur le terrain et en dehors. Elles avaient préparé des crêpes avec trois fois rien, avec du citron et du sucre, ainsi que des crêpes salées avec des champignons, des épinards et du fromage. Les deux versions éraient délicieuses, même si Sloane réalisa qu'elle ne participerait jamais à MasterChef. Elle avait suffisamment transpiré en mixant la farine, le lait et les œufs.

Et si Nat avait d'abord été silencieuse, elle s'était ensuite ouverte un peu. Sa mère étant pakistanaise, Nat leur avait montré comment faire des chapatis. C'était la seule chose que sa mère lui avait appris à faire avant qu'elle ne quitte la maison. Les chapatis se mariaient tout aussi bien avec la garniture salée.

Sloane savait qu'il y avait plus que cela sous la surface, tout comme Ella. Lorsque Sloane avait partagé son histoire personnelle avec l'équipe, Nat s'était approchée d'elle et l'avait serrée dans ses bras. Pas de mots, juste un câlin. Peut-être que cela faisait écho chez elle, Sloane ne le savait pas. Après tout, il y avait des parents bigots dans tous les pays, pas seulement en Amérique. Elle avait entendu quelques filles parler à Nat du film *Bend It Like Beckham*, l'assimilant à elle. Elle était sûre que cela devenait lassant. Il n'y a pas assez de femmes asiatiques dans le football britannique. Nat pourrait être une pionnière. Sloane espérait qu'elle aurait le soutien nécessaire.

Qu'il s'agisse de leur séance de rapprochement avec Ella, de l'histoire personnelle de Sloane ou du fait qu'elles étaient bien rodées sur le terrain d'entraînement, une fois le coup de sifflet donné, tout se mit en place. Le toucher de Sloane était comme de la soie, chaque passe était réussie, chaque geste était poétique. Elle fredonnait de satisfaction à chaque fois qu'elle touchait le ballon. C'était l'un de ces jours où le ballon lui collait aux pieds, où ses tirs faisaient mouche. Elle vivait pour cela.

Après un début de match hésitant et 20 minutes de jeu, Welshy, la milieu de terrain des Rovers, se précipita au milieu du terrain, laissant dans son sillage une traînée de défenseuses étourdies. Sloane la suivait, mais Welshy tardait un peu trop à lâcher le ballon et la dernière défenseuse bloquait sa passe.

Mais la balle fut renvoyée à Sloane, qui la reçut d'emblée sur le cou-de-pied. Elle balaya son regard pour voir ce qui se passait. À sa droite, l'ailière Cally demandait le ballon, mais elle était accompagnée d'une défenseuse. Devant elle, Layla s'élançait vers la gauche, puis vers la droite, entraînant deux défenseuses avec elle. C'était une course intelligente, qui ouvrit un espace, dans lequel Nat s'engouffra.

Une balle rapide, une action décisive. C'est ainsi que l'on gagne des matchs et que l'on gagne sa vie. Avec le mur de briques d'une milieu de terrain allemand qui la suivait, Sloane se dirigea vers la droite, et obtint un mètre d'espace supplémentaire avant d'envoyer un ballon au-dessus de la tête pour que Nat puisse courir jusqu'à elle.

Elles étaient sur la même longueur d'onde.

Nat saisit le ballon dans la surface de réparation aussi facilement qu'elle avait roulé son chapati, évalua l'angle en une microseconde, puis trompa la gardienne d'une belle frappe du pied droit. Elle se retourna, les bras en l'air, la bouche bée. Elle venait de marquer son premier but chez les Rovers, et on aurait dit qu'elle avait du mal à y croire.

Sloane courut pour fêter l'événement avec elle.

— Tu es une putain de légende ! s'écria-t-elle en la serrant dans ses bras.

Le reste de l'équipe fit de même, et Nat sortit avec un énorme sourire. Sloane savait qu'il durerait des jours.

— C'est toi la putain de légende, lui dit Nat en souriant.

Elles se félicitèrent en revenant vers le rond central. Un travail bien entamé. Pas encore terminé.

Elles conservèrent leur mince avance en deuxième mi-temps, alors que le soleil augmentait commençait à taper fort. Dès le coup d'envoi, Nat s'élança sur l'aile gauche comme si elle était propulsée par un jet d'eau, avant d'adresser une passe en retrait à Sloane à l'entrée de la surface de réparation. Elle prit le ballon dans la foulée et vit la gardienne placée pour un tir au second poteau. Sloane se positionna pour tirer dans cette direction, avant de frapper le ballon vers le poteau intérieur. Le ballon toucha le fond du filet avant même que la gardienne n'ait bougé. Sloane leva les yeux au ciel et afficha un sourire des plus doux. 2-0 pour les Rovers.

Mais elle n'était pas au bout de ses peines. Dix minutes plus tard, Layla pénétrait dans la surface et se faisait renverser par l'arrière centrale. Francfort fut réduite à dix joueuses et Sloane s'avança pour tirer le penalty. Elle était extrêmement confiante. Parfois, elle le savait. En plus, elle s'entraînait tous les jours pour des occasions comme celle-ci. Lorsque l'arbitre siffla, Sloane jaugea la gardienne et l'envoya dans le mauvais sens. Le filet ondula, et Sloane eut son doublé. Elle courut vers la gauche, fit son saut caractéristique et sa tape du poing, puis se retourna pour recevoir les acclamations de ses coéquipières. Des jours comme celui-ci ? Elle serait heureuse de les revivre encore et encore.

Au coup de sifflet final, Salchester l'emportait 3-1. Les équipes s'embrassèrent, puis Sloane prit le temps de signer des autographes et de poser pour des photos avec un groupe de fans près de l'abri. Lorsqu'elle s'approcha d'Ella et lui lança un sourire satisfait, Ella lui tendit les bras et Sloane accepta l'accolade. Lorsqu'elles se séparèrent, il y avait quelque chose dans les yeux d'Ella que Sloane n'arrivait pas à cerner. Du respect peut-être ? L'appréciation de son talent ? Peut-être quelque chose d'autre ?

— Bon travail aujourd'hui, jeune prodige.

Le regard d'Ella s'abaissa sur les cuisses écorchées de Sloane et sur son genou qui saignait. Elle était entrée en collision avec une défenseuse vers la fin du match, mais c'était la vie d'une joueuse de football.

Sloane suivit son regard.

— Mon genou me fait mal, mais la victoire me soulage. Même si j'ai hâte de prendre une douche chaude.

Ella cligna des yeux, puis hocha rapidement la tête.

— Bien sûr, dit-elle en penchant la tête vers la droite. Va dans les vestiaires, imprègne-toi de l'adulation. Demain, on se remet au travail.

— Encore des crêpes ?

Ella lui adressa un sourire malicieux.

— On verra.

Chapitre Dix

Le moral était encore au beau fixe lorsqu'elles allèrent manger un repas coréen. L'endroit avait été choisi pour mettre les papilles de l'équipe à l'épreuve, mais aussi parce qu'il y avait une salle privée où l'on pouvait faire du karaoké. Ella n'était pas certaine que les équipes sportives aiment le karaoké, mais c'était généralement une activité qui plaisait bien. Personnellement, elle pensait que c'était un sort pire que la mort, même en ne faisant qu'écouter. Elle avait toujours évité le micro dans tous les karaokés où elle était allée, et elle avait bien l'intention de faire de même ici. Le fait d'être membre du personnel ne lui donnait-il pas un passe-droit ? Son intention était de se fondre dans le décor et d'espérer que tout le monde l'oublie. De plus, elle était assise à côté de Lucy, ainsi personne n'allait l'importuner.

Lucy se leva et tapa dans ses mains. Les 40 personnes autour de la longue table se turent.

— Très bien, l'équipe ! C'est super d'avoir passé quelques minutes sur le terrain et de s'être dégourdi les jambes. Nous ferons un véritable débriefing demain avant notre prochain match d'après-demain, et nous aborderons les aspects sur lesquels nous devons nous améliorer. Mais pour l'instant, profitez de ce festin coréen. Essayez les différentes viandes et les légumes, et même le kimchi. Je vous garantis que c'est meilleur que chez Nando's.

Ella étouffa un rire. Elle aimait Nando's comme tout le monde, mais l'adoration que lui portaient certaines des plus jeunes joueuses la faisait sourire.

— Le micro fait le tour de la table, alors faites votre choix de chanson. Tout d'abord, les nouvelles doivent nous donner une chanson.

Lucy désigne Sloane de l'autre côté de la table et trois sièges plus bas.

— Tu es la première, Patterson. Tu as partagé ton histoire, maintenant il est temps de partager tes talents cachés.

La bouche de Sloane s'ouvrit et elle porta une main à sa poitrine.

— Pourquoi moi ?

Sloane brandit une fourchette en signe de protestation.

— Parce que tu es assez vieille et assez laide pour l'accepter, lui répondit Lucy avec un clin d'œil.

— Comme tu veux, patron.

Sloane se leva et pointa du doigt le bas de la table.

— Je nomme Nat après moi. Choisis une chanson, Tyler.

— C'est déjà fait, répondit-elle avec l'assurance de la jeunesse.

Finalement, c'est Nat qui commença, Sloane ayant dû prendre un appel téléphonique au moment où le micro apparaissait. Elle revint au moment où Nat se lançait dans sa version de « Sweet Caroline ». Nat n'était pas la plus grande des joueuses avec son mètre cinquante, mais cela ne se voyait pas dans sa prestation. Elle tint les notes, fit participer tout le monde, et lorsqu'elle a galopa dans le dernier refrain, elle se leva sur sa chaise et dirigea tout le groupe. Même Ella s'était jointe à elle. Nat termina en beauté et se jeta à terre sous les applaudissements. Puis elle a fit descendre le micro de la table et se pencha pour le passer à Sloane.

— À ton tour, partenaire.

D'une manière ou d'une autre, Ella savait que Sloane relèverait le défi avec enthousiasme. On ne devient pas une attaquante de haut niveau sans être compétitive, après tout. Sloane se dirigea vers la machine, entra sa chanson, puis revint s'asseoir lorsque les premières notes retentirent dans les haut-parleurs. Can't Take My Eyes Off You. Un classique du karaoké et un grand succès auprès du public. Ella aurait dû s'en douter.

De plus, la façon dont Sloane maniait le micro et ne regardait même pas l'écran indiquait à Ella que ce n'était pas la première fois qu'elle faisait cela. La foule se mit à hurler lorsqu'elle prit son élan, tournoyant jusqu'au refrain, puis descendant le long de la table du côté d'Ella. Ella tourna la tête pour suivre la progression de Sloane. Elle ne pouvait rien faire d'autre. Elle était fascinée.

Sloane se glissa devant Ella, sa présence rapprochée lui faisant dresser les poils sur la nuque.

Sloane sentait la bergamote et le succès. Lorsqu'elle atteignit le refrain, toute la table se joignit à elle comme Ella savait qu'elle le ferait, chantant à tue-tête. À côté d'elle, Lucy avait un sourire en coin. Au deuxième couplet, Sloane se trouvait de l'autre côté de la table, là où elle avait commencé. Elle arriva à sa place, à trois mètres d'Ella, mais ne s'assit pas. Au lieu de cela, elle se leva elle aussi sur sa chaise et chanta le dernier couplet comme si elle était une pop star.

Lorsque Sloane atteignit le dernier refrain, elle le chanta à Viv, deux sièges plus loin, puis jeta un coup d'œil à Welshy, assise à côté d'Ella. Et enfin, à Ella.

Lorsque leurs regards se croisèrent, un feu d'artifice explosa dans la poitrine d'Ella ; un feu d'artifice suffisamment puissant pour lui faire aspirer un souffle. Elle l'avala et essaya de ne pas tressaillir en fixant Sloane. Qu'est-ce que c'était que ça ? Elle avait passé suffisamment de temps en compagnie de Sloane ces derniers temps. Elles étaient amies, rien de plus.

Mais Ella ne se souvenait pas de la dernière amie qui l'avait fait trembler comme Sloane venait de le faire. Qui lui avait coupé le souffle. Qui lui avait fait oublier tous les autres dans la pièce pour se concentrer sur elle seule. Les lumières s'éteignirent. Le volume diminua. Jusqu'à ce qu'Ella ne voie plus que Sloane, et qu'elle n'entende plus que les battements de son cœur.

Elle jeta un coup d'œil à gauche vers Lucy, qui souriait et applaudissait Sloane. À sa droite, Welshy faisait de même. Personne d'autre ne l'avait remarqué.

Cependant, lorsqu'elle osa se retourner vers Sloane, son regard n'avait pas changé. Elle fixait Ella avec une intensité qui fit se contracter les muscles d'Ella. Lorsqu'elle put s'en détacher, Ella coupa la connexion, et Sloane fit de même. Ce n'est qu'à ce moment-là que le volume augmenta et que les lumières revinrent à leur niveau initial. Ella resta immobile, n'osant ni bouger ni regarder autre chose que son assiette presque vide. Elle but une gorgée de son eau gazeuse et espéra qu'elles partiraient bientôt.

Elle n'était pas sûre de ce qui venait de se passer, mais plus vite elles seraient de retour à l'hôtel, plus vite elle pourrait s'endormir et faire comme si de rien n'était. Ce n'était qu'un accident de parcours. Elle n'aimait pas Sloane de *cette* façon. Et même si c'était le cas, rien ne pourrait arriver. Elles travaillaient ensemble, et Sloane avait toujours une fiancée Lionne.

Ce qui avait fait exploser sa poitrine devait se calmer.

* * *

Sa bouche avait encore l'empreinte du goût des piments rouges, de l'ail et du gingembre lorsqu'elle pénétra dans le hall de l'hôtel, frappée à nouveau par la luxuriance des arrangements floraux. Une main sur son épaule lui fit jeter un coup d'œil à droite.

Sloane.

Son estomac s'effondra. La peau de Sloane était exquise. Soyeuse, presque d'un autre monde. Il fallait vraiment qu'elle se ressaisisse.

— Tu as de beaux cheveux aujourd'hui, dit Sloane en plissant les yeux. Différents, d'une certaine façon.

— Je les ai fait couper. Cela réduit le volume de moitié. Ma coupe reviendra à la normale dans quelques semaines.

— Ah, d'accord.

Sloane regarda ses pieds, puis revint à Ella.

— J'ai aussi remarqué que tu avais été dispensée de chanter une chanson au dîner, ce qui n'était pas tout à fait juste. J'avais hâte de t'entendre chanter.

Elle pencha la tête d'un côté en parlant, puis fit tournoyer un doigt autour du visage d'Ella.

Ella suivit le doigt de Sloane avec précision.

— Je n'arrive pas à savoir si tu choisirais Taylor ou

Florence. Ou peut-être quelque chose d'ancien, comme Kate Bush ou Abba.

— Je chante comme une casserole, alors j'ai décidé d'épargner le groupe. Si tu m'avais déjà entendue, tu comprendrais que c'est une bonne chose.

Un grand groupe entra dans le hall. Sloane et Ella se déplacèrent vers la gauche pour les laisser passer.

— Bien essayé, mais tu nous dois une chanson. Peut-être dans l'avion du retour.

Son visage s'illumina d'un sourire en coin.

Le sourire de Sloane avait-il toujours été aussi magnétique ?

— J'espère que tu partageras ton histoire quand ce sera ton tour, et que tu ne te défileras pas comme ça.

— Tout le monde doit partager, alors je prendrai mon tour avec joie.

Ella fit une pause.

— En parlant de cela, tu as fait preuve d'une grande force hier. C'était une histoire vraiment vulnérable à partager. J'ai aimé voir ce côté de toi. J'espère que je le verrai plus souvent dans nos séances, aussi.

Sloane s'humecta les lèvres et haussa les épaules comme si ce n'était pas grave.

Ella savait que c'était le cas.

— Je peux être vulnérable. Je suis américaine, tu te souviens ? De plus, avec mon passé, j'ai suivi des thérapies pendant des années. C'est une caractéristique nationale. Le nombrilisme.

— Ne prends pas cela à la légère.

C'était un mécanisme de défense qu'Ella connaissait bien. Elle l'avait utilisé pendant des années après la mort de sa mère.

— Ce n'est pas le cas.

Sloane s'arrêta, puis mordit sa lèvre supérieure avant de continuer.

— Tu veux prendre un café au bar avant d'aller te coucher ? Je pourrais t'en dire plus pour que tu y réfléchisses.

Sloane qui lui parlait d'aller au lit ne l'aidait pas. Ella devait sortir d'ici. Retourner dans la solitude de sa chambre. Loin de Sloane.

Elle secoua la tête.

— Je suis crevée après cette journée, alors je passe mon tour, dit-elle en inclinant la tête vers l'ascenseur. À demain.

Sloane lui fit un lent hochement de tête, s'apprêta à dire quelque chose d'autre, puis secoua la tête.

— À plus tard.

Quand Ella fut arrivée à l'ascenseur, elle se retourna.

— Sloane ?

Lorsque le regard de Sloane rencontra celui d'Ella, son expression était expectative.

— Oui ?

— C'est Taylor. À chaque fois. Qui d'autre ?

Ella retourna dans sa chambre, ferma la porte et expira. Elle appuya son dos contre le bois.

Oui, elle avait toujours admiré Sloane de loin avant de la rencontrer. Pour ses compétences, sa passion et ses muscles toniques. Mais apprendre à la connaître avait prouvé à Ella que Sloane était tout cela et bien plus encore. Parfois, lorsque vous rencontrez des stars que vous admirez, c'est une déception. Ce n'était pas le cas de Sloane Patterson. Elle était vulnérable, ouverte, drôle, sexy. Et bon sang, cette femme savait aussi chanter.

Ella se déshabilla, détacha avec soulagement son soutien-gorge, se brossa les dents et se mit au lit. C'était dans ces moments-là qu'elle souhaitait que sa mère soit là pour l'appeler. Sa tante la remplaçait très bien, mais ce n'était pas la même chose. Sa mère et elle avaient l'habitude de discuter de tout et de rien, et elle devait maintenant se débrouiller toute seule. Elle se souvint d'avoir développé une attirance pour son thérapeute, ce qui était tout à fait inapproprié, mais elle s'en était sortie par la force des choses. De plus, elle avait fini par changer de thérapeute pour se faciliter la vie. Elle n'avait pas l'intention de quitter ce travail, elle devait donc le contourner en utilisant toutes les astuces psychologiques qu'elle connaissait.

Elle ne pensait qu'à ça.

Des pensées.

Qu'elle pouvait choisir d'ignorer.

Chapitre Onze

Quand Sloane se réveilla, son oreiller était humide de bave. Que diraient ses fans adorateurs s'ils pouvaient la voir maintenant ? Elle s'essuya la bouche avec son avant-bras, puis roula de l'autre côté de son oreiller. À côté d'elle, le lit de Layla était défait, mais sa colocataire n'était nulle part.

Le téléphone de Sloane reposait sur son matelas, là où elle l'avait laissé hier soir, après avoir fait défiler les photos du match d'hier que le club avait postées sur ses réseaux sociaux. Elle était satisfaite de sa performance, de ses échanges avec Nat, et aussi du fait qu'Ella était sur la ligne de touche pour regarder. Oui, Sloane voulait impressionner ses nouvelles coéquipières et son manager, mais c'était lié au travail. Et maintenant qu'elle avait appris à connaître Ella, elle voulait l'impressionner pour d'autres raisons qu'elle n'arrivait pas à cerner. L'amitié ? Peut-être. Rien de plus.

Sloane était toujours fiancée et n'était pas du tout sur le marché, même si elle était presque célibataire. Cette idée lui faisait mal au ventre. Elle ne pouvait pas envisager de sortir à nouveau avec quelqu'un. C'est peut-être pour cela qu'elle s'accrochait aussi. Comme l'avait dit Ella, à partir d'un certain âge, il était fastidieux et effrayant de se remettre en selle.

Elle chassa le sommeil de ses yeux et attrapa son téléphone. Lorsqu'elle cliqua dessus, la notification de message lui fit un clin d'œil en haut de l'écran. Lorsqu'elle vit de qui il provenait, l'estomac de Sloane se tordit un peu plus. Trois messages de Jess. Qu'est-ce que c'est que ce bordel ?

On dirait que tu t'es bien amusée hier soir. Je sais ce que ça veut dire quand on chante cette chanson à quelqu'un en public. Qui diable est-elle ? Tu n'es pas en train de baiser la manager, n'est-ce pas ? Parce que ça serait vraiment inacceptable, même pour toi.

Pas de signature, pas de baiser.

L'alarme traversa Sloane comme un serpent à sonnette. Elle roula sur le dos et tint son téléphone en l'air, lançant Instagram pour voir s'il contenait des réponses au message énigmatique de Jess. Elle était taguée dans trois stories. Elle appuya à nouveau, mais perdit le contrôle de son téléphone. Il tomba et lui frappa le nez.

— Aïe !

Cela arrivait au moins deux fois par semaine. Elle était surprise de ne pas s'être cassé le nez. Elle avait encore mal quand elle reprit son téléphone, mais elle ignora la douleur.

L'équipe s'était mise d'accord pour ne rien publier d'incriminant sur les réseaux sociaux. Elle se prépara à cliquer sur le premier article. Il s'agissait de la chanson de Nat, Sloane chantant le refrain, les bras en l'air. Il n'y avait rien.

Mais la suivante la fit se redresser. C'est elle qui chantait le dernier refrain de sa chanson, debout sur une chaise.

Sloane inspira profondément.

— Putain de merde.

Elle atteignit le refrain et grimaça. Elle n'était pas une mauvaise chanteuse, mais elle n'était pas Adèle non plus.

Cependant, ce n'était pas sur le chant qu'elle était concentrée. La personne qui avait pris cette vidéo se tenait derrière Ella et Lucy. Pendant la dernière partie du refrain, le regard de Sloane était uniquement tourné dans cette direction.

Sloane se ravisa. La plupart des gens n'auraient rien compris à cela. Jess n'était pas la plupart des gens. Elle avait vu quelque chose. Ce n'est que maintenant que Sloane se regardait, qu'elle le voyait aussi.

Elle aspira une bouffée d'air et posa le téléphone sur ses genoux. Son estomac se serra.

Elle aimait passer du temps avec Ella, mais elle n'avait ni l'énergie ni la tête à faire plus. Ella ressentait la même chose. Elles étaient toutes les deux concentrées sur leur travail. Il ne s'était rien passé. Alors pourquoi se sentait-elle si coupable ? Pourquoi son esprit était-il déjà en train de chercher quelque chose à dire à Jess ? Elle n'avait rien à réfuter. Pourtant, elle ressentait tout l'inverse. Alors qu'elle regardait la story encore une fois, puis encore une fois, puis encore une fois, quelque chose qui ressemblait beaucoup à de la culpabilité se glissa dans sa bouche.

Elle n'aimait pas les tricheurs.

Elle n'aimait pas être trompée.

Elle n'avait pas triché.

Elle devait s'en souvenir.

Et si d'autres joueurs voyaient ce que Jess avait fait ? Et si Lucy pensait qu'elle l'aimait bien ?

Sloane se couvrit les yeux avec sa main.

Pire encore : et si Ella était en ce moment même en train de regarder cette story et de réaliser le regard de Sloane. Et si elle l'avait vu hier soir ? Est-ce pour cela qu'elle avait refusé le café et s'était dépêchée de partir ?

Elle se mordit l'intérieur de la joue. Elle n'avait rien fait de mal. Elle avait juste chanté une chanson. Elle s'empressa de répondre.

Bien sûr que je ne baise pas cette putain d'entraîneuse. Je suis toujours fiancée, et j'ai des valeurs.

C'était un coup bas, mais Jess l'avait cherché. Elle avait un putain de culot de l'accuser de certaines choses. Sloane n'avait rien fait de mal. Jess n'avait pas le droit de regarder ce qu'elle faisait. Elle devrait se concentrer sur elle-même. Mais Sloane savait à quoi ressemblait la vie des joueuses de football. Il y avait beaucoup de temps libre, notamment pour regarder les médias sociaux encore et encore, et s'énerver. C'était clairement le cas de Jess.

Sloane cliqua sur l'Instagram de Jess et vit des vidéos de son entraînement pour la Caroline du Nord. Il y avait aussi une vidéo que Sloane n'avait pas vue datant de la semaine d'avant, avec Jess jouant au golf avec Britney. La femme avec qui elle avait eu une liaison.

Sloane serra les dents et essaya de se calmer. Jess était une belle hypocrite. La façon dont elle regardait Britney alors qu'elle balançait son club ? Comme si elle voulait la manger ? Sloane pourrait chanter pour Ella pendant des jours, elle n'arriverait jamais à la cheville de Britney. Principalement parce que Jess regardait quelqu'un avec qui elle avait couché. La différence était de taille. Sloane cliqua sur l'Insta de Britney, quelque chose qu'elle n'avait pas fait depuis quelques semaines, et vit des images d'elle et Jess s'enlaçant après le but.

Quelque chose se brisa à l'intérieur. Sloane était une personne rationnelle, mais c'était fini, n'est-ce pas ? Jess l'appelant pour avoir chanté une chanson, alors qu'elle couchait probablement encore avec Britney ? La respiration de Sloane s'accéléra. C'était terminé. Elle retourna dans ses messages. Le scénario macabre de leur rupture l'avait empêchée de dormir pendant de nombreuses nuits, en repassant les moments les plus sombres, et sa peau était encore irritée par les conséquences de cette rupture. L'été dernier avait été consacré à ce que Jess voulait. Rien à propos de Sloane. Comme Ella l'avait dit.

Cela allait changer.

Tu viens dans mes messages en agissant comme si tu étais la victime ? Va te faire foutre, Jess. Je t'ai vu jouer au golf avec Britney. Célébrer sur le terrain. C'est clair comme de l'eau de roche que tu n'en as pas terminé avec elle comme tu l'avais prétendu. Je sais ce qu'on a dit l'autre jour, mais pourquoi ne pas grandir et aller de l'avant ? Se séparer pour de bon et annuler nos fiançailles. Il ne se passe rien avec moi, mais tu es paranoïaque. Ça ne devrait pas être l'inverse ?

Jess était en train de taper...

Sloane consulta sa montre. C'était le milieu de la nuit pour Jess. Qu'est-ce qu'elle faisait debout ?

« *Jess tape…*

Jess tape… »

Puis plus rien.

Sloane appuya sa tête contre la tête de lit et expira. Elle se dit que c'était une bonne chose, mais qu'elle n'avait pas besoin de ça. Quatre ans et des milliers de promesses se résumaient à ce moment de néant. Elle attendit deux minutes de plus, puis envoya un message parce que Jess était manifestement trop effrayée pour l'appeler.

Considère que je te quitte. Nos fiançailles sont officiellement rompues. Sens-toi libre de baiser qui tu veux.

Elle appuya sur « envoyer », poussa le plus gros soupir de sa vie, puis sauta du lit. Un essaim d'abeilles avait élu domicile dans sa tête, mais elle essaya de les ignorer. Elle s'habilla de son pantalon de survêtement et de son haut d'entraînement en pilotage automatique, et arriva dans l'espace privé réservé pour le buffet du petit déjeuner.

Il n'y avait que cinq autres personnes déjà présentes, dont l'entraîneur adjoint Jonas, les coéquipières Cally, Nat et Layla, ainsi que l'un des kinésithérapeutes. Elle ne se souvenait pas de son nom. Ken ? Kai ? Sloane les salua, puis se dirigea vers le buffet et se servit des œufs brouillés, des fèves au lard et des toasts. Elle avait pris goût aux fèves au lard depuis son séjour au Royaume-Uni. Elle versa les haricots dans son assiette et une partie éclaboussa son haut d'entraînement.

— Merde.

Elle posa son assiette, mais ce n'est que lorsqu'elle voulut nettoyer la tâche qu'elle s'aperçut que sa main tremblait. Elle se mordit la lèvre et reprit son souffle. Avait-elle fait ce qu'il fallait ? Elle venait de mettre fin à sa relation, de faire sauter ses fiançailles. Ou peut-être Jess l'avait-elle déjà fait il y a des mois ?

Elle prit son assiette et la posa sur une table voisine. Puis elle se dirigea vers la machine à café, appuya sur quelques boutons, obtint une tasse de liquide noir, ajouta du lait même si elle voulait de la crème. Elle aimait bien l'Europe, mais le manque de crème dans le café était un problème. Alors qu'elle retournait vers son repas, elle trébucha sur un objet et renversa la moitié de son café sur le sol devant elle.

Elle s'arrêta. Heureusement qu'il n'y avait pas de match aujourd'hui. Elle ne servirait à rien.

— Sloane ?

Elle leva les yeux. Nat. L'air très incertain. Son regard se porta sur les alentours, n'importe où mais pas sur Sloane.

— Je me demandais si tu avais cinq minutes pour discuter rapidement ? Dans un endroit privé ?

Sloane tendit son haut, encore taché de café, et secoua la tête.

— Est-ce que ça peut attendre plus tard ? Je suis désolée, je suis un peu distraite ce matin. Ce n'est pas le bon moment.

Nat la dévisagea pendant une seconde, puis lui fit un signe de tête énergique.

— Bien sûr, pas de problème.

Elle se précipita et sortit de la salle à manger.

Sloane fronça les sourcils, l'inquiétude s'installant dans

son estomac. Elle aurait dû prendre le temps. Mais aujourd'hui n'était pas un bon jour.

Une main dans son dos la fit taire. Elle se retourna avec précaution pour ne pas perdre le reste du café sur la personne qui se trouvait derrière elle.

Quand elle vit le regard inquiet d'Ella, elle eut envie de poser le café et de tomber dans ses bras.

Qu'est-ce que c'est que ce bordel ? Elles ne se connaissaient même pas si bien que ça. Pourtant en ce moment, Sloane aurait bien besoin d'une amie. Mais elle ne pouvait pas s'effondrer dans la salle du petit déjeuner. C'était beaucoup trop public.

— Tout va bien ? Tu as juste trébuché sur…

Ella jeta un coup d'œil au sol.

— Rien ?

Elle étudia le visage de Sloane.

— En plus, tu as l'air un peu rouge.

Sloane admira la bouche parfaitement ovale d'Ella, comme si elle la voyait pour la première fois. Sa peau incroyablement lisse. Elle se pencha pour respirer l'odeur de son parfum floral.

Ce n'était pas un comportement normal.

Elle se redressa, puis secoua la tête.

— J'étais pressée d'aller à mon massage avec le kiné et je n'ai rien trouvé de mieux à faire que de jeter du café et des haricots partout.

Ella portait un pantalon bleu roi et une chemise bleu ciel. Sa ceinture rose apportait une touche de couleur et mettait en valeur sa taille fine et ses hanches bien définies.

Sloane ne pouvait s'empêcher de la regarder.

— Tu es toute en beauté aujourd'hui. Très professionnelle.

Elle sourit et son visage s'illumina.

— Je dois parler plus tard au personnel, alors j'ai fait un petit effort.

Ella marqua une pause.

— Tu es sûre que ça va ? Tu n'as pas l'air dans ton assiette.

— Je vais bien.

Sloane but ce qui restait de son café, jeta un coup d'œil à son assiette abandonnée, puis revint à Ella.

— En fait, je dois y aller. Je vais prendre un croissant, mais ne dis pas à Lucy que je n'ai pas de protéines, d'accord ?

Ella mima la fermeture éclair de ses lèvres et jeta la clé.

* * *

— Comment se porte ta cheville ? Tu te sens bien ?

Sloane grimaça lorsque Dan, le kiné, exerça une pression exactement là où elle ne le souhaitait pas. Mais c'est ce que font les kinésithérapeutes. C'était leur travail. Elle acquiesça, essayant de garder un visage neutre. Ce n'était pas facile.

— C'est encore un peu douloureux, mais je fais mes exercices d'entretien et c'est gérable. Je peux encore jouer au soccer, c'est l'essentiel.

— Au football, maintenant que tu es au Royaume-Uni, plaisanta-t-il.

Sloane se força à sourire.

— Pour moi, ce sera toujours du soccer.

Sa cheville n'était plus la même depuis la seule grosse blessure de sa carrière, il y a deux ans, et elle devait en prendre particulièrement soin. Elle disait à tout le monde que ce n'était pas un problème. Mais c'était le cas. Et ce, même après tout le travail de physiothérapie et de performance qu'elle avait fait.

Peut-être qu'Ella pourrait l'aider à surmonter ses doutes sur sa blessure.

Mais elle n'était pas sûre que voir Ella en ce moment soit la meilleure chose pour sa santé, mentale ou physique.

Cette pensée lui fit froncer les sourcils.

— Pourquoi ce visage triste ?

Dan ressemblait à un type avec lequel le frère de Sloane jouait au basket. Elle ne le portait pas dans son cœur pas, mais, heureusement pour Dan, la ressemblance n'était que physique.

Sloane secoua la tête et sourit. Elle n'allait pas confier ses malheurs intérieurs à son physio. Ce n'était pas son travail, même si elle était sûre qu'il avait déjà dû en entendre des vertes et des pas mûres. Mais la séance d'aujourd'hui concernait son corps, et rien d'autre.

— Je pensais justement à mon petit-déjeuner de ce matin, et au fait que je l'ai renversé sur mon haut.

Il rit.

— Tu es douée avec tes pieds, tu ne peux pas l'être aussi avec tes mains tout le temps. Ce serait trop.

Il remonta le long de sa jambe et lui massa la cuisse.

Sloane ferma les yeux et essaya de faire taire les pensées qui bourdonnaient dans sa tête. Mais son esprit était comme un film qui lui renvoyait des images en flash, lui offrant des images de Jess, d'elle et de Jess dans des moments plus heureux, de Jess et de Britney, et enfin, d'Ella.

Ella avait réussi à tourner le film de sa vie !

— Très bon match hier. Nat et toi semblez avoir déjà établi une bonne relation, ce qui est de bon augure pour la saison.

Discussion sur le football. Dieu merci, nous restions sur des discussions de foot.

— C'est vrai, répondit-elle. Elle est douée et je pense que nous pourrions vraiment faire des dégâts dans d'autres équipes cette saison.

Dan acquiesça.

— Ton penalty, quand même.

Il secoua la tête en signe d'admiration.

— Tu n'as pas peur d'être courageuse et vulnérable, ce que doivent être les personnes qui prennent des sanctions. C'est la même chose pour ton incroyable séance de partage personnel de cette semaine. Mais ce penalty était le point clé du match. Elles étaient en train de revenir au score. Si tu avais raté ce penalty, ça aurait fait tout basculer. À 2-1, tout peut arriver. Mais si tu le marques, avec 3-1, c'est une toute autre histoire.

Sloane acquiesça.

— C'est pour ça que je m'entraîne autant que je le fais.

— Je sais, répondit Dan. Ce n'est pas pour rien que nous faisons travailler tes muscles tous les jours pour que tu puisses le faire.

Il lui sourit.

— Le travail d'équipe fait fonctionner le rêve, n'est-ce pas ?

Si seulement tout était aussi simple que le football. Jess et elle formaient une équipe. Ce n'était plus le cas. Maintenant, elle volait en solo.

C'était un sentiment étrange.

* * *

Ella jeta un coup d'œil à son téléphone : 30 minutes avant la réunion de l'équipe. Aujourd'hui, c'est Jonas, l'entraîneur adjoint, qui leur racontera une histoire personnelle. Tout le monde en apprenait beaucoup sur les autres grâce à ces histoires, et Ella avait hâte d'être à la prochaine. Elle sirota son café dans le hall de l'hôtel et vérifia ses courriels sur son téléphone. Elle devait répondre à quelques nouvelles demandes de renseignements commerciaux, et à un message de tante Ursula, qui lui demandait des nouvelles de son voyage. Elle y répondrait peut-être maintenant.

Elle consulta son WhatsApp et cliqua sur la boîte de réponse, mais une présence toute proche lui fit lever les yeux. Nat se tenait à côté d'elle, se mordant la lèvre.

— Nat, salut ! Tu vas bien ?

Elle acquiesça, regarda le sol, puis revint à Ella.

— Bien.

Elle foula la moquette avec son pied gauche. Elle était déjà habillée pour l'entraînement, avec des chaussettes blanches remontées jusqu'aux chevilles. Elle ajouterait des protège-tibias, des chaussettes plus longues et ses chaussures de foot juste avant de partir pour le terrain.

— Je me demandais si tu avais une minute.

Ella acquiesça, puis posa son téléphone sur la petite table en bois devant elle.

— Bien sûr.

Ses messages pouvaient attendre. Elle désigna d'un geste la place sur le canapé à côté d'elle.

Nat s'assit.

— Je parlais à Sloane l'autre jour, et elle m'a dit que tu avais joué au football professionnellement.

Ella dut se concentrer, car l'accent écossais de Nat était très prononcé. Elle était originaire de Bootle.

— En effet.

Elle ne savait pas trop où elle voulait en venir.

— Une blessure a écourté ma carrière.

— Désolée de l'apprendre.

Nat jeta un coup d'œil à la réception, où un homme s'enregistrait avec le plus grand nombre de bagages qu'Ella ait jamais vu.

— C'est juste... bon de savoir que tu comprends les pressions que nous subissons.

— C'est le cas.

Elle n'avait toujours aucune idée de ce que Nat voulait, mais elle laissait faire. Nat voulait manifestement parler.

— J'ai essayé de parler à Sloane tout à l'heure, mais elle était couverte de café et semblait distraite. Puis j'ai pensé à toi.

— Je t'écoute.

— C'est juste... ce que Sloane a dit dans son discours d'équipe. C'est en quelque sorte là où j'en suis maintenant.

Nat prit une profonde inspiration. Puis les mots sortirent tout d'un bloc, comme si elle les avait emmagasinés. Ce qui était probablement le cas.

— Mes parents m'encouragent à jouer au football, jusqu'à un certain point. Ils ne comprennent pas, ils ne sont pas fans de football. Étant pakistanaise, ma mère préfère de loin le cricket, mais ils veulent que je sois heureuse. Cependant, j'ai fait mon coming-out juste avant que les Rovers ne me fassent signer, et ils ne sont pas contents. Je pensais que ma mère serait dure parce que l'homosexualité n'est pas très bien perçue dans la culture asiatique, mais mon père l'a mal pris aussi.

Elle expira à nouveau longuement, puis releva la tête.

— Je ne sais pas pourquoi je te dis ça, mais l'histoire de Sloane m'a donné l'impression que quelqu'un pourrait comprendre. Toutes les autres filles ici, si elles sont homosexuelles, sont soutenues par leur famille. Parfois, on a l'impression que…

Elle haussa les épaules, puis essuya ses paumes de haut en bas sur son visage.

Ella était de tout cœur avec Nat. Les parents peuvent être si cruels, surtout lorsqu'il s'agit de quelqu'un d'aussi jeune que Nat. La mère d'Ella l'avait toujours soutenue, mais Sloane avait vécu cette vie. Elle était la preuve vivante que les choses s'amélioraient, même s'il fallait s'y prendre à l'avance. C'était quelque chose dont on ne se remettait jamais, mais avec lequel on apprenait à vivre.

Cependant, la douleur du rejet parental était encore vive pour Nat. Ella voulait tellement améliorer la situation immédiatement. Elle ferait de son mieux.

— Ma mère a toujours accepté ma sexualité et mes choix de carrière, alors je ne prétendrai pas avoir vécu ce que toi ou Sloane avez vécu. Mais j'ai rencontré beaucoup de stars du sport qui ont eu des problèmes familiaux, avec la sexualité, et qui ont dû faire face aux attentes de leurs parents. C'est difficile, je ne te mentirai pas. Surtout au début. Mais tes parents sont peut-être en état de choc. Ils peuvent s'en remettre. C'est le cas de la plupart d'entre eux, alors ne l'oublie pas. Elle adressa un sourire crispé à Nat.

— Mais tu dois te rappeler qu'il s'agit de ta vie et de ton

rêve. Tu t'en sors déjà mieux que la plupart des gens. Tu as marqué ton premier but et chanté ta première chanson. Tu vis ton rêve.

Nat lui adressa un sourire sincère.

— C'est vrai. Mais c'est ce qui fait que ça fait encore plus mal. Parce que pourquoi ne le voient-ils pas ? Pourquoi ne peuvent-ils pas être heureux pour moi ? Ils pensent que le football m'a rendu homo, mais je l'ai toujours été, dit-elle en secouant la tête. Je veux qu'ils viennent aux matchs, qu'ils me voient jouer. Je veux qu'ils soient fiers de moi.

Quand elle leva enfin les yeux, ils étaient brillants.

Ella lui tendit la main et la serra.

— Je suis sûre qu'ils le veulent. Laisse-leur le temps. En attendant, joue du mieux que tu peux, car ce qui compte le plus, c'est que tu sois fière de toi, de tes coéquipières et des supporters. Tu ne peux pas contrôler les réactions des autres à ce que tu fais ou à ce que tu es. Concentre-toi sur ce que tu peux contrôler : être la meilleure footballeuse et le meilleur modèle queer possible.

Nat grimaça.

— Je ne pense pas être un modèle pour qui que ce soit.

— Tu serais surprise. Tu peux être fière de toi, et encore plus car tu es aussi l'une des rares joueuses asiatiques de la ligue. Tu fais la différence, même si tu n'en as pas l'impression. La représentation est importante.

Ella serra à nouveau ses doigts, puis les lâcha.

— As-tu parlé à tes parents depuis ton arrivée ?

— Quelques fois, mais ils ne m'appellent jamais. C'est toujours l'inverse. J'ai peur de ne pas pouvoir rentrer chez moi pendant les vacances de Noël.

Ses lèvres frémissaient à mesure qu'elle parlait.

Ella s'assit en avant et la regarda dans les yeux.

— C'est difficile à faire, mais c'est vraiment une question de patience. Nous ne sommes qu'en septembre. Le mois de décembre est encore loin. Je suis sûre qu'ils t'accueilleront à la maison d'ici là. Accroche-toi et continue à faire ce que tu fais le mieux. Je suis sûre qu'ils suivent ta carrière, qu'ils l'admettent ou non.

Chapitre Douze

Sept semaines après le début de la saison, l'équipe était invaincue, avec cinq victoires et deux nuls. On ne pouvait pas demander mieux. Les nouvelles recrues avaient pris leurs marques, et Sloane en particulier marquait pour le plaisir.

Ella attendait Sloane dans son bureau. Elle allait les raccompagner chez elles pour la deuxième fois cette semaine. La première fois, Sloane semblait super nerveuse. Aujourd'hui, Ella allait faire en sorte qu'elle se détende, qu'elle prenne les choses plus facilement.

Depuis la pré-saison en Allemagne, Sloane était restée très professionnelle avec Ella, se concentrant uniquement sur son entraînement et ses performances. Elles avaient bavardé quelques fois quand Ella était là, mais quelque chose avait changé pendant leur voyage, et Sloane avait gardé ses distances. Il n'y avait plus de cafés ou de coups frappés à sa porte. Juste la promesse d'une leçon de conduite, qui avait lieu aujourd'hui.

Sloane n'avait pas voulu parler de sa vie amoureuse lors de leurs séances de travail. D'après ce que montrait Jess sur ses réseaux sociaux, elle était déjà passée à autre chose, mais Sloane ne voulait pas en parler. Cependant, elle s'était ouverte sur son état d'esprit, et sur ses craintes de blessures, qu'Ella savait bien fondées. Elle avait dû faire face à la sienne, et cela ne s'était pas bien terminé. Elle ne souhaiterait son sort à personne, et encore moins à la meilleure attaquante du monde.

Son téléphone s'alluma avec un message de Sloane, disant qu'elle attendait dehors. Ella ferma son ordinateur portable et fit signe à Lucy à travers le mur transparent de leur bureau. Elle lui fit signe d'entrer. Ella fit son sac, puis passa la tête par la porte du bureau de Lucy. Alors qu'Ella partageait son espace avec trois autres personnes, Lucy avait le sien pour elle toute seule.

— Comment se sont déroulées les séances aujourd'hui ? Tu n'es pas là les deux prochains jours, c'est ça ?

Ella secoua la tête.

— C'est ça, mais tout va bien. J'ai aidé Nat à prendre confiance en elle, Amy a dit que ma recette de pâté chinois était excellente, et elles sont toutes prêtes pour ce week-end. Un grand match contre les leaders du championnat. Tout le monde est dans le bon état d'esprit. Elles ont juste besoin de tes paroles de sagesse pour les guider maintenant.

Lucy acquiesça.

— Je me demandais si tu aimerais participer à la discussion d'avant-match le week-end prochain. Celui de cette semaine est important, mais la semaine prochaine, c'est contre nos grands rivaux.

Ella cligna des yeux.

— Moi ? Pour le plus grand match de la saison jusqu'à présent ?

Elle montra sa poitrine puis jeta un coup d'œil par-dessus son épaule, juste pour vérifier que Lucy ne parlait pas à quelqu'un d'autre.

Il n'y avait qu'elle.

— Oui. Tu es passée par là, tu l'as fait. J'ai déjà raconté mon histoire.

Lucy avait pris les devants et s'attendait à ce que son équipe suive.

— Tu m'as raconté ton histoire. Maintenant, raconte-la à ces enfants. Dis-leur ce que signifie le fait d'être dépossédée de ses droits. Dis-leur de sortir et de saisir leur opportunité. D'être vulnérables. De saisir leur chance.

Elle fit une pause.

— Ou dis leur ce que tu veux leur dire. Tu es prête ?

L'était-elle ? Ella avait déjà pris la parole lors de conférences, était montée sur scène devant des centaines de délégués et l'avait fait avec aisance. Mais les petits groupes sont toujours plus tendus. Les gens écoutaient davantage. On pouvait voir le blanc de leurs yeux. Mais elle s'était engagée dans ce travail pour faire la différence. Si c'était ce qu'il fallait faire, alors qu'il en soit ainsi.

— Compte sur moi, répondit Ella.

* * *

Ella n'arrivait toujours pas à croire que les installations du club soient si fantastiques et qu'elles étaient partagées avec les hommes. Toutes les personnes qu'elle avait rencontrées jusqu'à présent étaient amicales et ouvertes, ce qui était formidable. Elle aimait l'atmosphère que les deux équipes entretenaient ensemble et souhaitait que d'autres clubs s'en inspirent. Lorsque les hommes et les femmes travaillent ensemble, partagent les installations et les histoires, c'est mieux pour tout le monde. Elle pourrait peut-être suggérer à Lucy que les deux premières équipes organisent régulièrement une séance de partage social. À réfléchir.

Alors qu'Ella se dirigeait vers sa voiture, elle aperçut Sloane adossée à l'un des arbres soigneusement plantés sur le parking. Elle était vêtue d'un survêtement de club, de baskets et d'un bonnet de laine. « On n'est pas en Californie », répétait-elle constamment à Ella. Et elle le portait mieux que quiconque. Sloane faisait partie de ces gens qui pouvaient porter un sac poubelle et avoir de l'allure, alors qu'Ella devait faire plus d'efforts. Elle pourrait peut-être demander de l'aide à Marina lorsqu'elle viendrait visiter son nouvel appartement. Sa cousine était bien meilleure qu'elle en matière de style.

— Est-ce que c'est la célèbre attaquante Sloane Patterson qui s'appuie sur un arbre comme si elle faisait une séance photo pour sa propre gamme 'In The Style' ?

Ella cligna des yeux. Son ton enjoué était nouveau.

Sloane lui adressa un lent sourire en se redressant, fourrant un emballage dans sa poche.

— Pourquoi ne m'ont-ils pas encore demandée ? Je devrais être vexée, non ?

Elle se dirigea vers le côté passager de la voiture.

— Ils devraient me demander de faire une collection. Je la rendrais aussi bizarre que possible et les femmes du monde entier l'adoreraient.

— Je suis d'accord, répondit Ella. Je me disais justement que j'avais besoin de rafraîchir ma garde-robe. Tu pourrais m'inspirer.

Elle se plaça à côté de Sloane.

— Je pense que tu es du mauvais côté, au fait.

Cela s'était produit la première fois que Sloane avait conduit.

Elle ferma les yeux et secoua la tête.

— Ce n'est pas ma faute si tu insistes pour mettre le siège du conducteur du mauvais côté, n'est-ce pas ?

Elle arracha le porte-clés des mains d'Ella et ouvrit la portière. Une fois installée à l'intérieur, Sloane ajusta le siège et les rétroviseurs, puis caressa le volant.

Ella essaya de ne pas y prêter trop d'attention.

— Je t'ai dit que j'aimais beaucoup ta voiture, au fait ? Petite, mais parfaitement formée. De plus, la couleur est lumineuse.

Ella rayonnait.

— Ma voiture te remercie. Je suppose que tu as conduit quelque chose de plus grand à Los Angeles ?

— Oui. Une Subaru qui m'avait été offerte. Plus grande qu'une Mini.

— Mais pas aussi mignon.

Sloane lui jeta un regard qu'Ella n'arriva pas à déchiffrer, puis tapota l'écran numérique du tableau de bord.

— J'allais m'excuser d'être en retard, mais tu peux travailler jusqu'à n'importe quel moment, je suppose. Alors qu'une fois que mes 50 penaltys sont effectués, c'est fini pour moi.

— Il y a toujours des performances à améliorer : toi sur le terrain, moi dans les esprits et les corps. Combien as-tu marqué aujourd'hui ?

Ella enclencha sa ceinture de sécurité.

— Quarante-deux. Pas mal, mais pas génial non plus.

— Tu es très dure avec toi-même. Quarante-deux, c'est sacrément bien. Qui était dans les buts ?

— Miira et ses mains massives, alors je suppose que ce n'est pas mal.

Sloane se rassit sur son siège, paume contre poitrine.

— Mais si j'arrive au stade où le parfaitement acceptable est acceptable, gifle-moi, s'il te plaît. J'ai toujours été exceptionnelle. Cinquante, c'est exceptionnel. Tout le reste est un échec.

Ella secoua la tête. Miira était la gardienne remplaçante de l'équipe première, et elle pouvait prendre un bébé d'une seule main, sans problème.

— Tu sais que la perfection n'existe pas, n'est-ce pas ? Surtout contre Miira.

— Je sais, mais je refuse de le croire.

Cela lui avait manqué ces dernières semaines. Leur aisance l'une envers l'autre. Elle avait besoin d'une amie comme Sloane dans sa vie.

Sloane démarra le moteur, puis ajusta sa position et s'assit bien droite.

— Ok, assez parlé, j'ai besoin que tu sois sur tes gardes pour que je ne nous tue pas en rentrant à la maison.

— Merci pour ce rappel !

Cependant, comme il était plus de 16 heures et que le parking était presque vide, Ella était persuadée qu'elles s'en sortiraient au moins sans blessures graves.

— As-tu déjà eu un accident ?

— Jamais.

— Arrête de faire du catastrophisme. Rappelle-toi ce que nous avons dit sur le fait de vivre le moment présent, de ne pas s'inquiéter du passé ou de l'avenir.

Elle sourit à Ella.

— Oui, madame.

Ces mots provoquèrent une série de picotements dans la colonne vertébrale d'Ella. Elle l'ignora et se concentra sur la montre brillante au poignet de Sloane.

— C'est nouveau ? dit-elle en la pointant du doigt. Je ne crois pas t'avoir déjà vu porter autant de bijoux. C'est plutôt cool.

— Ça vient d'un nouveau sponsor et c'est arrivé ce week-end.

— Ça doit être sympa d'avoir des trucs sympas qui arrivent comme ça sur le pas de la porte.

Ella ne pouvait pas l'imaginer. Elle était encore ravie de son survêtement de club, de son haut d'entraînement et de sa veste avec ses initiales. Cela faisait d'elle un membre officiel du personnel plus que tout au monde.

— Je suppose que j'ai l'habitude.

— Tu devrais te rappeler que cela n'arrive pas à la plupart des gens.

Cela rappela également à Ella à quel point leurs vies étaient différentes, malgré leurs points communs. Financièrement, elles étaient à mille lieues l'une de l'autre.

Sloane lui jeta un coup d'œil, puis acquiesça.

— C'est vrai. Je dois le porter plusieurs fois en public pour leur soutirer de l'argent. J'essaie de m'y habituer.

Elle remua le poignet.

— C'est assez lourd. Et puis, qui porte des montres de nos jours ? Tout le monde n'utilise pas son téléphone ?

Ella leva le poignet, montrant sa montre pas très chic.

— C'est vrai. Mais je suis une fille démodée dans l'âme.

— J'aime ça chez toi.

Sloane engagea la voiture sur la route principale, sans encombre.

— Tu es une rose anglaise, d'une autre époque.

Ella ne savait pas trop quoi répondre à cela. Était-ce un compliment ? Ou Sloane était-elle en train de dire qu'elle était une vieille fille inadaptée au monde moderne ? Elle n'avait peut-être pas tort. Cela n'empêcha pas les joues d'Ella de chauffer.

Elle était en train de préparer une réponse lorsque Sloane manqua de se tromper de voie à leur premier carrefour.

— À gauche toute !

Ella avait crié tandis que son rythme cardiaque s'était accéléré à une vitesse vertigineuse.

Sloane sursauta, jura, puis rectifia sa trajectoire.

— Nom de Dieu !

— Vas-y doucement.

Ella s'était approchée et avait involontairement posé une main sur le genou de Sloane.

Elles sursautèrent toutes les deux. La chaleur tourbillonnait autour de la voiture qui vacillait, avant qu'Ella ne pose une main sur le volant.

— Allons rentrer à la maison en un seul morceau.

— oui.

Sloane ne quitta pas la route des yeux.

— Prends à droite au prochain carrefour. C'est la deuxième voie, d'accord ?

Sloane acquiesça et réussit à le faire.

Elle allait bien lorsqu'elle ne faisait que conduire. Ce n'est qu'aux carrefours qu'elle se retrouvait bloquée. Heureusement, elle se débrouilla nettement mieux à l'embranchement suivant, ce qui eut pour effet de ralentir un peu le rythme cardiaque d'Ella.

— Tu devrais venir voir s'il y a des vêtements que tu veux chez moi, dit Sloane en lui jetant un bref coup d'œil avant de se concentrer à nouveau sur la route.

Elle s'arrêta à un feu rouge.

— Si tu voulais vraiment avoir de nouveaux vêtements. On m'en envoie tout le temps et je ne vais pas tous les porter. Nous faisons à peu près la même taille, à quelques centimètres près.

— Ce serait super.

Ella essayait encore d'oublier le fait qu'elle avait attrapé le genou de Sloane.

— Au fait, as-tu des nouvelles de ta cousine ? La mère de Ryan ? Je sais que tu as dit que tu espérais entrer en contact avec elle il y a quelques semaines.

— Nous prévoyons de nous rencontrer bientôt. Je n'ai pas vraiment eu la tête ou le temps depuis le début de la saison. Je voulais d'abord me concentrer sur cela, prendre un bon départ. J'ai déjà suffisamment d'influences extérieures dans ma vie, alors je me suis dit qu'il n'y avait pas d'urgence. J'ai déjà attendu toute ma vie. Mais elle avait l'air cool au téléphone.

Sloane fit une pause en s'éloignant.

— L'une de ces influences extérieures est Jess, au fait. Nous avons rompu officiellement quand nous étions en Allemagne.

Elle prit une grande inspiration.

— Tu l'as peut-être vue avec Brit sur ses réseaux sociaux. On dirait qu'elles montrent au monde que c'est officiel maintenant.

Ella ne s'attendait pas à une telle confession aujourd'hui. Elle épongea une peluche de son pantalon.

— Je suis désolée de l'apprendre. Est-ce que ça va ?

Sloane acquiesça.

— Je l'ai appelé. J'aurais dû le faire il y a des mois.

Elle expira une longue bouffée d'air.

— Mais c'est pour le mieux. Après-coup, j'ai compris que j'avais complètement tourné la page. J'avais juste besoin que ce soit officiel.

Elle jeta un coup d'œil à Ella.

— Je suis sérieuse pour les vêtements, d'accord ? Viens voir ce que tu aimes.

— D'accord.

C'était un changement de sujet expert, mais Ella n'allait pas insister davantage.

Elles parcoururent le reste du chemin du retour en silence, à l'exception de quelques indications de route d'Ella. Cependant, comme la première fois, une fois que Sloane fut dans le bain, elle trouva son mode de conduite. Elle s'arrêta à la place d'Ella et s'assit avec un sourire.

— C'était 60 % moins effrayant que la première fois. Dans quelques semaines, je pourrai peut-être envisager d'acheter ma propre voiture.

— De grands projets ! Assure-toi d'être prête, plaisanta Ella.

La légère tension qui régnait depuis les aveux de Sloane s'était dissipée. Ella en était ravie. Elle ne voulait pas qu'il y ait de bizarreries entre elles. Elle sortit de la voiture et Sloane la suivit. Elle la verrouilla, puis donna les clés à Ella. Leurs doigts se touchèrent et Ella lutta contre le frisson qui lui traversait tout le corps. Elle avait beau essayer de le nier, il était là.

Lorsque Sloane s'installa à ses côtés, Ella frissonna légèrement. Il faisait peut-être plus froid en novembre qu'elle ne le pensait. Lorsqu'elle jeta un coup d'œil à Sloane, elle arborait une expression qu'Ella ne parvenait pas à déchiffrer.

— Maintenant que j'ai dévoilé ma vie amoureuse de merde, ou plutôt, son absence totale, qu'en est-il de toi ? Tu as déjà pris la bonne décision ?

Ella secoua la tête.

— Ma cousine vient ce soir et je sais qu'elle va me harceler.

Ella consulta sa montre. Marina était attendue dans une demi-heure.

Tu as le temps de monter pour un petit café ? Ou pour regarder quelques vêtements ?

Ella secoua la tête.

— Ma cousine arrive d'une minute à l'autre pour prendre son thé et un verre de vin.

— Thé et vin ? Ça fait beaucoup de liquides.

— Dans le Nord, le thé est synonyme de dîner.

Sloane fit une grimace.

— Je *n'arriverai jamais à comprendre* l'anglais britannique, je le jure.

— Reste dans les parages, et nous te ferons parler correctement en un rien de temps.

Ella fit une pause.

— De plus, Je dois préparer une réunion de travail avec un client demain en début de journée, alors ce soir, c'est mort.

Sloane sourit.

— J'oublie toujours que tu as un autre travail. Que tu es très demandée.

Son souffle tourbillonnait autour d'elle dans l'air froid du soir.

— Non pas que je sois surprise, parce que tu es incroyable.

Le timbre de sa voix était devenu grave.

Ella déglutit. Elle n'était pas sûre de ce que Sloane disait ou ne disait pas ici, et elle n'avait pas le temps d'y réfléchir.

— Je ne le prends jamais pour acquis, et je donne tout ce que j'ai à offrir à tous ceux avec qui je travaille. Vous êtes tous spéciaux pour moi.

Ella jeta un coup d'œil à sa montre, puis à Sloane.

— Je dois y aller.

Leurs regards se croisent. Ella fixa les yeux bleus azur de Sloane. Il étaient si expressifs. Tant de choses s'y passaient. Elle risquait fort de se noyer.

— Je suis désolée d'avoir si peu disponible ces dernières semaines. J'avais beaucoup de choses à régler, avec Jess et tout le reste. Mais maintenant, c'est fait. Nos discussions m'ont manqué, et c'était vraiment une drôle de période.

Ella posa une main sur le bras de Sloane. Leur connexion lui avait aussi manqué.

— Tu n'as pas de comptes à me rendre.

— Je ne suis pas d'accord, répondit Sloane. Je veux juste que tu saches que tu es très spéciale pour moi aussi. Mais dès que les mots s'étaient échappés de sa bouche, Sloane eut l'air de vouloir les reprendre et les avaler en entier.

Un grand gong retentit dans le cœur d'Ella, mais elle l'étouffa intérieurement et chercha des mots pour répondre. N'importe quoi. N'importe quoi. Cela ne servit à rien. Elle n'arrivait pas à trouver sa prochaine phrase. Finalement, elle y parvint :

— Je ne suis pas là jeudi et vendredi, alors je te verrai pour le match de dimanche, si ce n'est pas avant ?

Une réponse tout à fait inappropriée, donc.

Sloane lui fit un signe de tête exagéré.

— Dimanche, bien sûr, murmura-t-elle.

À ce moment-là, la Corsa bleu ciel de Marina entra dans le parking et s'arrêta en hurlant. Depuis sa naissance, Marina n'avait jamais rien fait de discret.

— Et ça, avec un timing parfait, c'est ma cousine.

Marina claqua la portière de sa voiture et a fit signe à Ella.

Ella lui répondit par un signe de la main, la panique s'emparant de son corps. Avait-elle dit quelque chose de déplacé à propos de Sloane à Marina ? Elle ne le pensait pas. Principalement parce qu'il n'y avait rien d'important à dire jusqu'à maintenant. Quand il s'était passé je ne sais quoi.

Les sentiments tourbillonnaient autour d'elles dans l'air du soir. Sloane Patterson venait de dire à Ella qu'elle lui avait manqué. Qu'elle était spéciale. Ella ne savait pas trop quoi faire de ce fait. Elle voulait retenir sa respiration, arrêter le temps, permettre à ce frisson de vibrer en elle. Mais ce n'était pas une option compatible avec l'arrivée de Marina.

Lorsqu'elle arriva près d'Ella, celle-ci fronça le visage et se tortilla d'un pied sur l'autre.

— J'ai une envie folle d'aller aux toilettes ! Peux-tu ouvrir ta porte pour que je puisse aller dans ton appartement avant de me faire pipi dessus ?

Elle était petite comme une poupée, avec des cheveux de réglisse et une personnalité tourbillonnante qui laissait tous ceux qui entraient en contact avec elle dans un tourbillon. Principalement dans le bon sens du terme.

Ce n'est que lorsque Marina se concentra sur Ella, puis sur la personne qui se tenait à côté d'elle, qu'elle s'arrêta de parler.

— Putain de merde !

Ella ferma les yeux et soupira. Elle s'était demandé si Marina allait l'embarrasser. Elle avait sa réponse.

Cependant, Sloane avait déjà vu cela auparavant, à en juger par le sourire ironique qu'elle arborait. Elle tendit la main à Marina.

— Sloane Patterson. Tu dois être la cousine dont Ella parle tant, Marina.

C'était une charmeuse. Ella ne pouvait que lui rendre hommage.

Marina ouvrit et ferma la bouche comme un poisson rouge.

— C'est moi-même, dit-elle, visiblement ravie d'avoir été un sujet de conversation. Mais quoi qu'elle t'ait dit, je suis au moins 50 % mieux.

Sloane ricana.

— Je n'en doute pas, je connais ta cousine.

Elle adressa à Ella un rapide clin d'œil qui la fit fondre sur place, puis serra la main de Marina.

Lorsque Sloane réussit à retirer sa main, Marina regarda sa propre peau, puis remonta vers Sloane.

— Tu te joins à nous pour le thé ?

Sloane secoua immédiatement la tête.

— Ella m'a juste laissée nous conduire à la maison pour que je puisse m'entraîner. Conduire du mauvais côté de la route me tue. Au moins, tu joues au foot de la même façon, alors je t'en remercie. Chaque fois que je prends le volant, j'ai peur que ce soit la dernière fois.

Marina rejeta la tête en arrière comme si c'était la chose la plus hilarante au monde.

— Je suis sûre que tu ne te débrouilles pas si mal que ça.

— Elle a quand même failli nous tuer sur le chemin du retour.

Ella jeta un coup d'œil à Sloane. Leurs regards se figèrent et, à ce moment-là, Marina disparut. Il ne restait plus qu'Ella, Sloane, les battements de son cœur et le souffle froid de leur respiration dans l'air du soir.

Jusqu'à ce que Marina se tortille encore une fois.

— Tu crois qu'on peut entrer avant que je me pisse dessus ?

Elles passèrent toutes les trois la porte et entrèrent dans l'ascenseur. Sloane appuya sur les boutons de son étage et de celui d'Ella.

La porte de l'ascenseur se referma et Ella ne savait pas où regarder. Certainement pas vers Sloane.

Elles s'arrêtèrent à l'étage d'Ella. Elle donna sa clé à sa cousine et Marina se jeta dans le couloir.

— Numéro 24, les toilettes, c'est la première à droite ! cria Ella.

Marina répondit en levant son pouce.

Quand Ella se retourna, le pied gauche de Sloane tenait la porte de l'ascenseur ouverte. Elle mit du temps à relever son regard.

— On se voit dimanche pour le match, alors ?

Ella hocha la tête. Le football. C'était un terrain sûr.

Elle ne savait encore que penser du reste.

Chapitre Treize

Sloane se leva et entra dans le vestiaire pour le rassemblement d'avant-match. Chaque match se déroulait de la même manière : debout en cercle, les bras enlacés, suivi d'un discours de motivation de la part de Lucy. La manager était douée pour cela, Sloane devait le reconnaître. Sloane avait travaillé avec de nombreux entraîneurs, et Lucy Harris faisait partie des meilleurs. Comme d'habitude, Lucy se tenait au milieu de l'équipe, attendant que le silence se fasse. Cela ne prenait jamais longtemps. Elle avait le pouvoir.

— Vous sentez ça ? demanda Lucy en penchant la tête vers le haut. C'est le bourdonnement de l'excitation. Aujourd'hui, nous jouons à guichets fermés et nous sommes chez notre grand rival, Salchester United. Si vous avez besoin de plus de motivation pour aller sur le terrain et montrer aux supporters ce que vous pouvez faire sur un terrain de football, alors vous ne devriez pas être ici. Quelqu'un a-t-il besoin de plus de motivation que cela pour rendre nos supporters fiers de leur plus grand match de la saison ?

Lucy jeta un regard sur le groupe.

Sloane montra l'exemple en secouant la tête avec vigueur.

— Bien, dit Lucy. Mais si vous avez besoin de plus de motivation, j'ai demandé à Ella de vous dire quelques mots.

Lucy jeta un coup d'œil à sa gauche.

— À toi de jouer.

La peau de Sloane s'enflamma lorsque son amie s'avança au centre du cercle de l'équipe et que Lucy recula. Sloane ne voyait personne de mieux pour faire cela. Ella était une érudite du jeu, et elle était sage au-delà de son âge. Elle était également calme. Elle apaisait Sloane. Elle avait le même effet sur tous ceux qu'elle rencontrait.

— Je veux vous raconter une histoire.

Ella jeta un regard autour du cercle. Lorsque ses yeux noisette rencontrèrent ceux de Sloane, elle s'arrêta une milliseconde, puis continua.

Sloane respira. Elle appréciait cette attention supplémentaire, même si elle était minime. Le radar de Sloane voulait qu'Ella y figure dès qu'elle en avait l'occasion.

— Vous me connaissez comme votre coach de performance. Un mentor. Mais dans ma vie antérieure, j'étais footballeuse, tout comme vous. Un bonne footballeuse. Je jouais au milieu de terrain, comme Welshy et Layla.

Elle désigna les numéros sept et huit des Rovers. Millie Welsh lui rendit son sourire.

— Mais à 19 ans, je jouais un match et j'ai tenté un tacle à 50-50. Comme je l'avais fait des milliers de fois auparavant. Mais ce jour-là, mon genou a vacillé, quelque chose a éclaté et je me suis écroulée de douleur. Je savais que c'était grave, mais je ne savais pas à quel point. Je m'étais déchiré le ligament croisé antérieur.

Ella prit un moment pour laisser ses mots pénétrer dans son esprit.

La respiration de Sloane s'était arrêtée. Comment avait-elle pu l'ignorer ? Peut-être qu'elle n'avait pas été une très bonne amie jusqu'à présent, après tout. Elle prit note de demander plus de détails.

— À l'époque, nous n'avions que peu ou pas de soutien pour l'équipe féminine. Je pouvais me faire soigner par le NHS, mais c'était tout. Il n'y avait pas de spécialistes sur place, pas de médecin de club à consulter. Les équipes féminines n'avaient pas de kinésithérapeutes ni d'installations pour la rééducation, comme c'est le cas aujourd'hui. J'ai été opérée, mais cela ne s'est pas bien passé. En fait, j'ai dû y retourner quelques mois plus tard. Ensuite, j'ai dû faire de la rééducation seule.

Elle fit un signe de la main dans la loge.

— J'étais livrée à moi-même. À cause de l'opération ratée, mon genou ne s'est pas rétabli dans les délais prévus et j'ai été licenciée par Rushton City.

Tout le monde reprit son souffle dans le vestiaire. Y compris Sloane. Quel cauchemar pour Ella. Se sentait-elle encore privée de sa carrière ? Sloane savait que c'était le cas.

— Mais je n'ai pas abandonné. J'ai travaillé ma condition physique, j'ai trouvé un emploi dans un centre d'appel pour payer le loyer et j'ai signé pour East Hampton. J'avais de grands espoirs. Avant ma blessure, j'étais un espoir pour l'Angleterre. J'étais déterminée à y retourner.

— Cependant, mon genou ne l'entendait pas de la sorte. Je ne me sentais pas bien. Je suis revenue dans l'équipe réserve, j'ai joué quelques matchs avec l'équipe senior, mais toujours en tant que remplaçante. De plus, je savais que je jouais la peur au ventre. Je n'avais plus la même bravoure ni le même enthousiasme qu'avant. Au milieu de la saison, mon genou a cédé et j'ai dû arrêter de jouer. Lorsque je suis retournée à l'hôpital, on m'a dit que j'avais à nouveau endommagé mes tendons et ligaments autour du ligament croisé antérieur, et que le genou serait toujours faible et sujet aux blessures. Ils m'ont recommandé de ne plus pratiquer de sport professionnel car ma prochaine blessure, et il y en aurait une, serait pire, et la suivante encore plus. Je pouvais encore taper dans un ballon et m'entraîner, mais le sport de niveau professionnel n'était plus pour moi.

Sloane n'arrivait pas à croire ce qu'elle entendait. Ella avait l'attention de tout le monde pour la suite.

— Je ne vous dis pas cela pour gagner votre sympathie. Les blessures arrivent. Les erreurs médicales arrivent. J'ai une belle carrière alternative maintenant, et je comprends ce qu'il faut faire pour être footballeuse. Les sacrifices que vous faites. Le travail que vous faites. Mais tout cela peut vous être enlevé en une seconde. Oui, il y a de meilleures installations de nos jours, des entraîneurs à plein temps pour les aspects physiques et mentaux de votre jeu, mais les corps n'ont pas changé. Les corps n'ont pas changé, en particulier celui des femmes lorsqu'il s'agit de blessures au ligament croisé antérieur. Vous voulez un conseil ? Vivez l'instant présent à fond. Chassez chaque ballon, marquez chaque joueur. Allez au bout de vous-même, même pour un centre. Car demain, l'opportunité pourrait s'envoler. C'est d'autant plus vrai dans un derby : donnez tout ce que vous avez. Sur le terrain, jouez ce match comme si c'était le dernier de votre vie. Allez sur le terrain et jouez ce match comme si vous n'alliez jamais le rejouer. Donnez tout ce que vous avez sur le terrain. Gagnez ce putain de match pour les supporters, mais surtout pour vous-mêmes. Êtes-vous prêtes ?

Ella n'attendait pas de réponse.

— Alors allons-y, putain, et gagnons !

Un rugissement de tout le groupe et tout le monde tapa dans les mains et tapa du pied. Les mots d'Ella étaient parfaits et avaient apporté la motivation nécessaire.

— Faisons-le pour Ella ! cria Sloane, et toute l'équipe applaudit à nouveau.

Ella, les joues rougies par son discours, capta son regard et adressa à Sloane le plus doux des sourires. Un sourire qu'elle ne lui avait jamais donné auparavant. L'effet se fit sentir du bout des doigts de Sloane jusqu'aux crampons de ses chaussures. Elle espérait ne pas avoir rougi elle aussi.

— Merci, dit Ella.

— *Merci à toi*, répondit Sloane.

* * *

Sloane pouvait sentir l'énergie crépiter sur la surface du terrain, ainsi que dans la foule. Après avoir remporté l'Euro cet été, l'engouement initial pour le football féminin n'avait pas faibli. De plus, les Salchester Rovers disputant la première place du championnat, leur taux de fréquentation était prometteur. Les deux tribunes situées de part et d'autre du terrain étaient remplies d'un grand nombre de maillots rouges de l'équipe locale et de maillots bleus des Rovers, et le bruit le plus fort provenait des fidèles supporters derrière les buts, qui encourageaient leur équipe lorsqu'elle sortait du terrain. Plus de 20 000 billets avaient été vendus pour ce derby local, ce qui était impressionnant. Une raison de plus de gagner pour les supporters.

Leurs rivaux se tenaient debout, les mains sur les hanches,

respirant des vapeurs glaciales dans l'air vif de novembre. Sloane enregistrait à peine la température. Les jours de match, elle était imperméable. Elle jeta un coup d'œil sur la ligne de touche, où Ella levait le pouce de Welshy. Sloane voulait gagner pour les fans, pour elle-même, mais surtout pour Ella, et pour toutes les Ellas avant et après elle.

Le coup de sifflet retentit et elles partirent.

Les dix premières minutes s'envolèrent dans une vague de tacles acharnés, le ballon restant principalement au centre du terrain. Sloane n'eut que quelques touches, les adversaires ayant mis au point leur plan de jeu, ne cédant à Nat et elle aucun espace dans le dernier tiers du terrain.

En ce moment, la balle était sur l'aile droite et Sloane se tenait près de sa marque, une grande femme nommée Katy Dempsey qu'elle n'avait jamais rencontrée auparavant, mais qui ne semblait pas du tout intimidée par elle. Sloane était impressionnée. Dempsey ne devait pas avoir plus de 21 ans. À son âge, Sloane n'avait probablement pas fait preuve de la même assurance.

Tout d'un coup, Welshy eut le ballon et s'échappa de son marquage avec une grande rapidité. C'est ce qu'elle avait dans son jeu. Sloane se déplaça d'un côté, puis de l'autre, puis revint en arrière pour mettre Dempsey dans l'ambiance. Elle fit une, deux, trois feintes, pour tromper son adversaire. Au moment où Dempsey pensait pouvoir anticiper son mouvement, elle changea brusquement de direction et accéléra à fond, avec la vitesse fulgurante de Bip Bip, semant le Coyote sur son passage. Bip Bip! Tout en courant, elle jeta un coup d'œil par-dessus son épaule droite, espérant que Welshy l'avait repérée. C'était le cas.

En un éclair, la balle rasa l'épaule droite de Sloane, et rebondit, légère, dans sa course. Welshy, une maître en matière de passe, ne manquait jamais son coup. Le bruit sourd des pas de la défenseuse, comme un tonnerre, se rapprochait. Mais Sloane, concentrée, capta le ballon en pleine course, le maîtrisa d'un geste sûr, puis leva les yeux vers le jeu… Juste à l'extérieur de la surface de réparation. Nat à sa droite. La gardienne de but qui fermait ses angles. Elle avait une fraction de seconde pour décider de ce qu'elle devait faire.

Alors que la gardienne s'avançait, Sloane frappa la balle avec l'extérieur de sa chaussure droite dans la trajectoire de Nat, puis se dirigea vers la gauche au cas où il y aurait quelque chose à éponger. Elle vit le blanc des yeux de la gardienne et entendit le juron qui sortait de ses lèvres lorsqu'elle s'élança vers la gauche pour saisir le ballon des pieds de Nat, mais il était trop tard. Nat armait son pied droit, et le doux clac de sa chaussure qui frappa la balle emplit les oreilles de Sloane. Un instant plus tard, le filet tremblait, et Sloane, les bras levés au ciel, explosait de joie tandis que les gradins se déchaînaient. Elle fut la première que Nat rejoignit, et elle lui sauta dans les bras, submergée par l'émotion.

— Putain, oui ! cria Nat dans les oreilles de Sloane, ce qui la fit sourire.

Il y a de nombreuses façons de décrire la joie de marquer un but, surtout lorsque c'est votre chaussure qui a été la dernière à toucher le ballon avant qu'il n'atteigne le filet. Aujourd'hui encore, même après presque dix ans de jeu professionnel, Sloane n'avait pas encore trouvé de meilleure description que « putain de oui ! ».

En quelques secondes, toute l'équipe les envahirent, poings

levés. Quelques instants plus tard, Sloane reprit son souffle et se replaça dans le rond central pour donner le coup d'envoi. Lorsqu'elle jeta un coup d'œil vers l'abri, Ella l'observait.

Elle avait le pouce levé.

Sloane fut envahie par la chaleur.

Ella était de son côté.

Le sifflet retentit. Elles repartirent.

Le reste de la première mi-temps se déroula en dents de scie, United touchant un poteau et Nat ratant une autre bonne occasion. Au moment où Sloane commençait à attendre le coup de sifflet — elle avait vraiment besoin d'aller aux toilettes — le quatrième arbitre affichait son tableau. Trois minutes d'arrêts de jeu. Elle pouvait s'en contenter.

Le ballon remonta la ligne de touche vers elle, mais Dempsey était juste sur son épaule, comme tout au long de la première mi-temps. Bravo à la gamine, elle n'a pas lâché le morceau. Sloane récupéra le ballon et leva les yeux. Welshy était au-delà de son repère. Elle pouvait s'élancer vers la droite et lui glisser le ballon. Elle s'apprêta à passer le ballon avec l'extérieur de sa chaussure, mais Dempsey plaça un pied juste au moment où elle était en plein mouvement. Le ballon quitta le pied de Sloane, et la chaussure de Dempsey s'écrasa sur sa cheville. Le pied de Sloane partit dans un sens, sa cheville dans l'autre.

Une douleur fulgurante remonta le long de sa jambe et elle s'écroula dans l'herbe, atterrissant avec un bruit sourd sur sa hanche. Elle roula sur le côté et tout devint silencieux pendant quelques secondes, l'esprit dans le vide. En quelques instants, la réalité reprit le dessus et sa cheville la lança comme elle ne l'avait jamais fait auparavant.

Ou plutôt, exactement comme avant.

Sa mauvaise cheville.

Elle s'effondrait.

— Tu vas bien, Sloane ?

Elle ouvrit les yeux et aperçut les visages inquiets de Nat et de Welshy au-dessus d'elle.

À en juger par la douleur qui la lançait dans sa cheville et qui s'insinuait maintenant dans ses globes oculaires, elle pouvait affirmer avec certitude que ce n'était pas le cas.

* * *

Sloane était allongée sur la table de kinésithérapie dans l'infirmerie de United. Le kiné lui servit des platitudes pour qu'elle se sente mieux pendant qu'elle mettait de la glace autour de sa cheville. Aucune d'entre elles ne fonctionnait. Peut-être que ça serait passer si elle avait l'âge de Dempsey.

Sur le plan des blessures, Sloane avait eu de la chance. Bien plus qu'Ella. Cependant, sa cheville était son point faible. Après sa grosse blessure, son ancien entraîneur disait qu'elle était en verre et qu'il fallait la traiter comme telle. Malheureusement, les chevilles de verre et le football ne font pas bon ménage. Sloane ne blâmait pas Dempsey pour autant. Le tacle faisait partie du jeu.

Quelqu'un frappant à la porte lui fit lever les yeux.

Ella.

Rien que de la voir, Sloane desserra son poing.

— Tu rates le match.

Juste au même moment, la foule à l'extérieur gémit. S'agissait-il d'un but raté de l'équipe locale ou d'un but de l'équipe adverse ? Elle tendit l'oreille, mais il n'y eut pas d'applaudissements. Elle pencha pour la première hypothèse.

— J'ai pensé que ça valait la peine de venir voir comment tu allais.

Elle entra et a pointa la cheville de Sloane.

— Comment tu te sens ?

— Froide.

Ella rit.

— J'imagine.

Elle fit une pause, puis regarda Sloane.

— Je sais que tu as déjà eu des problèmes de cheville, mais ils ne t'auraient pas fait signer si c'était chronique. Ce que je veux dire, c'est qu'il ne faut pas tirer de conclusions hâtives.

— Facile à dire pour toi.

— J'en suis consciente, mais mon point de vue reste valable.

Sloane se mordilla l'intérieur de la joue.

— Dis-moi quelque chose pour me changer les idées et me faire oublier que j'ai l'impression que mon pied va se désolidariser de ma cheville d'une minute à l'autre. N'importe quoi.

Ella fronça les sourcils.

— N'importe quoi ?

Sloane fit claquer ses doigts.

— Parle-moi du plus beau but que tu aies jamais marqué dans ta carrière. Où était-ce ? Contre qui. Et as-tu gagné ?

Un regard rêveur traversa le visage d'Ella tandis qu'elle essayait de rassembler sa réponse. Cela prit quelques instants. Suffisamment de temps pour que Sloane admire ses joues roses, la façon dont ses cheveux épais dépassaient sur les côtés de son bonnet à pompon. De plus, même si elle ne pouvait pas le voir, elle savait que le pantalon d'entraînement d'Ella mettait parfaitement ses fesses en valeur. Sloane laissa ses paupières se fermer un instant. Ses pensées empiraient.

— La finale de la Coupe d'Angleterre féminine, il y a 15 ans. C'était trois mois avant ma blessure. J'avais 19 ans, je jouais pour Rushton City et j'étais très en vue. J'ai pris le ballon par-dessus mon épaule, un peu comme tu l'as fait aujourd'hui, une belle passe décisive d'ailleurs.

Sloane inclina la tête en signe de reconnaissance.

— Puis j'ai fait un slalom à la Ricky Villa dans la surface de réparation, j'ai feinté dans un sens, j'ai trompé le gardien et j'ai glissé le ballon dans le coin inférieur droit. Le public, environ dix mille personnes dans une petite arène juste à l'extérieur de Doncaster, est devenu fou, et c'était le meilleur moment de ma vie. J'ai gagné la FA Cup, et peu de gens peuvent en dire autant.

Pour la deuxième fois de la journée, Ella laissa Sloane sans voix.

— Pourquoi ne m'as-tu jamais dit cela avant ? Pourquoi ne pas m'avoir évoqué ta carrière ?

— Tu n'as jamais demandé.

Ella sourit.

— En plus, mon travail n'est pas de parler de moi. Mais aujourd'hui, Lucy me l'a demandé. Alors je l'ai fait.

— Je suis contente.

La cheville de Sloane palpitait tellement que c'était comme si tout son corps était en feu.

— Est-ce que ça aide à soulager la douleur ?

— Absolument.

— Menteuse.

Sloane sourit. Ella comprit. Elle aimait cela.

— Mais tu sais quoi ? J'aimerais bien taper dans un ballon dans un grand stade comme le vôtre. Nous avons toujours joué dans de petits terrains. Même lorsque j'ai remporté la FA Cup, nous n'avons pas fait salle comble dans un stade de 15 000 places. J'aimerais beaucoup marquer un but dans un grand stade. Pas en match, parce que mon genou pourrait me le faire payer. Juste pour le plaisir. Et je veux fêter ça comme si je venais de gagner à nouveau la Coupe d'Angleterre.

— Tu ne peux pas faire ça aux Rovers ?

Ella roula les épaules et secoua la tête.

— Pas vraiment. Je suis l'entraîneuse des performances. Je peux taper dans un ballon, mais je ne peux pas participer à l'entraînement. Ce n'est pas mon travail.

Sloane garda ce fait dans un coin de sa tête.

— Mais je pensais ce que j'ai dit, ce n'est peut-être pas si grave. Je doute qu'elle soit cassée.

Ella montra la cheville de Sloane.

— De plus, pendant que tu es en rééducation, je suis ton entraîneuse et ta voisine. Je peux t'apporter du café si tu as des béquilles. Et je m'assurerai que tu ne manques jamais de biscuits au chocolat.

— C'est tellement addictif.

Ella s'était libérée de ses problèmes, même si ce n'était que pour un instant.

À l'extérieur, le public applaudit à tout rompre. United avait-il égalisé ?

— Tu devrais retourner sur le terrain. On a besoin de toi sur la ligne de touche pour les encouragements.

— Je devrais peut-être commencer à crier si elles viennent d'égaliser.

Ella se retourna, puis regarda Sloane.

— Tu as bien joué aujourd'hui, au fait. Comme une championne.

— Apparemment, je suis une championne, comme me l'a dit un jour quelqu'un de sage.

Sloane s'accrocha au regard d'Ella comme si sa vie en dépendait. Et à ce moment-là, c'était comme si c'était le cas.

Ella allait dire quelque chose, s'arrêta, puis se pencha et posa trois doigts sur le bras nu de Sloane. Au contact d'Ella, Sloane perdait tous ses moyens.

Leurs regards étaient toujours rivés l'un vers l'autre.

Le cœur de Sloane battait la chamade dans sa poitrine. La douleur de sa cheville fut temporairement oubliée.

— Tu vas t'en sortir.

Sloane voulait désespérément la croire.

Un autre rugissement retentit à l'extérieur.

L'instant suspendu se brisa.

Ella baissa le regard et recula d'un pas. Elle fixa le bout de ses doigts, puis Sloane, et fit un signe du pouce par-dessus son épaule.

— Je ferais mieux d'y aller.

Sloane acquiesça. Elle voulait dire « Ne pars pas », mais elle se retint.

— Transmets-moi le score, voilà tout ce qui était sorti.

Plus approprié pour le travail.

Ce n'est pas du tout la vérité.

Qu'est-ce qui vient de se passer ?

Chapitre Quatorze

Ella n'avait pas fait de shopping depuis son premier week-end en ville, et elle ne s'attendait pas à ce que ce soit aussi festif.

— Nous sommes à cinq semaines de Noël. À quoi tu t'attendais ?

Marina lui lança un regard incendiaire, puis fît irruption chez Selfridges, luttant contre un homme encombré de cinq sacs, aussi large qu'un petit camion. Elle avait perdu d'avance.

— Cinq semaines avant le grand jour, poursuit-elle en poussant la lourde porte de chrome et de verre.

Son rouge à lèvres était encore parfait lorsqu'elle se tourna vers Ella et lui fit signe d'entrer. Marina tenait à ce que son rouge à lèvres soit toujours frais.

— Il ne reste que cinq semaines avant que toi et moi ne soyons, une fois de plus, condamnées à passer Noël sans partenaire, et donc à ne pas recevoir de cadeaux dignes de ce nom. Franchement, nos cœurs risquent de se dessécher et de mourir d'ennui.

— Parle pour toi. Le mien suit toujours un régime sain à base d'amour de soi.

Sa cousine tendit la main.

— Trop d'informations pour moi.

Ella sourit, mais son esprit s'était déjà tourné vers Sloane et ce que cela pouvait représenter d'être *sa* moitié. Elle pouvait imaginer les cadeaux somptueux que Sloane offrirait à sa petite amie. Elle n'était pas à court d'argent. D'ailleurs, elle n'aurait peut-être même pas besoin d'*acheter* les cadeaux en premier lieu. Elle pourrait simplement les choisir parmi tous les cadeaux qu'on lui envoyait.

Ella suivit Marina dans le grand magasin, en pensant à ses doigts sur le bras de Sloane lors de son dernier match. Son sang se réchauffa dans ses veines. Sloane était toujours vexée d'avoir été mise sur la touche. Ella espérait pouvoir lui changer les idées, parce qu'elle connaissait mieux que quiconque la peur de ne jamais revenir. Elle irait la voir ce week-end pour voir comment elle allait. Peut-être même qu'elle profiterait de l'offre de vêtements gratuits.

Quelques instants plus tard, l'esprit ailleurs, elle se dirigea tout droit vers un sapin de Nordmann, puis rebondit sur l'arbre festif. Ella cracha quelques aiguilles de pin de sa bouche, puis porta une main à son visage pour essuyer les débris.

— Est-ce que j'ai une aiguille de pin coincée dans la joue ?

Elle bougea la main et plaça son visage dans la ligne de mire de Marina. Elle devait rester concentrée sur le moment présent. Il y avait trop d'obstacles dans ce grand magasin qui pouvaient l'abattre, et elle avait un calendrier de festivités très chargé à respecter.

Sa cousine saisit son manteau et l'entraîna vers un pan de mur libre, hors de la ligne de mire de la foule dense et peu joyeuse.

— Tu n'as pas d'aiguilles de pin, confirma-t-elle, le visage tourné vers Ella. Mais pourquoi es-tu entrée dans l'arbre ? C'était loin d'être discret.

Ella souffla. Elle n'allait pas dire à Marina que c'était parce qu'elle s'inquiétait pour Sloane. Sa cousine n'avait pas besoin d'être encouragée.

— Je pensais que c'était un reflet.

Ella montra du doigt l'intérieur marbré et clinquant du grand magasin.

C'était faible, mais ça avait suffi à Marina.

Elle respirait l'odeur de la cannelle et des épices. Au-dessus d'elle, des boules géantes et des puddings de Noël tournaient sur d'énormes chaînes métalliques. Le genre de chaînes qui, si elles se brisaient, vous tueraient en un instant.

— Tu devras me protéger des autres arbres et de ces boules tueuses, dit-elle en pointant le doigt vers le haut. J'ai beaucoup à faire dans les semaines à venir. Des jeux importants. Je ne peux pas me permettre d'être assommée avant Noël.

Marina roula ses grands yeux noisette, si semblables à ceux d'Ella.

— Je te promets de faire de mon mieux. Pour les Rovers, et aussi parce que tu dois être en pleine forme pour avoir un rendez-vous avec Honey Pot.

Marina lui avait envoyé un message hier soir pour lui dire qu'elle avait publié le profil d'Ella. La réponse d'Ella avait été de se connecter, de grimacer et d'ignorer l'application toute la journée. Ella se demandait si cela valait la peine. D'autant plus qu'il y avait peut-être une meilleure option plus près de chez elle. Bien qu'il s'agissait d'une option compliquée. Peut-être avait-elle besoin d'un rendez-vous avec Honey Pot pour se débarrasser de son obsession pour Sloane.

— Mais que tu aies ou non une rencontre avec l'équipe pour Noël, que tu aies ou non une petite amie, tu auras toujours besoin de cadeaux.

Marina haussa un sourcil.

— Nous discuterons de ton retour à la maison pour le grand jour, et je connais ton problème avec les achats de cadeaux, alors considère-moi comme la petite aide du Père Noël. C'est compris ?

Sa cousine passa un bras dans celui d'Ella et l'entraîna vers l'escalator. Au bas de l'escalier, une elfe, plus vraie que nature, proposait, d'une voix mielleuse, une vaporisation d'un nouveau parfum, contenu dans un flacon en forme de sapin. Noël avait déjà attaqué Ella : elle envoya Marina en éclaireuse, et elles atteignirent l'escalator sans encombre. Marina, irrésistiblement attirée, s'arrêta devant les écharpes et en désigna une aux couleurs flamboyantes d'un coucher de soleil, exactement comme celles que Sloane avait décrites en se remémorant la Californie.

— C'est exactement dans les goûts de maman ça, dit Marina en brandissant l'écharpe. Mais c'est du cachemire, alors elle pense qu'elle ne peut pas l'avoir. Tu connais bien ses problèmes d'argent, car ta mère en avait aussi. Mais je pense qu'avec ton nouveau travail, tu vas pouvoir réaliser ses rêves.

Ella pensait à Sloane, et un sourire se dessina sur ses lèvres. Comment allait-elle ? On lui avait demandé de « se poser », de se détendre. Était-elle à la maison, à regarder This Morning pendant sa première semaine de repos ? Si les pronostics d'Ella étaient bons, Sloane ne tiendrait pas plus d'une heure à ce rythme-là. Ensuite, Sloane serait impatiente de retourner à la salle de sport. Leur immeuble en avait une, ainsi qu'une piscine. Marina claqua des doigts devant ses yeux, ce qui la déconcentra.

— Désolée, je suis à des kilomètres.

Elle prit l'écharpe.

— Oui, c'est parfait, merci.

Elle s'arrêta.

— Et toi qu'est-ce que tu lui offres

— Un abonnement à son magazine culinaire préféré, et je lui ai déjà acheté un collier. Elle m'en a parlé la semaine dernière.

— Je te suis redevable à jamais.

— Ne l'oublie pas.

Marina se cogna la hanche tandis qu'elles se mettaient au pas.

— Qu'est-ce que tu m'apportes avec ton gros salaire ?

Ella sourit. Sa famille semblait penser que maintenant qu'elle travaillait aux Salchester Rovers, elle roulait sur l'or. Ils ne savaient manifestement pas comment fonctionnait le football féminin. Elle prit la chose la plus proche à portée de main. Un paquet de deux collants vert jade, taille moyenne.

— Que penses-tu de ceux-là ? Je pense qu'ils t'iront très bien.

Marina lança à Ella le même regard que celui qu'elle lui avait lancé lorsque Ella avait cassé son Polly Pocket, à l'âge de six ans.

— Faisons le tour du magasin et je t'achèterai tout ce que tu veux, dans la limite du raisonnable. Et puis un cocktail au bar sur le toit. Marché conclu ?

Le visage de sa cousine s'adoucit.

— D'accord.

Elle marqua une pause alors qu'elles traversaient le rayon des ustensiles de cuisine.

— Au fait, je ne veux pas de poêle à frire.

Elles continuèrent à marcher vers une rangée de machines à café brillantes.

— Par contre, l'une d'entre elles…

Marina battit des paupières en s'arrêtant devant celle qu'Ella reconnut.

— Celle-ci est assez bonne. Sloane l'a dans son appartement.

— Tu as été dans son appartement ? Tu ne me l'as jamais dit avant.

Les yeux de Marina s'écarquillèrent.

— Tu as bu un café de sa machine ?

Sa voix monta d'une octave et baissa de volume.

— Nous sommes amies. Nous vivons dans le même quartier. Alors oui, je l'ai fait.

Marina sembla vibrer un peu sur place alors qu'elle prenait conscience de ce fait.

— Et comment c'était dans l'appartement ? Le fait d'y être ? Le café ?

Elle faillit se mordre les doigts.

— Tu sais quoi, on s'en fout du café, je m'en fous du café.

Elle fit une pause pour reprendre son souffle.

— Alors, comment c'était d'être dans son appartement ?

Elle donna un coup de poing dans le bras d'Ella.

Ça faisait mal. Ella se frotta le bras.

Marina n'y prêta pas attention.

— Tu ne m'as jamais dit que tu prenais un café avec Sloane !

— Je t'ai dit que je l'aidais. Tu nous as vus ensemble !

— Professionnellement ! L'aider à conduire ! s'écria Marina, une main sur la machine à café désormais oubliée. Tu n'as pas dit que tu traînais avec elle. Que tu prenais un *café avec elle.*

Ella haussa les épaules comme si ce n'était rien. Ce qui était le cas. Sloane était juste une personne normale.

Mais encore une fois, elle ne l'était pas du tout. C'était une Rolls Royce. Une Ferrari. Elle brillait.

— Comment s'en sort-elle depuis qu'elle est célibataire ?

Le regard de Marina semblait percer le cerveau d'Ella. Il ne lui fallut que quelques secondes pour tirer la conclusion qu'Ella savait quelque chose.

— Il n'y a rien que tu ne me dis pas, n'est-ce pas ? Parce que vous sembliez très amicales quand je vous ai vues l'autre semaine. Je crois que je t'en avais parlé, mais tu m'avais rembarrée en me disant que c'était uniquement professionnel. Mais maintenant, il y a le café…

Ella imagina sa main sur le bras de Sloane. L'électricité dans la pièce. La chaleur entre ses jambes, aujourd'hui et demain.

Elle dut étouffer cela dans l'œuf, pour elle et pour Marina.

— Il ne se passe rien. Je suis sa collègue et sa voisine.

Inutile de dire à Marina qu'elle avait retrouvé la famille de Sloane. Cela ne ferait qu'attiser son excitation.

— Nous vivons dans le même immeuble, nous nous entendons bien, nous travaillons ensemble. Je l'aide un peu plus maintenant qu'elle est blessée, c'est tout.

Les mots d'Ella étaient affirmés. Elle tapota sa main sur le dessus de celle de Marina, posée sur la machine à café.

— Mais je peux me porter garante de cette machine.

Marina posa une main sur sa hanche et évalua Ella.

Elle se demandait si elle devait aller plus loin.

Ella lui lança un regard acerbe.

Marina haussa un seul sourcil.

— D'accord, répondit-elle, toujours en fixant Ella du regard. Comment va sa blessure ? Mieux ou pire que ce que disent les journaux ?

— C'est à peu près la même chose. Il est encore trop tôt. Il faudra peut-être attendre deux mois, voire moins. Ou si ça ne guérit pas comme les médecins le veulent, qui sait ?

— Va-t-elle avoir besoin d'une opération ?

— Ils ne le pensent pas. Il s'agit simplement d'un temps de récupération, ce qui est le plus difficile à accepter pour un athlète.

— Tu ne viens vraiment pas à Noël ? Est-ce qu'elle a quelque chose à voir avec cette décision ?

— Bien sûr que non ! répondit Ella, peut-être avec un peu trop de force. C'est juste que j'ai beaucoup de choses à faire et que j'ai besoin d'un peu de repos. Je suis introvertie. C'est comme ça qu'on travaille.

Ce ne serait pas la première fois qu'elle n'irait pas voir sa famille. À Noël, elle avait l'habitude de voir sa mère, sa tante, son oncle et ses cousins, ou d'aller simplement voir sa mère vers la fin de l'année. Parfois, Ella préférait un Noël tranquille.

— Un Noël loin des enfants de Brad ?

Brad était le frère de Marina et avait trois enfants de moins de six ans.

— Je n'ai jamais dit ça.

Mais elle lui adressa tout de même un sourire de confirmation.

— Je verrai tes parents avant, sinon le jour même, alors ne t'inquiète pas.

Elle tapota la machine à café.

— Maintenant, on t'achète ce bébé, ou pas ?

Tout pour détourner l'attention de Marina de Sloane. Et cela semblait fonctionner.

— Tu dois avoir beaucoup d'argent pour m'acheter ça.

Marina embrassa la joue d'Ella.

— Souviens-toi que je t'ai connue quand tu étais une merde.

C'était au tour d'Ella de rire aux éclats. Sa cousine avait un don pour les mots.

** * **

Ella revint de son samedi de shopping un peu éméchée par ses deux cocktails et pleine de joie de vivre. C'était ça, la magie des moments passés avec sa cousine. Elle n'habitait qu'à deux heures de là, sur la côte. Marina avait raison sur un point : Ella devait consacrer plus de temps à sa famille, que ce soit à Noël ou non.

Elle jeta un coup d'œil au sommet de son immeuble lorsque le taxi la déposa : Les lumières de Sloane étaient allumées. Devrait-elle voir comment elle allait ? L'équipe avait un grand match demain, et c'était le deuxième que Sloane allait manquer. Une fois dans son appartement, Ella envoya un message à Sloane pour savoir si elle avait besoin de quelque chose. Le message revint instantanément : *De la crème pour mon café !*

Ella se dirigea vers son réfrigérateur. Elle avait un carton de crème qu'elle avait l'intention d'utiliser dans une recette. Sloane avait de la chance.

Cinq minutes plus tard, elle se tenait sur le pas de la porte de Sloane, évaluant le visage triste et magnifique de Sloane. C'était le côté que peu de gens avaient l'occasion de voir. Le visage de l'athlète vaincue. Heureusement, Ella était une pro pour y faire face.

— Tu sens bon.

Sloane poussa la porte et suivit Ella dans son salon, le bruit de ses béquilles et de sa botte orthopédique résonnant sur le sol stratifié.

Elle se dirigea vers son salon, ignorant la façon dont son corps s'illuminait aux mots de Sloane. Se concentrer sur eux ne ferait qu'apporter des complications.

— C'est le parfum des achats de Noël réussis et de deux cocktails de gin rose. Marina te salue au passage.

— Douce liberté. Dis-lui que je lui passe le bonjour.

Sloane se laissa tomber avec précaution sur sa chaise longue, puis posa sa jambe blessée sur quelques coussins.

— Pendant que moi, j'étais assise ici à penser au désastre de ma vie. Blessée. Célibataire. Je me demande si ce nouveau départ n'est pas terminé avant même d'avoir commencé. Si ma cheville est abîmée, je ne participerai pas au stage international d'avril, et ma Coupe du monde sera foutue.

Les mots de Sloane claquèrent et résonnèrent dans la pièce, encore froide et impersonnelle. Ella haussa un sourcil, les mains sur les hanches.

— Tu es d'une humeur radieuse, dis donc !

Elle marqua une pause.

— Je te fais un café pour te remonter le moral, et on utilise la crème pour te faire sourire ?

Ça marcha.

— Oui, je veux bien. Et en parlant de ça, je viens de dévorer deux paquets de Monster Munch goût oignon mariné, et je me demande bien où ils étaient cachés toutes ces années.

Ella pouvait déjà constater les dégâts sur le sol, près de Sloane.

— Comment as-tu fait pour avoir des Monster Munch alors que tu peux à peine marcher ?

— Nat et Welshy sont venues me voir et m'ont apporté des cadeaux.

— Des cadeaux à haute valeur nutritionnelle, dit Ella en souriant.

— C'est pourquoi il est bon d'avoir de jeunes amies.

Ella remplit la machine à café comme elle avait vu Sloane le faire plusieurs fois depuis son arrivée, et s'appuya sur l'îlot. Son regard fut immédiatement attiré par la soirée froide et fraîche à l'extérieur, et par la vue sur Salchester depuis le toit-terrasse, illuminé comme un millier de sapins de Noël. Cela ne manquait jamais d'impressionner.

— On ne peut pas se morfondre quand on a une telle vue.

Ella fit un signe de tête en direction de la terrasse.

— Je peux si ma carrière est terminée. Je ne serai là que pour un an. Je ne peux pas la passer sur le banc de touche.

Ella tressaillit à cet aveu. Son estomac se serra et la température de la pièce chuta. Sloane n'allait rester ici qu'un an. Ella était déjà attachée. C'était peut-être une bonne chose qu'il ne se soit rien passé entre elles.

— Tu as parlé à quelqu'un aujourd'hui ? Ça ne sert à rien

de rester là à se morfondre. Ce n'est pas étonnant que tu sois déprimée.

Elle enclencha la machine à café qui se mit à vrombir, crachant du café noir dans la tasse blanche de Sloane.

— J'ai parlé à Nat et Welshy.

— À propos de ce que tu ressens ?

— Nous avons parlé de football et de la qualité des Monster Munch. Et du nouveau houmous à l'ail qu'ils ont chez Marks & Spencer, qui est apparemment une bombe. Est-ce que ça compte ?

Ella rit, prit le café, ajouta la crème et l'apporta à Sloane.

— Heureuse d'apprendre que tu es allée au fond des choses. Cela a dû être difficile de s'ouvrir.

— Tu n'as pas idée.

Un sourire sincère effleura le visage de Sloane.

Sloane fixa Ella dans les yeux, et l'instant s'étira. Puis, elle battit des paupières, porta le café à ses lèvres, et soupira de bonheur.

— Oh mon Dieu, merci, merci, merci ! C'est la perfection. Pourquoi vous n'avez pas de crème légère en Grande Bretagne?

— Je vais demander à Sainsbury's de s'en occuper. Si on leur dit que c'est pour toi, la succursale de Salchester fera certainement quelque chose.

— Sauf si le manager est un fan de United.

Elles se sourirent. Être avec Sloane était un jeu d'enfant. Même si elle devait partir l'année prochaine, Ella pouvait profiter du moment présent.

— Les choses s'améliorent déjà. Tu as de la crème pour ton café et tu as appris à conduire du bon côté de la route.

— Mauvais côté.

— Nous sommes d'accord pour ne pas être d'accord.

— Et maintenant, je risque de ne plus pouvoir conduire pendant une éternité.

Elle fit un geste vers sa cheville.

— Je ne pourrai pas non plus voir ma cousine. Je devais aller chez elle la semaine prochaine.

Ella passa en mode professionnel.

— C'est un coup dur, c'est vrai. Tu en as déjà eu. Appelle ta cousine et fais-la venir ici. Le problème est résolu. Tu as perdu des matchs, tu as été blessée. Tu reviendras plus forte. Où est ton esprit combatif ?

— En vacances.

— Il s'agit d'un incident temporaire, il faut le considérer comme tel.

Sloane plissa les yeux.

— Tu sais ce qui me remonterait le moral ?

Ella secoua la tête.

— Dis-moi.

— Que tu essaies des vêtements. Cela fait des lustres que je te demande de venir fouiller dans ma garde-robe, mais tu ne le fais jamais. C'est le souhait d'une femme mourante.

— Tu vas mourir maintenant ?

— Nous sommes tous en train de mourir, chaque seconde de chaque jour.

Elle but une gorgée de son café et adressa à Ella un visage ridicule et suppliant.

— S'il te plaît ? Pour moi ? Je ne te demande pas grand-chose.

Elle dut admettre que c'était vrai. Et puis, qu'est-ce que ça pouvait faire ? Ella souffla.

— D'accord, tu as gagné.

Elle se leva d'un bond.

— Tu as besoin d'un coup de main ?

Mais Sloane secoua la tête comme Ella savait qu'elle le ferait.

— Où allons-nous ?

— Dans ma chambre.

Le cœur d'Ella battait à tout rompre dans sa poitrine. Elle pouvait tout à fait faire ça. Il suffisait d'attendre qu'elle le dise à Marina. Mais même si la pensée se formait, elle savait qu'elle ne le ferait jamais. Elle n'avait partagé avec personne son amitié avec Sloane. Elle attendit que Sloane positionne ses béquilles et la suivit dans sa chambre.

Elle ne savait pas trop à quoi elle s'attendait, mais c'était semblable au salon. Dépourvu de toute touche personnelle. Comme si Sloane n'avait jamais eu l'intention de réellement s'installer. C'était peut-être vrai. Peut-être avait-elle le pressentiment que les choses n'allaient pas s'arranger. Ella chassa cette pensée de son esprit tandis que ses orteils s'enfonçaient dans la moquette beige et moelleuse. Alors que partout ailleurs le sol était en stratifié, la chambre était plus douce, pour les pieds comme pour l'acoustique.

Sloane s'assit sur un large fauteuil rose poupée Barbie et laissa tomber ses béquilles sur la moquette. Elles ne firent pas de bruit.

— Je vais devoir te guider jusqu'ici. Normalement, je devrais aller chercher les vêtements, mais je serais plutôt inutile.

Elle désigna la rangée de rangements encastrés devant elle.

— La porte coulissante à gauche contient toutes les affaires qu'on m'a envoyées et qui sont encore dans leur emballage. Prends tout ce que tu veux.

Ella ouvrit la porte de l'armoire et laissa échapper un craquement audible. La tringle plia sous le poids des vêtements qui y étaient suspendus.

— Il y a plus de vêtements sur cette tringle qu'aux soldes d'hiver, et ce n'est pas peu dire.

Sloane rit.

— Je ne sais pas si c'est bien ou mal. Il y en a plus dans une autre armoire, mais commençons ici. Prends tout ce que tu peux et mets-le sur le lit. Ensuite, tu pourras trier, voir ce que tu aimes, jeter ce que tu n'aimes pas, puis essayer ce que tu as choisi.

Ella transporta des brassées de vêtements et les jeta sur le lit.

— Je pensais que tu prendrais des vêtements de sport, pas de mode.

— Pas seulement de la mode, mais de la mode haut de gamme.

Sloane haussa un sourcil et releva des manches imaginaires sur son T-shirt blanc uni.

— Je suis connue pour mon style et mon élégance. Les créateurs et les grandes marques veulent que je les porte quand je sors.

— Ils pourraient ne pas être très enthousiastes à l'idée de me voir dedans.

Sloane haussa les épaules.

— Ils m'envoient les vêtements, mais je peux en faire ce que je veux.

— Sérieusement, je ne suis pas sûre de pouvoir les accepter. Certaines choses valent tellement d'argent.

Ella pensa à sa mère et à sa tante Ursula, qui avaient économisé toute leur vie pour s'acheter des choses. Alors que des gens comme Sloane en recevaient autant ? C'était obscène.

— Tu peux et tu le feras. Sinon, ça restera dans mon armoire, et ça serait du gâchis, non ?

Pas faux.

— Je suppose que ça m'empêcherait d'acheter plus de choses dont je n'ai pas besoin.

— Et sauver la planète par la même occasion, c'est l'arrangement parfait. Et puis, je te dois bien ça. Tu as joué un rôle essentiel dans mon installation ici, tant sur le plan professionnel que personnel. Et tu m'as apporté de la crème pour mon café, ce qui signifie que j'ai une énorme dette à rembourser.

Ella regarda fixement. Parfois, elle devait se pincer pour croire que c'était sa vie.

— Je reviens à la charge. C'était sympa de vivre dans le même quartier et d'apprendre à te connaître. Même si ce n'est plus pour très longtemps.

Sloane pencha la tête.

— Qu'est-ce que tu veux dire ?

— Le club n'a payé mon appartement que pour six mois. Après cela, je dois trouver mon propre logement. Ce qui se termine en janvier, donc dans deux mois.

— Tu ne peux pas continuer à le louer ?

Elle secoua la tête.

— Il est déjà reloué.

— Eh bien, merde. Je ne le savais pas.

Sloane fronça les sourcils.

— Pourquoi l'aurais-tu su ? Je suis sûre que le club paie cet appartement pour toi aussi longtemps que tu le voudras.

Elle fit un geste vers les vêtements.

— Tu ne vis pas dans le monde réel.

Ella grimaça. Avait-elle été trop loin ?

— Je crois que non, répondit Sloane, la voix plate, le visage embrouillé.

Ella ne pouvait pas dire si elle l'avait offensée.

— J'ai été plus dure que je ne l'aurais voulu. Ce n'était pas une attaque, c'était juste des faits.

Sloane acquiesça.

— J'ai compris. Mais si tu as besoin d'aide pour trouver un appartement, je peux peut-être t'accompagner et jeter un coup d'œil dans le monde réel.

Elle soutint le regard d'Ella.

— Pour l'instant, tu peux entrer dans le mien. Commençons ce défilé de mode.

Ella fouilla et choisit les vêtements qui lui plaisaient. Un silence pesant suivit ses mots. Mais quand Ella présenta les articles et les disposa devant le miroir avec Sloane à ses côtés, quelque chose se débloqua. La tension se relâcha, et une complicité silencieuse s'installa.

— Tu vas tout essayer ici ?

Ella secoua la tête. L'idée de se défaire de ses vêtements sous le regard de Sloane la mettait mal à l'aise, lui donnait chaud.

— Je vais les ramener chez moi. Ce qui ne va pas, retour à l'envoyeur.

— Essaie quelques pièces. Surtout ce pantalon vert foncé

et ce haut rouge et crème. Pour moi ? demanda Sloane en faisant la moue.

Ella plia.

— Comment puis-je dire non à ce visage ?

— Ça marche à tous les coups, sourit Sloane. Ma salle de bain est juste là si tu veux un peu d'intimité.

Et c'était tout à fait le cas en effet.

Ella ferma la porte avec un certain soulagement et enfila ses vêtements. Même avec une épaisse porte en bois entre elles, se débarrasser de ses vêtements dans la salle de bain de Sloane lui semblait encore intime. Comme si elles franchissaient une limite qu'elle ne pouvait pas dépasser, ce qui était ridicule. Elle jeta un coup d'œil dans le miroir. Elle avait besoin d'une coupe de cheveux. Depuis quand n'avait-elle pas été chez le coiffeur ? Elle lissa le haut, si doux qu'il caressa sa peau. Tout lui allait à merveille. Il ne lui manquait plus qu'un miroir. Elle ouvrit la porte et entra dans la chambre.

Lorsque Sloane leva les yeux de son téléphone, sa bouche s'entrouvrit légèrement et ses yeux s'écarquillèrent. Son regard descendit puis remonta le long du corps d'Ella, s'arrêtant sur sa bouche. Du moins, c'est ce qu'elle ressentait.

— Alors ?

Ella baissa les yeux.

— Est-ce que ça rend bien ou pas du tout ?

Sloane secoua rapidement la tête.

— Très bien. Tu es absolument magnifique. Cette couleur te va à ravir.

Elle désigna l'armoire.

— Fais coulisser la porte à côté. Il y a un tas de baskets blanches dans des boîtes. Tu fais quelle taille ?

— Du sept.

— Sept UK ? Je n'ai aucune idée de la taille que cela représente aux États-Unis, mais nous avons l'air à peu près identiques.

Elle fit à nouveau un geste vers les boîtes.

— Essaie-les. Des baskets blanches, ça irait bien avec cette tenue.

Ella s'exécuta et prit des baskets de ville neuves dans une boîte Adidas. Elle les enfila et se tint devant le miroir. Sloane avait raison. Même elle devait admettre qu'elle était canon.

— J'adore.

— Moi aussi.

Sloane était quasiment sans voix.

Quelque chose dans l'air avait changé. La main d'Ella trembla tandis qu'elle la passait dans ses cheveux.

— Essaye autre chose. Cet ensemble bleu irait bien avec la chemise citron à volants.

Sloane pointa la boîte du doigt.

— Ces baskets feraient encore l'affaire.

Son visage rougit, elle roula son cou et détourna le regard.

Ella acquiesça, prit les objets et se rendit dans la salle de bains. Elle remarqua des choses qu'elle n'avait pas remarquées la première fois. Le dentifrice Colgate bleu en gel de Sloane, le même qu'elle utilisait. Sa poudre fixatrice Charlotte Tilbury. Son parfum Hugo Boss. Elle enleva sa première tenue, la plia et la posa sur la lunette fermée des toilettes. Elle enfila ensuite la chemise en soie, puis l'ensemble et les baskets. Elle se sentait déjà superbe. Elle n'avait pas besoin de se regarder dans un miroir. Elle savait comment ces vêtements la faisaient se sentir. Elle se sentait elle-même. C'était là depuis le début, mais elle n'avait pas su où chercher. Et grâce à Sloane, les choses changeaient. Qui aurait cru que son nouveau travail l'amènerait à ce moment ?

Elle sortit de la salle de bain. Cette fois, Sloane était prête et attendait.

— Bon sang, Mme Carmichael. Ce tailleur vous va à ravir.

Le regard de Sloane se posa sur son corps.

Ella stabilisa sa respiration alors qu'elle se tenait devant le miroir. Même elle devait admettre qu'elle n'avait jamais ressemblé à ça auparavant.

— J'ai l'air d'une putain de star de cinéma.

— Carrément, la touche rock star en plus.

Elle tourna sur elle-même, sans se soucier de la façon dont elle se présentait. Qui aurait cru que les vêtements pouvaient vous faire sentir si légère ? Pas Ella. Elle s'arrêta, reprit son souffle et jeta un coup d'œil à Sloane.

— Je suis désolée de m'en être pris à toi tout à l'heure. Mais merci de m'avoir donné un aperçu de ce monde. Je pourrais presque m'y habituer.

— Si je n'avais pas de béquilles, je serais debout et je danserais avec toi.

Sloane soutint son regard.

— Je suis vraiment contente qu'on se soit rencontrées, tu sais. Ce premier jour. En dehors du club. Ça a fait de nous… quelque chose que nous n'aurions peut-être pas été autrement.

Sloane se releva, attrapa ses béquilles et s'approcha d'Ella en boitillant.

— Je suis sincère.

Elle était si proche qu'Ella pouvait sentir son souffle sur son visage.

— Même si être blessée, ça craint, je suis contente d'avoir déménagé et d'avoir trouvé cette nouvelle équipe. Mais surtout, je suis contente de t'avoir rencontrée.

Ella était submergée de plaisir. Suivi de près par le désir.

Elle prit la main de Sloane dans la sienne et la regarda dans ses yeux bleus.

— Je suis heureuse que nous nous soyons rencontrées aussi.

Sloane s'humecta les lèvres.

Ella essaya désespérément de ne pas suivre sa langue, et n'y parvint pas. Elle s'en fichait. Son cœur frappait sa poitrine, et elle n'avait aucune idée de la direction que cela prenait. La seule chose dont elle était sûre ? Elle ne voulait pas s'éloigner. Pas le moins du monde.

— Puis-je te demander une faveur avant que tu ne partes ?

— Tout ce que tu veux.

Fixant le visage parfait de Sloane, la chaleur environnante, elle le pensait aussi. Quoi que Sloane demande, Ella le ferait en un clin d'œil.

— Je peux avoir un câlin ? On se sent seul quand on est blessé et loin de chez soi.

Le cœur d'Ella se brisa en petits morceaux. Si elle était blessée, sa cousine serait là, tout comme sa tante. Mais Sloane n'avait pas de famille sur laquelle compter. Salchester était sa famille. Peut-être qu'Ella était l'une des plus proches amies qu'elle avait ici.

— Bien sûr.

Puis Ella fit ce qui lui semblait tout à fait juste. Elle se rapprocha pour que leurs corps se touchent, puis elle entoura

Sloane de ses bras d'une façon qui, elle l'espérait, lui disait qu'elle était protégée. Que ce qu'elle faisait fonctionnerait à long terme. Qu'elle était aimée. Elle avança un peu plus son corps et respira l'odeur de shampoing et de Monster Munch de Sloane.

Sloane posa sa tête sur l'épaule d'Ella et laissa échapper un soupir satisfait tandis qu'Ella resserrait sa prise sur sa taille.

Sloane fit de même.

Elles restèrent là, les yeux d'Ella fermés, pendant ce qui leur sembla être une éternité, se réjouissant simplement d'être si proches, enfin. Du moins, c'était le cas d'Ella. Mais elle savait, d'après les soupirs de satisfaction de Sloane, qu'elle lui apportait aussi le réconfort qu'elle recherchait, ce qui plaisait à Ella. Déménager et repartir à zéro, c'était se sentir seule. Sloane avait fait bonne figure jusqu'à présent. Cependant, lentement mais sûrement, ses défenses fondaient.

Chapitre Quinze

Les trois semaines qui suivirent sa blessure furent longues et Sloane les passa à se concentrer sur sa guérison, avec de longues heures sur le vélo, des exercices de musculation et une routine de glaçage régulière. Finalement, décembre arriva rapidement. Ella avait fait livrer un petit sapin décoré, et elle commençait à percevoir un changement positif dans sa vie. Cependant, une récidive de sa blessure à la cheville n'était pas la manière dont elle souhaitait célébrer son premier Noël loin de chez elle.

Maintenant que le pronostic indiquait qu'elle pourrait être de retour dès janvier si elle faisait exactement ce qu'on lui disait, son humeur s'était nettement améliorée. Si elle ne tenait pas compte du fait que Salchester avait perdu son dernier match de groupe de la Ligue des champions. Si elles perdaient encore la semaine prochaine, elles seraient éliminées de la compétition. Sloane n'y pouvait rien, mais elle se sentait responsable.

Quand elle en toucha un mot à Ella, elle eut droit à un haussement de sourcils en retour. Comme Ella le fit remarquer, elles auraient pu perdre même si Sloane avait été sur le terrain. Rien n'était pas gagné d'avance.

— En plus, tu connais le principe : arrête de t'inquiéter pour des choses que tu ne peux pas contrôler.

Sloane connaissait bien la marche à suivre. Mais c'était plus facile à dire qu'à faire.

Il ne faisait aucun doute, cependant, qu'Ella était un atout majeur dans sa vie. Elle venait régulièrement prendre un café et discuter avec elle, et pendant les deux semaines qui avaient suivi cette étreinte, elles avaient toutes les deux fait le tour de la question et de ce que cela signifiait. Mais parfois, tard dans la nuit, quand Sloane était seule sur le canapé, elle fermait les yeux et se souvenait encore de chaque détail intime. La chaleur de la cuisse d'Ella contre la sienne. La façon dont Ella l'avait tenue juste comme il faut. Sa douceur.

Sloane s'était accrochée trop longtemps, et pourtant, cela n'avait pas semblé assez long. Lorsqu'elles s'étaient finalement quittées, Sloane avait fixé les yeux noisette d'Ella avec tant de choses à dire, mais rien n'était sorti. Au lieu de cela, Ella avait emballé à la hâte les vêtements qu'elle avait choisis avec ses remerciements incessants, et s'était précipitée vers la sortie.

Depuis, plus rien. Des cafés partagés, des arbres de Noël livrés, mais plus de câlins. À quelques reprises, Sloane avait pensé qu'Ella se dirigeait vers un câlin, mais elle s'était à chaque fois retirée à la dernière minute. C'était probablement mieux ainsi. Sloane n'était pas vraiment un morceau de choix, n'est-ce pas ? Nouvellement célibataire, une marchandise abîmée. Ella connaissait toute son histoire. Son passé brisé, ses relations ratées. Elle voulait probablement garder les choses telles qu'elles étaient. Rester amies.

Cependant, chaque fois que Sloane pensait à cela, elle se remémorait la période qui avait suivi sa blessure. Comment Ella l'avait regardée et touchée. La nuit où elle avait essayé ses vêtements. Cette étreinte. Il y avait quelque chose là. Mais l'une ou l'autre serait-elle assez courageuse pour découvrir ce que c'était ?

Sloane ne pouvait pas y penser maintenant. Aujourd'hui, elle rencontrait sa cousine, Cathy, pour la première fois. Rien qu'à cette idée, la peau de Sloane s'embrasait d'excitation, mais elle ne voulait pas s'emballer. Le fils de sa cousine, Ryan, lui avait semblé charmant. Cependant, les gens peuvent être trompeurs, et sa célébrité pourrait être un problème. Tout cela signifiait que Sloane prenait la rencontre étape par étape. Si tout se passait bien, c'était parfait. Si ce n'était pas le cas, elle mettrait ça sur le compte de l'expérience. Que ce n'était pas censé être le cas. Cependant, avant tout cela, elle avait un rendez-vous en visio avec son agent.

Sloane se dirigea vers l'îlot de cuisine et ouvrit son ordinateur portable pour se préparer. Elle avait évité de parler à Adrianne depuis sa blessure. En fait, elle avait évité de parler à la plupart des gens. Mais elle ne pouvait pas repousser son agent indéfiniment. Adrianne avait à cœur les intérêts de Sloane, et elle voulait aussi vérifier son actif, pour voir si elle était sur le point de perdre ses 15 pour cent. Son agent n'avait pas apprécié que Sloane parte à l'étranger, mais ce n'était pas sa décision. C'était la première fois que Sloane allait à l'encontre de ses conseils et cela avait tendu leurs relations.

Son écran s'alluma avec un appel entrant. Sloane prit sa bouteille d'eau et s'installa sur un tabouret dans sa cuisine. Elle cliqua sur le bouton vert et le visage d'Adrianne apparut.

— Voilà ma cliente vedette !

Le ton fatigué d'Adrianne ne correspondait pas à ses paroles. Elle se frottait l'œil droit en parlant, directement depuis la table de la cuisine de son appartement de Tribeca, et non depuis son bureau habituel. En arrière-plan, le comptoir de la cuisine était rempli de vaisselle et Sloane apercevait une bouteille de vin rouge à moitié vide. Visiblement, quand Adrianne lui disait toujours qu'elle vivait dans un chaos organisé, elle ne mentait pas.

— J'aurais besoin d'un peu plus d'enthousiasme.

— Il est 8 heures du matin et je n'ai pas encore bu ma première tasse de café. C'est le mieux que je puisse faire, répondit-elle d'un ton guttural.

Sloane disait toujours en plaisantant qu'Adrianne était une vraie caricature New-Yorkaise. Une quarantenaire fougueuse, grande gueule, qui n'en faisait *toujours* qu'à sa tête. Ce matin, ses cheveux courts, teintés de rouge, étaient relevés sous tous les angles et une marque de sommeil était visible sur sa joue droite. Adrianne emportait avec elle les arômes de café et de Marlboro partout où elle allait. Si elle se penchait en avant, Sloane était presque sûre de pouvoir les sentir à travers l'écran.

— Comment va la cheville ?

— J'y arrive. Le kinésithérapeute estime que je pourrais être de retour à la mi-janvier si je ne pousse pas trop loin. Donc, six semaines à peu près pour un rétablissement complet. Cela aurait pu être pire.

— Pas de coup de pied dans les couilles tant que tu n'es pas guérie. Tu es mon bien le plus précieux, rappelle-t'en.

— Je parie que tu dis cela à tous tes clients.

— Tout à fait.

Adrianne lui fit un large sourire.

— Mais tu suis bien les ordres du médecin ? Je sais que tu es du genre à ne pas tenir en place.

Sloane sourit.

— Je suis tout à la lettre. Je me tue à m'entraîner seule, je passe des heures sur mon vélo, à faire de la musculation, dans la piscine. Mais je sais que ça marche. Je l'ai déjà fait. Ça n'empêche pas que ça craint énormément.

— Continue à faire ce que tu fais et les choses reviendront à la normale.

Adrianne fit une pause.

— En parlant de ça, comment va la vie de ton côté ? Qu'as-tu fait après avoir terminé de te morfondre, ce à quoi je suis certaine que tu t'es consacrée pleinement ? Je me souviens de ta première grosse blessure : tu croyais que c'était la fin du monde. Cette fois, je ne suis pas là pour te tenir la main, et tu ne réponds même pas à mes appels.

Elle mit son poing en boule, fit la moue et l'enfonça son poing dans sa poitrine.

— J'ai aussi des sentiments, tu sais. Mais dis-moi : qui t'a sorti de ton trou noir cette fois-ci ? Parce que je sais que c'était quelqu'un. Tu ne peux pas faire ça toute seule. C'est une de tes faiblesse.

Sloane rit de cette précision. C'était le problème avec un agent que l'on connaissait depuis plus de dix ans. Elle n'acceptait pas les conneries, et elle la connaissait sur le bout des doigts.

— J'ai eu le soutien de quelques personnes. Mon kiné. Mon manager. Et ma coach de performance, Ella, a été formidable. Je n'aurais jamais pu y arriver sans elle. Elle m'encourage depuis le début et elle habite aussi dans mon immeuble, alors elle m'abreuve de café. Et surtout, elle me donne de la crème pour l'arroser.

Elle réalisa trop tard qu'un sourire avait élu domicile sur

son visage. Adrianne l'avait probablement remarqué. Sloane tenta de se ressaisir pour retrouver un semblant de normalité, mais elle craignait qu'il ne soit trop tard.

— Savais-tu que ce pays ne boit pas son café avec de la crème ? C'est un véritable scandale.

Elle blablatait pour se couvrir.

Adrianne prit quelques minutes pour répondre, se contentant de fixer la caméra. Tout cela fit penser à Sloane qu'elle en avait certainement trop dit. Son agent ajusta sa position avant de prendre la parole.

— C'est un sapin de Noël derrière toi ?

Sloane se retourna, puis hocha la tête.

— Ella l'a acheté pour moi. Elle pensait que ça me remonterait le moral.

Hochement de tête complice.

— On dirait qu'elle est vraiment là pour répondre à tous tes besoins.

Une autre pause.

— Est-elle là pour *tous les* besoins ?

— Tout ce qui entre dans le cadre de son travail, répondit Sloane, balayant les questions non formulées de son agent sous un tapis métaphorique. Il était temps de passer à la vitesse supérieure.

— Tu as vu l'e-mail dans lequel je disais que je faisais de la sensibilisation dans les écoles pendant que je ne pouvais pas m'entraîner ? J'ai fait ma première cette semaine et ça s'est très bien passé. Je craignais que les enfants ne sachent pas qui je suis, mais en fait ils me connaissent tous.

— C'est parce que tu es une superstar, ma chérie.

Adrianne se leva et sortit du cadre de la vidéo.

— J'espère que tu as souri pour les selfies et que tu n'as pas donné un seul coup de pied dans le ballon !

Quelques secondes plus tard, elle revint avec ce que Sloane devinait être un café frais.

— Bien sûr, je suis toujours souriante. Tu me connais.

— Sauf quand tu parles de Jess. Qu'est-ce qui se passe ? J'ai vu qu'elle était partout sur ses réseaux sociaux avec Brit maintenant. Elle n'a même pas pris le temps de respirer.

— Tu connais Jess. Elle ne supporte pas d'être seule ou loin des projecteurs. Elle peut faire tout ce qu'elle veut en ce qui me concerne.

Sloane fut surprise de réaliser qu'elle le pensait réellement.

— Tout ce que je sais, c'est que je suis contente que cela soit fini.

— Sur ce point, je suis tout à fait d'accord. Jess n'a jamais pu décider ce qu'elle voulait. Elle se débarrassera de Brit bien assez tôt, aussi.

Son agent sirota son café et fixa Sloane du regard. Elle était aussi douée pour le faire à distance que dans la vie réelle.

— Je suppose qu'à force d'être blessée et de se morfondre, tu n'as encore rencontré personne d'autre ?

Ella, dans son pantalon vert et son haut rouge et blanc, traversa l'esprit de Sloane. Elle repoussa l'image et secoua la tête.

— Je me concentre sur mon rétablissement, rien d'autre.

— Je le croirais si tu étais un robot, mais je sais de source sûre que tu ne l'es pas.

Adrianne fit un signe du doigt à Sloane.

— Dis-moi quand tu seras prête. Je sais que tu me caches quelque-chose.

Qu'elle soit maudite.

— Mais en attendant, continue à faire la promo et à guérir.

Adrianne s'appuya sur la table de la cuisine.

— Une dernière chose : est-ce que tu reviendras pour les vacances ? Je sais que ce n'était pas ton intention de départ, mais maintenant que tu n'as plus un match tous les deux jours, c'est peut-être envisageable ? Si c'est le cas, je commencerai à faire savoir à la presse que tu es disponible.

Sloane n'y avait pas songé. Cependant, l'idée de passer Noël avec ses parents tout en étant interrogée par la presse sur sa vie amoureuse ternissait sa joie. Bien que les gens s'intéressent à ce qu'elle fait en dehors du terrain ici, cela n'atteint pas l'intensité de l'attention qu'elle recevait dans son pays d'origine. Elle n'avait aucune envie de retourner là-bas pour être scrutée sous tous les angles.

— Je ne pense pas pouvoir. Je fais toujours partie de l'équipe et je vais toujours à tous les matchs à domicile.

Elle ne s'était pas vraiment autorisée à penser aux vacances. Si elle le faisait, elle se sentirait terriblement seule.

Elles parlèrent pendant une demi-heure des engagements et des contrats de Sloane, ainsi que de la façon dont le fils d'Adrianne, Todd, s'en sortait à l'université. Non, Sloane ne voulait pas s'associer à une marque connue d'aliments pour chiens. Oui, elle envisagerait une nouvelle marque de soins éthiques pour la peau. Oui à des interviews avec Vogue et All Out Goals, mais seulement une fois qu'elle serait rétablie.

— Je ne me laisserai pas photographier avec des béquilles.

Todd avait apparemment son premier petit ami. Sloane,

qui le connaissait depuis ses dix ans, rayonnait comme une tante fière. Tandis qu'Adrianne déclarait que le jeune homme n'était pas juif, mais mignon. Ça pourrait être pire.

Sloane jeta un coup d'œil à son four pour vérifier l'heure. Il fallait qu'elle y aille.

— J'ai une réunion dans 15 minutes pour laquelle je dois me préparer.

— N'est-ce pas samedi là-bas ? Quelle réunion as-tu et que j'ignore ? Je suis toujours ton agent, n'est-ce pas

— Oui, c'est vrai, mais j'ai besoin de garder un peu de mystère.

Sloane fit un clin d'œil à Adrianne, sachant que ça allait l'exaspérer.

— Il se passe quelque chose avec toi, Sloane. Je l'ai su dès que je t'ai vue dans cette chemise à boutons. Tu ne portes jamais ça le week-end. Note bien que je t'ai dit ça. Je te le rappellerai la prochaine fois.

— Bye, Adrianne !

Adrianne leva la main.

— Avant que tu ne partes à la rencontre de ta mystérieuse femme, j'ai quelque chose d'autre pour toi. Une voiture, pour être précise. Tu n'en as pas encore, n'est-ce pas ?

Sloane cligna des yeux.

— Non.

— Cela ne te ressemble pas du tout. Tu aimais ta Subaru, qui est toujours dans mon allée. Todd l'entretient, d'ailleurs. Il te remercie !

Sloane avait prêté sa voiture à Todd pour une durée indéterminée, jusqu'à son retour aux États-Unis.

— J'étais un peu inquiète à l'idée de conduire du mauvais

côté de la route. Mais Ella m'a emmenée plusieurs fois et ma rassurée.

Un sourire se dessina sur le visage d'Adrianne.

— Maintenant, je sais qu'il se passe quelque chose. Tu as laissé quelqu'un d'autre te dire quoi faire volontairement, et tu as admis tes peurs ?

— Je suis une sportive professionnelle, Adrianne. Je reçois des instructions et des critiques tous les jours et je les fais bien.

— hum hum.

Son visage se plissa sous l'effet de son sourire.

— Revenons à nos moutons. Tu veux une voiture ? Parce que j'ai un sponsor qui aimerait t'en donner une.

— Oui, s'il te plaît. Bien que je ne puisse évidemment pas conduire pour l'instant. Mais bientôt. Est-ce que c'est une voiture sympa, et est-ce que je peux choisir la couleur ?

— Déjà fait pour toi. Une Jeep argentée. Ai-je ton aval ?

— Carrément, merci.

Sloane pouvait imaginer ce qu'Ella aurait à dire sur ce cadeau. Encore un exemple de Sloane qui ne vit pas dans le monde réel. Un petit soupçon de culpabilité se logea dans son estomac.

— Oui, oui. Je t'enverrai les détails par courrier. Tu connais déjà les règles. Un max de représentation sur les médias sociaux, je t'enverrai le contrat.

— Tu es la meilleure, Adrianne !

Sloane lui envoya un baiser avant qu'elle ne se taise.

* * *

Adrianne avait raison : Sloane s'était habillée pour rencontrer Cathy. Elle était aussi très nerveuse. Son estomac se tordait tellement que son café crème risquait de remonter. Elle n'avait certainement pas été aussi nerveuse pour ses débuts avec les Rovers. Le football, elle le connaît sur le bout des doigts. Les rencontres avec des membres de sa famille, dont elle ignorait l'existence jusqu'à très récemment, moins.

Lorsque la sonnerie retentit, Sloane appuya sur la touche et attendit l'arrivée de l'ascenseur. Quelques instants plus tard, la porte s'ouvrit. La femme qui se tenait là lui semblait remarquablement familière. Ce n'était pas qu'elle ressemblait à un membre de la famille de Sloane. Au contraire, elle avait un air de familiarité que Sloane n'arrivait pas à mettre en évidence. Sa cousine portait un manteau d'hiver vert pois rembourré que l'on aurait pu confondre avec une couette, et ses joues étaient rosies par le froid de décembre.

— Cathy ?

Cathy rayonnait, serrant dans ses bras un bouquet de fleurs colorées.

— Sloane.

Elle jeta un coup d'œil à sa botte.

— Tu ne plaisantais pas quand tu as dit que tu ne t'étais pas ratée, dit-elle avec un fort accent.

— Je l'enlève dans quelques semaines, si tout va bien. Mais merci beaucoup d'être venue me voir.

Sloane aurait pu demander à Ella de la conduire ou même utiliser la voiture du club, mais l'idée de clopiner dans la maison d'une inconnue ne lui plaisait pas. Dans son propre appartement, il y avait beaucoup moins de choses à renverser.

— Elles sont pour toi, dit Cathy en lui tendant les fleurs.

— Merci beaucoup.

Sloane n'avait pas de vase, elle devrait demander à Ella.

Pour l'instant, elle remplit l'évier et y déposa les fleurs. Puis elle installa Cathy sur son canapé, malgré ses protestations sur le fait qu'elle pouvait préparer les boissons. Sloane lui permit de récupérer son café une fois qu'elle l'avait préparé, puis elles s'assirent à distance de contact. Mais elles ne s'étaient toujours pas touchées.

Elles étaient peut-être de la même famille, mais pour l'instant, elles n'étaient encore que deux étrangères.

— Ça fait un peu bizarre, non ?

Cathy sirotait son café et souriait à Sloane.

Elle avait enlevé son chapeau et ébouriffé ses cheveux, de la couleur de la glace à la vanille de Madagascar préférée de Sloane. À présent, un côté était relevé en biais. Sloane sourit intérieurement.

— Quand Ryan est rentré à la maison et m'a dit qu'il t'avait rencontrée, j'ai pensé que le coup qu'il avait reçu à la tête lors du match l'avait plus affecté qu'il ne le pensait. Mais Matt m'a confirmé que tu étais bien réelle, et j'ai reçu ton message.

Elle secoua la tête.

— Désolée que nous ayons mis autant de temps à nous rencontrer, à cause de mon travail et de ta blessure. De plus, je n'arrive pas encore à comprendre comment tout cela s'articule. Je veux dire, tu es une star mondiale du football et tu es très américaine !

Sloane sourit.

— Je plaide coupable.

— Ce que je sais, c'est que ton grand-père était le frère de ma mère. Je pense que cela fait de nous des cousines en quelque sorte ?

Elle avait l'air aussi confuse que Sloane.

— Je pense que oui, mais si j'y réfléchis trop longtemps, j'ai mal à la tête. Partons sur cousines.

Elle fixa Cathy.

— Tu me semble familière, alors peut-être que nous partageons une bouche ou un nez ?

— Ça semble un peu douloureux, non ?

Cela mit fin à la légère gêne qui régnait depuis l'arrivée de Cathy. Elle avait le sens de l'humour. Ce ne sera pas le plus long café de la vie de Sloane.

— Je peux dire aussi que je suis contente d'être venue ici et pas l'inverse. Cet appartement est bien plus chic que ma maison.

Cathy se leva et regarda par la fenêtre.

— On peut voir l'Arndale d'ici, n'est-ce pas ?

— C'est ce qu'on m'a dit.

— Je suppose que c'est ce qui arrive quand on est une superstar. On vit sous les projecteurs.

Sloane ne pouvait pas le nier, mais elle ne voulait pas non plus mettre Cathy mal à l'aise. Il n'y avait pas de comparaison à faire. Plus que tout, Sloane voulait que Cathy se sente chez elle.

— J'ai de la chance, c'est ici que le club m'a logée.

En plus, elle pouvait rester, contrairement à Ella. Elle ne pouvait pas s'imaginer vivre ici sans elle. Une flèche de tristesse transperça Sloane. Qui allait lui fournir un vase quand Ella ne serait plus là ? Elle ne voulait pas y penser maintenant.

— Il est clair que tu l'as mérité, a répondu Cathy. Je dois admettre que je n'étais pas très au fait du football féminin. J'ai plutôt tendance à aller voir mes deux fils. Mais j'ai entendu parler de ton transfert aux informations et je n'arrive pas à croire que j'ai un lien de parenté avec une gagnante de la Coupe du monde.

Elle secoua la tête et s'assit sur le canapé.

— C'est incroyable que tu joues toi aussi. Il doit y avoir un gène du football dans notre sang, parce que l'histoire de notre famille est jalonnée de joueurs, dont certains sont très bons. Mais tu es probablement la meilleure. Personne d'autre n'a jamais eu d'indemnité de transfert sur la tête.

— J'aimerais justement en savoir plus sur la famille. Ryan et Matt au club m'ont dit de demander à Barry de me renseigner sur l'histoire du club ? Mais j'ai eu l'impression qu'il y avait une histoire à raconter. Quelque chose que Matt a dit à propos de mon arrière-grand-mère.

Cathy lui lança un regard perplexe.

— Tu as *tellement* l'air d'une américaine qu'il est étonnant que nous soyons de la même famille. Mais nous le sommes. Et oui, il y a une histoire à raconter sur ton arrière-grand-mère. Qui se trouve être aussi sur ma grand-mère.

Ce commentaire percuta Sloane qui secoua la tête.

— C'est quand même dingue ça, non ?

Sa poitrine se serra et la chaleur la traversa. Il s'agissait d'un parent vivant dans la vraie vie. Quelqu'un avec qui elle partageait une histoire et une lignée. Les larmes lui montèrent aux yeux. Elle ne s'attendait pas à cela.

Cependant, lorsqu'elle regarda Cathy, ses yeux brillaient également.

Sloane sourit.

— C'est émouvant, n'est-ce pas ?

Elle pointa du doigt l'îlot de cuisine.

— Il y a des mouchoirs là-bas. Tu veux bien aller les chercher ? C'est probablement plus rapide si c'est toi qui y vas.

Cathy accepta et elles se mouchèrent toutes les deux. Puis elles rirent.

— On se croirait dans un épisode de *Perdus de vue*. C'est ce que je me disais en conduisant aujourd'hui. Je pleure toujours lors de ces épisodes, mais je n'ai jamais été impliquée auparavant.

— Nous avons aussi cette émission aux États-Unis. Je pleure toutes les larmes de mon corps à chaque fois.

— Au moins, nous sommes sur la même longueur d'onde.

Cathy se moucha à nouveau.

— La grande nouvelle familiale, c'est que tu n'es pas la première star féminine du football parmi nous. C'est ce que je voulais dire en parlant de gène du football.

Les oreilles de Sloane se dressèrent à cette nouvelle.

— Dis-m'en plus. Tu as joué ?

La tristesse se lut sur le visage de Cathy qui acquiesça.

— En effet. Mais comme la plupart des enfants à l'époque, j'ai dû arrêter. Les filles n'avaient pas le droit de jouer au football. Avec autant d'obstacles, on finit par abandonner. C'est pourquoi je suis ravie que tu sois là où tu es. Au sommet de ton art.

— Je suis fière de faire flotter le drapeau de la famille. Mais s'il te plaît, raconte-moi l'histoire.

Cathy acquiesça.

— Ton arrière-grand-père, Robert, jouait pour l'équipe locale, Kilminster United, comme tu le sais. C'était un excellent ailier, à ce que l'on dit. Mais ce n'est pas tout.

L'histoire, c'est que ton arrière-grand-mère jouait aussi dans l'équipe.

Sloane plissa les yeux.

— Pour Kilminster United ?

Cathy acquiesça.

— Eliza Power était une jeune prodige pendant une saison et demie, jusqu'à ce qu'elle soit éliminée. Ton arrière-grand-mère prétendait être un homme pour pouvoir jouer au football. La fédération avait alors interdit aux femmes de jouer sur ses terrains, mais elle avait adoré ce sport pendant toute son adolescence. Elle jouait avec ses deux frères. Ils ont tous élaboré un plan pour la faire entrer dans l'équipe parce qu'elle était très douée. Je ne connais pas les faits exacts parce qu'ils n'ont pas été enregistrés, mais je sais qu'elle a coupé ses cheveux courts pour se faire passer pour un homme. Peut-être qu'elle s'est aussi bandé les seins, qui sait ? Pour autant que je sache, tous les membres de son équipe étaient au courant, mais ils ont tous gardé le secret pendant un bon moment. Moi, j'adore l'idée qu'elle voulait tellement jouer qu'elle était prête à se faire passer pour un homme.

Sloane ne savait pas quoi dire. La fierté se pressait contre son sternum. L'étonnement se nichait à côté.

— Ce n'est pas l'histoire à laquelle je m'attendais.

Elle faillit rire de son euphémisme.

— Était-elle homosexuelle, elle aussi ? Le mariage était-il une couverture ?

Cathy secoua la tête.

— Je me suis posé la même question, mais je ne crois pas. Pour autant que je sache, leur mariage était empreint d'amour. On ne sait pas ce qui se passe derrière les portes closes, et peut-être qu'ils avaient un accord. Nous ne le saurons jamais. Mais ils ont eu trois enfants ensemble, quelle que soit la manière dont cela s'est passé. Ton arrière-grand-mère a rencontré ton arrière-grand-père lorsqu'elle faisait partie de l'équipe. Ils formaient un sacré duo : lui l'ailier dynamique, elle l'attaquante vedette.

Une admiration féroce et un choc secouèrent Sloane qui pointa son doigt sur sa poitrine.

— Comme moi.

Elle se rappela de respirer.

— Exactement comme toi, acquiesça Cathy.

D'autres larmes coulèrent, mais cette fois, Sloane n'essaya pas de les étouffer. Elle les laissa couler. C'était monumental. Elle était l'arrière-petite-fille d'une star du football féminin. Une star pionnière et avant-gardiste qui plus est. C'était la meilleure nouvelle possible.

— Je n'arrive pas à croire que je viens d'une longue lignée de stars du soccer.

— Football, rétorqua Cathy.

— Peu importe, dit Sloane.

Elle se pencha en avant et s'essuya l'œil à nouveau.

— J'aime le fait qu'elle ait été si audacieuse, prête à faire tout ce qu'il fallait pour jouer. Et elle a tenu bon dans une équipe d'hommes.

— Elle l'a fait. Elle a fait plus que tenir son rang. Jusqu'à ce qu'elle soit démasquée par d'autres équipes et qu'elle doive partir. Mais elle avait déjà laissé sa marque et rencontré son mari.

Sloane leva ses deux bras au-dessus de sa tête et poussa un glapissement.

— Je me suis un peu apitoyée sur mon sort depuis ma

blessure. Mais le fait que tu sois venue ici et que tu m'aies dit ça m'a inspirée. Je vais revenir plus forte de cette blessure et marquer plus de buts en l'honneur de mon arrière-grand-mère. Parce que je gagne ma vie en faisant cela, ce dont elle n'aurait jamais pu rêver. Il en est de son honneur de faire de cette saison la meilleure de ma vie.

Cathy pointa du doigt la botte de Sloane.

— Tu dois d'abord l'enlever.

— Je le ferai. Dans quelques semaines, tous les coups de pied que je donnerai seront pour Eliza.

— Elle approuverait, déclara Cathy. J'espère simplement que le club pourra survivre à l'avenir. Le passé est riche en histoires et en souvenirs. Mais le club se bat pour sa survie. Si tu as des relations qui pourraient envisager de sponsoriser l'équipe, ce serait très apprécié. Nous voulons que les générations futures aient elles aussi des histoires comme celles-ci.

Sloane acquiesça.

— Je vais me renseigner.

Lorsque sa cousine fut partie, Sloane avait trop d'énergie dans le corps. L'histoire de ses arrière-grands-parents était une histoire incroyable. Elle avait envie de courir autour de son appartement, de la crier sur les toits. C'était une histoire tellement incroyable qu'il fallait la partager. Mais avec qui la partager ? Le premier nom qui lui vient à l'esprit ? Ella. Sloane saisit son téléphone et lui envoya un message.

Je viens de faire une rencontre incroyable avec ma cousine. Elle m'a apporté des fleurs. As-tu un vase dans lequel je pourrais les mettre ? J'ai tant de choses à te raconter si tu es libre plus tard.

Elle appuya sur Envoyer, puis ouvrit les portes vitrées et se rendit sur sa terrasse. Sloane s'agrippa au haut du mur de son balcon et respira la ville. Le même air que sa famille respirait depuis des siècles. Elle avait sa place ici. Aujourd'hui, c'était la première fois qu'elle le ressentait vraiment. Si le reste de la saison se passait bien, elle pourrait, avec un peu de chance, apprendre à connaître ses cousins. L'optimisme l'envahit. Après tout, c'était le nouveau chapitre dont elle rêvait. Elle avait une nouvelle équipe, une nouvelle famille, de nouveaux amis.

Son téléphone émit un bip. Un message d'Ella. Sloane cliqua dessus en souriant. Peut-être qu'elle pourrait venir et qu'elles pourraient même dîner, ou prendre le thé, pendant qu'elle lui raconterait tout. Peut-être pourraient-elles se serrer à nouveau dans les bras. Cette seule pensée lui apporta des vagues d'espoir.

Je ne peux pas ce soir, mais je laisserai un vase devant ta porte. Je ne peux pas m'arrêter, j'ai un rendez-vous. Marina m'a finalement fait swiper et j'ai eu un match.

L'optimisme de Sloane prit un uppercut au visage.

Un rendez-vous ? Ella avait mentionné les rendez-vous en passant. Sloane l'avait même encouragée. Pourquoi diable avait-elle fait ça ? Mais apparemment, c'est ce qui allait se passer ce soir.

Elle n'avait aucune emprise sur Ella, mais n'y avait-il pas quelque chose de naissant entre elles ? Ou bien Ella ne voyait-elle en elle qu'une amie ? Mais elle n'y croyait pas une seconde. Elles avaient partagé trop de moments. Trop de regards.

Pourtant, elles n'avaient rien fait pour cela. Et c'était bien là le problème.

Aujourd'hui, il «était peut-être trop tard.

Chapitre Seize

Ella ne savait pas ce qu'elle faisait ici. Elle avait déposé le vase devant la porte de Sloane, puis s'était enfuie. Cela lui avait fait bizarre de lui envoyer ce message, et cela lui ferait tout autant bizarre de discuter avec Sloane alors qu'elle était sur le point d'aller à un rendez-vous. Même si elles n'étaient que des amies. Qui s'étreignaient de temps en temps et partageaient des regards intenses à couper le souffle.

Ella était amie avec une superbe superstar. Si Sloane avait voulu quelque chose de plus, elle l'aurait déjà fait.

C'est pourquoi elle avait cédé et avait accepté un rendez-vous. Si elle ne pouvait pas sortir avec Sloane, elle devait au moins voir si elle pouvait sortir avec quelqu'un d'autre.

Lorsqu'Ella arriva au café où elle avait rendez-vous avec Minnie pour un café et un gâteau avant d'aller voir un film dans un cinéma d'art et d'essai voisin, ses inquiétudes ne firent que croître. Elle aurait préféré être ici avec Sloane, pour entendre parler de sa rencontre avec sa cousine. On dirait qu'il y a beaucoup de choses à raconter. Cependant, Sloane allait probablement partir l'année prochaine. Ce qui signifiait qu'Ella devait vivre dans le monde réel et voir si elle pouvait rencontrer quelqu'un du coin. Peut-être quelqu'un comme Minnie.

Lorsqu'elle est entrée, c'était l'un de ces cafés avec de l'art local sur les murs et une légère odeur d'encens en arrière-plan. Ella repéra tout de suite sa cavalière. Ce n'est que lorsqu'elle s'est installée à la table qu'elle remarqua ses cheveux grisonnants et les rides marquées de son visage. Quel âge avait cette photo de profil ? Ella aurait donné à cette femme un âge plus proche de la cinquantaine que des 38 ans qu'elle affichait. Mais elle allait lui donner une chance. Elle n'était pas âgiste.

— Minnie ?

La femme se leva et tendit la main.

— Ella. Ravie de te rencontrer. Belle énergie capillaire !

Ella fronça les sourcils. C'était une remarque étrange.

Minnie parcourut Ella de haut en bas.

— Joli haut aussi.

Si Ella était à vendre, Minnie l'aurait peut-être achetée.

Ella accrocha son manteau à une étagère voisine, puis s'assit en face de Minnie, la culpabilité pesant sur ses épaules. Elle avait porté l'un des nouveaux hauts que Sloane lui avait offerts, mais maintenant cette décision lui semblait mauvaise. Comme si elle utilisait la générosité de Sloane contre elle. Elle repoussa cette pensée à l'arrière de son esprit.

— Je peux t'offrir un café ? Un gâteau ? J'attendais que tu arrives pour commander.

Ella acquiesça.

— Un flat white et n'importe quel gâteau. Surprends-moi.

Minnie acquiesça, lissa son pull noir et se dirigea vers le comptoir.

Le téléphone d'Ella sonna et elle le sortit. Un article de dernière minute sur le football féminin la regardait fixement. Quand elle cliqua, son cœur s'arrêta. C'était une photo de Sloane et Jess, suivie d'une photo de Jess et d'une femme blonde.

La bouche d'Ella devint sèche. S'agissait-il d'un article sur le retour de Sloane avec Jess et sur son retour aux États-Unis ? Parce que si c'était le cas, ce n'était pas la version de sa vie que Sloane avait racontée à Ella ces dernières semaines.

Cependant, l'histoire était tout le contraire. La blonde était la nouvelle petite amie de Jess, Britney Navas. Celle avec qui elle avait trompé Sloane pendant des mois. Leur relation avait été officialisée par un post Instagram, ce qui signifiait que c'était le temps des spéculations sauvages et des photos régurgitées de Sloane et Jess dans des moments plus heureux. Ella espérait que Sloane n'avait pas les mêmes alertes sur son téléphone. Quel monde étrange dans lequel elle vivait. Un monde où sa vie privée était scrutée et commentée par des étrangers.

Il y a quelques semaines, juste avant sa blessure, Sloane avait été photographiée en train de monter dans un taxi après l'entraînement, et de nouveau en train de prendre un café avec Layla. Ce n'était pas un monde dans lequel Ella vivait. Ce café était plus le monde d'Ella. Peut-être devrait-elle donner une chance à Minnie. Le café et les gâteaux étaient plus à son goût que les scandales et les paparazzis. Bien qu'ayant passé du temps avec Sloane, elle ne pouvait pas l'associer uniquement à cela. Sloane était gentille, attentionnée et généreuse. Elle était aussi très sexy. Elle n'avait jamais aussi bien accroché avec quelqu'un. Mais cela pourrait ne mener nulle part.

— Voilà. J'ai du gâteau aux carottes et aux noix, et ton café.

Minnie posa l'assiette sur la table.

— Tu n'es pas allergique aux noix, n'est-ce pas ?

Ella secoua la tête.

— Non, ça va.

Elle rangea son téléphone et se concentra sur son rendez-vous. C'était la moindre des choses qu'elle devait à Minnie.

— C'est un plaisir de te rencontrer enfin. Tu es mon troisième rendez-vous cette semaine.

Ella se raidit. Elle n'était pas sûre de savoir comment se comporter en rendez-vous, mais elle était presque certaine que ceci n'était pas autorisé.

— Pas tous dans ce café, j'espère.

Minnie secoua la tête.

— J'ai emmené la numéro un au bowling. La numéro deux a eu droit à un thé dans une brasserie. La numéro trois a droit à un gâteau et à un cinéma.

Réduite à un numéro dans les cinq minutes qui suivent la rencontre. Ella avait l'impression d'être proposée à l'épicerie fine d'Asda. Peut-être au rayon des réductions.

— Qu'est-ce que tu fais dans la vie ? Je sais que tu as parlé d'une sorte de rôle dans le développement du sport ?

Ella acquiesça et expliqua son travail.

Minnie acquiesça, l'air vaguement impressionnée.

— J'aime que tu travailles avec tous les sports, et pas seulement le football. J'ai l'impression que le football est trop mis en avant, tu vois ? Prends les équipes féminines anglaises de cricket, de hockey ou de rugby. Elles ont toutes remporté une médaille d'or ou un trophée majeur bien avant l'équipe de football. Pourtant, c'est l'équipe de football qui reçoit toutes les félicitations.

Elle secoua la tête.

— Je ne suis pas une grande fan.

L'estomac d'Ella s'emballa. Minnie détestait le football ? Cela pourrait être un problème.

— Je continue à penser que ce que les femmes ont accompli cet été était fantastique et plutôt inattendu, non ? Elles ont gagné malgré les obstacles qui se dressaient sur leur route.

Minnie haussa les épaules.

— Je préfère le rugby. Oui, je reconnais que c'est une grande réussite, mais c'est du football. Le football et moi, ça ne va pas ensemble. Prends cette femme qui vient de signer pour les Rovers cet été. L'Américaine. Sloane quelque chose comme ça ?

Les fesses d'Ella se contractèrent.

— Sloane Patterson.

Minnie retroussa les lèvres avec dégoût.

— Oui, elle. Je suis sûre qu'elle est douée dans ce qu'elle fait, mais son déménagement a fait couler beaucoup d'encre. Et elle est américaine. Pourquoi importer des stars alors que nous en avons déjà de grandes ici ? Cela me laisse un mauvais goût dans la bouche.

Minnie ne mâchait ses mots.

— Tu ne penses pas que ce sont les forces du marché ? Que c'est bon pour nos joueuses de côtoyer des vainqueurs de la Coupe du monde ? Parce que moi, je le pense. De plus, Sloane a fait beaucoup de travail de proximité. Elle a milité pour l'égalité des salaires aux États-Unis. Ce n'est pas seulement une star du football, c'est aussi une activiste et une militante des droits de la femme.

Minnie soutint le regard d'Ella.

— C'est probablement une personne très gentille. Mais je n'aime pas ce qu'elle représente. En plus, je trouve qu'elle est un peu trop belle.

Enfin un point sur lequel ils pouvaient se mettre d'accord.

— Et toi, tu travailles dans quoi ?

— Je suis agent immobilier.

Peut-être qu'Ella pourrait tirer quelque chose de cette réunion.

— Vente ou location ? Car je vais chercher une location dans quelques semaines.

Les yeux de Minnie s'illuminèrent.

— Peut-être que c'est un signe du destin. Nous devenons un couple, et je trouve la maison de tes rêves.

Au moins l'une d'entre elles pourrait se réaliser. L'esprit d'Ella se remémora la fois où elle avait regardé le match à Kilminster avec Sloane. Ce qu'elle avait dit à propos du fait que Jess ne voulait jamais regarder un match masculin. Ella aimait le jeu sous toutes ses formes, tout comme Sloane. Elle était plus heureuse en regardant un match qui lui tenait à cœur. Elle tenait à Sloane, ce qui signifiait qu'elle tenait à regarder le club pour lequel sa famille jouait.

Cette pensée déclencha une alarme dans sa tête. Que Sloane soit disponible ou non, Ella ne voulait pas être ici avec Minnie. Mais elle ne pouvait pas s'enfuir avant même d'avoir fini le gâteau. Lorsqu'elle leva les yeux, Minnie lui tendit sa carte.

— Nous sommes l'une des meilleurs agences de la ville. Jette un coup d'œil à notre site Internet et regarde si quelque chose t'intéresse.

Ella savait déjà que ce ne serait pas Minnie.

***

Quand Ella rentra chez elle ce soir-là, elle avait déjà reçu un message de Minnie lui disant qu'elle avait passé un bon moment et qu'elle aimerait bien la revoir. Ella avait fini par aller voir le film, mais elle n'avait rien compris. Elle avait habilement évité tout contact physique avec Minnie pour ne pas lui donner de faux-espoirs, partant avec des adieux sans engagement et une bise sur les deux joues. Le message de Minnie était accompagné de deux appartements à louer. Peut-être que Minnie se servait de cette application pour faire des affaires.

Ella jeta un coup d'œil au dernier étage avant d'entrer dans son immeuble. La lumière de Sloane était encore allumée. Elle aimerait bien aller la voir, prendre des nouvelles de sa cousine. Mais il était presque 23 heures, il était donc un peu tard. Oui, elles étaient amies, mais elles avaient aussi des limites.

Cependant, lorsqu'elle sortit son téléphone, Sloane avait envoyé une photo de ses fleurs dans le vase d'Ella, avec deux mots en pièce jointe.

Merci, bisous.

Ces deux mots signifient plus pour Ella que tout ce que Minnie lui avait pu lui dire pendant toute la nuit.

Chapitre Dix-Sept

C'était la première fois que Sloane revenait dans la salle d'entraînement principale depuis sa blessure, et ça lui laissait un sentiment doux-amer. Elle voulait faire tout ce que tout le monde faisait autour d'elle : des squats sautés, des exercices de sprint, de la presses avec les jambes. La poussée de la luge lui manquait même, et elle la détestait en temps normal. Mais pour l'instant, elle n'avait pas le droit d'en faire.

Le point positif ? Discuter avec ses coéquipières. Oui, elles lui avaient rendu visite, mais c'était différent. Le fait d'être de retour parmi les joueuses était la meilleure chose pour elle. Elle avait déjà eu de longues discussions avec les autres joueurs blessés – hommes et femmes – lorsqu'ils étaient avec les kinés et dans la salle de rééducation, mais l'énergie ici était différente. Elle était positive. Vibrante.

— Comment vas-tu, Patts ?

Layla avait descendu une bouteille d'eau, des perles de sueur visibles sur son front. C'est ce qui manquait le plus à Sloane. Se mettre en sueur, faire brûler ses muscles, mettre tout ce qu'elle avait dans la séance.

— Je m'accroche.

Sloane ajouta un sourire pour adoucir ses propos.

— Mais la bonne nouvelle, c'est que je ne devrais plus avoir de botte d'ici la semaine prochaine, et je pourrai alors passer Noël et le Nouvel An à me remettre en forme. Le médecin a dit que je pourrais rejouer dès la première semaine de janvier, mais je pense qu'il me faudra encore une semaine ou deux. Mais les choses vont dans le bon sens, je croise les doigts.

Elle pointa un doigt en direction de Layla.

— Maintenant, il faut continuer à gagner nos matchs de la WSL pour que nous puissions suivre le rythme de United. Parce qu'elles ne vont pas se laisser faire, hein ?

Layla secoua la tête.

— C'est sûr. Mais nous non plus.

Elle mit les mains sur les hanches.

— L'élimination de la Ligue des champions a été une catastrophe, mais maintenant nous pouvons nous concentrer sur le championnat et la Coupe d'Angleterre. Si nous parvenons à nous maintenir à distance et à faire revenir notre attaquante vedette, qui sait ce qui peut arriver ?

— Qui sait ?

Les Salchester Rovers n'avaient perdu qu'une seule fois en championnat depuis que Sloane s'était blessée, ce dont elle se réjouissait. Mais le mois de décembre était toujours encombré de matchs, et cette année ne faisait pas exception. L'élimination de la Ligue des champions avait fait mal. Aurait-elle pu changer le résultat si elle avait joué ? Quoi qu'il en soit, il fallait apprendre, voir les points positifs et recommencer. De cette façon, elle pourrait espérer monter en puissance et faire la différence dans la seconde moitié de la saison. C'est en tout cas l'objectif qu'elle s'était fixé.

Nat s'approcha et la serra dans ses bras.

— Tu me manques. Surtout quand il s'agit de penaltys.

Elles en avaient obtenu un lors du match de Ligue des champions contre Lyon, alors que le score était de 0-0. En l'absence de Sloane, Nat avait pris la relève et avait raté son coup. Sloane n'avait pas assisté au match car le temps était glacial et Lucy lui avait dit de rester à la maison. Elle l'avait regardé à la télévision et avait ressenti la douleur de Nat.

Sloane se leva et serra Nat dans ses bras. La jeune attaquante s'effondra sur elle.

— Tu t'es bien débrouillée. N'oublie pas qu'il faut du courage pour tirer un penalty. Ils sont tous synonymes de gloire ou d'échec. Il n'y a pas de compromis. Mais tu étais prête à t'engager et à prendre le risque. Les enjeux sont importants. Parfois tu gagnes, parfois tu perds, comme je te l'ai dit dans mon SMS après le match.

— Tu ne perds presque jamais.

— Euh, bonjour ? J'ai raté un penalty lors de la finale de la Coupe du monde.

C'est ce qui poussait Sloane à s'entraîner autant qu'elle le faisait maintenant. Si elle fermait les yeux et évoquait le stade, elle pouvait encore sentir la démangeaison de l'échec brûler au plus profond d'elle-même.

Nat lui fit un sourire.

— Même toi, tu n'es pas parfaite.

— Personne ne l'est. Tu t'es bien débrouillée. Et tu en tireras des leçons.

Sloane lui donna un léger coup de poing sur le bras.

— Parce que tu es Nat Tyler.

En entendant son nom, Nat se redressa.

— Je le suis, n'est-ce pas ?

Sloane s'émerveilla encore une fois de sa jeunesse et de son caractère influençable. Elle se souvenait de l'époque où elle était la jeune pousse qui arrivait et partageait les feux de la rampe, prête à tout absorber et à apprendre. Aujourd'hui, elle était la vieille dame. Celle qui se blesse plus facilement. Mais elle pouvait encore aider Nat depuis la ligne de touche.

— Tu te débrouilles très bien là-bas, en menant la danse.

Sloane fit une pause.

— N'oublie pas tes mouvements dans la surface. Il faut que tu prennes les défenseuses à contre-pied, que tu les surprennes. Tu as la jeunesse de ton côté. Surtout que vous jouez Leverton ce week-end. Leur arrière-garde est fragile. Sautez partout. Faites-les transpirer. Balayez-les de la meilleure façon possible.

Nat lui fit un signe de tête ferme.

— Yes. Tu viens au match ?

— J'espère que ce sera le cas. Je vais me faire déchausser à peu près à ce moment-là, ce qui facilitera les choses. Mais même si je ne suis pas là, je regarderai à la télévision. Je nous verrai gagner.

Elle marqua une pause.

— As-tu déjà décidé si tu rentres à la maison pour Noël ?

Nat et ses parents étaient en bons termes, mais ils n'avaient pas encore vraiment discuté.

Elle hocha lentement la tête en grimaçant.

Sloane comprenait parfaitement l'énergie, l'ayant vécue en technicolor.

— Je veux voir mes sœurs. De plus, si nous ne parlons pas, les choses n'avanceront jamais.

Sloane la serra à nouveau dans ses bras.

— Tu dois toujours être la plus courageuse. Ça craint, mais tu le fais.

Elle avait toujours été la plus courageuse, et elle avait toujours fini par être déçue.

— Je sais que je n'ai pas été très présente pour discuter, mais tu seras toujours la bienvenue chez moi si les choses deviennent difficiles. Ma porte est toujours ouverte.

— Merci. Ella m'a dit la même chose.

Nat lui fit un sourire timide et s'éloigna.

Sloane jeta un coup d'œil à Layla.

— Comment ça se passe pour toi ? Comment vont Sara et le petit Darius ?

Layla lui fit le plus grand sourire du monde.

— Ils vont bien. Nous sommes sortis cette semaine et nous lui avons acheté la tenue la plus mignonne qui soit : un jean, un T-shirt blanc et une veste en faux cuir. Il a l'air d'un petit gars et oui, je vis à travers lui l'enfance que je n'ai jamais eue, et je suis là pour ça.

Sloane rit.

— Je peux tout à fait comprendre cela. Il y a de pires raisons d'avoir des enfants que de vouloir les habiller avec de jolis vêtements.

— Exactement. Mes parents arrivent aussi la semaine prochaine, alors nous ne lui achèterons pas beaucoup de cadeaux. Il va être inondé par sa famille norvégienne. Maman m'a prévenue qu'elle apporterait une valise supplémentaire.

Sloane ressentit une douleur intense. Peu importe le nombre de fois où elle pensait avoir surmonté le manque d'amour et de soutien de ses parents, quand elle entendait parler de la famille de Layla, qui était tout à fait à l'opposé, ça piquait encore.

Elle aimait la famille de Layla et l'enviait. Layla l'avait invitée à Noël, mais elle avait refusé. Elle ne voulait pas s'imposer de leur réunion de famille.

Elle avait espéré qu'Ella et elle pourraient peut-être le passer ensemble. Mais maintenant, peut-être qu'Ella était sur le point de le passer avec sa nouvelle petite amie.

Cette seule pensée la mettait hors d'elle.

Layla s'assit sur le banc à côté de Sloane.

— Comment tu te sens par rapport à Jess et Brit qui s'exposent ?

— La vie avance. C'est ce que je fais. C'est fini depuis un moment. Seuls les fans sont choqués.

— Ça va s'arranger.

— J'espère bien.

L'odeur du parfum floral d'Ella flottait dans son cerveau. Elle sourit à Layla.

— Je suis prête à ce que le reste de ma vie commence maintenant.

* * *

Sloane se rendit en clopinant à la cantine, et le chef Julian lui apporta gentiment son repas. Ne pas avoir les deux mains pour tenir les choses était vraiment ennuyeux, et elle serait heureuse quand elle retrouverait cette capacité. Un plateau atterrissant sur sa table lui fit lever les yeux.

Ella.

— Ça te dérange si je me joins à toi ? Tu as l'air d'avoir besoin d'un peu de réconfort. Je suppose que le premier jour de retour à la salle de sport signifie que tu remets en question tes progrès ?

Ce n'était pas seulement au gymnase, mais Sloane n'allait pas l'admettre.

— Suis-je si prévisible ?

— Seulement pour ceux qui te connaissent bien.

Elle marqua une pause en enlevant son sac et en le rangeant sur le siège à côté d'elle.

— Bien que je ne sache pas pourquoi tu penses comme ça. Non seulement tu es un gros bonnet, ce que tout le monde sait, mais tu es aussi dans le top 20 de la liste Pink Power depuis ce matin. Tu as vu ça ?

— Mon agent m'a envoyé quelque chose, mais je n'ai pas cliqué sur le lien. Je ne me sens pas très puissante en ce moment, si ça fait une différence.

— Pas un iota. Mais il faudrait que tu deviennes beaucoup plus puissante pour dépasser les 16 personnes qui te précèdent.

— Qui sont-elles et ai-je déjà entendu parler d'elles ? Je ne pense pas avoir déjà fait la liste des Pink Power. C'est un truc britannique, non ?

Ella acquiesça.

— Tu es devancée par quelqu'un qui est arrivé troisième dans *Great British Bake Off*, une chanteuse de télé-réalité devenue star d'Instagram, et une Youtubeuse, pour n'en citer que trois. Mais tu es la première footballeuse américaine à entrer dans le top 20, alors tu peux être fière.

Sloane se redressa et fléchit le bras.

— C'est pas mal comme puissance ?

Elle étudia ses biceps.

— Je suis sûre qu'ils rétrécissent.

Ella renifla.

— Chaque fois que je te vois, tu viens de terminer une séance d'entraînement, alors j'en doute.

Elle fit une pause, jetant un coup d'œil au déjeuner de Sloane.

— Je vois que tu as choisi la salade. C'est un choix sain. Moi, par contre, j'ai opté pour un classique de la cuisine britannique : des œufs et des haricots sur du pain grillé. Est-ce que ça passerait en Amérique ?

— Cent pour cent non.

Sloane rit. C'était la première fois qu'elle le faisait aujourd'hui. Ella avait ce don étrange de faire en sorte que cela se produise.

— Comment se passe ta matinée ?

— Mieux que la tienne ?

Ella hausse les épaules.

— L'administration, la paperasse, une réunion avec le patron. Comme d'habitude. C'est le dernier jour de la semaine et j'ai l'après-midi de libre après ta séance, dit-elle en regardant sa montre, dans une demi-heure.

Elle était d'humeur très joyeuse. Sloane ne voulait pas savoir pourquoi.

Mais là encore, elle ne put s'en empêcher.

— Merci pour le vase de l'autre jour. Comment s'est passé ton rendez-vous ?

Elle se réprimanda intérieurement pour avoir abordé le sujet si rapidement, mais la phrase était déjà sortie de sa bouche avant qu'elle n'ait pu faire quoi que ce soit. Sloane s'attendait à d'autres sourires et à des récits de dîners aux chandelles. Elle n'avait aucune emprise sur Ella. Son rôle d'amie était d'être heureuse pour elle. Elle prépara son meilleur visage.

Mais ce n'était pas nécessaire. Au lieu de cela, Ella plissa le visage, s'assise et souffla.

C'était le meilleur son jamais entendu.

— Ça n'a mené nulle part, dit-elle en fixant Sloane. Elle n'était pas vraiment ce que je recherchais. En plus, elle n'aimait pas le football.

— Aïe.

Sloane voulait frapper l'air.

— Je sais. Mais comme elle est agent immobilier, elle pourrait m'être utile. Elle m'a déjà envoyé quelques propriétés qui sont convenables.

Elle leva son regard vers le visage de Sloane.

— Mais revenons au travail. Tu te sens prête pour ta séance avec moi ?

Sloane fronça les sourcils.

— Oui, non, je ne sais pas. J'étais enthousiaste à l'idée de venir ici aujourd'hui, mais en réalité ça me ramène à tout ce que je rate.

Ella mâcha sa bouchée avant de répondre.

— Il n'y a rien dans le règlement qui nous oblige à faire notre séance ici. Nous pourrions la faire n'importe où. J'ai une visite d'appartement juste après. Nous pourrions aller prendre un café et discuter, et tu pourrais venir voir l'appartement avec moi.

Ne pas être sur le terrain d'entraînement était exactement ce que Sloane voulait.

— Est-ce que c'est ton date qui va nous faire visiter les lieux ?

Ella secoua la tête.

— Je pense qu'elle ne veut pas me voir non plus.

Un sentiment de légèreté l'envahit.

— D'accord, c'est à toi de jouer. Allons à la recherche d'un appartement.

Sloane sourit.

— Pour info, si je n'avais pas eu cette botte au pied, j'aurais même pu conduire. Tu as vu la Jeep que mon agent m'a offerte ?

— Je l'ai vu sur tes stories Instagram.

Ella rougit.

Sloane croisa les bras sur sa poitrine.

— Est-ce que tu m'as traquée ?

Ella ne soutint pas son regard.

— Non, Instagram sait juste que j'aime les footballeuses, alors tu es apparue sur mon feed avec ta voiture.

Elle rencontra enfin le regard de Sloane.

— Je l'ai aussi vue sur le parking de l'immeuble et je me suis dit que c'était tape-à-l'œil.

— C'est moi. Flashy. Une vedette, c'est ça ?

Elle adressa à Ella un sourire parfait.

— Mais tu as peut-être fait de moi une conductrice britannique, ce qui est génial. Les dernières fois que nous sommes sorties, je n'ai pas essayé de rouler en sens inverse. Je commence peut-être à me sentir à l'aise sur les routes britanniques. Maintenant, s'ils pouvaient juste les élargir un peu, ce serait le summum.

— Un pas après l'autre.

Elle désigna la nourriture de Sloane.

— Mange, alors. Nous avons des appartements à voir.

* * *

L'appartement se trouvait dans un joli immeuble de trois étages dans une rue de banlieue pleine de maisons mitoyennes. Il y avait de l'espace et de la lumière, mais pas la terrasse ni la vue de Sloane. Sloane savait qu'elle avait de la chance. Elle pouvait rester là où elle était aussi longtemps qu'elle le souhaitait. Elle voulait soutenir Ella, qui naviguait seule dans la vie. Sloane n'avait jamais vraiment fait cela. Elle avait toujours eu le football pour la soutenir, même lorsque sa famille ou sa relation la laissait tomber.

L'agent qui les fit entrer était une femme d'une cinquantaine d'années avec encore un fort accent du nord, ce qui signifiait que Sloane saisissait à peine un mot sur huit, si elle avait de la chance. La femme prononça une très longue phrase ponctuée de ce qui semblait être un grand nombre de jurons, mais Sloane n'en était pas sûre. Elle saisit les mots « canapé » et « loyer », mais c'est tout. Heureusement, Ella avait l'air de tout comprendre. C'est ce qui arrive quand on est du coin.

— J'ai besoin de tout. Je n'ai littéralement rien, alors ce serait génial.

L'agent acquiesça, puis reçut un appel téléphonique. Elle fixa l'écran, puis revint à Ella.

— Je dois répondre; voulez-vous m'excuser ?

— Bien sûr.

Lorsqu'elle fut hors de portée de voix, Sloane se pencha sur Ella. Elle sentait bon. Les pommes et le miel. Ce qui était nouveau.

— Qu'a-t-elle dit ?

Ella rit.

— Il est entièrement meublé. Ce qui est génial, parce que je n'ai pratiquement pas de meubles.

Sloane jeta un coup d'œil dans la cuisine, assez grande pour accueillir une table, ce qui fit pousser à Ella un petit « ouais ! ». Lorsqu'elles passèrent dans le salon, Ella s'installa sur un canapé marron abîmé.

— Ce chesterfield n'est pas le canapé de mes rêves, mais il fera l'affaire pour l'instant. J'ai repéré un canapé en velours bleu en forme de L que je verrais bien ici, éventuellement. Je l'ai déjà choisi. Il faudra que j'économise pour l'acheter, mais j'ai l'impression de pouvoir enfin m'enraciner. J'ai le travail de mes rêves, il est peut-être temps d'acheter le canapé de mes rêves.

Sloane boitilla et s'assit à côté d'Ella.

— Je n'achète jamais rien de grand non plus, parce que ça ne sert à rien de déménager la saison prochaine.

Elle attendait avec impatience le jour où elle pourrait acheter un canapé qui resterait au même endroit pendant un certain temps.

— Mais peut-être que si tu optes pour cet appartement, ça vaut le coup d'investir. S'engager. Parfois, il faut prendre les grandes décisions et régler les détails ensuite.

Sloane ne parlait plus du canapé, n'est-ce pas ? Elle continua.

— Tu te vois assise ici ? Appréciant un verre de vin sur ce canapé et regardant Netflix ?

Ella réfléchit à la question, puis acquiesça fermement.

— Tout à fait.

Elle tourna la tête.

— Tu te vois assise à côté de moi ?

Ses joues rougirent.

— Non pas que tu le fasses souvent. Juste à l'occasion.

Les cheveux de Sloane se hérissèrent. Ses yeux tombèrent sur les lèvres d'Ella et y restèrent, comme aimantés. Se voyait-elle sur ce canapé avec Ella, embrassant ses lèvres ? A cent pour cent, oui. Plus elle passait de temps avec elle, plus elle en avait envie. Mais est-ce qu'Ella le voulait aussi ? Elle ne pouvait pas en être totalement sûre. Si elle voulait conserver l'amitié la plus importante qu'elle ait eue depuis son arrivée dans le pays, elle devait agir avec prudence. Elle préférait garder Ella dans sa vie plutôt que de la perdre complètement. Et si elle se penchait pour l'embrasser et qu'Ella lui rendait la pareille ? C'était sans importance. L'agent serait bientôt de retour. Ce n'était pas le moment de tenter quoi que ce soit.

Le problème, c'est que ce n'était jamais le bon moment.

Le regard d'Ella se posa sur les lèvres de Sloane, puis sur ses yeux, et elle se leva.

— On va voir la chambre ?

Elle baissa la tête et rougit encore un peu plus.

Sloane acquiesça et la suivit.

Elle était spacieuse, avec des armoires, une commode blanche d'Ikea et un grand lit.

—Voilà un grand lit, c'est parfait.

Ella contourna le lit pour se placer près de la fenêtre principale.

— La rue a l'air paisible aussi. J'ai un bon pressentiment.

Elle se retourna, monta sur le lit et s'allongea, s'installant confortablement. Puis elle tapota l'espace à côté d'elle.

— Tu viens le tester avec moi ?

Qu'est-ce que c'était que ce bordel ? Le cerveau de Sloane fondit, puis elle secoua la tête.

— Et si l'agent revient ?

C'était comme ça que les photos étaient diffusées dans le monde et que les rumeurs naissaient.

Ella pencha la tête.

— Je ne te demande pas de coucher avec moi. Juste de t'allonger sur le lit. J'ai pensé que ton pied apprécierait cette pause.

Elle était aussi très attentionnée. Sloane fit ce qu'Ella voulait et s'allongea à côté d'elle. Son cœur commença à s'emballer. Lorsqu'elle tourna la tête vers la gauche, Ella était là. Avec tout son charme, sa beauté, ses cheveux. Ses incroyables cheveux volumineux.

— Qu'en pense-tu ? Solide, flexible et capable de résister à la pression, comme la meilleure défense au football ?

Sloane renifla.

— Est-ce que tout se résume au football avec toi ?

— On peut assimiler la plupart des choses de la vie à cela. Dans la vie, tu as besoin d'une équipe solide autour de toi pour réussir. Amis, famille, collègues. Tu peux essayer de le faire seule, mais tu n'obtiendras pas autant de résultats. C'est comme pour le football. Les sports d'équipe sont toujours plus amusants.

Elle marqua une pause.

— Et ce n'est pas seulement à cause des douches nues après le match.

— C'est un bon bonus, quand même.

Sloane imagina immédiatement Ella nue sous la douche. La chaleur descendit le long de son corps et s'installa entre ses jambes.

Elle devait trouver quelque chose pour se changer les idées. De quoi Ella avait-elle parlé avant la douche nue ? Elle finit par retrouver le fil de ses pensées.

— As-tu l'équipe que tu veux dans ta vie ?

Ella prit une inspiration et se tourna vers Sloane.

— J'ai de bons amis et de la famille, mais je ne les vois pas autant que je le voudrais. Heureusement, mes collègues sont adorables et compensent.

Elle s'humecta les lèvres.

— Il y en a une en particulier qui a un drôle d'accent et qui me suit partout où je vais.

— On dirait un cauchemar.

— Tout à fait.

Ella soutint son regard.

— Mais sérieusement, j'aime t'avoir dans ma vie. Je me sens soutenue. Comme si tu étais ma nouvelle pom-pom girl. Venir voir un appartement seule est intimidant. C'est bien d'avoir un deuxième avis.

— Je suis contente d'être ici, même si je parle bizarrement. Mais tu dois admettre que mon accent n'est pas aussi drôle que cet agent.

Ella rit.

— Et toi ? As-tu la bonne équipe de soutien dans ta vie ?

Sloane fit défiler les photos de sa vie.

— Même chose que toi : toutes les personnes qui comptent sont un peu éloignées en ce moment. Mais de nouvelles personnes sont entrées dans ma vie, et c'est génial.

Ses doigts touchèrent ceux d'Ella par accident. Sloane tressaillit, jeta un coup d'œil vers le bas mais ne les bougea pas.

Ella non plus.

Lentement, timidement, elle rapprocha ses doigts, puis en enroula les extrémités autour de ceux d'Ella, tandis que de petites étincelles de chaleur remontaient le long de son bras. Sa bouche devint sèche, et son cœur battait la chamade.

Tout ce qu'elle avait pensé sur le fait que ce n'était pas le bon moment quand elles étaient dans le salon ? Envolé maintenant qu'elles étaient à l'horizontale sur un lit. Il serait si facile de se retourner et de déposer un baiser sur les lèvres d'Ella en ce moment même. Bon, à vrai dire, ce n'était pas si facile quand elle portait une botte orthopédique et qu'elle ne pouvait littéralement pas passer sa jambe par-dessus. Elle ne put s'empêcher de sourire à cette idée.

— Mais tu sais ce qui serait formidable pour compléter mon équipe ? Une autre personne importante. Quelqu'un avec qui je pourrais partager des choses. Quelqu'un qui serait à mes côtés. Quelqu'un sur qui je pourrais compter.

Ella expira.

— Cela fait un certain temps que je mène ma vie en solo et c'est fatigant.

Le cœur de Sloane battait de plus en plus fort.

— C'est aussi fatigant quand on n'a pas la bonne personne.

Elle caressa un peu plus la main d'Ella. Des épicentres de plaisir jaillissaient dans tout son corps, mais elle gardait une respiration régulière.

— Peut-être que nous devrions toutes les deux travailler à trouver la bonne personne pour faire partie de notre équipe.

Ella croisa le regard de Sloane. Elle voulut dire quelque chose, mais les mots restèrent coincés dans sa gorge.

Sloane acquiesça.

— Nous devrions peut-être le faire.

Devrait-elle se pencher de l'autre côté ? Ce serait la chose la plus facile au monde. Ce qu'Ella venait de dire était-il un code pour la laisser entrer ?

Putain, elle allait le faire. Sur ce lit loué dans la banlieue de Salchester. Ce n'était pas l'endroit le plus chic, mais c'était bien. Sloane se redressa sur son coude et se tourna vers Ella. Elle effleura sa joue du bout des doigts. Une vague de paillettes la traversa.

Elle allait presser ses lèvres sur celles d'Ella quand la porte d'entrée claqua.

— Désolée ! C'était un autre client et c'était très urgent. Mais je m'excuse !

Les voyelles et les consonnes du Nord fendaient l'air.

Sloane sauta en arrière et serait tombée du lit si Ella n'avait pas sauté à son tour et ne l'avait pas attrapée par la taille.

Lorsque l'agent apparut à la porte, on aurait probablement eu l'impression qu'elles venaient de s'embrasser. Si seulement elles l'avaient fait. Sloane ferma les yeux et secoua la tête.

— Je vois que vous vous êtes bien occupées !

Elle n'allait pas pouvoir regarder cet agent jusqu'à la fin de la visite, n'est-ce pas ?

Chapitre Dix-Huit

— Je ne suis pas sûre que le Fish and chips, qu'on appelle ici Chippy tea, soit une nourriture correcte pour les athlètes.

Ella entra dans l'appartement de Sloane, essayant toujours de faire comme si rien ne s'était passé. Elles faisaient toutes les deux un travail remarquable.

— Mais c'est très nordique, alors bien joué niveau intégration.

Sloane claqua la porte avec sa béquille d'un geste exercé et se dirigea vers la cuisine en boitillant.

— Si tu ne dis rien, je ne dirai rien non plus. De plus, je mangerai un minimum de frites et presque pas de friture. Je me contenterai d'inhaler le goût, plutôt que de le manger.

Ella renversa les plats dans les assiettes, fit glisser les condiments sur l'îlot et rejoignit Sloane sur le tabouret adjacent. Leurs genoux se touchaient sous le rebord de l'îlot. Ella inspira. Elle ne savait pas combien de temps elle pourrait rester amie avec Sloane sans *rien* dire. Que s'était-il passé dans l'appartement lorsqu'elles s'étaient allongées sur le lit ? C'était quelque chose. Elles s'étaient presque embrassées. Elle avait été figée par un mélange de joie à l'idée que cela puisse se produire et d'horreur parce qu'elle ne voulait *vraiment pas* que cela se produise à cet endroit.

De plus, embrasser Sloane conduirait à coucher avec Sloane,

ce qui n'est pas sans complications. Elles suivaient des chemins différents et vivaient dans des mondes différents. Sloane se faisait photographier quand elle allait prendre un café. Elle était sur la liste du Pink Power, pour l'amour du ciel. Ella espérait simplement que l'agent n'avait pas reconnu Sloane, sinon cela pourrait donner lieu à des ragots salaces en ville. Elle n'avait pas l'impression que c'était le cas.

Au lieu de cela, Ella se concentra sur la nourriture qui se trouvait devant elle. À côté d'elle, Sloane regardait les pois gourmands d'Ella avec une horreur.

— Tu aimes cette boue gris-vert ?

— As-tu déjà essayé ?

Sloane secoua la tête.

— Je ne laisse rien de cette couleur s'approcher de ma bouche. Je suis très exigeante.

Est-ce qu'Ella était à la hauteur de l'exigence de Sloane ? Allait-elle réussir à s'imposer ?

En mangeant du poisson et des frites, Sloane raconta ce qu'elle avait appris sur son arrière-grand-mère, qui était l'attaquante vedette de Kilminster. Ella était comme il se doit émerveillée.

— Tu penses que tu vas accepter l'appartement ?

Sloane croqua une frite et la mangea lentement. Elle était à mi-chemin lorsqu'elle tendit la main et attrapa le ketchup et le sel pour en rajouter.

— Je pense que oui. Mon instinct me dit que oui. Je me verrais bien y vivre et c'est à peu près dans ma fourchette de prix. De plus, cela m'éviterait de passer mes soirées et mes week-ends à parcourir d'autres appartements, ce qui n'est pas négligeable.

Ella marqua une pause.

— Je suis sûre que de ton côté tu pourrais te permettre quelque chose de plus grand et de mieux, mais c'est ma réalité.

Sloane secoua la tête et posa le sel.

— J'ai de la chance de rester ici et le club paie pour ça. J'en suis consciente. Mais si je cherchais, cet appartement serait parfait.

Elle jeta un coup d'œil en direction d'Ella.

— Nous ne sommes pas aussi différentes que tu le penses en ce qui concerne l'argent. Je suis bien payée, et oui, probablement plus que toi, mais je ne le suis toujours pas au niveau des hommes.

Sloane pouvait-elle lire dans ses pensées ? Ella lui adressa un sourire crispé.

— Tu gagnes certainement plus que moi, mais tu mérites d'être mieux payée pour ton engagement et tes compétences. Tu mérites aussi d'être payée sur un pied d'égalité avec les hommes. Tu n'as qu'une fenêtre limitée pour jouer et gagner vraiment bien ta vie. Je ne t'en veux pas.

Sloane jeta un coup d'œil sur son plat, puis remonta vers Ella.

Ella voulait faire glisser le bout de ses doigts sur la joue de Sloane. Embrasser le pli de son front. Mais elle ne se retint.

— Tu sais, je peux aussi te prêter l'argent pour le canapé, si tu le veux plus tôt.

Ella serra les dents. L'argent avait toujours été un point de pression pour elle. Elle avait grandi sans rien. Elle avait créé son entreprise à partir de rien. L'autosuffisance était très importante pour elle. Elle ne voulait pas avoir de dettes envers qui que ce soit, surtout pas envers Sloane.

Elle secoua la tête.

— Non, merci. J'aime faire les choses par moi-même, à ma façon. L'argent a été un problème dans ma dernière relation à long terme, et ça a aussi posé quelques problèmes entre les membres de ma famille. Je fais les choses quand j'en ai besoin et que je peux me le permettre.

S'était-elle montrée trop dure ?

— Mais merci.

Sloane soutint son regard.

— Je comprends cela et je l'admire.

Elle fit une pause.

— Et je suis d'accord pour l'égalité des salaires. Ce serait bien. Mais je sais que nous avons encore beaucoup de chemin à parcourir. Nous sommes sur la bonne voie.

Bon sang, la façon dont Sloane la fixait en ce moment ? Comme si elle voulait lui poser un millier de questions, puis écouter chaque réponse comme si c'était de l'or ? Ella voulait arrêter le temps.

Bien qu'un baiser de ses lèvres parfaites et pleines serait également agréable.

Elle soupira intérieurement. Ses pensées étaient bien trop confuses.

— Mais tu sais, si j'avais le choix entre être mieux payée ou avoir la liberté d'être homosexuelle, je choisirais la seconde option. Plus il y a d'argent en jeu, plus il y a de pression sur ce que tu es en dehors du terrain. Le football féminin compte de nombreuses joueuses homosexuelles et personne ne bronche. Je ne voudrais pas être un homme gay jouant au football. Le fait que je puisse être moi-même a plus de valeur.

— Même si cela signifie que tu fasses l'objet d'un examen minutieux de la part des tabloïds, comme tout le monde.

Sloane sourit.

— Ça ne me pose pas tant de problème que ça. Je suis authentique tous les jours. Si les gens veulent prendre une photo de moi en train de boire un café, ils sont les bienvenus.

Elles terminèrent leur thé et s'installèrent sur le luxueux canapé de Sloane. Ella porta les deux verres d'eau et les posa sur la table basse en verre de Sloane.

— Même si je suis contente que l'agent immobilier n'ait pas sorti son téléphone pour nous prendre en photo.

Sloane écarquilla les yeux.

— Je ne sais pas ce qu'elle a pensé quand elle est revenue. La vérité, c'est que tout le monde sait ce qu'il en était.

— Deux amies discutant d'un éventuel déménagement ? Des copines ?

— Des copines, c'est sûr.

Sloane appuya sa tête sur le canapé, puis reporta son regard sur Ella.

— Bien que, dernièrement, j'ai commencé à penser à toi comme étant plus que cela.

Un picotement remonta le long de la colonne vertébrale d'Ella. Elle retint son souffle. Puis elle le retint encore.

— Je vais recommencer. Tout a commencé avec l'arrivée de ma cousine.

Sloane se déplaça sur le canapé, puis passa une main dans ses cheveux.

— Quand j'ai appris que mon arrière-grand-mère faisait semblant d'être un homme. Mais elle a tenté sa chance, elle a fait ce qu'elle voulait, c'est-à-dire jouer au football. Ce faisant, elle a trouvé l'amour. Je me suis repassée mon histoire, et j'ai réalisé que ces deux dernières années, je me suis oubliée. J'ai fait du sur-place. Le fait d'avoir emménagé ici m'a réveillée. J'ai trouvé un nouveau souffle en jouant pour Salchester, et j'espère y revenir bientôt. Je ne cherchais rien d'autre qu'un nouveau départ sur le plan professionnel, mais quand tu es allée à ton rendez-vous l'autre jour, cela a fait surgir des vérités gênantes. Je n'ai pas aimé ça. Ma cheville a commencé à me faire mal. J'ai eu des fourmis dans les jambes. J'ai dû me demander pourquoi. Tu sais ce que j'ai trouvé ?

La peau d'Ella était brûlante, comme si elle était un radiateur que l'on venait d'allumer après un très long été. Elle secoua la tête. Elle ne se sentait pas capable de parler.

— C'est parce que je t'aime bien, Ella.

Les mots flottèrent dans ses oreilles. Ella se tourna et s'assit en avant. Lorsque leurs genoux se touchèrent, elle dut s'empêcher de trembler. Cependant, elle voulait être très claire sur ce qui se passait ici. Que rien ne soit perdu dans la traduction. Oui, Sloane parlait anglais, mais un anglais américain.

— Tu m'aimes bien ? En tant qu'amie ?

Elle leva son regard vers celui, bleu saphir, de Sloane.

— Ou tu m'*aimes bien* ?

Avait-elle vraiment dit ça ? Tu m'*aimes bien* ? Elle avait quoi, dix ans ?

Elle n'eut pas eu à attendre longtemps la réponse de Sloane.

— Je t'aime bien en tant qu'amie.

Le cœur d'Ella sombra au plus profond de sa vie.

Au moins, elle ne s'était pas ridiculisée en essayant d'embrasser Sloane.

— Mais j'*aime* aussi t'aimer, comme tu l'as si bien dit. Plus que tu ne pourrais l'imaginer. D'une manière qu'une amie ne devrait pas.

Le cœur d'Ella reprit des forces et des couleurs. Sloane l'aimait bien. De la même façon qu'elle aimait Sloane. De la même façon qu'elle voulait dévorer sa bouche à l'instant même. Les feux avaient été rouges pendant si longtemps, mais maintenant, soudainement, ils étaient au vert. Ella devait agir avant qu'ils ne repassent au rouge. Ou même à l'orange. Elle était dans la friendzone depuis assez longtemps.

Lorsque leurs regards se croisèrent, tout en elle s'entrechoqua.

Avant qu'elle ne puisse s'en dissuader, Ella se pencha vers Sloane.

— Au cas où il y aurait confusion, je t'aime bien aussi.

La bouche de Sloane se retroussa à ses mots.

Puis, avant que l'hésitation ne s'installe, Ella couvrit la bouche de Sloane avec la sienne.

L'euphorie la traversa. Des éclairs de sensations zigzaguent jusqu'à sa poitrine. Son cœur battait la chamade, ses paumes picotaient, et son cerveau se ramollissait.

Elle avait imaginé embrasser Sloane depuis qu'elles s'étaient rencontrées sur le parking le premier jour. En fait, elle avait imaginé l'embrasser bien avant de la rencontrer, mais cela n'avait jamais été une possibilité. Aujourd'hui, c'était le cas. La réalité ne l'avait pas déçue. Les lèvres chaudes de Sloane se moulèrent autour des siennes avec facilité. Ses baisers étaient lents et légers au début, comme pour tester si Ella était complètement sûre que c'était ce qu'elle voulait.

Elle n'avait pas besoin de s'inquiéter : Ella était totalement sûre d'elle. Sûre de plonger dans un océan de sensations. D'une profondeur infinie.

Les instants valsèrent. Sloane faisait pleuvoir une procession de baisers aguicheurs, lents et sensuels. Ils pirouettaient et dansaient lentement sur les lèvres d'Ella, la faisant lutter pour respirer.

Si Ella n'avait pas été assise, elle aurait pu se renverser, comme un arbre abattu à la racine.

Sans bouger les lèvres, Sloane glissa une main autour de la taille d'Ella et la rapprocha. Avait-elle pensé à cela aussi ? Ella aurait aimé poser la question, mais il était hors de question qu'elle interrompe ce moment. Mais elle voulait aussi contribuer. Ne pas rester assise là, à se remplir passivement d'une joie lente et pailletée.

Elle leva le bout des doigts de sa main droite et les fit glisser sur les pommettes délicates de Sloane, comme elle l'avait fait plus tôt. Leurs lèvres glissèrent à gauche, puis à droite, avant de se verrouiller.

La chaleur envahissait Ella comme le meilleur des jours d'été. C'était en décembre, mais avec les lèvres de Sloane sur elle, Ella avait du sable chaud entre les orteils, un ciel bleu infini devant elle, le crépitement des possibilités dans son cœur. Les lèvres de Sloane Patterson la faisaient voyager dans des endroits où elle n'était jamais allée auparavant.

C'était avant qu'une chaleur humide ne glisse le long de sa lèvre inférieure. La langue de Sloane. Elle était sur le point de la glisser dans la bouche d'Ella.

Ne t'évanouis pas.

Ne t'évanouis pas.

Ne t'évanouis pas.

La langue de Sloane entra, puis sortit, comme le meilleur des agents secrets.

Ella essaya, sans y parvenir, de ne pas haleter.

Sloane recommença, puis encore une fois, jusqu'à ce que les muscles d'Ella s'affaiblissent et que son corps tremble. Puis, au moment où Ella aspirait une énorme bouffée d'air, Sloane glissa sa langue un peu plus loin, les entraînant dans un baiser endiablé.

Les lumières clignotaient dans l'âme d'Ella. Après un départ lent, Sloane avait soudainement accéléré, et Ella était volontiers entraînée dans la course.

Tous les sens d'Ella furent inondés de sensations. Les papillons tourbillonnaient dans son estomac et s'engouffraient dans ses veines. Son cœur battait la chamade. Ses jambes s'agitaient. Ses bras se sont resserrèrent autour de la taille fine de Sloane comme pour ne plus jamais la lâcher.

Sloane l'embrassa quand même, complètement dans les vapes. Si la police débarquait maintenant, elle arrêterait Ella pour état d'ébriété. Et elle l'était. Sous l'influence d'une jeune prodige. Sloane Patterson. Une jeune prodige extraordinaire.

Elle sourit à ses propres pensées, puis pressa davantage ses lèvres sur celles de Sloane.

Elle laissa échapper un petit gémissement, directement dans la bouche d'Ella. Il descendit le long de son corps et finit par palpiter entre ses jambes. Ella pouvait déjà sentir à quel point elle était mouillée. Il ne lui faudrait pas beaucoup de temps pour ouvrir ses jambes et accueillir Sloane.

Ses yeux s'ouvrirent.

Les yeux de Sloane étaient braqués sur elle.

Lorsque leurs regards se croisèrent, Sloane relâcha son baiser, brisant le moment.

Ella se flétrit comme un tournesol en hiver. Elle voulait que Sloane revienne. Elle n'avait jamais éprouvé ce sentiment auparavant dans sa vie. Maintenant qu'elle l'avait éprouvé, elle ne voulait plus jamais le laisser partir.

Les yeux de Sloane cherchèrent ceux d'Ella avant qu'elle ne parle.

— C'était bien ?

Elle avait l'air d'avoir peur de la réponse. Cela donna à Ella l'envie de rire de façon incontrôlée.

— C'était bien plus que bien, dit-elle en se penchant en avant, embrassant Sloane à nouveau.

Une flèche de désir l'avait traversée. Oui, bien plus que bien.

— C'était divin.

Sloane sourit, glissa une main dans les cheveux d'Ella, puis déposa un autre baiser léger sur les lèvres d'Ella. La tête d'Ella tourna encore une fois.

— Eh bien, d'accord.

La poitrine d'Ella se soulevait et s'abaissait en succession rapide tandis que son rythme cardiaque s'emballait. Elle n'était pas sûre de pouvoir ralentir un jour avec Sloane si près d'elle. Elle soupçonnait que c'était peut-être sa nouvelle normalité. Elle jeta un coup d'œil à la peau juste en dessous du cou de Sloane. Pouvait-elle se pencher en avant et la lécher du bout de la langue comme elle le voulait ? Non, à moins qu'elles ne veuillent que cela se poursuive ce soir.

Elle voulait *vraiment* que les choses avancent ce soir. Chaque point de pulsation de son corps le lui disait.

Mais elle avait un train à prendre demain matin très tôt. Un client à voir et à préparer. Elle ne pouvait pas passer toute la nuit à embrasser Sloane. Elle ne pouvait absolument pas laisser cette situation se transformer en nuit d'amour avec Sloane. Son clito pulsait à cette idée et elle serra ses cuisses l'une contre l'autre. Elle allait devoir s'occuper de ça.

— Mais nous n'irons pas plus loin ce soir.

Ella ferma les yeux sur ses paroles. Était-elle en colère ? Peut-être. Sloane se racla la gorge.

Ella ouvrit les yeux. Le regard de Sloane l'éclairait en retour. Ses yeux bleus parfaits étaient si brillants qu'on aurait dit qu'ils étaient les projecteurs personnels de Sloane.

— Tu me tues.

Sloane passa une main sur le côté d'Ella et son pouce effleura le sein son Ella.

Un grand bruit de ronronnement se fit entendre dans le cerveau d'Ella. Était-ce son esprit et son corps qui sanglotaient de regret ? Si ce n'était pas déjà le cas, ce le serait bientôt.

— Si c'est quelque chose que nous devons faire, je veux le faire correctement.

Elle jeta un coup d'œil au pied blessé de Sloane.

— Je ne veux pas risquer d'aggraver ta blessure.

Ella marqua une pause.

— De plus, j'ai un train très tôt à prendre demain. Si nous ne nous arrêtons pas, je ne pense pas que je dormirai beaucoup cette nuit.

Elle le savait pertinemment. Le sourire qui se dessina sur le visage de Sloane ne fit que le confirmer.

— Je sais que tu as raison, dit-elle en secouant la tête.

Mais bon sang, je n'avais pas réalisé que cette botte était un tue-l'amour.

Ella se pencha et embrassa Sloane à nouveau. Leurs baisers étaient parfaits. Elle savait déjà qu'elle allait se gifler quand elle serait seule au lit plus tard. Mais c'était la bonne décision.

— Je ne suis pas repoussée, juste pour être claire.

Ella se décala de quelques centimètres par rapport à Sloane.

— J'espère que mes baisers te l'ont montré.

Sloane acquiesça.

— Ils l'ont fait.

— Et comme si ça ne suffisait pas, je ne serai pas là de tout le week-end. Je vais voir ma tante et ma cousine avant les festivités. Je serai absente pendant cinq jours.

Sloane se couvrit le visage de ses paumes et gémit.

— Considère cela comme motivation supplémentaire à tout faire pour enlever ta botte rapidement. Tu auras besoin d'une cheville souple, crois-moi.

Qui diable était-elle devenue pour parler ainsi ?

L'expression du visage de montrait aussi de la confusion. Avec un peu de chance, elle était aussi excitée. Ella savait qu'elle l'était.

— Quand doit-on l'enlever ?

— Cette semaine, j'espère. J'ai une autre radiographie demain.

— Assure-toi que tout se passe bien, alors.

— Crois-moi, je le ferai.

Sloane déplaça son pied et s'assit.

— J'ai envie de t'embrasser depuis si longtemps, dit-elle en fixant Ella avec un sourire rêveur.

— Nous sommes donc deux.

Ella marqua une pause.

— Mais tu sais que c'est compliqué, n'est-ce pas ?

Sloane acquiesça.

— C'est vrai. Mais je n'ai jamais aimé la facilité.

— J'espère que tu n'as pas d'ennuis, Sloane Patterson.

— Je suppose que tu vas bientôt le découvrir.

Chapitre Dix-Neuf

Les résultats du scanner étaient arrivés et les nouvelles étaient bonnes : la botte pouvait être enlevée. La phase suivante de rééducation commençait, mais Sloane l'avait déjà fait et elle pouvait le refaire. Cependant, cette fois-ci était doublement importante pour plusieurs raisons. D'abord, parce qu'elle voulait terminer ce qu'elle avait commencé à Salchester. Deuxièmement, à cause d'Ella.

Leur baiser brûlait encore dans sa mémoire. Des lumières vives éclairaient la scène derrière ses yeux chaque fois qu'elle clignait des yeux. Embrasser Ella avait été comme une séquence de rêve dans un film. D'une lenteur brûlante, d'une rapidité douloureuse. Ella était tout ce que Sloane attendait d'une femme. Ella avait pris son temps pour s'occuper d'elle, et le meilleur restait encore à venir. Elles le savaient tous les deux. Ce qui était excitant, c'est que Sloane devait aussi s'occuper d'Ella. Elle voulait être la personne qui le ferait de toutes les façons possibles.

Elle longea le couloir du centre d'entraînement du club et entra dans le salon vide. Sloane prit une bouteille d'eau dans le réfrigérateur et s'assit sur l'un des canapés. Elle agita ses orteils avec précaution, mais fut satisfaite de n'entendre aucun craquement. Cela faisait bizarre de ne pas avoir de botte. Son pied était enfin libre, ce qui signifiait qu'elle se rapprochait de la liberté totale.

Elle jeta un coup d'œil aux murs du salon, couverts d'affiches de formations et de tactiques de football. Lucy y donnait parfois ses briefings de match à de petits groupes, et elle en avait manifestement fait un récemment pour les défenseurs, en mettant l'accent sur le bloc bas. Il y avait aussi les guirlandes obligatoires autour des portes, et un faux sapin de Noël dans un coin pour apporter un peu de gaieté.

Sloane sortit son téléphone de la poche de son pantalon de survêtement, puis fronça les sourcils. Elle avait 142 notifications, et la dernière fois qu'elle avait regardé, c'était il y a seulement 45 minutes. Qu'est-ce qui se passe, bon sang ? Elle cliqua, grimaça, puis se massa l'arête du nez avec le pouce et l'index. Sloane swipa à gauche, puis encore à gauche, et encore à gauche.

Quelqu'un les avait suivies, Ella et elle. Visiblement l'accalmie médiatique était terminée. Sérieusement, les gens n'avaient-ils pas mieux à faire ? Apparemment, non. Il y avait des photos d'elles à la station-service, au retour de l'entraînement, en train de prendre un café. Des photos d'elles devant le nouvel appartement potentiel d'Ella. Des photos d'elles en train de rire et d'avoir l'air très à l'aise après avoir quitté l'appartement, debout à côté de la voiture d'Ella. L'article qui l'accompagnait était le suivant : « La jeune prodige de Salchester se remet toujours de sa blessure, mais peut-être reçoit-elle un peu plus d'aide sous la forme de la mystérieuse brune que l'on voit ici. »

D'ordinaire, elle aurait ignoré les photos. Cependant, après la nuit dernière, Sloane les regardaient d'un autre œil. Maintenant qu'elle avait embrassé Ella, pour elle, ces photos montraient qu'*il y avait* quelque chose entre elles. Quelque chose qui sauta de son téléphone.

Des photos comme celle-ci n'étaient pas inhabituelles pour Sloane. Mais elles l'étaient pour Ella, et elle s'inquiétait de sa réaction. Elle lui envoya un message rapide pour lui demander si elle les avait vues. Ella était avec son client à Londres aujourd'hui, elle ne consulterait donc pas son téléphone. Sloane espérait que ça ne la gênerait pas trop. S'impliquer avec une personnalité publique, même mineure, était quelque chose qu'Ella devait prendre en compte.

La porte du salon s'ouvrit et Lucy entra.

— Je t'ai vue passer devant ma porte et j'ai pensé que tu serais ici.

Elle fit un signe de la main quand elle vit Sloane se lever.

— Ne bouge pas. Même si c'est clairement une bonne nouvelle pour ta cheville. Parlons ici, ça me ferait du bien de changer d'air.

Sloane acquiesça et se rassit.

— Ta cheville va bien ? demanda Lucy en désignant le pied de Sloane qui n'avait plus de botte.

— Oui, les physios sont satisfaits. Je dois juste travailler pendant les fêtes de fin d'année, et ils espèrent que je pourrai revenir dès la mi-janvier.

— C'est très bien. Les progrès sont manifestement satisfaisants, mais quels sont tes projets pour les vacances ? Vas-tu retourner aux États-Unis ? Tu ne joues pas, donc si tu veux, c'est possible. Tant que tu suis le programme de remise en forme.

— Je n'ai pas prévu ça.

Sloane n'avait jamais aimé rentrer chez elle pour Noël

quand elle était dans le même pays, alors être ici était un énorme bonus. Elle allait devoir appeler sa mère et gérer sa déception, mais elle était habituée à cela.

— Je vais rester ici et me remettre en forme. Je veux faire ce qu'il y a de mieux pour mon rétablissement.

Lucy la regarda en hochant la tête.

— Si tu es sûre de toi alors, ok.

— Complètement.

— Comment te sens-tu par ailleurs ? Ella dit que tu vas bien, mais je voulais vérifier moi-même.

Le sang monta aux joues de Sloane. Elle ne pouvait pas s'en empêcher. Son patron lui posait des questions sur la femme qu'elle avait embrassée jusqu'à l'oubli hier soir, et elle devait faire comme si rien ne s'était passé. Elle lui dirait, bien sûr, en temps voulu. Mais pour l'instant, il n'y avait rien à dire. Un baiser n'était pas suffisant pour le proclamer au monde entier.

— Je vais très bien. L'équipe de kinésithérapeutes a été à mes côtés tout au long du processus, tout comme Ella. Je n'ai pas à me plaindre.

Une image des lèvres d'Ella s'approchant d'elle atterrit dans son cerveau. Elle la chassa d'un revers de main.

Lucy la dévisagea quelques secondes avant de lui faire un signe de tête ferme.

— D'accord. Tout semble indiquer que notre jeune prodige sera de retour au début de l'année, ce qui est exactement ce que je voulais entendre. Mais si quelque chose change, fais-le moi savoir. N'importe quoi. Physiquement, mentalement, je veux être tenue au courant.

— C'est promis, patron.

* * *

Sloane était assise à la table près de la fenêtre dans Shot Of The Day. Dehors, le ciel avait la couleur des pierres et semblait prêt à exploser. Elle espérait que cela n'arriverait pas avant qu'elle ne rentre à la maison, car elle portait encore des chaussures à semelles compensées. Elle avait dit à Layla qu'elle aurait été heureuse d'aller au comptoir, mais Layla avait insisté en lui disant qu'elle devait reposer son pied.

— Je ne suis pas en sucre, je ne risque pas de fondre si je me lève pour aller boire un verre.

Layla renifla.

— On ne sait jamais. Alors Lucy me mettra au banc pour toujours. Je ne veux pas prendre ce risque.

Sloane souriait toujours tandis que son amie retournait à la table. Elle s'arrêta lorsqu'un couple de fans de Salchester la remarqua et vint lui demander des selfies. Sloane posa avec Layla, les fans les remercièrent et s'en allèrent. Layla posa le flat white de Sloane devant elle, ainsi que son propre café au lait.

— Merci, madame, dit Sloane, en prenant son accent américain pour le plaisir.

— Vous venez d'arriver à Salchester en provenance directe du sud profond ?

— Il semble que oui.

Layla prit une gorgée de son café, puis tira la langue.

— Trop chaud.

Elle sortit son téléphone de son pantalon d'entraînement.

— Mais pendant qu'on attend que ça refroidisse, je voulais te poser une question sur ces photos qui sont apparues aujourd'hui.

Sloane s'intéressa soudainement beaucoup plus à son café. Le motif sur le dessus était une vraie œuvre d'art. La barista Suzy était fière de ses compétences. Elle était presque aussi douée pour l'art du café que sa femme pour garder les buts des Rovers.

— Se passeraient-il des choses dont tu voudrais me parler en tant qu'amie de confiance ? Ou bien évites-tu mon regard pour une autre raison ?

Maudite Layla. Elle connaissait Sloane depuis trop longtemps. De plus, elle savait reconnaître l'attirance quand elle la voyait. Cependant, jusqu'à ce que Sloane confirme ses soupçons, ce n'était que ça. Des soupçons.

Sloane prit une inspiration, puis regarda Layla dans les yeux.

— Les photos montrent deux amies qui sont allées visiter un appartement ensemble. Ella voulait un avis extérieur, et je n'avais pas le choix. Il n'y a rien d'autre.

Elle se mordit l'intérieur de la joue pour s'empêcher de tressaillir. Elle tressaillait toujours lorsqu'elle mentait.

Layla plissa les yeux.

— Tu es sûre ? Parce que je suis vraiment douée pour le langage corporel.

Elle brandit son téléphone, montrant la photo d'elles montant dans la voiture. Juste après que l'agent les ait surprises sur le lit. Elles étaient toutes les deux gênées et en riaient.

— Ça m'a l'air intime quand même.

Sloane secoua la tête vers les fenêtres du café, couvertes de scènes festives.

— Au moins, on ne se fera pas mitraillées ici. Ils ne peuvent pas voir à travers la fausse neige.

Elle gagnait un peu de temps, et Layla le savait. Sloane leva les deux paumes en direction de Layla.

— Nous ne sommes qu'amies, honnêtement. Je ne mentirai pas, je l'aime bien, et s'il y a autre chose à te dire, tu seras la première à le savoir.

Mais ce ne serait pas avant que le pied de Sloane soit guéri. Ou qu'Ella soit de retour à Salchester. La logistique jouait un rôle.

— De plus, mon cœur est toujours en convalescence après avoir été piétiné par Jess.

Layla se pencha en arrière et lui adressa un sourire radieux.

— Maintenant, je sais que tu mens. Sois prudente. Si quelque chose se passe, assure-toi que tu es là pour les bonnes raisons. Si ça tourne mal, ça risque de créer des frictions dans l'équipe. C'est une saison importante pour toi et pour nous. Veille à ce que rien ne la fasse dérailler inutilement. C'est juste un petit conseil, d'une joueuse à une autre.

Sloane prit une gorgée de son café et soutint le regard de Layla. Elle n'avait pas tort. Ce n'était pas quelque chose que Sloane prenait à la légère.

— Je le promets. Je ne ferai rien qui puisse affecter l'équipe, d'accord ?

* * *

Layla déposa Sloane à son appartement après le café. Après l'avoir saluée, elle passa devant sa Jeep argentée, toujours sur le parking, attendant que sa nouvelle propriétaire l'emmène faire un tour. Avec un peu de chance, cela se ferait au cours de la nouvelle année, à condition que sa blessure guérisse et qu'elle se souvienne de la confiance qu'Ella lui avait donnée.

Sloane sourit. Ce n'était pas seulement la confiance en la route qu'Ella lui avait donnée. Elle lui avait fait sentir qu'elle avait à nouveau quelque chose à donner dans sa vie. Sur le terrain, Sloane savait quoi faire. En dehors du terrain, elle avait été un peu perdue pendant un certain temps. Ella l'aidait lentement à y remédier. La fin de l'histoire avec Jess avait fait des ravages, mais maintenant Sloane sentait enfin qu'elle pouvait reprendre sa vie en main, peu importe où cela la mènerait. Elle espérait que cela impliquerait d'aller quelque part dans sa nouvelle voiture, avec Ella sur le siège passager. L'avenir le dira.

Sloane poussa la porte de son hall d'entrée, salua Gareth, le concierge, et appuya son badge sur le panneau de l'ascenseur qui l'emmenait au penthouse. Lorsqu'elle entra dans son appartement, il avait commencé à pleuvoir. S'il faisait entrer la lumière du soleil, son toit-terrasse faisait l'effet inverse lorsque le ciel se couvrait. De grosses gouttes de pluie rebondissaient sur les tuiles de béton et frappaient les portes coulissantes avec jubilation. Sloane en sourit. La pluie de Salchester, c'était vraiment quelque chose. Elle se laissa tomber sur son canapé et regarda son téléphone.

Plus de cent nouvelles notifications et quatre messages. Qu'est-ce qui se passe avec tout le monde aujourd'hui ? La semaine ne devait pas être riche en actualités si les photos d'elle et d'Ella montant dans une voiture recevaient autant d'attention. Cependant, lorsque Sloane cliqua, un visage familier lui sauta aux yeux et la fit se redresser. L'expression de son visage lui donna des sueurs froides.

Jess. Bien sûr que c'était Jess. Même un jour où les nouvelles concernaient Sloane et même si Jess était à l'autre bout du monde, Jess avait fait la une des journaux people et Sloane était toujours liée à elle. Dans le passé, la connexion était claire, alors elle l'avait acceptée. Mais cette fois-ci, Sloane avait changé d'avis. Parce que cette fois, Ella était entraînée dans l'équation.

Jess Calder affiche un visage hideux alors qu'elle et son nouvel amour Britney Navas se disputent sur le parking d'Ikea dans leur ville natale de Caroline du Nord. Jess détestait Ikea, et Sloane avait connu cette humeur post-Ikea trop souvent. En dessous de cette photo se trouvait la photo d'Ella et elle. *Pendant ce temps, son ex, Sloane Patterson, semble se rapprocher d'une nouvelle brune mystérieuse. Jess est-elle en train de déverser sa jalousie sur sa nouvelle petite amie ?*

L'agacement piqua la peau de Sloane. Elle voulait rompre tout contact avec Jess, mais serait-elle jamais autorisée à le faire ? Le message suivant venait d'Ella. Sloane se prépara, mais ce n'était pas nécessaire.

Hey, j'espère que ton scanner s'est bien passé et que ton pied guérit bien. Je n'arrête pas de penser à la nuit dernière. Je n'ai pas vu de photos car je suis trop occupée aujourd'hui. Je suis sûr que c'est bon, ne t'inquiète pas. On ne s'est pas bécoté dans la rue, n'est-ce pas ? C'était plus tard. On se voit à mon retour. Et surélève ton pied.

Sloane sourit, puis fit ce qu'on lui demandait. Le gonflement de son pied s'était résorbé, mais le surélever était un élément clé de son rétablissement. Même lorsqu'elle n'était pas là, Ella la surveillait de près.

Le troisième message était celui de sa mère, qui lui demandait comment elle allait, mais sur un ton qui indiquait à Sloane qu'elle ne voulait pas vraiment savoir si cela impliquait de lui parler de la vie personnelle de Sloane. Lorsque Sloane faisait cela, sa mère devenait très silencieuse. Cependant, la fille consciencieuse qu'elle était se devait d'appeler sa mère.

La quatrième était celle de sa cousine, Cathy.

J'ai réfléchi après notre belle rencontre. Tu voulais voir des photos. J'aimerais que tu rencontres le reste de la famille. Tu as dit que tu ne rentrais pas à la maison pour Noël. Veux-tu venir ici ? Réfléchis-y. Quelqu'un peut venir te chercher et te ramener chez toi si tu ne peux pas encore conduire. Nous serions ravis de t'accueillir.

Sloane cligna des yeux et posa son téléphone sur le canapé. Une chaleur festive se répandit en elle. Noël en famille, ça a l'air génial, même si c'est un peu intimidant. Mais elle avait rencontré Ryan et Cathy, et ils étaient tous les deux très accueillants. Si c'était trop, elle pourrait rentrer plus tôt, en prétextant sa blessure.

Noël avec Ella lui revient à l'esprit. Mais Ella allait-elle chez sa tante ? Ou bien était-ce pour cela qu'elle y allait ce week-end ? Elle tapa un message à sa cousine pour la remercier de l'invitation, mais aussi pour lui dire qu'elle en parlerait à son patron car elle n'était pas sûre de ses engagements professionnels. Elle gagnait ainsi un peu de temps.

Puis Sloane prit son ordinateur portable et appuya sur la touche pour se connecter à sa mère. Le devoir m'appelle.

— Hello stranger, how are you ? (Bonjour étranger, comment allez-vous ?)

Sloane ne voyait que la moitié inférieure de son visage : sa mère n'avait jamais maîtrisé l'utilisation des webcams. C'est ainsi qu'elles communiquaient toujours. Si l'on peut appeler cela de la communication.

— Je vais bien, maman. Comment vas-tu ?

— Très bien. J'ai encore des problèmes de dos, mais je m'y suis habituée.

Elle l'était.

— Comment va papa ?

— Toujours le même.

Sloane essaya d'élever la voix pour remonter le moral de sa mère.

— Et comment se passe ton travail ?

— Toujours pareil.

Sa mère n'était décidément pas très bavarde. Mais elle était sûre qu'un sujet la ferait parler.

— Alors comme ça tu as toujours des problèmes de dos ?

— C'est terrible. Certains jours, j'ai du mal à sortir du lit. Nous sommes sortis dimanche pour aller à l'église, mais c'est tout.

D'aussi loin que Sloane se souvienne, le dos de sa mère avait toujours été un problème. Elle avait dit qu'il n'avait jamais été le même depuis l'accouchement. Sloane avait toujours trouvé réconfortant qu'elle blâme ses enfants. Cela correspondait à sa personnalité.

— Désolée de l'apprendre.

Sloane prit une grande inspiration.

— Je voulais juste te dire que je ne reviendrai pas pour Noël.

— C'est vrai ?

Le menton de sa mère bouge de gauche à droite.

— Je ne m'attendais pas vraiment à ce que tu le fasses. Tu ne l'as pas fait pendant les quelques années où tu as vécu ici. J'espère seulement que tu iras à l'église pour célébrer la naissance de notre Seigneur Jésus-Christ le jour de Noël. Dieu sait que tu as besoin de ce pardon.

Il ne lui avait pas fallu longtemps pour glisser la première attaque. Cependant, Sloane savait qu'il valait mieux ne pas répondre à cela. Elle ne voulait pas entrer dans un débat. Elle savait comment cela se terminait.

— Mieux que cela, je vais chez ta cousine. Cathy, tu sais, la fille de Sheila ! Elle m'a invitée et j'y réfléchis.

Dès qu'elle eut prononcé ces mots, Sloane sut qu'elle irait. Elle n'avait nulle part ailleurs où passer la journée, et c'était une occasion unique. Peut-être aurait-elle plus de points communs avec sa famille de ce côté-ci de l'océan. Cathy était une cuillère à café de sucre dans sa tasse de café parental froid et amer.

— Passer Noël avec de parfaits étrangers et ne pas rentrer à la maison pour voir sa propre famille ? lui lança sa mère.

Sloane était contente de ne pas voir son visage en entier. Elle savait que cette réprimande s'accompagnait d'un roulement de paupières. Deux pour le prix d'un.

— Je pense que ça va être génial, de découvrir d'où je viens, de rencontrer ma famille éloignée.

— N'oublie pas de leur parler de nous. J'espère que ce sont des gens qui craignent Dieu.

Sloane espérait de tout cœur que ce n'était pas le cas. D'après son expérience, ce n'était jamais les plus gentils.

Chapitre Vingt

— Bonjour Ella !

Dan, le kiné en chef, lui adressa un sourire alors qu'elle franchit les portes principales.

— Tu nous as manqué ce week-end. Tu as raté un bon coup de Nat.

— J'ai vu le but sur le Women's Football Show. Ça avait l'air d'être un grand match. Dommage que nous n'ayons pas gagné, mais un match nul à l'extérieur n'est pas à dédaigner.

— Nous aurions dû gagner.

Dan haussa les épaules.

— Mais pas de blessures, c'est bon pour moi.

Il marqua une pause.

— Tu vas voir des joueuses aujourd'hui ?

Ella acquiesça. Tout d'abord, elle avait croisé deux jeunes défenseuses qui avaient été transférées de l'équipe réserve à l'équipe première. Ella avait travaillé un peu avec elles au cours des deux dernières semaines, mais aujourd'hui elles avaient planifié une séance d'une heure entière. Chaque fois qu'elle leur parlait, elles avaient l'air de lapins pris dans les phares.

Pour cette séance, elle les emmènera sur les terrains d'entraînement et discuterait avec elles tout en tapant dans un ballon. Elle avait demandé à Lucy si elle était d'accord, et la patronne s'était montrée favorable à l'idée. Ella avait hâte d'y être. Ensuite, elle avait prévu une séance avec Sloane. Tout son corps frémissait à cette idée. Cependant, elles étaient au travail, elles devaient donc rester professionnelles. Mais elles ne s'étaient pas non plus vues depuis cette nuit-là. Depuis ce baiser.

— Je vois Cleo et Wren.

Un sourire se dessina sur le visage de Dan.

— J'adore ces deux-là ! Bonne chance pour les faire parler, cependant.

Ella lui rendit son sourire.

— Merci. J'ai ma petite idée pour ça.

****

Ella avait les pieds sur une chaise en face et parcourait ses notes lorsque la porte de la salle de cinéma s'ouvrit.

Elle tourna la tête.

Sloane.

Son cœur se mit à osciller comme une boule de flipper solitaire dans sa poitrine. Elle prit une profonde inspiration et se leva. Elle était déterminée à rester professionnelle. Même si son souffle était déjà pris dans sa gorge.

— Bonjour, voisine.

L'accent américain de Sloane était plus fort aujourd'hui. Ou peut-être était-ce simplement la façon dont Ella le recevait. Il tournait autour de la salle comme un lasso, la rapprochant d'elle. Ella se leva et fit signe à Sloane de s'asseoir au premier rang. L'éclairage était exactement comme elle l'aimait pour ces séances : tamisé. Mais maintenant qu'elle y pensait, était-ce presque romantique ? Elle secoua la tête et chassa cette pensée. C'était ainsi qu'elle faisait toutes ses séances. Cela n'avait rien d'inhabituel. Mais que se passerait-il si quelqu'un entrait ?

C'est normal.

Ella prit une grande inspiration et sourit à Sloane d'un air de « je maîtrise la situation ». Elle montra son pied.

— Pas de botte. Progrès.

Sloane s'assit sur le siège le plus proche de celui d'Ella.

— Je te l'ai dit dans mon message, n'est-ce pas ? Dan estime que dans deux semaines, je pourrai à nouveau taper dans un ballon. Je peux déjà porter une chaussure maintenant, après quelques jours en chaussons. Les choses s'améliorent.

Elle soutint le regard d'Ella et lui adressa un sourire en coin.

Ella se racla la gorge et mélangea ses notes.

— C'est très bien. Tu es aussi de retour dans l'équipe maintenant ?

— Comment s'est passé ton week-end dans ta famille ?

Les lumières de la pièce s'assombrirent encore un peu plus. Ou peut-être était-ce juste dans la tête d'Ella.

— Tu as l'habitude de retourner les choses dans tous les sens, n'est-ce pas ? Nous ne sommes pas ici pour parler de moi. C'est de toi qu'il s'agit.

— J'ai compris.

Un sourire complice se dessina sur les lèvres de Sloane.

— Je t'ai vue sur le terrain d'entraînement avec Cleo et Wren. Tu as un bon pied droit.

Elle avait vu ça ? Le sang monta aux joues d'Ella. D'une certaine manière, ces séances étaient censées être privées. De plus, elle n'avait jamais voulu que son jeu soit au centre de l'attention. Cependant, elle ne pouvait pas nier qu'elle était satisfaite des éloges de Sloane.

— Merci. C'était juste pour changer, les détendre et les faire parler. Et ça a plutôt bien marché.

— Et tu as pu taper dans un ballon.

— Je l'ai fait. C'est agréable de fléchir à nouveau les mollets. Et mon genou a tenu le coup.

Ella tapota son stylo sur ses notes.

— Mais revenons à toi. Je sais que le pied guérit, ce qui est très bien. Comment va le reste ? Il n'y a plus de paparazzi qui te traquent pendant tes sorties au café ?

Sloane se redressa.

— Je suis désolée que tu aies été entraînée là-dedans.

Ella secoua la tête.

— Marina m'a montré, mais on pouvait à peine voir mon visage. En plus, on ne m'a jamais qualifiée de mystérieuse avant. Je pourrais m'y habituer.

— Je pense qu'ils ont fini par se lasser. Ils me relient toujours à Jess qui fait des crises de colère sur le parking d'Ikea, ce qui est ennuyeux. Mais à part ça, j'ai été un modèle de rééducation pendant ton absence. Je n'ai bu qu'un verre de vin au dîner samedi.

— Tu es allée dans un endroit sympa ?

Sloane était-elle allée dans un endroit agréable avec quelqu'un d'autre ? L'irritation remonta le long de sa colonne vertébrale et Ella se contrôla. Elle n'avait aucun droit sur Sloane. Pas encore. Mais si elle était sortie avec quelqu'un d'autre, elle pourrait être tentée de lui taper sur le pied.

Mais Sloane secoua la tête.

— Deliveroo et la finale de Strictly, même si je n'ai pas

regardé l'émission avant ça. La bouteille est toujours ouverte si tu as envie d'un verre plus tard.

Ella fut soulagée.

— Ce n'est probablement pas la meilleure chose à faire.

— Je pensais que c'était peut-être une occasion de voir où cela peut nous mener ?

Sloane accompagna ses paroles d'un froncement de sourcils interrogateur.

— Je ne veux rien faire qui puisse avoir un impact sur ton rétablissement. Tu dois te concentrer sur ton rétablissement pendant les vacances. Rien d'autre.

— Et si je pouvais faire les deux ? Je suis une vraie multitâche.

— Sloane.

La voix d'Ella contenait un avertissement. Elle espérait que Sloane le perçoive.

— Ella.

— Tu vois ce que je veux dire.

Sloane expira.

— Je sais exactement ce que tu veux dire. Mais tu m'as aidée de façon incommensurable avec cette blessure. Tu m'as aidée à rester positive, concentrée, distraite. Maintenant, je veux tourner une petite partie de mon attention vers toi. Sur nous. Sur les possibilités. Tout ce que je dis, c'est que je ne veux pas arrêter de passer du temps avec toi à cause de ce qui s'est passé. Je veux un équilibre dans ma vie. Je te veux dans ma vie.

Elle marqua une pause, puis se pencha en avant.

— Pas seulement dans cette pièce, d'ailleurs. Dans la vraie vie, en dehors de ce complexe.

Ella se mordit la lèvre. Elle pouvait voir un million de complications dans ce plan, mais elle savait aussi ce qu'elle ressentait quand elle était avec Sloane. Enthousiasmée. Éclairée. Comme si elle pouvait affronter le monde.

— Je te veux aussi dans ma vie.

— Si tu ne veux pas t'occuper de quoi que ce soit tant que je ne suis pas complètement remise de ma blessure, alors d'accord. Layla m'a demandé s'il se passait quelque chose l'autre jour, après avoir vu ces photos.

Ella ferma les yeux. C'était exactement la situation qu'elle essayait d'éviter.

— Tu vois où je veux en venir. Si nous commençons quelque chose, cela détourne l'attention de ton jeu. Je ne veux pas que tu gâches le peu de temps que tu as ici.

— Ella, écoute-moi.

— N'est-ce pas ce que je suis censée te dire ?

— Ce ne sont pas des circonstances normales.

Ella ne le savait que trop bien.

— Ce que je veux dire, c'est que je peux à la fois récupérer et t'embrasser.

Elle croisa le regard d'Ella.

Ella le sentait partout.

— Tu ne veux pas m'embrasser à nouveau ? N'y as-tu pas pensé depuis que c'est arrivé ? S'il te plaît, dis oui, sinon je pourrais commencer à douter de mes souvenirs et de mes capacités.

Un lent sourire se dessina sur le visage d'Ella.

— Bien sûr que oui.

Elle marqua une pause.

— Et oui, c'est vrai.

— Oui, c'est vrai ? sourit Sloane. Mes trois mots préférés de la langue anglaise.

Elle se détendit un peu sur son siège.

— Comment s'est passé ton week-end ?

Ella se balançait en regardant fixement. Elle était sous l'emprise de Sloane, et maintenant tout ce qu'elle voulait, c'était l'embrasser. Mais apparemment, Ella devait aussi discuter.

— C'était bien. C'était bien de voir ma famille.

Elle pouvait faire plusieurs choses à la fois, tout comme Sloane.

— Tu les verras à Noël ?

Elle secoua la tête.

— Dans ce cas, j'ai une proposition à te faire.

— N'est-ce pas ainsi que nous nous sommes retrouvées dans ce pétrin ?

— Il se trouve que j'aime ce désordre. J'aime le chaos. Je m'y épanouis.

Sloane marqua une pause.

— Voudrais-tu venir dans ma famille avec moi pour Noël ?

Elle leva la main.

— Avant que tu ne dises non, ou que ça ressemble à quelque chose qu'un couple ferait, j'aurais vraiment besoin de soutien. Ma cousine m'a invitée, mais si tu venais, je me sentirais beaucoup plus en sécurité. En plus, tu peux conduire, ce qui veut dire que je peux partir quand je veux.

La partie logique de son cerveau lui criait non. La partie romantique de son cerveau se pâmait à l'idée que Sloane l'invite à sortir le jour de Noël. Sloane Patterson réduisait Ella à l'état d'adolescente chaque fois qu'elle était en sa présence.

— Dis oui ! Je ne suis pas une grand fan du Nouvel An. Mais si tu es là à Noël, on pourrait le passer ensemble.

C'était logique.

— Je vais y réfléchir.

— Super. Tu viens au match plus tard ?

Salchester avait un match de Coupe d'Angleterre ce soir.

— Bien sûr.

— Super.

— Et, Sloane ?

— Oui ?

— J'aime bien que ce soit quelque chose qu'un couple puisse faire.

Les bords de la bouche de Sloane se retroussèrent.

— Moi aussi.

***

Ella n'avait en théorie aucune réticence à jouer au football pendant les nuits froides et humides de décembre. Oui, la première fois que le ballon vous frappe à la jambe, ça pique, mais on s'échauffe vite.

Mais assise en statique dans l'abri, c'est une autre paire de manches. Là, sur des chaises en plastique trop petites, sans protection contre le vent mordant, les pieds d'Ella étaient engourdis avant même la mi-temps. Elle était également engourdie par la performance réalisée jusqu'à présent, qu'elle considérait comme l'une des pires de la saison. Pas d'entrain, pas de rapidité, et un manque évident de combativité de la part de toutes les joueuses sur le terrain. Les Rovers étaient en pleine forme en championnat. Mais leur forme en coupe était sur le point de s'effondrer. Ella savait que Lucy voulait vraiment disputer la FA Cup cette année. Mais à 3-1 face à une équipe six places en dessous d'elles en championnat, elles n'avaient plus que 45 minutes pour renverser la vapeur.

Les joueuses étaient silencieuses, assises sur les minces bancs de bois qui bordaient les murs de briques blanches et froides du vestiaire des joueuses absentes. L'odeur de la terre humide et de la déception envahissait les voies respiratoires d'Ella. Elle se plaqua contre le mur, les bras croisés sur sa poitrine, une cheville sur l'autre. Lucy et Sloane furent les dernières à entrer, en pleine conversation. D'un geste inattendu, Lucy s'assit et Sloane frappa dans ses mains. Quelque chose hérissa l'échine d'Ella.

— D'accord, écoutez.

Sa voix était cassante, et Ella se pencha comme toutes les autres.

— Vous avez deux buts de retard. 3-1. La mi-temps n'a pas été très bonne. Mais on ne peut pas changer ça.

Sloane regarda le groupe lentement, une par une. Elle ne reprit la parole que lorsqu'elle fut sûre d'avoir l'attention de tout le monde.

— Le fait est que vous êtes meilleures que l'équipe adverse, mais vous ne jouez pas avec bravoure. Vous n'êtes pas les premières à jouer. Vous ne les défiez pas, vous ne gagnez pas les deuxièmes ballons, vous n'êtes pas rapides dans les transitions. Cela me tue de ne pas pouvoir courir et aider, mais ce serait mauvais pour moi et pour l'équipe pour le reste de la saison.

Sa petite plaisanterie détendit l'atmosphère. Mais Sloane n'en avait pas fini.

— Mais vous ne devriez pas avoir besoin de moi. Je ne suis qu'une personne. Je suis une joueuse d'équipe. L'équipe peut fonctionner sans moi, comme vous l'avez montré le mois dernier. Ne me laissez pas tomber maintenant. Quand je reviendrai dans quelques semaines, je veux jouer la FA Cup.

Nous sommes déjà éliminées de la Ligue des champions et je veux soulever un trophée avec vous cette saison. Je veux jouer à Wembley. La seule façon d'y parvenir ? Il faut que vous vous réveilliez toutes, que vous arrêtiez rêvasser ou d'attendre passivement un miracle, parce que ce que j'ai vu pendant la première mi-temps, ce n'était vraiment pas du football, et ça ne fonctionne pas. Jouez en équipe. Gagnez les batailles du milieu de terrain. Regardez vers l'avant, jouez avec passion. Vous vous souvenez de ce que je vous ai dit lors de ma séance personnelle ? Rien n'est facile. Il faut se battre pour obtenir ce que l'on veut. C'est la Coupe d'Angleterre. C'est l'histoire. C'est le dernier match avant Noël. Faites-le pour vous, faites-le pour moi, faites-le pour vos coéquipières, mais surtout, faites-le pour les supporters. Parce que vous savez quoi ? Il fait un froid de canard sur les lignes de touche. Ils pourraient être chez eux en train de regarder un de ces jolis films de Noël au lieu de se geler les fesses sur le terrain.

Elle frappa ses mains l'une contre l'autre.

— Vous êtes avec moi ?

Toute l'équipe répondit par un « oui » général.

— Je ne vous entends pas. Levez-vous !

Sloane attendit que tout le monde soit debout.

— Tout le monde dans le cercle, y compris le personnel de soutien. Même toi, Lucy !

Ella passa un bras autour de Dan et l'autre autour de Layla.

— J'ai dit, vous êtes avec moi ?

Cette fois, le rugissement était assourdissant. La houle est si forte qu'elle donne à Ella l'envie de chausser *ses* crampons, d'y aller et de faire la différence.

— Alors allez-y, marquez des buts, ne laissez pas entrer d'autres joueuses et remportez ce putain de match !

D'autres acclamations, puis les joueuses burent de l'eau, allèrent faire pipi et retournèrent sur le terrain en se tapant dans les mains. Sloane salua chacune d'entre elle à la porte lorsqu'elles défilèrent. Ella était la dernière à sortir.

Sloane leva la main.

— Tu ne t'en sortiras pas comme ça. Tope là !

Ella s'exécuta.

— Bon discours. Je devrais peut-être même penser à te donner une partie de mon salaire.

— Tu ferais bien de faire attention à tes fesses alors, répondit Sloane.

Ella s'approcha d'elle et lui fit un smack, rapide et grésillant.

— Tu ferais mieux de faire attention aux tiennes.

Puis elle lui serra les fesses et partit sur les chapeaux de roue.

Lorsqu'elle regarda par-dessus son épaule, Sloane la suivait du regard.

L'expression de son visage n'avait pas de prix.

* * *

L'équipe appliqua à la lettre les instructions de Sloane et s'imposa 4 à 3 à la fin du match. Layla avait marqué le but égalisateur, à la grande joie de ses parents qui étaient dans les tribunes. Lorsque Nat avait marqué le but de la victoire, les premières personnes qu'elle embrassa furent Sloane, Lucy et Ella, qui se tenaient en rang et jubilaient sur la ligne de touche.

— Je n'aurais pas pu le faire sans vous toutes, s'exclama-t-elle en s'accrochant fermement à Lucy à la fin.

— Vous êtes toutes les patronnes !

Nat était une vraie écossaise.

Lorsque le coup de sifflet final retentit, Ella était dans un état de choc. Était-ce les paroles de Sloane qui l'avaient tant bouleversée, ou y avait-il autre chose en jeu ? Elle n'en avait aucune idée. Mais cette équipe ne connaissait pas la défaite. Elles partageaient cette même détermination. Quand Sloane croisa son regard, un frisson d'électricité parcourut Ella. Quelle était cette connexion inexplicable entre elles ? Si inattendue, et pourtant si intense. Elle ne savait pas combien de temps elle pourrait lutter contre cette attirance, ni même si elle en avait vraiment envie. Chaque fois qu'elle regardait Sloane, elle voulait la connaître davantage. Elle voulait aussi la dévorer tout entière.

Quelques minutes plus tard, Sloane finit de discuter avec les parents de Layla et les serra dans ses bras, avant de se diriger vers Ella, les bras tendus. S'étreindre est quelque chose qu'elles font habituellement sans réfléchir. C'est donc ce qui fit Ella. Mais cette étreinte contenait bien plus que cela. Même si pour l'instant, elles étaient les seules à le savoir.

Quand Sloane se retira, leurs visages proches restèrent proches.

— Quelle deuxième mi-temps.

— Quel discours inspirant à la mi-temps.

— Ce n'était rien.

— C'était tout.

Tout comme cette vibration qui tourbillonnait autour d'elles. Ella ne pouvait pas l'éviter. Elle savait que Sloane ne le pouvait pas non plus. Elle recula, sachant que ce n'était pas le moment d'en parler. Elle essaya de stabiliser sa respiration, mais ce n'était pas facile.

— Au fait, la réponse est oui. Pour le jour de Noël. Ma tante est d'accord, à condition que j'aille la voir avant le Nouvel An.

Le sourire de Sloane faillit lui briser le visage. Avec son bonnet à pompon, elle avait l'air d'avoir 12 ans et d'avoir reçu le cadeau parfait.

— Vraiment, tu viens chez ma cousine avec moi ?

— Je ne peux pas te laisser attendre un taxi le jour de Noël, n'est-ce pas ?

— Tu ne le regrettera pas. Et merci.

Ella soutint son regard.

— De rien.

Elle marqua une pause.

— À une condition, cependant. Pas de gros cadeaux. Je n'ai pas le temps de faire les magasins. Si tu m'offres quelque chose, juste un petit cadeau. Promis ?

Sloane acquiesça.

— Promis juré.

Chapitre Vingt Et Un

Sloane remplaça sa literie par ses draps préférés en coton égyptien de 400 fils, ainsi que par sa housse de couette vert jade. Même si Ella ne revenait pas ce soir, elle aurait au moins des draps propres comme cadeau de Noël. Mais si elle revenait, Sloane voulait l'impressionner.

Elle avait aussi passé une demi-heure à changer de tenue et, en jetant un coup d'œil à son téléphone, elle devait se rendre chez Ella dans un quart d'heure. Elle devait prendre une décision. Un tailleur noir avec une chemise blanche pour un look classique, ou un pantalon beige à taille haute avec une chemise décontractée et un blazer ? Le tailleur était peut-être trop chic. Elle ne voulait pas arriver chez sa nouvelle famille trop habillée. Une tenue décontractée et élégante conviendrait mieux.

Une fois habillée, elle se regarda dans le miroir en hochant la tête. Elle espérait que sa tenue disait « amicale et accessible ». Faire bonne impression aujourd'hui était primordial. Sloane retoucha son maquillage, rajouta un peu de produit dans ses cheveux, puis attrapa les fleurs, le vin et le sac de cadeaux qu'elle avait soigneusement emballés. Elle remettrait son cadeau à Ella à leur retour.

Elle descendit l'ascenseur en faisant fléchir sa cheville

dans ses baskets blanches. Elle se sentait presque revenue à la normale maintenant. Pas encore assez pour taper dans un ballon, mais elle y arriverait. Rien que d'y penser, Sloane s'imaginait l'odeur de l'herbe fraîchement coupée et de la terre humide, perturbée par la frappe du ballon. Elle avait hâte de retourner sur le terrain. Bon sang, ça lui manquait tellement.

En pensant au football, elle pensa à Nat. Elle espérait que les choses se passaient bien avec sa famille. Nat en avait parlé à Sloane et Ella plusieurs fois au cours des deux derniers mois, et elle espérait qu'elles lui avaient donné suffisamment confiance en elle pour faire face à tout ce qui pourrait arriver. La vie peut être désagréable.

Elle arriva devant la porte d'Ella, prit une grande inspiration et frappa. Son cœur battait contre sa poitrine tandis qu'elle allongeait son cou et s'efforçait d'avoir l'air le plus cool et le plus festive possible. Si elle était rentrée chez elle, elle aurait été contrainte d'aller à l'église. Rien de tout cela ici. Encore un point à cocher pour le Royaume-Uni.

Une autre raison essentielle apparut lorsqu'Ella ouvrit sa porte d'entrée.

Sloane aspira une grande bouffée d'air.

— Tu as l'air…

Elle tenta de trouver le mot suivant, mais toute son attention fut absorbée par le traitement de la beauté d'Ella. La vie n'était vraiment pas méchante avec Sloane.

— Tu es magnifique, finit par préciser Sloane.

C'était la vérité, et elle ne regrettait pas de l'avoir dite. Le pantalon ajusté prune et la chemise blanche simple d'Ella étaient parfaits, tout comme sa veste grise pour couronner le tout. Les boutons de sa chemise étaient juste assez serrés pour qu'on les regarde. Sloane avait envie de tendre la main, d'en ouvrir deux et de lécher le décolleté d'Ella.

Elle cligna des yeux.

Elle ne devait pas penser à ça. Pas encore, en tout cas.

Cependant, les vêtements d'Ella n'étaient que l'enveloppe extérieure. Son visage rayonnait de quelque chose que Sloane n'arrivait pas à cerner. Ses boucles d'oreilles accrochaient la lumière, comme si Ella était une sorte d'ange envoyé par le ciel. Ses yeux brillaient, beaux et intenses.

Ils coupèrent le souffle de Sloane.

Ella parcourut le corps de Sloane du regard.

— Tu n'es pas mal non plus.

C'était la première fois depuis leur baiser qu'elles se trouvaient à proximité l'une de l'autre, pas au travail, juste toutes les deux. Ce qui les avait attirées l'une vers l'autre était toujours là. Ce magnétisme. Sloane devait se retenir pour ne pas entourer Ella de ses bras et la proclamer interdite à toutes les autres.

Ella brandit un sac de cadeaux.

— J'ai apporté du vin et des chocolats, j'ai pensé que c'était des cadeaux de Noël sûrs ?

— Je pense que c'est exactement ce que le Père Noël donne quand il ne sait pas trop quoi laisser, répondit Sloane. Malheureusement, il a oublié de visiter mon appartement ce matin.

Elle fit une moue triste à Ella.

— Nous devrons rectifier cela plus tard.

Les joues d'Ella prirent une couleur qui pourrait être décrite par un tableau de peinture comme du Bellini à la framboise. Elle secoua la tête.

— Je veux dire, j'ai un cadeau pour toi, mais je ne l'apporte pas. Tu l'auras plus tard.

Ses joues rosirent encore d'un ton. Peut-être un rouge volcanique.

— Le cadeau, je veux dire !

Elle secoua la tête.

— Je vais arrêter de parler maintenant. On prend l'ascenseur et on va passer Noël avec ta famille ?

***

Sloane ne savait pas trop à quoi s'attendre en passant Noël avec un groupe d'étrangers, mais les choses se révélèrent meilleures que tout ce qu'elle aurait pu imaginer. Dans sa vraie maison familiale de Detroit, il y avait trop de règles, trop de neige et beaucoup trop de dogmes religieux qui pesaient sur eux. Sloane n'a jamais pu s'intégrer, malgré tous ses efforts. Elle n'était pas la fille dont ses parents avaient rêvé. Et de son côté, Sloane s'était toujours appuyée sur la famille qu'elle avait trouvée plutôt que sur la chair et le sang. Maintenant qu'elle avait rencontré ce côté de sa famille, peut-être devrait-elle y repenser.

Dix minutes dans le cercle familial de Cathy et elle faisait déjà partie de la famille, tout comme Ella. C'était extraordinaire et tellement libérateur. Ici, elle pouvait être complètement elle-même : footballeuse, lesbienne, amatrice de café, convertie au Monster Munch. Et tout ce qu'elle voulait. Qui plus est, elle était même félicitée pour cela. Cette famille était accueillante et heureuse de la voir. Sloane n'avait jamais vécu cela auparavant. En aurait-il été de même avec ses arrière-grands-parents, Eliza et Robert ? Elle aimait à le penser. Une femme qui prétendait être un homme pour jouer au football connaissait bien les difficultés d'être un étranger. Chaque fois qu'elle pensait à Eliza, son cœur se gonflait.

Cathy s'agitait dans un haut scintillant et des pantoufles ornées de rennes, insistant pour que Sloane et Ella s'assoient au milieu de l'énorme canapé crème. À sa droite se dressait un sapin de Noël de deux mètres de haut, croulant sous les, sous lequel se trouvait une pile de cadeaux. L'air était chargé d'odeurs de viandes rôties et de toutes sortes d'accompagnements, et de joyeuses guirlandes dorées s'échappaient de la cheminée en briques rouges.

— Vous connaissez déjà mon fils Ryan, et voici sa petite amie, Hayley.

Sloane et Ella leur adressèrent un sourire chaleureux.

— Je suis une grande fan !

La queue de cheval blonde de Hayley s'était agitée pendant qu'elle parlait, son sourire était si large qu'il avait failli se détacher de son visage.

— Je n'arrive pas à croire que je vais passer Noël avec Sloane Patterson !

Elle se pencha sur Ryan, assis à côté de Sloane.

— Ne t'inquiète pas. Cathy m'a dit que je n'avais pas le droit de prendre des photos sans ta permission.

Elle afficha un sourire un peu plus large.

— Au fait, ce but que tu as marqué pour gagner le championnat à Los Angeles la saison dernière ? Je l'ai regardé des tonnes de fois. Ryan en a même marre d'essayer de rivaliser pour attirer mon attention à cause de ça !

À ses côtés, Ryan adressa un sourire timide à Sloane. Il semblait un peu plus impressionné maintenant qu'il savait vraiment qui elle était.

— C'était un beau but. Je l'ai regardé plusieurs fois depuis qu'on s'est rencontrés.

Il donna un coup de poing à Sloane.

Rich, le mari de Cathy, entra en apportant des verres d'eau.

— Vous êtes sûres de ne rien vouloir boire ? Ou est-ce que c'est mauvais pour les athlètes professionnels ? Ryan m'a dit qu'il était un athlète professionnel, mais qu'il se remettait normalement d'une blessure en buvant de la bière.

— Papa !

Les joues de Ryan s'empourprèrent.

— Je ne bois presque pas pendant la saison, c'est pourquoi j'attends avec impatience les vacances d'été, répondit Sloane. Il m'est arrivé de boire un verre à Noël, mais avec cette blessure, je m'en tiendrai à de l'eau, merci.

Elle reporta son attention sur Ryan.

— Comment se passe le reste de la saison ? J'espère que tu as eu plus de temps de jeu après ta commotion. Je vais vraiment essayer d'assister à un autre match une fois que tout sera rentré dans l'ordre et que mon emploi du temps me le permettra.

— Ça l'a ramené à la raison, n'est-ce pas ? dit Cathy en s'asseyant au bout du canapé. Il a été absent pendant quelques semaines, mais il est de retour. Il a marqué un beau but l'autre semaine.

Ryan bomba le torse.

— Apparemment, le nom des Patterson se perpétue aussi à travers moi. Même si je ne marquerai probablement jamais autant de buts que ma grand-tante Eliza ou que toi.

Sloane but une gorgée d'eau, toujours incapable d'assimiler la situation. D'une certaine manière, elle avait déjà l'impression de faire partie de cette famille depuis des années. Elle ne pouvait pas l'expliquer, mais la chaleur de la maison se répandait dans son corps. Sloane se raidit et essaya de ravaler ses émotions. Bon sang, elle ne pouvait pas pleurer. Elle était heureuse, mais ce n'est pas ce que les larmes diraient.

Quelques instants plus tard, la main d'Ella effleura son genou, lui donnant une petite pression. Juste pour montrer qu'elle était là pour elle. Cela donna à Sloane l'élan dont elle avait besoin. Elle prit une grande inspiration et adressa un large sourire à sa nouvelle famille.

— C'est à elle que je pense à chaque étape de mon rétablissement. Eliza Power et son incroyable palmarès. C'est pour elle que je veux revenir en pleine forme.

— En parlant de ton arrière-grand-mère.

Cathy se leva d'un bond et prit sous le sapin un cadeau carré, surmonté d'un nœud.

— C'est pour toi.

Son sourire chaleureux se figea sur son visage tandis qu'elle le tendait à Sloane.

— J'ai aussi des cadeaux pour vous.

Sloane posa son eau sur la table basse en bois et se leva.

Mais Cathy secoua la tête et lui tapota le bras.

— Ouvre d'abord le tien.

Le pouls de Sloane s'accéléra à la vue de cette instruction. Elle ne se souvenait que trop bien des cadeaux de Noël de sa famille d'enfance. Elle pouvait compter sur les doigts d'une main les fois où elle avait réussi à masquer sa déception en déballant une Bible. Mais si Cathy lui avait acheté une Bible, elle allait bien trouver un peu d'enthousiasme quelque part. Elle jeta un coup d'œil à Ella, qui lui fit un signe de tête encourageant.

Sous le regard de toute la salle, Sloane déchira le papier, révélant un simple livre blanc. Mais en retournant la couverture solide, elle a vu qu'il s'agissait d'un livre de photos. Assemblé par sa nouvelle famille. En tournant les pages, Sloane eut un *haut-le-cœur*, puis dut se retenir de pleurer. Elle porta une main à sa poitrine, puis leva les yeux vers Rich, Ryan et Hayley, et enfin Cathy.

— Je ne sais pas quoi dire.

Sloane tourna une autre page et contempla les images sépia de ses arrière-grands-parents jouant au football pour Kilminster United. Un bref historique de ses origines et de l'origine de son talent pour le football. C'était incroyable.

— J'ai pensé que ça te ferait plaisir, puisque tu es venue sur le terrain pour chercher des réponses. J'ai quelques réponses personnelles, mais j'ai fait quelques recherches dans les archives du club et j'ai rassemblé plus de 20 photos de tes arrière-grands-parents, avec l'aide de Barry. Il est rare d'avoir autant de photos de quelqu'un de l'époque, mais tu peux remercier le photographe du club qui était manifestement très diligent. Tu as de la chance.

Sloane secoua la tête.

— C'est vraiment le meilleur cadeau qui soit, dit-elle en relevant les yeux et en croisant le regard de Cathy. Merci.

Sa cousine était rayonnante.

— Il n'y a pas de quoi. Tu perpétue son héritage, et nous ne pourrions pas en être plus fiers.

Elle désigna le livre.

— Mais tourne-toi vers la page cinq. C'est la meilleure photo de ton arrière-grand-mère. Elle ressemblait vraiment à un homme, on comprend pourquoi elle s'en est tirée. Mais elle a su se débrouiller dans un monde d'hommes, dit Cathy en secouant la tête. Quelle femme !

— Si j'ai la moitié de son courage, je serai heureuse, répondit Sloane.

Un bip sonore provenant de la cuisine fit sursauter Cathy.

— C'est mon signal pour arroser. Je reviens dans un instant.

* * *

— Il se peut que je doive m'allonger et promettre de ne plus jamais manger après ce repas. Mon corps ne sait pas ce qui le frappe.

Ella se caressait le ventre en enclenchant sa ceinture de sécurité.

— Tu as été plus raisonnable que moi.

— Je dois penser à ma carrière et à ma guérison. Toi, tu peux te permettre une autre tarte.

Ella mit la voiture sur la route et commença à rouler jusqu'à leur immeuble.

— Ce n'était pas trop mal pour toi de partager la journée avec moi ?

Sloane tourna la tête vers Ella.

— J'apprécie vraiment. J'aurais pu me débrouiller seule, mais c'était bien mieux avec toi.

— C'était mieux que bien. Tu as une famille charmante.

Ella marqua une pause.

— Comment c'était, de partager ça avec eux ? Je sais que c'était probablement à mille lieues de ce à quoi tu es habituée chez toi.

Sloane secoua la tête, encore en train d'assimiler les dernières heures surprenantes et merveilleuses.

— C'était comme un Noël parfait, tu sais ? Ceux dont je rêvais quand j'étais petite. Je m'endormais toujours la veille de Noël, je fermais les yeux et j'espérais que lorsque je me réveillerais, j'aurais les cadeaux idéaux sous le sapin. Que nous nous mettrions tous ensemble, que nous jouerions à des jeux et que nous ferions des biscuits de Noël. Je n'ai jamais été aussi près du but. La famille, toi, le cadeau parfait. On a même joué au Monopoly. C'était plus que bouleversant.

Elles retournèrent à l'appartement de Sloane et Ella appela sa famille. Puis, sur l'insistance d'Ella, Sloane s'installa confortablement pendant qu'elle leur préparait un café. Elle sortit la crème du réfrigérateur et l'expression de gratitude sur le visage de Sloane lui fit vraiment plaisir.

Ella rit lorsqu'elle s'assit à côté d'elle sur le canapé.

— Tu es très facile à satisfaire, tu le sais ?

— Va dire ça à ma mère, s'il te plaît.

Le visage de Sloane s'est froissa.

— Désolée. Chaque fois que je parle à ma mère, je me rends compte que la tienne n'est pas là.

Elle secoua la tête.

— C'est vrai ce qu'on dit, les bons partent en premier.

Mais Ella secoua la tête.

— Ne t'inquiète pas. Je sais qu'elle est restée avec nous toute la journée. Elle ne manquerait pas un repas de Noël. Et pour ce que ça vaut, tu mérites d'avoir tous les Noëls que tu as toujours voulu, et même plus. Si tes parents ne t'apprécient pas pour ce que tu es, c'est de leur faute.

Le regard de Sloane s'attarda sur la clavicule d'Ella, le creux de son cou. Maintenant qu'elles n'étaient plus que toutes les deux, ces détails se précisaient à nouveau.

— Je le sais, crois-moi. J'ai la thérapie pour le prouver. Des années de thérapie. Mais cela ne m'empêchera jamais de souhaiter que les choses soient différentes, même si j'accepte la vie telle qu'elle est. Mes parents pensent que les femmes ne devraient pas jouer au football, que le fait d'être homosexuel est une maladie mentale. Ma nouvelle famille pense que j'ai le travail parfait, elle sait que je suis gay et elle n'a pas sourcillé. La distance qui les sépare est difficile à accepter.

Sloane s'assit sur le canapé.

— Mais je ne veux pas casser l'ambiance. Je ne m'attendais pas à tomber instantanément amoureuse de ma nouvelle famille, c'est bizarre.

Elle rit, puis brandit sa tasse de café.

— J'ai tellement de raisons d'être reconnaissante, et n'est-ce pas le but de Noël ? Je préfère me concentrer sur les aspects positifs. Cathy, Rich, Ryan et Hayley.

Elle tourna son regard vers Ella.

— Mais surtout, toi. Pour avoir passé Noël avec moi. Pour m'avoir conduite ces dernières semaines alors que j'étais inutile. Pour avoir été la meilleure amie et la meilleure voisine que cette Américaine solitaire aurait pu souhaiter. Pour avoir renoncé à ton Noël avec ta famille avec laquelle tu t'entends bien pour le passer avec moi.

— Ce n'était pas une décision difficile. Je ne pouvais pas te laisser triste et seule, n'est-ce pas ?

— Certaines personnes l'auraient fait.

— Ce ne sont pas elles qui ont passé les derniers mois à apprendre à connaître la personne spéciale que tu es.

— Je ne suis pas sûre d'être si spécial que ça.

Ella fixa Sloane de son regard brûlant. Elle se lécha la lèvre inférieure.

Sloane ne pouvait pas détacher ses yeux. Elle ne le voulait pas non plus.

Ella se pencha et prit la tasse de café de Sloane des mains. Elle la posa sur le sol, puis se rapprocha d'elle.

— Tu ne vois pas ce que je vois, voilà pourquoi.

Le rythme cardiaque de Sloane commença à augmenter comme si elle courait sur une colline. Mais elle n'avait pas l'impression de faire un effort. C'était une colline qu'elle était plus qu'heureuse de gravir. Une colline appelée Ella.

Les doigts d'Ella remontèrent le long du bras gauche de Sloane, passant sur son épaule et glissant sur son cou.

Elle ferma les yeux. Ce moment allait-il être celui auquel elle pensait sans cesse depuis qu'elles avaient partagé cet incroyable baiser, il y a une éternité ? Elle osait à peine y croire, mais sa conviction fut renforcée lorsque les lèvres d'Ella se posèrent sur son cou et l'embrassèrent délicatement.

Sloane en eut des fourmis dans les jambes.

— J'ai un cadeau pour toi. Je pourrais aller le chercher.

Les mots d'Ella étaient des vibrations chaudes sur sa peau.

Sloane voulait crier « Non ! », mais aucun son ne sortit de ses lèvres.

— Ou alors, je pourrais te donner un autre cadeau de fête. Un cadeau que j'ai économisé juste pour aujourd'hui.

Le sang gronda dans ses veines. C'était ça, ce qu'elle attendait. Pourtant, même si elle avait voulu que ce moment se produise depuis un moment, Sloane se trouva prise au dépourvu. Comme si Ella l'avait mise à nu, alors qu'elle portait encore tous ses vêtements. Mais la vulnérabilité lui allait bien. Ella l'avait dit. Sloane l'avait suffisamment pratiquée dans sa carrière, mais pas autant dans sa vie privée. Mais avec Ella, elle se sentait déjà en sécurité, être vulnérable ne serait pas difficile. C'était une chose importante. Surtout maintenant que les lèvres d'Ella étaient sur sa peau, et que ses mots étaient encore dans l'air. Elle voulait offrir à Sloane un cadeau de Noël qu'elle n'oublierait jamais. Sloane allait s'ouvrir et se préparer à recevoir.

Ella se retira, ses yeux sombres de désir. Elle était un portrait de beauté, ses cils étaient épais, son cou était le seul endroit où Sloane voulait poser ses lèvres. Elle avait pensé à ouvrir les boutons d'Ella plus tôt, mais maintenant elle le pouvait. La vie était une série de moments, de choix qui pouvaient tout faire basculer en une fraction de seconde. Comme au football. Elle décida de tenter sa chance. Cependant, lorsqu'elle bougea la main, Ella l'attrapa et serra ses doigts autour du poignet de Sloane.

Ooof.

Sloane ne devrait pas être aussi excitée qu'elle l'était, mais c'était plus fort qu'elle. Elle aimait les femmes qui prenaient les choses en main. Ses sens étaient en éveil.

— Nous n'en avons pas spécialement discuté, mais tu dois me faire confiance si tu veux que cela se produise.

Ella haussa un sourcil en direction de Sloane, sa voix était un grondement bas et alléchant, ses lèvres une invitation brûlante. Pour appuyer ses paroles, elle plaça une main sur le sein droit de Sloane et le pressa doucement.

Le désir coula le long du corps de Sloane. Ella avait toute son attention.

— Je ne suis pas dominatrice en temps normal, mais cette fois-ci, je prends les choses en main. Tu fais ce que je te dis, parce que je ne veux pas que tes blessures s'aggravent. C'est compris ?

En ce moment même, Sloane accepterait tout ce qu'Ella voudrait.

— Comme tu veux.

Ella lui tendit la main, s'arrêtant juste avant que leurs lèvres ne se touchent.

— Promis ?

Son souffle chaud chatouilla le visage de Sloane.

Sloane poussa un léger gémissement. Assez de taquineries.

— Embrasse-moi, Ella.

Un sourire complice se dessina sur le visage d'Ella alors qu'elle comblait l'écart entre elles et pressait ses lèvres contre la bouche de Sloane.

Le corps de Sloane bourdonnait d'excitation. C'était encore assez nouveau pour avoir un effet sismique. Ella avait un goût de sucre et d'épices, sucré et enivrant. Sloane poussa un grognement sourd en l'embrassant à son tour, la pression parfaite créant la tempête parfaite.

Les doigts d'Ella jouaient avec le mamelon de Sloane à travers son haut.

Le clito de Sloane se durcit à ce contact. Puis une main se glissa autour de sa taille et la rapprocha, et la langue d'Ella glissa sans effort dans sa bouche, en ressortit, puis revint.

Sloane était aux anges.

Joyeux Noël à elle.

En quelques instants, Ella ouvrit les boutons de la chemise de Sloane, repoussa le vêtement de coton et son soutien-gorge, puis lança à Sloane un regard sulfureux qui lui fit aspirer la plus grande bouffée d'air de sa vie. Ella passa sa langue sur sa lèvre supérieure, puis sur sa lèvre inférieure, avant de baisser la tête et d'aspirer le mamelon exposé de Sloane dans sa bouche.

Le cerveau de Sloane fut comme court-circuité. Les seins et les mamelons étaient son point faible. Les siens étaient beaucoup trop sensibles. Elle se cambra contre Ella avec un gémissement. Ella prit cet encouragement et glissa une main entre les jambes de Sloane, et appuya juste là où elle savait que Sloane le voulait.

Le corps de Sloane fut traversé de secousses.

Ella leva les yeux avec un sourire narquois, mais ne bougea pas sa bouche.

La chaleur s'accumula dans l'estomac de Sloane tandis que la langue d'Ella s'agitait avec magie. Elle aurait pu regarder cela pendant des heures. Bien qu'il y ait un risque qu'elle trépasse à mi-chemin. La langue d'Ella glissa de gauche à droite et Sloane gémit à nouveau.

Ella se détendit.

— On va dans la chambre ?

Sloane acquiesça sans dire un mot.

— Avance lentement, ordonna Ella, de sa voix d'acier doux.

Elles marchèrent prudemment jusqu'à la chambre, Ella posant une main bienveillante sur le dos de Sloane.

Une fois à l'intérieur, Ella débarrassa soigneusement Sloane de la plupart de ses vêtements. Pour chaque vêtement qui tombait par terre, elle appliquait ses lèvres sur la partie de la peau de Sloane qui venait d'être exposée. Son contact léger fit briller Sloane de mille feux. À l'extérieur des grandes fenêtres de sa chambre, le soir tombait et la ville frissonnait. À l'intérieur de son appartement, c'était tout le contraire. Sloane était peut-être nue à l'exception de sa culotte, mais les baisers d'Ella lui procuraient une chaleur tropicale.

Quand Ella la poussa doucement sur le lit, sa peau nue toucha la literie fraîche. Sloane était contente d'avoir fait cet effort. Ella attrapa deux coussins dans un fauteuil voisin et y appuya la cheville de Sloane. Sloane s'étourdit devant ce geste.

Quelques instants plus tard, lorsque le regard d'Ella parcourut son corps, le désir battit dans la poitrine de Sloane.

— Tu es si belle. Je n'en reviens pas de ton corps.

Les yeux d'Ella semblaient affamés.

— Quel belle gosse !

Ce genre de mots aurait normalement fait rougir Sloane, mais cette fois-ci, ce ne fut pas le cas. Elle se contenta de sourire à Ella et d'étirer un peu plus son corps.

— Ce serait encore plus parfait si tu étais nue aussi.

Les joues d'Ella se teintèrent de rouge.

— Je ne suis pas une athlète de classe mondiale, tu sais ?

— Cela ne veut pas dire que tu n'es pas parfaite. Je suis sûre que tu l'es.

Elle ne voulait pas qu'Ella se sente inadéquate. Elle était tout sauf cela.

Ella se tint au pied du lit, prit une profonde inspiration, fixa son attention sur Sloane, puis fit sauter les boutons de sa chemise.

Toujours aussi lentement, putain.

Un par un.

Tout en bougeant ses hanches à gauche, puis à droite.

Était-elle sur le point de faire un strip-tease ? Sloane n'avait pas besoin de se toucher pour savoir à quel point elle était mouillée. Ella était baignée par la faible lueur du lustre en verre et chrome de Sloane, et avec sa peau sans défaut, on aurait dit qu'elle était éclairée par les dieux eux-mêmes.

Ella détacha son soutien-gorge et le laissa tomber sur le sol, sans jamais quitter Sloane du regard. Elle passa ses paumes sur ses seins volumineux et Sloane pensa qu'elle allait s'évanouir d'un moment à l'autre.

Les joues d'Ella rougissent alors d'un rouge tomate et elle lâcha le regard de Sloane.

Sloane fronça les sourcils.

— Ça va ?

Ella plissa les yeux, puis acquiesça.

— J'allais me déshabiller pour toi, comme dans un club burlesque. Pour que ce soit moi qui doive bouger, et que tu puisses rester immobile.

Elle se passa la main dans la nuque.

Celle qui venait de lui frotter la poitrine.

Les seins que Sloane était en train de contempler.

— Seulement, je suis devenue toute timide.

Elle secoua la tête, leva les épaules et s'effondra sur le bord du lit, semblant vouloir être avalée tout entière.

Sloane souleva doucement sa jambe des coussins, puis déplaça ses fesses vers Ella. Elle embrassa son épaule tandis que les coussins tombaient sur le sol.

— Viens ici.

C'était une instruction, et Sloane n'était pas sûre qu'Ella s'y conformerait. Mais quand leurs yeux se croisèrent et que Sloane baissa la tête et répéta ses mots, Ella se rapprocha. Sloane soutint son regard.

— Je n'ai pas besoin d'un spectacle, Ella. J'ai juste besoin de toi.

Ces quatre derniers mots effacèrent toute la gêne d'Ella. Quelque chose derrière ses yeux s'enflamma alors qu'elle se penchait et couvrait la bouche de Sloane avec la sienne. La pression des lèvres Sloane en réponse indiquait qu'elle la voulait aussi. Plus que tout. Les baisers d'Ella ne faisaient pas que faire tourner l'esprit de Sloane. Ils la faisaient plonger dans une fusion luxueuse, mais une fusion dans laquelle Sloane se glissait volontairement. Ella était la première personne depuis très longtemps à lui faire ressentir cela.

Quelques instants plus tard, Ella se débarrassa de son pantalon et de sa culotte, et l'esprit de Sloane devint rigide. Ce n'était pas la seule partie d'elle à le faire. Cette partie était délicieusement brûlante. Elle pouvait être patiente. En quelque sorte. Elle s'étendit sur le lit et Ella la suivit. Elle s'allongea à côté de Sloane, leurs corps se touchant presque.

Presque.

Sloane tendit la main pour que cela se produise, mais Ella la repoussa d'un coup sec.

— C'est toujours moi qui commande.

Ella l'embrassa à nouveau, cette fois avec plus de pression, plus d'urgence. Ce faisant, elle glissa un bras nu autour de la taille de Sloane et une cuisse entre ses jambes.

Sloane s'écrasa contre Ella en guise de réponse.

À la façon dont Ella gémissait dans sa bouche, elle était sûre qu'elle avait senti à quel point elle était mouillée, même à travers ses sous-vêtements. Sloane le savait aussi.

Sloane embrassait Ella avec tout ce qu'elle avait. Elle voulait la sentir tout entière, se perdre dans le baiser. Leur premier baiser était venu avec une contrainte de temps. Celui-ci s'accompagnait d'une promesse de plus.

Après un flot ininterrompu de baisers cinq étoiles, Ella se retira. Elle remonta sa main le long de la jambe de Sloane, s'arrêta à sa hanche et tendit la main derrière elle pour serrer son derrière.

Des ondes de choc traversent son corps.

— Tu aimes qu'on te presse les fesses ?

Ella la poussa sur le dos et se mit à califourchon sur Sloane, ses cuisses nues s'enfonçant dans sa peau, rendant toute pensée cohérente difficile.

— Apparemment, oui.

Le cerveau de Sloane s'agitait et bourdonnait, tandis qu'Ella l'entourait, la prenait entre ses jambes et la pressait.

Les paupières de Sloane se refermèrent.

Ella recommença, avant de prendre son index et de le faire glisser des fesses de Sloane jusqu'à son clitoris. Elle s'arrêta quand elle fut arrivée là, et fit le tour du clito de Sloane à travers le tissu.

Elle essayait vraiment de la tuer. Mais elle le faisait d'une manière si lente, si douce et si sexy que Sloane ne pouvait pas résister. Au lieu de cela, elle pressa ses hanches contre la main d'Ella et laissa son esprit se vider. Elle n'en avait pas besoin pour autre chose que de diriger son sang vers son cœur. Ella y veillait.

Finalement, Ella se pencha et embrasa Sloane jusqu'à ce qu'elle ne sache plus où était le haut et où était le bas. Et même de savoir dans quel siècle elle se trouvait. Les doigts d'Ella parcouraient son corps tandis qu'elle s'enfonçait dans Sloane et suçait ses mamelons l'un après l'autre. Un son étranglé sortit de la bouche de Sloane, mais elle n'objecta pas. Au contraire. Ses entrailles atteignirent un niveau de fusion et elle s'enfonça dans le moment.

Lorsqu'Ella posa délicatement son corps sur elle, lui offrant la pression et l'intimité dont elle avait besoin, son esprit s'inclina davantage. Ce n'était pas le moment de penser. C'était le moment de ressentir. Une femme se frottait à elle et cela ne s'était pas produit depuis longtemps. Et pas n'importe quelle femme. C'était Ella. Architecte de ses rêves. L'embrasseuse de sa réalité. Sur le point de réaliser toutes ses pensées fantaisistes. Et il n'y avait pas de photographe à proximité pour l'immortaliser.

Quelques minutes plus tard, Ella était à genoux, mordillant le ventre de Sloane.

— Putain, j'adore les corps des athlètes.

Ella leva la tête.

— Le tien en particulier, bien sûr. Ventre plat. Des muscles durs.

Elle haussa un sourcil.

— Il y a de quoi rendre complètement fous les simples mortels que nous sommes.

— C'est la seule raison pour laquelle je le garde ainsi, réussit à dire Sloane.

Ella fit glisser le bout de ses doigts à l'intérieur des cuisses de Sloane, retira sa culotte avec ses dents — y a-t-il quelque chose de plus érotique ? — puis appuya le bout de ses doigts là où Sloane en avait le plus besoin.

— Tu me tues, grogna Sloane.

Elle rampa le long de Sloane comme un chat sauvage, les yeux brillants, puis porta sa bouche à l'oreille de Sloane.

— C'est l'idée, répondit-elle, tandis que sa langue sortait et caressait le lobe de Sloane. Quelques secondes plus tard, elle glissa deux doigts à l'intérieur et les pressa contre sa cuisse.

Sloane sursauta, tandis que des éclairs de désir la traversaient. Son corps se resserra tandis qu'Ella travaillait à un rythme lent, délibérément taquin. Elle jeta un coup d'œil vers le haut et perçut le besoin à l'état pur derrière les yeux d'Ella, ainsi que de la tendresse. Avec sa blessure, Ella se montrait prudente. Elle n'allait pas trop vite, veillait à ne pas se cogner la cheville. Mais tout le corps de Sloane était traversé de spasmes. C'était peine perdue.

La tendresse mêlée à la luxure était une combinaison intense. Les entrailles de Sloane se mirent à osciller. Son esprit s'emballait. Elle souleva ses hanches pour accueillir le délicieux mouvement d'Ella, et quand Ella trouva son point G, la tête de Sloane s'enfonça plus profondément dans son oreiller, le moment l'engloutissant tout entière.

Le désir l'envahit comme un train express. Elle était si près du but. Mais Ella n'allait pas rendre les choses aussi faciles. Elle introduisit son autre main et encercla le clito de Sloane, tout en maintenant le rythme avec ses doigts.

Sloane essaya de ralentir sa réaction, mais c'était sans espoir. Elle avait perdu le contrôle, et elle s'en fichait. Lorsqu'elle ouvrit les yeux pour regarder Ella, son regard marron était fixé sur elle. Elle évaluait ses besoins. Sloane ne pouvait pas parler, ne voulait pas le faire. Elle voulait juste qu'Ella continue ce qu'elle faisait, et qu'elle le fasse encore plus. Elle aimait chaque partie d'Ella en solo, et chaque partie d'elles ensemble. En quelques instants, les lèvres d'Ella se pressèrent contre les siennes. Elle fit glisser sa langue au-delà des lèvres de Sloane, et enroula ses doigts à l'intérieur pour que Sloane devienne folle. Cela fonctionnait comme un charme.

Sloane se sépara avec un gémissement bas et grondant alors qu'un plaisir lumineux la déchiquetait. Ses fesses se soulevèrent du lit alors qu'elle s'enfonçait dans Ella aussi profondément qu'elle le pouvait, et elle s'en fichait. De plus, elle le faisait avec un certain aplomb, son bon côté prenant tout son poids. Il n'y avait pas que les ventres plats qui étaient un avantage pour les athlètes qui sortaient ensemble. La force du tronc entrait aussi en ligne de compte. Mais son cœur tremblait tandis qu'Ella entrait et sortait lentement, la faisant tomber avant de la faire remonter.

Les fesses de Sloane retombèrent sur le matelas et son regard se fixa à nouveau sur celui d'Ella.

La respiration de Sloane s'arrêta. Elle ne détourna pas le regard.

Ella non plus.

— Je te sens si bien, murmura Ella en approchant ses lèvres de celles de Sloane. Tellement bien.

Le cœur de Sloane fit un bond, rapidement suivi par toutes les fibres de son être quand Ella soutint son regard, puis l'encercla une fois de plus avec le bout de ses doigts. Autour du clito durci de Sloane, puis de haut en bas, d'avant en arrière, jusqu'à ce que Sloane s'effondre sous le regard d'Ella.

Elle était au paradis. Ella était au paradis. Le jour de Noël était un paradis.

Elle savait déjà qu'elle n'en aurait jamais d'autre qui soit à la hauteur.

Chapitre Vingt-Deux

Ella se réveilla le lendemain matin au son de la pluie qui battait la fenêtre. Ses paupières se relâchèrent et elle se rendit compte de l'endroit où elle se trouvait. Il lui était arrivé, dans sa jeunesse, de se réveiller en se demandant où elle était. C'était juste après la mort de sa mère, lorsqu'elle s'était lancée dans un marathon de la baise, couchant avec toutes les femmes qui voulaient bien d'elle pendant quelques semaines, avant de sortir avec Reba. Cela n'avait pas duré, tout comme sa relation. Depuis cette séparation, elle vivait presque comme une nonne. C'est pourquoi Marina l'avait inscrite sur Honey Pot. Elle se sourit à elle-même. Peut-être que maintenant, ce n'était plus nécessaire.

Et puis, elle avait séduit Sloane hier. Parce que ne vous y trompez pas, c'est précisément ce qui s'est passé. Ella avait prévu d'attendre. Mais le pied de Sloane guérissait rapidement. Tant qu'elle n'y mettait pas de poids, il pouvait guérir pendant qu'Ella lui faisait l'amour. Et c'est ce qu'elle avait fait. Elle avait mis fin à sa longue période de sécheresse de façon spectaculaire.

Elle jeta un coup d'œil à Sloane. Elle était au lit avec la footballeuse internationale de l'année. La footballeuse de l'année avait les cheveux ébouriffés et était vraiment adorable. Elle était aussi très baisable.

Serait-ce un problème ? Peut-être, mais c'était aussi quelque chose qu'Ella ne pouvait même pas prétendre contrôler. Il y avait eu une attraction entre elles dès leur rencontre. C'était juste le point culminant de tout ce temps passé ensemble.

Cependant, elle ne pouvait pas prétendre qu'il n'y avait pas de problèmes. Elles travaillaient ensemble, mais heureusement, Ella ne s'occupait pas de l'aspect footballistique de l'entraînement (hors limites des relations), et elle n'avait pas son mot à dire dans le choix de l'équipe. Cela faisait la différence. Les relations entre kinésithérapeutes et stars du sport sont monnaie courante. Elle ne pensait pas que ce serait différent dans son rôle. Elles devraient être franches, mais elle ne s'attendait pas à ce que Lucy ne leur pose problème, tant qu'elles resteraient professionnelles. Ce qui était le cas au travail.

Le plus gros problème était que Sloane n'était peut-être pas là pour longtemps. De plus, c'était une star, alors qu'Ella était une personne très privée. La première personne avec qui elle couchait depuis toujours devait être célèbre, n'est-ce pas ? Elle ne pouvait pas rencontrer quelqu'un qui n'était pas dans le collimateur du public ? Mais le dynamisme et la passion de Sloane étaient ce qui faisait d'elle ce qu'elle était. Si elles se mettaient ensemble et commençaient à sortir ensemble — elle s'avançait beaucoup — comment cela fonctionnerait-il ? Comment le gérerait-elle ?

Elle se secoua. Une nuit ensemble, et elle anticipait déjà les problèmes. Elle avait besoin de se détendre. Se détendre. Vivre le moment présent et laisser venir ce qui devait arriver. On ne peut pas contrôler les autres ou l'univers. C'est ce qu'Ella répétait chaque jour à ses clients. Vous ne pouvez contrôler que votre réaction.

Cela ne rendait pas les choses plus faciles à gérer. Ce dont elle devait se souvenir, c'est qu'elle avait passé une nuit incroyable dans le lit de Sloane. Ce qui pourrait aussi conduire à d'autres nuits incroyables à venir. De plus, elle avait fait la liste de Noël idéale de Sloane. Elle devait se concentrer là-dessus.

Sloane remua et Ella regarda à gauche. Les cheveux de Sloane se dressaient dans tous les sens. Mais cela n'entamait en rien son charme. Elle était toujours aussi envoûtante, brillante. Une goutte lente et régulière de désir s'accumulait dans l'estomac d'Ella. Les multiples orgasmes qu'elle avait eus la nuit dernière avec les doigts et la langue de Sloane n'étaient pas suffisants. Loin de là.

— Bonjour.

La voix de Sloane avait effleuré l'air.

— Pourquoi me regardes-tu comme si tu voulais me caresser, me sauter dessus, ou les deux ?

— Parce que tu ressembles à un adorable chiot. Et puis, tu es plutôt sexy.

Sloane haussa les deux sourcils en souriant.

— Tu veux que je te lèche le visage ?

Ella fronça le nez.

— Je passe mon tour.

— Ailleurs ?

Le goutte-à-goutte du désir s'accéléra, tandis qu'Ella éclatait de rire. Elle se pencha pour embrasser Sloane.

Sloane lui rendit son baiser et l'euphorie déjà familière de Sloane se répandit dans ses veines.

Quelques instants plus tard, les mains de Sloane s'emmêlant dans ses cheveux, elle lui donna un dernier baiser meurtrier, puis sortit du lit.

— Aussi belle que tu sois, il y a quelque chose que je ne t'ai pas donné hier.

— Je crois que tu m'en as donné beaucoup.

Ella leva les bras au-dessus de sa tête en souriant à Sloane.

Elle était si belle et si sexy qu'elle avait du mal à croire qu'elle était dans son lit.

— C'est vrai, répondit Sloane en fouillant dans sa commode, mais j'ai été tellement distraite que je ne t'ai pas donné ton cadeau. Mauvais père Noël.

De dos, Ella admirait le physique parfaitement sculpté de Sloane. Ella se maintenait en forme, bien sûr, mais elle n'était pas une athlète professionnelle. Elle allait dévorer Sloane des yeux aussi longtemps qu'elle le pourrait.

Sloane se glissa vers le lit avec une boîte blanche emballée et s'assit sur les couvertures. Ella dut se concentrer sur le cadeau et non sur la magnifique forme nue de Sloane. Ce n'était pas facile.

— J'espère que ce n'est pas grand-chose. Nous étions d'accord, n'est-ce pas ?

Mais même en disant cela, Ella roula intérieurement des yeux. Elle parlait comme sa mère. Elle devait être plus gracieuse lorsqu'elle recevait des cadeaux.

— Ce n'est pas grand, dit Sloane. Il ne mesure que quelques centimètres de diamètre.

Ella souleva le couvercle de la boîte en carton. Sur un lit de satin blanc se trouvait un magnifique médaillon rond en argent sur lequel était gravée une boussole. Aux quatre points cardinaux se trouvaient quatre pierres brillantes. S'agissait-il de diamants ? Si c'était le cas, elle allait tuer Sloane. Les larmes piquèrent les yeux d'Ella. Sloane s'était souvenue. Le collier était très similaire à celui qu'Ella avait perdu. Celui que sa mère avait porté autour de son cou tous les jours de sa vie.

C'était sans aucun doute le cadeau le plus attentionné qu'on lui ait jamais offert. C'était aussi l'antithèse de « ne pas acheter grand-chose ». Mais peut-être que ce n'était pas important pour Sloane ? Peut-être qu'elle achetait des diamants pour chaque femme avec laquelle elle couchait. Pour Ella, c'était vraiment quelque chose d'important, dans tous les sens du terme.

— Ça te plaît?

Ella lève son regard vers Sloane.

— Je... commença-t-elle. Je ne sais pas vraiment quoi dire. C'est magnifique, et c'est parfait.

Elle toucha le pendentif du bout du doigt.

— Mais je ne t'ai pas offert quelque chose d'aussi important.

Son estomac se noua à la pensée de son cadeau. Son *petit* cadeau.

Sloane se rapprocha et embrassa son épaule.

— Je sais ce que nous avons dit, mais quand je l'ai vu dans la vitrine du bijoutier, je n'ai pas pu résister. Il me criait de l'acheter.

Elle se pencha et déposa un doux baiser sur les lèvres d'Ella.

— S'il te plaît, ne sois pas fâchée. Je te l'offre avec les meilleures intentions du monde.

Elle le savait. De plus, Ella ne pouvait pas être en colère contre Sloane trop longtemps. Pas quand ses lèvres étaient si douces et dégageaient une telle joie. Elle secoua la tête avec un sourire ironique.

— Je te remercie. Vraiment, j'adore. Je l'adore.

Finalement, Sloane sourit. Elle sortit le collier de la boîte et le brandit.

— Je peux te le mettre ?

Ella acquiesça. Elle se retourna, se sentant comme une princesse de Disney. Sloane ferma le collier, puis Ella se retourna.

— Ridiculement beau, tout comme toi.

C'en était trop pour Ella.

— Arrête de me regarder comme ça.

— Comme si tu étais la meilleure façon de commencer la matinée ?

Sloane lui prit le menton et embrassa ses lèvres.

— Je n'y peux rien si c'est le cas. Mais je vais préparer le café pendant que tu arrêtes de rougir de la façon la plus adorable qui soit. Rejoins-moi quand tu es prête.

Sloane enfila sa robe de chambre blanche, ornée de ses initiales en or. Elle tira sur le cordon, puis laissa tomber une autre robe sur le bord du lit.

— Pour toi.

Ella attendit que Sloane ait disparu, puis se glissa dans la salle de bains et se regarda dans le miroir. Elle n'était pas mal, mais ce n'était pas non plus une bombe. Pourtant, Sloane venait de l'embrasser avec émotion, alors c'était peut-être ce qu'elle recherchait. Elle venait également de lui offrir le cadeau le plus spectaculaire qui soit.

Ella avait l'intention de remplacer celui qu'elle avait perdu, mais elle était à court d'argent ces derniers mois. Sloane est intervenue. C'était pour Ella *et* sa mère. Elle regarda le collier dans le miroir, aimant la façon dont il scintillait lorsque les pierres accrochaient la lumière.

— Joyeux Noël, maman, dit-elle à son reflet, avant de serrer le pendentif contre elle.

Quelques respirations profondes, un signe de tête dans le miroir, et elle était prête. Il lui restait à offrir à Sloane son cadeau, tel qu'il était. Elle enfila sa robe de chambre et se dirigea vers la cuisine, où Sloane l'attendait. Ella attrapa son sac de cadeaux près de la porte d'entrée, puis l'apporta.

Sloane se tenait au comptoir, un bol de café à la main.

— Voici mon cadeau pour toi, dit Ella en lui tendant un sac beaucoup plus grand. Il est plus grand en taille, mais certainement pas en coût.

— Je suis sûre que c'est parfait, répondit Sloane en lui lançant un regard acéré.

— Ouvre-le et finissons-en.

Si elle devait mourir d'embarras, elle préférait que ce soit le plus tôt possible.

Sloane posa le sac sur son plan de travail, puis jeta un coup d'œil à l'intérieur. Lorsqu'elle vit ce qu'il contenait, elle se mit à rire. Elle sortit une boîte de 60 portions individuelles de demi-crèmes Lakeland long-life, la chose la plus proche de Half-and-Half que Salchester puisse fournir. Elle brandit le paquet comme s'il s'agissait de la Coupe d'Angleterre.

L'expression de pur plaisir sur son visage fit sourire Ella.

— Je ne peux même pas commencer à te dire…

Ella montra le sac de cadeaux.

— Il y en a un autre.

Sloane posa la boîte et sortit l'autre cadeau.

— Set de cuisson de biscuits de Noël.

Elle jeta un coup d'œil à Ella, mit une main sur sa poitrine et secoua la tête.

— Comment l'as-tu su ?

— Tu as dit plusieurs fois que tu n'avais jamais fait de biscuits de Noël, répondit-elle en haussant les épaules. Je me suis dit que tu avais du temps pour Noël. On pourrait peut-être le faire ensemble.

Sloane prit une profonde inspiration et ses yeux devinrent brillants. Puis elle prit un moment, se rassembla, avant de s'approcher d'Ella.

Puis elle se pencha en avant et l'embrassa avec une telle passion qu'Ella en eut le vertige.

Quand Sloane se retira et secoua la tête.

— Je t'ai peut-être acheté ton cadeau parfait, mais tu m'as acheté le mien.

Puis elle prit Ella dans ses bras et ajouta :

— Merci. J'adore.

Elle l'embrassa à nouveau.

— J'ai hâte de prendre mon café maintenant.

— De rien.

Ella tendit son collier.

— J'aime aussi le mien. Même si c'est trop.

Se tenir aussi près de Sloane mettait tous les poils de son corps au garde-à-vous. Lorsque Sloane leva son regard vers celui d'Ella, son clito se durcit également. Elle se mordit l'intérieur de la joue alors que les options pour le lendemain de Noël se rétrécissaient devant ses yeux. Sloane avait parlé d'un travail de rééducation aujourd'hui à la salle de sport. Mais pour l'instant, Ella ne pouvait pas voir plus loin que de prendre Sloane contre ce comptoir.

Cependant, elle ne voulait pas perturber Sloane. Elle l'avait déjà empêchée de dormir la moitié de la nuit. Mais cette sensation qu'elle avait quand elle était près d'elle ? Elle avait envie d'arracher toutes les coutures qu'elle portait (certes, pas beaucoup) et de la ravir. Ce n'était pas familier et c'était déconcertant. Ella n'était pas comme ça. Avait-elle été comme ça dans le passé ? Si c'était le cas, elle ne s'en souvenait pas.

Cette connexion.

Cette *attraction*.

Elle ne pouvait pas s'empêcher de fixer les lèvres de Sloane. Elle ne voulait pas avoir l'air pressante, et si Sloane voulait travailler à sa place, elle devait accepter.

Le simple fait d'être ici avec Sloane était suffisant.

— Il faut dix minutes pour préparer ce café. Il est lent et intense.

Mais pas si Sloane faisait des commentaires comme ça.

La chaleur s'empara du cœur d'Ella.

— Ça me rappelle quelque chose d'autre.

Sa langue glissa sur sa lèvre supérieure.

— Moi aussi. Les yeux saphir de Sloane s'illuminèrent.

Dans un mouvement qu'Ella n'avait pas vu venir, Sloane tira sur le cordon de sa robe de chambre jusqu'à ce qu'elle s'ouvre, et s'avança dans l'espace d'Ella. Puis elle prit la main d'Ella et la plaça sur le comptoir derrière elle, écarta les jambes d'Ella avec sa cuisse, puis glissa une main entre elles. Lorsqu'elle atteignit sa cible, Ella gémit et Sloane fit exactement la même chose.

— Tu es tellement mouillée.

La voix de Sloane était du pur sirop.

— C'est comme ça que je me suis endormie. C'est comme ça que je me réveille.

Ella n'avait aucune honte, car c'était la vérité pure et dure.

— Dix minutes, alors, ajouta Sloane. Peut-être neuf, maintenant.

Elle glissa deux doigts dans Ella et commença à la baiser. Rapidement.

Si vite qu'Ella n'eut pas le temps de réfléchir. Ou de respirer. Ou de se demander quoi que ce soit, à part le fait qu'elle ne voulait jamais que ce moment se termine. Qu'est-ce que Sloane avait dit à propos des souvenirs qui comptent ? Elle savait déjà que cet instantané de sa vie allait hanter son esprit pendant des jours.

Ella s'agrippa au comptoir derrière elle. Sloane ajouta un autre doigt et Ella poussa vers l'avant. Lorsque Sloane s'enfonça plus profondément, Ella rejeta la tête en arrière et poussa un cri. Les doigts de Sloane la remplissaient délicieusement. Ella avait du mal à se souvenir de son propre nom. Elle passa un bras autour du cou de Sloane.

— Ne t'arrête pas, murmura-t-elle dans un silence pesant.

Et puis, avant qu'elle ne puisse comprendre ce qui se passait, elle rougit de l'intérieur et commença à trembler sous l'effet de l'euphorie qui l'envahissait. Ella jouit sur place, debout, les doigts de Sloane enfouis en elle. Bon sang de bonsoir. Une belle salope.

Quelques instants plus tard, Sloane meurtrissait la bouche d'Ella avec ses lèvres, puis lui prenait le cul avec sa main libre.

— Tu es exceptionnelle, tu le sais ?

Ella ne pouvait pas répondre. Elle ne maîtrisait rien en ce moment, et surtout pas son discours. Puis Sloane mordilla le cou d'Ella, retira doucement ses doigts et s'agenouilla. Les paupières d'Ella s'ouvrirent.

— Ta cheville, dit-elle.

— C'est bon, répondit Sloane, tandis que le bout de ses doigts remontait le long des cuisses nues d'Ella.

Ella étendit ses jambes aussi loin qu'elle le pouvait, puis enfouit ses doigts dans les doux cheveux de Sloane. Pourquoi s'était-elle refusé ce genre de plaisir pendant si longtemps ? L'entêtement, mêlé à la pureté de l'esprit. Mais maintenant, les yeux fermés et les arcs-en-ciel dansant à l'arrière de ses paupières, elle s'y enfonçait comme une chef. Lorsque la langue de Sloane s'enfonça en elle, le moment se précisa. La poigne d'Ella sur les cheveux de Sloane se resserra, la poussant à continuer. Elle était sur le point de lâcher prise pour la deuxième fois, et Ella ne lâchait *jamais prise. De* nouvelles poussées de désir jaillirent en elle. Elle aspira une grande bouffée d'air, tandis qu'une odeur de café emplissait l'air.

La langue de Sloane tourbillonnait autour d'elle, envoyant un bonheur vertigineux dans toutes ses parties. Ella aimait la façon dont Sloane avait déchiffré son code en 24 heures. La nuit dernière, elle avait écouté ce qu'Ella voulait, et elle s'était souvenue de chaque détail. Chaque cercle sûr de sa langue indiquait qu'elle la comprenait. Quand Sloane appuya, Ella rugit.

Elle était contente d'avoir mis sa robe de chambre. L'accès y était facile. Elle avait été tout sauf cela ces dernières années. Mais avec son sourire facile et sa nature généreuse, Sloane avait débloqué quelque chose en elle. Maintenant, Ella voulait juste plus. Que chaque matin commence comme ça. Se réveiller heureuse, se diriger vers la cuisine, se faire royalement baiser sur le comptoir.

Tandis que la langue de Sloane opérait sa magie, son sang

se dirigeait vers le sud, là où il était le plus nécessaire. Lorsque Sloane glissa à nouveau ses doigts à l'intérieur, Ella répondit à chaque poussée par une de ses propres poussées, son cœur dansant dans sa poitrine.

Ella était perdue dans un horizon lointain lorsqu'un bip aigu brisa l'instant.

Qu'est-ce que c'était ? La chaleur monta en elle et ses paupières s'ouvrirent.

La langue de Sloane s'arrêta. Elle leva les yeux et rencontra le regard d'Ella. Sloane sourit.

— Si tu t'arrêtes maintenant, je vais te tuer, dit Ella avec une respiration sifflante.

Un sourire sulfureux envahit le visage de Sloane.

— Je ne suis pas si cruelle.

Ainsi, au rythme des bips de la machine à café, Sloane fit glisser sa langue vers le haut une fois de plus, et toucha à nouveau le jackpot d'Ella. Les sens d'Ella furent ébranlés et elle atteignit les sommets avec un gémissement sonore. Ses genoux fléchirent et son cerveau se liquéfia. Ella était tellement excitée qu'elle jouit à nouveau presque instantanément, avant de tendre la main et de repousser la tête de Sloane.

Sloane l'embrassa encore une fois délicatement, puis se leva avec précaution, s'approchant pour arrêter l'alarme de la machine à café. De retour à la hauteur d'Ella, elle embrassa à nouveau ses lèvres.

Ella se goûta sur les lèvres de Sloane, ce qui la rendit encore plus humide.

— Bravo d'avoir tenu malgré bip. Certaines personnes pourraient être rebutées par cela. Mais toi ? Tu es une professionnelle.

— Certains diraient que c'est facile, mais je suis d'accord avec ton évaluation.

Sloane rit.

Comme Ella aimait ce son. Le rire de Sloane était léger et doré, s'enroulant autour d'Ella, la remplissant. Sa vision était encore floue, mais elle se pencha en avant et embrassa les magnifiques lèvres rouges de Sloane.

— Tu me rends facile.

C'était bizarre. Elle se mit à faire des grimaces.

— Ignore tout ce que j'ai dis depuis les dix minutes qui ont suivi ton arrivée, s'il te plaît. Parfois, c'est très mal interprété.

Un autre baiser sur ses lèvres. Puis Sloane passa un doigt dans la chaleur liquide d'Ella.

Ella fondit sur le champ.

— Au contraire, je trouve que c'est très bien comme ça, répondit-elle.

Chapitre Vingt-Trois

Elles se retrouvèrent au comptoir le lendemain, mais cette fois-ci, elles attendirent que la machine émette un bip avant de faire l'amour. Sloane ne savait pas si c'était une amélioration ou non. Mais elle se contentait de la langue d'Ella dans sa bouche et de la main d'Ella sur sa fesse nue.

Par le passé, Sloane avait toujours considéré Noël comme une sorte de perturbation dans sa vie normale. Un désagrément qu'elle devait tolérer. Cette année, cependant, elle était ravie d'avoir deux jours entiers de congé. Et elle en faisait bon usage. En rencontrant sa famille perdue de vue depuis longtemps, et en s'assurant qu'Ella savait exactement ce qu'elle ressentait.

La machine à café émit un bip et Sloane retira à contrecœur ses lèvres de celles d'Ella.

— Je pourrais t'embrasser pour toujours.

Est-ce que ça sonnait faux ? Elle s'en fichait.

— Tu mourrais d'une carence en caféine. C'est très dangereux pour une femme comme toi.

Elle pressa ses lèvres vers l'endroit où elles voulaient le plus se trouver. Sur celles d'Ella. Puis elle glissa ses doigts dans la culotte d'Ella. Son esprit vacilla lorsqu'ils se connectèrent au clito d'Ella.

La sonnerie de la porte retentit.

Ella s'avança, et les doigts de Sloane s'enfoncèrent en elle.

Sloane croisa le regard d'Ella au moment où la sonnerie retentit. Elle enroula ses doigts à l'intérieur.

Ella laissa tomber sa tête sur l'épaule de Sloane.

— Tu es terrible.

— Tu es irrésistible.

La sonnerie retentit à nouveau. Sloane fit une pause.

— Merde.

Elle embrassa le côté du cou d'Ella.

— J'attends un colis de mon amie aux Etats-Unis, je vais donc devoir m'en occuper.

Sloane grimaça.

— Désolée.

Elle retira à contrecœur sa main d'Ella, embrassa ses lèvres, puis s'empressa de passer de l'eau sur sa main et de l'essuyer sur un torchon.

— Ne bouge pas.

Les yeux de Sloane évaluèrent Ella avec avidité.

— Tu es parfaite. Je veux revenir à la perfection.

Elle jeta un coup d'œil à la chemise trop grande qu'Ella portait et qui lui arrivait à mi-cuisse, ainsi qu'à ses jambes nues et toniques.

— Si tu as de la chance, je serais peut-être là.

Sloane ouvrit la porte en T-shirt et en short, mais ce n'était pas le livreur attendu. C'était plutôt Nat, vêtue d'un jean, de Nike impeccables et d'un sweat à capuche, ses courts cheveux bruns flottant devant ses yeux. Sloane ne l'avait pratiquement jamais vue en dehors de son survêtement. Elle avait l'air encore plus jeune, d'une certaine manière.

Sloane cligna deux fois des yeux avant de pouvoir sortir

un mot de sa bouche. Elle avait dit au revoir à Nat quatre jours plus tôt et ne l'avait pas attendue à Salchester avant le 29. C'était deux jours plus tôt.

Merde.

Il a dû se passer quelque chose avec la famille de Nat.

Mais c'était un mauvais moment à passer. La peur s'installa dans le corps de Sloane. Elle devait faire patienter Nat. Elle ne voulait pas que cela se sache avant même qu'elle et Ella ne sachent de quoi il s'agissait. Elles n'avaient parlé de rien. Elles étaient perdues dans leur bulle sexuelle.

Nat l'avait bel et bien faite sauter.

— C'est toi.

Mauvais début.

— Qu'est-ce que tu fais ici ?

— Mauvaise suite.

Elle était la pire personne au monde. Ella avait dit à Nat que sa porte était toujours ouverte, tout comme Sloane. Nat était là, acceptant son offre. Sloane n'avait juste pas précisé les moments où la porte serait moins ouverte.

Comme ce matin.

Nat fronça les sourcils, et Sloane était sûre que sa lèvre frémissait aussi.

Oui, Sloane avait pris un ticket direct pour l'enfer.

— J'étais sur le chemin du retour et je me suis arrêtée pour parler à Ella. Mais elle n'était pas là. Alors je me suis dit que j'allais voir si tu avais le temps de prendre un café. Mais ce n'est peut-être pas le bon moment ?

Son visage se crispa, mais elle essaya de se retenir. Cela dura au moins dix secondes.

— J'ai quitté Liverpool plus tôt, c'était un peu trop.

Les yeux de Nat se mirent à briller.

— Et j'ai pensé…

Elle secoua la tête.

— Je ne sais pas ce que j'ai pensé.

Pour éviter que Nat ne s'effondre sur le pas de la porte et que Sloane ne remporte le prix de la pire amie de l'année, elle passa un bras autour de son épaule et l'attira à l'intérieur.

— Ce que j'ai dit était vrai. Désolée, je ne m'attendais pas à te voir.

De toute évidence, elle pouvait mentir comme un arracheur de dents.

Mais cela ne changeait rien au fait qu'Ella était toujours dans sa cuisine, en culotte et en chemise longue, dans un état d'hébétude sexuelle.

Elle devait rester calme. Elle passa son bras dans celui de Nat pour contrôler sa vitesse et l'accompagna très lentement dans le couloir.

— Le café vient d'être préparé, tu as bien choisi ton moment, Nat !

Sloane avait crié ses mots, comme si elle jouait dans la pantomime locale. Apparemment, c'était un grand événement au Royaume-Uni. Elle avait vu des affiches dans toute la ville, et c'était complet.

Nat la regarda comme si elle était devenue folle.

Mais Sloane devait trouver un moyen de prévenir Ella. Ou peut-être aurait-elle dû faire attendre Nat à la porte d'entrée ? Trop tard, elle était là maintenant.

— Tu as fait une bonne pause ?

Elle faisait encore sa voix théâtrale.

Elle avait envie de se tirer une balle dans la tête.

Nat semblait encore plus confuse lorsque Sloane avait ralenti son rythme.

— Tout va bien ?

Nat fronça les sourcils.

— Je viens de te dire que je suis partie plus tôt que prévu parce que tout était nul.

Sloane résista à l'envie de se frapper la tête contre le cadre de la porte du salon. Elle devait passer par là, mais elle espérait qu'Ella avait entendu que Nat était là. Si elle était au comptoir, chemise défaite, à attendre Sloane, elles étaient toutes les deux sur le point de mourir d'une mort très lente.

À cette idée, Sloane retira son bras de Nat et se précipita dans l'espace de vie principal.

Ella se tenait devant la machine à café. Heureusement, sa chemise était complètement boutonnée, un torchon devant ses genoux. Ce qui ne fit que faire fondre Sloane un peu plus.

— Oh putain, je n'avais pas réalisé…

Nat laissa les mots en suspens en portant son regard de Sloane à Ella et vice-versa.

— …que tu avais de la compagnie, finit-elle par dire.

Puis elle se racla la gorge alors que ses joues prenaient la même couleur que celles d'Ella.

— C'est pour cela que tu n'as pas répondu à la porte quand j'ai essayé de te joindre la première fois, dit Nat à Ella. Parce que tu es là.

Elle grimaça.

— Putain, je devrais y aller.

Puis elle éclata en sanglots.

Ella laissa tomber le torchon, s'approcha et serra Nat dans ses bras.

— Ne sois pas stupide, tu n'es pas obligée de partir.

Nat s'enfonça dans l'étreinte, et Sloane s'émerveilla de voir à quel point Ella était devenue une confidente pour les jeunes joueuses. Elles lui faisaient toutes confiance de manière implicite. C'était tout un art.

Après quelques instants, Nat renifla et s'éloigna d'Ella, puis s'essuya le nez sur sa manche.

Ella s'était discrètement éloignée et lui apporta un mouchoir en papier.

Nat le prit avec un remerciement hâtif, puis se moucha correctement.

— Je suis désolée de vous avoir interrompues, je voulais juste parler à quelqu'un. Comme je l'ai dit, j'ai d'abord essayé ton appartement, Ella. Je ne savais pas pour vous deux.

— C'est parce qu'il n'y avait rien à dire jusqu'à il y a deux jours.

Nat fronça les sourcils, et Sloane ne savait pas si elle la croyait ou non. Pour l'instant, cela n'avait pas vraiment d'importance.

— Je vais juste…

Ella fit un signe de tête en direction de la chambre.

— Enfiler un jean pour que je ne me sente pas aussi mal habillée. Je reviens dans deux secondes.

Sloane s'avança et mit un bras sur l'épaule de Nat.

— On dirait que tu as eu une période mouvementée à la maison, dit-elle en faisant un signe de tête vers le canapé. Prends un siège, je vais nous faire du café et tu pourras parler à Ella quand elle reviendra.

Mais Nat repoussa ses épaules et secoua la tête.

— Je m'en vais. Je vais vous laisser un peu d'espace. Si

ça ne fait deux jours, je ne veux pas être la troisième roue du carrosse.

Sloane secoua la tête, mais Nat resta ferme.

— J'ai envie de discuter, mais je peux rentrer chez moi, déballer mes affaires, faire un peu d'exercice et revenir plus tard. Cela vous laissera un peu de temps. C'est mieux comme ça.

— Tu es sûre ? Je ne veux pas te mettre à la porte.

— Ça va, oui.

Un demi-sourire se dessina sur son visage.

— D'accord.

Mais il y avait une chose que Sloane voulait éclaircir avant que Nat ne parte.

— Puis-je te demander une faveur ? C'est tout nouveau, je ne sais pas ce que nous sommes l'une pour l'autre et je ne sais pas encore où ça va nous mener. J'apprécierais que tu gardes ça pour toi pour l'instant.

Elle ne voulait pas que l'équipe soit informée avant qu'elle ne soit prête.

Nat fit un signe de tête ferme à Sloane.

— Bien sûr, je suis une tombe.

Sloane suivit Nat dans le couloir jusqu'à la porte d'entrée.

— Va faire de la musculation et libérer tout cet excès d'énergie stocké en toi. Envois-moi un message quand tu seras prête et nous conviendrons d'une heure. Je suis là toute la journée.

Nat hocha la tête. Lorsque Sloane ouvrit la porte, un élan de culpabilité la transperça.

— Tu es sûre que ça va ? Tu ne veux pas rester pour le café ?

— Affirmatif. Cela m'a permis de ne plus y penser.

Elle fit une pause.

— Au fait, comment va ta cheville ?

— Mieux. Presque prête à reprendre du service.

Sloane ferma la porte, appuya sa paume contre elle et expira. Putain. Elle devrait peut-être appeler Lucy. Mais le 27 décembre ? Peut-être pas. De plus, Ella et elle devaient encore réfléchir à la direction à prendre. Ce qu'elles voulaient toutes les deux. Elle n'en avait aucune idée.

Des pas derrière elle la firent se retourner. C'était Ella, qui avait l'air comestible dans son pantalon prune et sa chemise blanche. Les mêmes vêtements qui traînaient sur le fauteuil de la chambre de Sloane depuis le jour de Noël où elle les avait enlevés. Depuis, Ella vivait dans les vêtements de Sloane, ou nue.

— C'était inattendu.

Sloane se dirigea vers Ella, mais s'arrêta lorsqu'elle arriva près d'elle. La bulle avait éclaté, et Ella avait dressé une barrière. L'énergie avait changé. Un frisson parcourut Sloane.

— Tu vas bien ?

Ella la regarda fixement, puis secoua la tête.

— Je n'ai pas beaucoup aimé ce que tu as dit à Nat.

La cheville de Sloane commença à palpiter.

— Qu'est-ce que j'ai dit ?

La façon dont les traits d'Ella s'étaient durcis montrait clairement que Sloane avait dit quelque chose de mal. Elle se creusa la tête, mais elle ne savait pas quoi faire.

— Que tu ne savais pas ce que nous étions l'une pour l'autre.

Sloane se mordilla l'intérieur de la joue.

— Je ne voulais pas dire ça comme ça. C'est juste que nous n'avons pas parlé de quoi que ce soit, n'est-ce pas ?

— Mais j'aurais préféré que tu me dises ça avant de le dire à Nat.

Elle marqua une pause.

— Tu comptais me le dire avant ou après de m'avoir baisée à nouveau ?

Sloane avala un gros morceau de réalité.

— Ce n'est pas ce que je voulais dire.

Elle posa ses mains sur les bras d'Ella.

— Tu n'as pas besoin de partir tout de suite. Reste. Prends un café. Parlons-en maintenant.

Mais Ella secoua la tête.

— Je dois aller faire mes valises pour aller rendre visite à ma famille de toute façon. Je pars demain. Je dois reprendre ma vie. Je ne peux pas rester ici et faire l'amour avec toi pour toujours.

Sloane aspira l'air de ses poumons. Elle tira Ella vers elle. Cette fois, sa résistance était un peu moins forte.

— Va faire tes valises, et je parlerai à Nat plus tard. Mais on se verra après ça ? S'il te plaît ?

— Je te le ferai savoir.

Elle se pencha en avant et déposa un baiser sur les lèvres de Sloane. Puis un autre. Puis un autre.

Toutes les parties de Sloane se mirent à applaudir.

— Le problème avec toi, c'est que tu es très difficile à quitter, même quand je suis en colère contre toi.

Un dernier baiser avant qu'Ella ne se retire.

— Mais pour l'instant, il est temps de retourner dans le monde réel.

Chapitre Vingt-Quatre

Ella fit entrer sa voiture dans le cimetière, puis alluma le chauffage. Le pare-brise s'était soudainement givré, et elle avait presque peur de sortir de peur de se perdre dans le brouillard qui s'était installé. Au fur et à mesure qu'elle roulait vers le nord et l'ouest, le temps s'était nettement dégradé. Ayant grandi ici, elle aurait dû y être habituée, mais elle était toujours prise au dépourvu. Elle était devenue une citadine, vivant dans le centre de Salchester. Elle oubliait facilement ce que c'était que de vivre sur la côte nord. Malgré tout, le fait de franchir le panneau qui lui indiquait qu'elle se trouvait à Midcombe la faisait toujours sourire. Où qu'elle aille dans le monde, c'est ici qu'elle sera toujours chez elle. Là où vivaient son oncle et sa tante. Là où sa mère était enterrée. Elle s'engagea sur la route du cimetière et coupa le moteur à l'approche de sa destination.

La tombe de sa mère était bien entretenue, comme Ella le savait. Sa tante Ursula apportait de nouvelles fleurs chaque semaine, et Marina veillait à ce que la tombe soit la plus soignée du cimetière. Ella ne disait pas qu'elle était compétitive, mais s'il y avait un prix pour la tombe la mieux entretenue, Marina allait le gagner. Elle s'agenouilla et essuya la pierre tombale en marbre, le froid s'infiltrant à travers ses gants thermiques.

Sa mère avait adoré ce temps. Rien ne lui plaisait plus que le gel et la neige. Noël était sa période préférée de l'année. Ella s'était juré de continuer à l'aimer après la mort de sa mère, et de ne pas laisser sa mort la gâcher. Elle y était presque parvenue, grâce à l'aide de sa famille. Elle déposa son bouquet de roses au pied de la tombe, puis ferma les yeux et respira profondément, comme sa mère lui avait toujours dit de le faire.

— Si les choses te dépassent, ferme les yeux, respire profondément et compte jusqu'à dix. Tu y verras toujours plus clair lorsque tu les rouvriras.

Ella s'exécuta. Cependant, lorsqu'elle les rouvrit, elle n'était pas sûre que cela ait fonctionné. Elle avait passé les deux derniers jours au lit avec la meilleure attaquante du monde, quelqu'un avec qui elle ne devrait vraiment pas coucher. Pourtant, il lui avait semblé que c'était presque inévitable depuis le moment où elles s'étaient rencontrées. Quand elles s'embrassèrent, elle n'avait pas été surprise. Mais la réponse de Sloane à Nat avait été un signal d'alarme. Elle ne couchait pas avec n'importe qui. Elle couchait avec quelqu'un d'important pour son travail.

Peut-être pourrait-elle dire à Lucy qu'elle faisait cela pour motiver davantage Sloane, pour la rendre heureuse afin qu'elle puisse continuer à marquer des buts pour les Rovers ? Elle sourit à cette idée. Lucy n'était pas stupide. Elle avait côtoyé suffisamment d'équipes de football pour savoir que les relations étaient monnaie courante.

Mais Ella n'avait jamais couché avec une athlète. Jusqu'à présent.

Elle expira longuement et serra fort la pierre tombale de sa mère.

— Joyeux Noël, maman. Je suis un peu en retard, mais je

ne suis venue que ce matin. Arrives-tu à croire que je n'ai pas mangé de fromage du tout pendant les fêtes de fin d'année ?

En fait, c'est peut-être la seule où elle a perdu du poids, à force de manger très peu et de brûler des calories de la meilleure façon possible. Cette pensée la fit sourire. Mais même si sa mère n'était plus là, elle n'allait pas partager cette information. Elle est peut-être morte, mais elles étaient toujours mère et fille.

— Je suis également dans un dilemme. J'ai rencontré quelqu'un. Je l'aime beaucoup. Elle est gentille, attentionnée, fantastique dans ce qu'elle fait, et je sais que tu l'aimerais.

C'était toujours le pire dans ce genre de situation. Que sa mère ne puisse jamais rencontrer la personne qui comptait pour elle.

C'est indéniable.

Sloane représentait déjà beaucoup.

— Quel est le problème alors, me dirais-tu ? Nous venons de mondes très différents, et je ne sais pas comment cela va fonctionner. Elle est riche, et je sais que tu n'as jamais fait confiance aux gens qui ont de l'argent.

Ella pressa le devant de son manteau et sentit le collier contre sa peau nue.

— Mais surtout, elle partira probablement à la fin de la saison. Ce n'est peut-être même pas elle qui choisira de rester. Mais je *dois* rester. J'ai travaillé toute ma carrière pour un travail comme celui-ci. Je l'aime tellement. Mais est-ce que je rends les choses plus difficiles en m'impliquant avec Sloane ?

Mais même en disant cela, elle savait que c'était inutile. Elle était déjà impliquée avec Sloane, qu'elle le veuille ou non. Elle était tombée amoureuse d'elle bien avant qu'elles ne couchent ensemble. Quand elles étaient allées voir Kilminster United.

Quand Sloane l'avait relookée. Quand Ella l'avait empêchée de s'écraser dans la circulation en sens inverse. Quand elles avaient partagé des couchers de soleil.

Peu importe ce que sa mère pensait, ou ce qu'Ella pensait. Elle était déjà dans le pétrin, parce qu'elle avait déjà des sentiments pour Sloane jusqu'à la taille.

Oui, elle pourrait partir dans six mois.

Oui, elle ne savait pas exactement ce qu'elle ressentait pour elle.

Mais maintenant qu'elle en avait parlé à sa mère, Ella savait exactement ce qu'elle ressentait pour Sloane.

Elle était amoureuse pour la première fois depuis une éternité.

Ce fait ne fait que compliquer doublement les choses.

Merde.

Chapitre Vingt-Cinq

— Tu as aimé mon cadeau ?

Layla s'assit en face de Sloane à la cantine, un sourire aux lèvres.

— N'était-il pas parfait ?

Sloane rit.

— C'était tout à fait ça. Un an d'abonnement à un délicieux café, livré tous les mois. Parfait pour moi. Est-ce que ça veut dire que je dois rester ici un an de plus ?

C'est la première pensée qui avait traversé l'esprit de Sloane lorsqu'elle l'avait ouvert. Son contrat se terminait en juin. Le contrat de ce café se terminait en décembre prochain. Layla savait-elle quelque chose qu'elle ignorait ?

Elles parlèrent de leurs Noëls, Layla décrivant le sien comme « mouvementé mais fabuleux ». C'était la première fois qu'elle avait des enfants et de la famille chez elle, Sloane pouvait l'imaginer.

— Comment c'était de ton côté ?

Layla prit une bouchée de nouilles au poulet.

— Pareil. Un noël bien rempli, et un peu fou.

Sloane respira. Ce n'était pas aussi facile qu'elle le pensait. Elle devait encore penser à la réaction d'Ella. Ce qu'elle ressentirait. Mais elle devait parler à quelqu'un.

— Nous avons rencontré ma famille perdue de vue depuis longtemps, alors nous avons eu un Noël en famille aussi.

— Nous ?

Sloane se lécha les lèvres. Le mot était sorti sans même qu'elle y pense. Étaient-elles un « nous » ? Elle n'en avait aucune idée. Elle acquiesça.

— Moi et Ella. Elle a proposé de conduire et est venue pour le soutien moral.

Layla termina sa bouchée.

— Ah bon ?

Elle sourit, posa sa fourchette, puis se pencha plus près de Sloane.

— Je connais ce regard sur ton visage, Sloane Patterson. Je me souviens quand Jess et toi vous êtes mises ensemble, les regards subtils, les sourires sournois. Ella n'est même pas là et tu le fais. Y a-t-il quelque chose d'autre que tu veux me dire ?

Sloane était apaisée par la familiarité de leur longue amitié. Layla la connaissait.

— Il ne s'est rien passé avant le jour de Noël.

Elle fit une pause.

— Mais les choses ont changé quand nous sommes rentrées à la maison, et elle n'est pas partie jusqu'à ce que Nat nous surprenne le 27.

Sloane grimaça à la dernière partie.

Les sourcils de Layla s'élevèrent jusqu'au plafond.

— Vous surprenne ? Qu'est-ce que ça veut dire, bordel ?

Sloane fit un geste de la main pour dire à Layla de se calmer.

— Tu ne veux pas le crier encore plus fort ?

Layla jeta un coup d'œil à la cantine. Elle n'était qu'à moitié pleine, certains joueurs et membres du personnel ayant bénéficié de congés supplémentaires s'ils en avaient fait la demande. Personne dans l'espace n'y avait prêté attention.

— Cela signifie, poursuivit Sloane dans un murmure, qu'elle est entrée et a vu qu'Ella était là très tôt. En petite tenue.

— Pauvre Ella.

Layla se rassit et secoua la tête.

— Tu ne facilites jamais les choses, n'est-ce pas ? Tu pêches toujours dans l'étang le plus proche.

— Ce n'était pas intentionnel.

Ça ne l'était pas. Mais on ne peut pas s'empêcher de tomber amoureux de quelqu'un. Sloane était-elle tombée amoureuse d'Ella ? Si elle n'en était pas sûre avant, c'était certainement le cas maintenant.

— Tu te tapes la coach de performance. Je suppose que cela signifie que ta santé mentale est au top.

— Loin de là.

Sloane passa ses doigts dans ses cheveux. Ils étaient doux ; elle avait oublié d'apporter sa cire aujourd'hui. Son esprit était clairement tourné vers d'autres choses.

— Je suis un peu perdue.

— Est-elle là aujourd'hui ?

Sloane secoua la tête.

— Elle est allée voir sa famille. C'était quelque chose qu'elle avait l'intention de faire. Mais cela a laissé plus de questions que de réponses. Nous avons passé deux jours extraordinaires, mais que se passe-t-il maintenant ?

Layla mangea la dernière partie de son repas, puis repoussa son assiette.

— Que veux-tu qu'il se passe maintenant ?

— Je veux que nous sortions ensemble. Mais je ne sais pas ce qu'elle veut. Nous n'avons pas beaucoup parlé et elle a dû partir.

Ce n'était pas mieux quand elle le disait à voix haute.

— Nous nous aimons bien, je le sais. Nous avons passé un très bon Noël ensemble.

Elle prononça ces derniers mots avec beaucoup plus d'assurance, car elle savait au fond d'elle-même qu'ils étaient corrects. Elle ne savait pas ce qu'Ella voulait pour l'avenir. Elle ne savait pas non plus ce qu'elle voulait. Mais elle était sûre que dans le présent, quand elles étaient toutes les deux, c'était magique.

Son amie haussa un sourcil.

— Je suis heureuse d'être mariée.

Elle posa une main sur le bras de Sloane.

— Mais cela pourrait être une bonne chose. Ella est plus équilibrée que Jess. Plus que ta précédente petite amie, aussi.

Sloane plissa un œil.

— Tu en sais trop sur moi.

— Beaucoup trop, acquiesça Layla avec un sourire. Mais je te vois bien travailler. Dis-le à Lucy, et si tu arrives à faire la distinction avec travail, pourquoi pas ?

— Et si je tombe amoureuse d'elle et que je dois partir ? Cette année devait me permettre de mettre de la distance entre Jess et moi, et entre moi et ma famille. Il s'agissait de découvrir qui je suis vraiment. De montrer que je peux réussir dans un autre pays. Mais je n'ai jamais eu l'intention de rester.

Elle avait déjà beaucoup trop de sentiments lorsqu'il s'agissait d'Ella. Ils étaient tous teintés d'or et de désir.

Pourraient-ils se transformer en amour ? Elle chassa cette pensée de son esprit.

— La vie, c'est ce qui arrive pendant qu'on fait d'autres projets.

Layla se rassit.

— Ma femme m'a dit ça quand j'ai paniqué après qu'elle soit tombée enceinte dès notre première tentative. Je ne pensais pas être prête. Je ne pensais pas pouvoir faire face. Mais je l'ai fait. Quand quelque chose est bon, tu t'efforces de faire en sorte que ta vie s'y adapte, dit-Elle en haussant les épaules. Est-ce que tu te sens bien quand tu t'imagines avec Ella ?

Des paillettes liquides coulaient dans les veines de Sloane. Elle imaginait Ella, allongée dans son lit, lumineuse comme toujours.

— Plus que de raison.

— Alors, accroche-toi et fonce.

* * *

Sloane prit un taxi pour rentrer de l'entraînement, puis alla se promener le long du canal tout proche, même s'il faisait un froid glacial. Elle apprenait de plus en plus d'argot britannique chaque jour, et elle devait admettre qu'elle avait un certain penchant pour cette langue.

Il avait neigé ces deux derniers jours, mais les chemins avoisinants étaient tous dégagés et sablés. Elle était très prudente, comme il se doit pour une personne en rééducation. C'était génial d'être de retour sur le terrain d'entraînement, à faire ce qu'elle faisait le mieux. Peut-être pas encore en marquant des buts, mais au moins en tapant dans un ballon.

Elle enfonça son bonnet de laine verte aussi bas que possible, sans se boucher la vue, et frissonna en marchant. Les canards sur l'eau regardaient son chapeau avec envie.

Son téléphone vibra dans sa poche. Quand elle vit de qui provenait le message, elle fronça les sourcils. Un message de Jess. Qu'est-ce qu'elle voulait ?

Juste pour que tu saches, Brit et moi 'est fini. Je voulais te le dire avant que les médias ne le fassent. Je sais que notre liaison nous a séparées, et j'ai toujours des regrets à ce sujet. Je serai de retour au Royaume-Uni pour le camp d'Angleterre. Je n'aurais jamais dû te laisser partir et je sais que j'ai peut-tout gâché. Mais j'aimerais te voir, quoi qu'il en soit. Au fait, j'ai trouvé la bague que tu aimais. Celle en argent avec la pierre en onyx noir ? Tu te souviens de celle que tu croyais avoir perdue ? Je l'ai trouvée dans une des poches de ma vieille veste. Je peux te la donner quand je te verrai, ou je peux te l'envoyer par la poste.

Elle avait signé avec trois cœurs et un seul baiser.

Sloane voulait jeter son téléphone à l'eau, mais cela ne profiterait à personne. Jess avait du culot de revenir vers elle après tout ce qui s'était passé. Mais c'était Jess. Elle se lassait facilement, mais demandait toujours des deuxièmes chances. C'est ce qui s'était passé lorsqu'elle était passée de l'apprentissage de la guitare à celui de la batterie, et vice-versa. Dans ce scénario, Sloane était la guitare et Brit la batterie. Elle voulait jouer un autre morceau. Mais Sloane n'allait pas se laisser faire, surtout pas par Jess. De plus, la façon dont elle se servait de la bague à la fin ? Elle savait que Sloane aimait cette bague. Que cela l'appâterait. Elle lui donnait envie de crier.

Sloane envoya rapidement un message à Jess pour lui demander de l'envoyer par la poste et lui rappela l'adresse. Elle hésita un instant, le doigt sur le bouton d'envoi. Jess ne l'enverrait probablement pas par la poste, elle garderait probablement la bague en otage pour un rendez-vous. Sloane serra les dents et appuya sur le bouton d'envoi.

Elle fixait le message envoyé au moment où son téléphone s'alluma avec un autre message.

Cette fois, c'était de la part de quelqu'un qu'elle voulait entendre. Ella.

Je pense à toi. Je vais rester ici pour le Nouvel An car ma tante a réussi à me convaincre, et aussi parce que la neige et le brouillard sont dangereux pour la conduite. Je te verrai à mon retour. Ne marche pas sur les chemins verglacés. J'ai hâte de te voir.

Elle avait terminé par un simple baiser.

Sloane était très contente de ne pas avoir jeté son téléphone dans le canal. Elle voulait vraiment qu'Ella fasse partie de sa vie, même si elle devait attendre pour le lui dire.

Jess était son passé.

Ella pourrait être son avenir.

Chapitre Vingt-Six

C'était la première semaine de janvier, la première fois qu'Ella revenait au travail depuis sa visite prolongée à sa famille. Elle avait passé un bon moment, mais elle se sentait toujours mal à l'aise lorsqu'elle partait. Cependant, elle s'était sentie tout aussi coupable de quitter Sloane alors qu'elles venaient juste de commencer leur relation.

Elles n'avaient pas parlé de projets pour le Nouvel An, mais elle l'avait passé avec sa tante, comme l'aurait fait sa mère. Elle avait envoyé un message à Sloane, mais les messages avaient été froids. Comme si aucune d'elle n'était vraiment sûres de savoir comment jouer la prochaine passe. Ella n'en avait aucune idée. Tout ce qu'elle avait réalisé au cours de son absence n'avait fait que l'embrouiller davantage. Compte tenu de son travail, elle devrait vraiment être meilleure dans ce domaine.

Ella jeta un coup d'œil par la fenêtre de son bureau, mais n'aperçut que le haut de deux têtes qui passaient. Elle savait que Sloane était là aujourd'hui, car elle lui avait envoyé un message plus tôt. La journée d'Ella avait consisté à discuter avec toute l'équipe (à l'exception de Sloane) de la remise en route après les vacances de Noël et du retour à la pleine forme. Lucy et elle avaient dit aux joueuses qu'elles pourraient apprécier un verre de vin avec leur dîner si elles le souhaitaient, mais Ella ne doutait pas que certaines avaient abusé. Tant que ce n'était qu'une fois, ça pourrait aller. Mais elle devait veiller à la santé physique et mentale des membres de l'escouade, car les deux étaient intrinsèquement liées. Si ton régime alimentaire dérape, c'est probablement le signe de quelque chose de plus profond.

Nat était présente à la réunion, et c'était la première fois qu'Ella la voyait depuis qu'elle l'avait rencontrée sans pantalon. Elle avait rougi lorsque leurs regards s'étaient croisés, mais Nat avait à peine cillé. Peut-être que toute cette situation n'était rien pour elle. Cela ne devrait pas être un problème. Du moins, s'il y avait quelque chose à construire. Mais pour cela, Ella devait revoir Sloane. Il était temps de la chercher.

Elle sortit dans le couloir et passa devant le bureau de Lucy. Elle était au téléphone, un sourcil froncé sur le front. Ella referma son haut d'entraînement, puis jeta un coup d'œil à ses crampons. Elle les portait encore depuis qu'elle était allée sur le terrain pour une séance d'entraînement avec quelques jeunes joueuses. Cette méthode plaisait, notamment pour les joueuses qui trouvaient la pression de l'interaction face à face décourageante, et Ella était heureuse de s'y plier.

Ses crampons claquaient sur le béton alors qu'elle marchait du centre d'entraînement vers le terrain. La sensation de ses chaussures s'enfonçant dans le gazon était toujours aussi agréable. Elle respira l'air vif de janvier mélangé à la terre fraîchement retournée, puis balaya du regard les joueuses devant elle, recevant les derniers ordres des entraîneurs. Dans une autre vie, dans un autre monde, cela aurait pu être elle. Mais dans cette vie, son travail n'était qu'un pis-aller.

— Très bien, bon travail tout le monde ! Si vous voulez

des points supplémentaires, n'hésitez pas à rester dehors et à vous entraîner plus longtemps. Sinon, prenez une douche, et n'oubliez pas l'hydro s'il vous plaît !

C'était Jonas, le bras droit de Lucy. C'est à lui qu'elle avait confié la deuxième séance d'entraînement d'aujourd'hui. À l'autre bout du terrain se trouvait Sloane, qui faisait quelques exercices de sprint en solo, ainsi qu'un léger travail de ballon avec l'entraîneur Sally. C'était la première fois qu'Ella voyait Sloane de retour sur le gazon, et elle pouvait déjà voir que son rétablissement était presque terminé. Une bonne nouvelle pour elle et pour l'équipe.

— Tu veux taper un peu dans le ballon, coach?

Nat trottina jusqu'à l'endroit où se tenait Ella.

Ella essaya furieusement de ne pas rougir à nouveau. Elle espérait pouvoir s'en remettre assez vite quand il s'agirait de Nat.

— Non, ça va.

— Vas-y. Tu nous as dit que tu étais une sacrée joueuse. Je parie que tu pourrais mettre une raclée à Becca.

Nat la poussa avec un sourire.

— Nat ! Tu viens ?

Becca, la gardienne de but, se dirigeait en trottinant vers elles et s'arrêta lorsque Nat se retourna.

— J'essaie juste de convaincre Ella de se joindre à nous.

Elle se retourna vers Ella.

— Qu'en dis-tu ?

— Je pense qu'elle veut dire oui.

Rien que le son de sa voix faisait chauffer le sang d'Ella dans ses veines.

Sloane.

Soyeux. Sulfureux.

Ella risqua un coup d'œil vers le haut, et vit qu'il y avait un autre « S » à ajouter à sa liste.

En sueur.

Deux de plus.

Toujours sexy.

Leur reconnexion et l'effet produit sur Ella lui donnaient l'impression que cela ne devrait pas se faire sur un terrain en public, mais plutôt entre elles deux. Mais elle ne pouvait pas changer les faits, même si elle avait envie de tendre la main, d'embrasser Sloane, de l'entraîner à l'intérieur et de la déshabiller. Cela devait attendre. Il est amusant de constater qu'Ella avait passé la semaine dernière à se demander ce qui pouvait ou ne pouvait pas arriver, mais quand elle posait les yeux sur Sloane, ce qui devait arriver semblait être une réponse simple.

Elles devraient être ensemble. Aussi longtemps que cela puisse durer.

— C'est bon de te revoir sur le terrain.

La voix d'Ella était normale. C'était bon signe.

— Comment se porte ta cheville ?

— Euh, bien.

Sloane maintint son regard pendant qu'elle parlait.

Ella était heureuse d'avoir des os, sinon elle aurait pu fondre sur le terrain.

— Je suis en avance sur le calendrier. J'ai eu beaucoup de temps pour travailler pendant le Nouvel An. J'ai passé un dernier scanner hier et j'ai reçu le feu vert pour taper à nouveau dans un ballon. C'est l'une des meilleures sensations que j'ai ressenties ces dernières semaines.

L'un d'entre elles. Ella déglutit difficilement lorsque le souvenir de l'autre sensation assaillit ses sens. Oui, elle pouvait encore sentir Sloane en elle plus d'une semaine après. Elle voulait qu'elle y retourne. Elle prit une profonde inspiration.

— Excellente nouvelle, je suis ravie pour toi.

— Merci.

Sloane se tourna vers Nat.

— Puisque je ne peux pas encore bien manier le ballon, et que tu le sais, faisons un peu d'entraînement au tir au but. Je vais regarder.

Devant le « oui » enthousiaste de Nat, Sloane se tourna vers Ella.

— Tu n'as pas dit que ton rêve était de marquer un but au stade principal ?

Ella acquiesça. C'est ce qu'elle avait dit. Cela tenait toujours.

— Alors tu viens aussi. Échauffez-vous, car c'est ici que commence le travail.

Quand c'était Sloane qui parlait, Ella n'avait pas besoin de beaucoup de persuasion. Elle suivit Nat et Becca en trottinant, Sloane s'alignant à ses côtés. Chaque poil du corps d'Ella se mit au garde-à-vous. Elle n'avait pas réalisé que c'était ainsi que les choses allaient se passer à son retour. Sloane était comme ce Wispa de Cadbury qu'elle avait laissé dans le frigo pour avoir « quelque chose de sucré », juste au cas où l'envie la prendrait. Pourtant, la moitié du temps où elle ouvrait le frigo, elle le dévorait en cinq minutes. Elle ne contrôlait pas ses sentiments pour l'un ou l'autre.

Cela l'effrayait et l'excitait à la fois.

— C'est bon de te voir, même ici. Tu m'as manqué.

Les mots de Sloane glissaient sur elle comme du miel.

— Tu m'as manqué aussi.

La discussion s'arrêta là. Pendant que Nat tirait quelques coups sur Becca, Ella et Sloane frappèrent la balle dans tous les sens pendant cinq minutes pour s'échauffer. Sloane insista même sur quelques sprints et étirements.

— Tu es restée assise sur tes fesses toute la journée.

— Excuse-moi ! Je suis en train d'élaborer des stratégies et de former de jeunes esprits sportifs.

— En restant principalement assise sur tes fesses.

Sloane lui adressa un large sourire en s'approchant d'elle.

— Et tu es magnifique en le faisant, murmure-t-elle en passant à côté d'elle.

Ses mots étaient des bulles de champagne dans la poitrine d'Ella.

— Vous avez bientôt fini toutes les deux ? demanda Nat en haussant un sourcil. Tu veux jouer maintenant ?

Elle tendit la balle à Ella, qui acquiesça et prit le ballon. Elle avait déjà frappé quelques balles à l'entraînement, mais là, c'était différent. C'était comme si elle était revenue à son époque de joueuse. Elle avait tiré quelques penaltys, mais pas autant que Sloane. Le simple fait d'imaginer la façon dont elle les exécute sous la pression lui permet d'apprécier davantage son talent. Les penaltys, c'était 25 % d'entraînement, 75 % d'état d'esprit.

Ella posa la balle sur le terrain, recula de cinq pas, regarda Becca, puis lui envoya la balle dans les bras d'un coup de pied latéral. Elle rejeta la tête en arrière et poussa un petit cri de frustration.

— Tu dois te détendre. Tu es trop tendue.

Sloane s'approcha d'elle.

— Tu y penses trop. Détends-toi.

Elle ramassa la balle que Becca venait de faire rouler dans leur direction. Sloane croisa le regard d'Ella.

— Réfléchis à l'endroit où tu veux la mettre. Comment la frapper, où le poids de ton corps doit être placé. Vois la balle entrer. Respire profondément. Lance-toi avec détermination. Ne te penche pas en arrière.

Ella fronça les sourcils.

— Je suis sûre que les penaltys n'ont jamais été aussi difficiles.

Sloane sourit.

— C'est parce que tu avais l'habitude de les prendre. Tu savais instinctivement quoi faire. Si tu veux marquer des points sur la grande scène, il faut bien commencer quelque part. Ici, c'est aussi bien que n'importe où ailleurs.

Sloane plaça la balle sur le point, puis recula.

Les battements du cœur d'Ella résonnaient dans ses oreilles. Elle voulait marquer le coup, c'était important. Elle avait dit à l'équipe qu'elle jouait avant. Elle ne voulait pas être considérée comme une relique, une has been. Plus que cela, il était également important de montrer à Sloane qu'elle en était capable. Elle voulait impressionner sa nouvelle partenaire.

Elle prit une autre grande inspiration, se concentra sur le coin inférieur droit, ouvrit son corps et envoya le ballon au fond des filets. Le soulagement l'envahit. Ella s'éloigna, les bras en l'air, et Sloane était là pour l'accueillir. Sans réfléchir, elle se précipita dans ses bras ouverts et l'enlaça.

— Putain, oui ! Ça revient !

Sloane la souleva et la fit tourner avant de la déposer sur le sol.

— Tu l'as fait, bravo !

Puis elle fit une pause, tandis que Nat repérait la balle.

— Maintenant, recommence.

Une demi-heure plus tard, il ne restait plus qu'Ella et Sloane sur le terrain. Sloane voulait faire un peu plus de jogging pour se remettre en mouvement, et Ella la rejoignit. Elles suivirent la ligne de touche, sans parler, mais le simple fait de le faire ensemble était suffisant.

Au bout de 15 minutes, Sloane ralentit, Ella fit de même, et elles se dirigèrent vers les vestiaires. Ella avait un million de questions qui lui trottaient dans la tête, mais elle ne savait pas par laquelle commencer. Peut-être même aucune. Elle poussa la porte et Sloane la frôla, se pressant contre Ella plus que nécessaire. Ella était tout à fait d'accord. Mais elle devait garder la tête froide. Elles avaient toutes les deux besoin d'une douche. Ce qui signifiait qu'elles devaient toutes les deux se mettre nues.

Ce qu'elle pouvait tout à fait accepter.

Sloane s'assit sur le banc en bois des vestiaires et enleva ses chaussures. Elle remua les orteils et se massa la cheville.

— Toujours en état de marche ? demanda Ella.

— J'espère bien.

Sloane enleva ses chaussettes et les roula en boule. Puis elle se tourna vers Ella.

— Allons-nous enfin en parler ? De ce que tu m'as entendu dire à Nat. Qui, soit dit en passant, n'était qu'une question de discrétion.

— Je sais.

Sloane tendit la main et fit glisser le bout de ses doigts sur la cuisse d'Ella.

Ella s'immobilisa. Le moindre contact avec Sloane mettait ses sens en ébullition. C'était délicieux, mais fou.

— Mais je n'ai dit à Nat que la vérité : que nous ne savions pas encore de quoi il s'agissait.

La chaleur à l'intérieur d'Ella se refroidit pendant un moment. Où Sloane voulait-elle en venir ?

— J'ai vraiment envie de voir où cela va nous mener, mais je sais que nous devons d'abord en parler. Nous n'avons pas eu beaucoup de temps pour le faire à Noël.

Ella avala une grande bouffée d'air.

— Nous ne l'avons pas fait.

Son regard parcourut le corps de Sloane. Pour ça, elle avait trouvé du temps.

— Tu ressens la même chose ?

— Que j'ai envie de te toucher maintenant ? ne put-elle s'empêcher de dire, malgré tous ses efforts. Mon Dieu, oui.

Ella se rapprocha.

— Je sais qu'il faut qu'on parle aussi, mais…

Sloane se déplaça le long du banc et pressa ses lèvres contre celles d'Ella, enflammant son désir comme une allumette jetée sur de l'essence renversée.

Les souvenirs d'Ella concernant leurs baisers n'étaient pas des mensonges. Allongée dans le lit de sa tante, elle s'était souvenue de la façon dont les lèvres de Sloane avaient libéré quelque chose en elle, quelque chose de pur, de primitif. Cette fois-ci, c'était la même chose. Elle avait passé de longues nuits solitaires à imaginer ce qu'elles pourraient faire. Dans ses rêves, elles se retrouvaient dans son appartement ou chez Sloane. Pas au travail. Mais apparemment, les laisser seules dans un endroit isolé pendant quelques minutes était le déclencheur qui leur permettait d'appuyer sur le bouton après leur pause prolongée. Lorsqu'elle se retira quelques instants plus tard, elles étaient toutes deux à bout de souffle.

Les yeux de Sloane étaient sombres, hypnotiques.

Ella se leva et tendit la main.

— Je n'ai que 45 minutes avant de partir pour un client. On va se doucher ?

Les joues de Sloane se teintèrent de rose. Elle se leva et enleva son haut d'entraînement.

La salive inondait la bouche d'Ella. Elle voulait prendre les seins de Sloane dans ses mains et les lécher.

Elles allèrent aux douches ensemble, nues, sans dire un mot. Ella se savonna les cheveux avec le shampoing du club, parfumé à la pomme, et Sloane en fit de même. Puis elle se lava, et Sloane fit de même. Ella tendait l'oreille au cas où quelqu'un entrerait. Ses yeux étaient rivés sur Sloane pendant tout ce temps, et vice versa. C'était des préliminaires sans les mains, du plus haut niveau. Lorsqu'elles eurent terminé, Ella avait du mal à respirer.

Ce n'est que lorsqu'elles furent toutes deux propres qu'Ella ferma sa douche, puis celle de Sloane, et entra dans son espace, la peau rose et brillante à cause de la vapeur chaude. Elle appuya ses paumes sur les seins de Sloane.

Sloane ferma les yeux et laissa échapper un petit gémissement.

— Putain, tu m'as manqué.

Ella se rapprocha encore, jusqu'à ce que leurs bouches soient à quelques centimètres l'une de l'autre.

— Je sais que nous n'avons fait l'amour que pendant deux jours, mais ça fait plus longtemps que ça, n'est-ce pas ?

— Les mois de préparation ?

Ella n'attendit pas de réponse, au lieu d'écraser ses lèvres sur celles de Sloane, l'hésitation d'avant disparaissant en un instant. Elle pressa Sloane contre le carrelage, puis lui prit la main, laissant ses lèvres près de son oreille.

— Viens avec moi, murmura-t-elle rudement.

Ella prit leurs serviettes et conduisit Sloane dans le hammam, qui n'était pas en service pour le moment. Elles allaient devoir fournir leur propre vapeur. Elle ne pensait pas que ce serait un problème.

— J'ai tellement envie de te sentir.

Elle la conduisit au bord de la banquette et étendit une serviette.

— Mets ta jambe gauche sur le banc, appuie-toi contre le mur et passe ton bras autour de mon cou.

Sloane hausse un sourcil.

— Tellement autoritaire.

Ella sentait ces mots partout.

— Tu te plains, jeune prodige ?

Sloane secoua la tête.

— Si tu te poses la question, le fait d'avoir le pied en l'air protège ta cheville.

Ella fit une pause, pressant son corps nu contre Sloane, lui donnant le contact dont elles avaient toutes les deux besoin. Elle posa à nouveau ses lèvres près de l'oreille de Sloane.

— Cela me donne aussi un accès délicieux à ta chatte.

Sloane ferma les yeux avec un petit gémissement.

Ella prit cela comme un signal et plongea un doigt à l'intérieur de Sloane. Elle poussa un soupir audible devant l'excitation qu'elle y trouva.

— Je t'ai vraiment manqué.

— Je ne mentais pas, chuchota Sloane, avant de prendre la lèvre inférieure d'Ella entre ses dents et de la tirer très fort.

Puis Sloane glissa sa langue dans la bouche d'Ella et déposa un baiser sulfureux et sucré sur ses lèvres, un baiser qui cochait toutes les cases dans le corps d'Ella.

— Bon sang, tu es si bonne.

Ella se retira, haletante, et glissa un autre doigt.

C'était au tour de Sloane de gémir.

— Je ne voulais pas te baiser ici.

Ella retira ses doigts puis les a réintroduisit, en faisant un lent dessin d'une action dont elle savait qu'elle rendrait Sloane folle.

— Mais je ne peux pas garder mes mains loin de toi.

Elle répéta sa lente poussée, et la tête de Sloane tomba sur le côté.

— Je connais ce sentiment.

Sloane tendit une main, prit les fesses nues d'Ella et la rapprocha.

L'action poussa Ella plus profondément en elle. Une bouffée de luxure fit trébucher Ella, l'épicentre palpitant entre ses cuisses tremblantes. Elle aimait baiser cette femme. Elle aimait être nue avec cette femme. Si Sloane en doutait encore, Ella allait le lui prouver à l'instant même.

Les baisers de Sloane s'intensifiaient tandis qu'Ella poursuivait son intense embuscade sexuelle. Ses doigts glissaient là où Sloane en avait besoin, profondément à l'intérieur puis sur son clito dur comme de la pierre. Lorsque les cercles d'Ella commencèrent à prendre de la vitesse, Sloane écarta les jambes, ses gémissements désespérés faisant vibrer Ella.

— Tu peux jouir debout ?

Sloane ouvrit les yeux et lui adressa un sourire langoureux.

— Pas avant de t'avoir rencontrée. Mais il s'avère que j'ai des talents cachés.

À cet instant précis, Ella s'approcha, savourant chaque seconde, tandis que la peau de Sloane s'embrasait d'une rougeur intense. Puis, le contact, la promesse. Ses doigts l'étreignirent, une vague de sensations déferlant dans ses entrailles. Un gémissement rauque, un cri d'abandon, s'échappa alors des lèvres de Sloane. Ella s'assura qu'elle avait tout donné avant de se détacher de Sloane et de l'attraper avec ses deux bras. Elle embrassa le lobe de son oreille, son cou, sa joue et enfin ses lèvres.

Sloane lui adressa un sourire paresseux tandis qu'elle grimaçait.

— Tous les muscles que je possède sont bloqués en ce moment.

Ella sourit.

— Mets ton autre bras autour de mon cou.

Sloane leva un sourcil.

— Je suis plus forte que je n'en ai l'air. Vas-y.

Elle s'exécuta, puis Ella la souleva en déposant un baiser ferme sur ses lèvres.

— Laissez-moi vous porter jusqu'à votre cabine d'essayage, madame.

Sloane rejeta la tête en arrière et rit tandis qu'Ella faisait exactement la même chose.

— Tu es pleine de surprises.

Ella se mit à marcher.

— Tu devras peut-être ouvrir la porte.

Lorsqu'elles retrouvèrent leurs vêtements abandonnés, Ella fut soulagée de constater qu'elles étaient seules. Si elles étaient revenus devant un public, cela aurait été gênant.

Sloane s'assit sur le banc, puis expira une grande bouffée d'air.

Ella s'habilla, puis mit ses lèvres au niveau de celles de Sloane et l'embrassa.

— Tu es trop sexy et adorable, et tu vas me mettre en retard pour mon client qui a réservé pour 17 heures.

Elle consulta sa montre. Une heure.

Sloane acquiesça, puis enfila sa tenue d'entraînement propre et mit son ensemble d'entraînement dans son sac. Elle le referma, puis se plaça face à Ella.

L'électricité dans l'air était palpable. Il suffit que l'une d'elles se penche à nouveau en avant pour que le feu prenne à nouveau.

— Nous devons encore parler, dit Ella. Mais j'ai réfléchi pendant mon absence. Je n'ai aucune idée de ce qui va se passer. Je ne sais pas si je vais tomber amoureuse de toi et avoir le cœur brisé en deux. Mais je suis une grande fille. Une adulte. En plus, je ne peux rien faire *d'autre que de* voir où ça va me mener.

Sloane la regarda profondément dans les yeux, puis prit la main d'Ella dans la sienne.

— Je ressens la même chose. On ne peut pas s'éloigner de ça. On peut faire en sorte que ça marche.

Elle passa ses mains sur les fesses d'Ella.

— J'ai *vraiment* envie de te baiser.

Ella ferma les yeux et sourit.

— Tu n'as pas idée comme j'en ai envie aussi.

— Je sais.

Pendant quelques instants, le seul bruit fut celui de leur respiration. Chaude et lourde. Puis Sloane déposa un dernier baiser sur les lèvres d'Ella et attrapa son sac.

Ella saisit aussi le sien.

— Nous sommes d'accord ? On va voir où ça nous mène ? Et la prochaine fois, il faudra vraiment qu'on parle aussi. De à qui il faut parler et quand. Parce que ça ne peut pas rester un secret.

Ella verrouilla son regard.

— Malgré toutes mes protestations sur le fait que je n'allais pas m'impliquer avec quelqu'un au travail, il semble que ce soit le cas. Tu as vaincu ma détermination.

— Voilà un slogan qu'on pourra imprimer sur nos invitations de mariage, répondit Sloane. Encore une chose.

Ella haussa un sourcil.

— Tu as le temps de me déposer ?

— Si tu te dépêche, oui.

* * *

Lorsqu'elles sont sortirent ensemble du vestiaire, quelque chose avait changé. Pas seulement la libido d'Ella, qui était en train de sourire d'une oreille à l'autre. Sloane lui tint la porte alors qu'elles tournaient dans le couloir du bâtiment principal, et c'est à ce moment-là qu'Ella comprit qu'elles étaient vraiment en train de faire ça. Depuis Noël, les événements avaient été flous : nets une minute, flous la minute suivante. Jusqu'à ce qu'elle parle à Sloane, qu'elle se tienne à côté d'elle et qu'elle la respire à nouveau, elle n'avait aucune idée de ce qu'elle allait ressentir.

Aujourd'hui, elle savait. Et heureusement, c'était réciproque. Sloane et elle seraient là l'une pour l'autre, aussi longtemps qu'elles le pourraient. Elles allaient voir où cela les mènerait. Alors qu'elles avançaient dans le couloir, passant devant les bureaux principaux, Ella laissa un sourire envahir son visage. Pour la première fois depuis une éternité, elle avait un grain d'espoir dans la poitrine. Ce qui était ridicule, c'est que c'était pour une joueuse qui allait probablement quitter le pays dans six mois. Mais là, maintenant, c'était parfait.

Sloane poussa la porte principale, et Ella eut un flash-back de leur premier jour ici. Lorsque Sloane lui avait également tenu la porte, comme elle le faisait maintenant. Elles se mirent au pas, traversant le parking jusqu'à la voiture d'Ella. Lorsque leurs doigts se frôlèrent, de l'électricité remonta le long du bras d'Ella. Elle enroula ses doigts autour de la main de Sloane, mais celle-ci la repoussa.

Ella sortit de son rêve.

— Je ne veux pas que les photographes prennent des photos et nous dénoncent, alors que nous venons à peine de définir notre identité. Nous devons encore déterminer à qui nous le dirons et quand nous le ferons.

Un coup de poignard frappa Ella à la poitrine, mais elle acquiesça. Elle venait de dire à Sloane qu'elle était une adulte. De plus, ce que Sloane avait dit était logique. Et si elle devait devenir la petite amie de Sloane Patterson, elle allait devoir s'y habituer.

Mais à un moment donné, elle voulait pouvoir tenir la main de Sloane quand elle le voulait, sinon cela n'en valait pas la peine.

Elle voulait vivre l'instant présent, chérir chaque seconde, comme elle le disait toujours à ses clients. En ce moment, Sloane faisait d'elle une hypocrite.

Ella espérait vraiment que Sloane en vaudrait la peine.

Qu'elle n'allait pas lui briser le cœur.

* * *

Plus tard dans la soirée, le téléphone d'Ella s'alluma avec un message de Lucy. L'e-mail lui demandait si elle était intéressée pour travailler avec l'équipe masculine pendant le mois à venir. Une grande partie de leur personnel était en congé de maladie, leur entraîneur de performance et de style de vie avait été victime d'un accident de ski, et deux membres de leur équipe de santé mentale souffraient de maladies physiques, et étaient donc en congé pour quelques temps. Cela signifiait une réduction considérable des heures de travail de l'équipe féminine pour les prochaines semaines, le temps que l'équipe masculine mette en place un remplaçant. Cela signifiait plus de travail, plus d'heures, plus d'opportunités pour Ella. Elle se mordit la lèvre en s'asseyant.

Lucy avait-elle découvert ce qui se passait entre Sloane et elle ? Était-ce une façon de les éloigner, ou une demande sincère ? Ella tourna la question dans sa tête, puis en déduisit qu'elle était sincère. De plus, c'était ce qu'elle avait voulu en rejoignant le club : la chance de travailler à égalité avec les hommes et les femmes, d'expérimenter les différentes pressions qu'ils subissaient.

Cependant, elle était désormais totalement investie dans l'équipe féminine et ne voulait pas revenir là-dessus. Mais l'équipe féminine était en bonne position. Elles occupaient la deuxième place du championnat et tout le monde était dans un bon état d'esprit. Ella y avait contribué. Les hommes étaient actuellement septièmes au classement. Peut-être avaient-ils davantage besoin d'elle. Elle envoya un message à Lucy pour lui dire qu'elle ferait tout ce qui était nécessaire, mais qu'elle devrait voir ce qu'il en était de son emploi du temps avec ses autres clients.

Sloane, bien sûr, occupait également son esprit. Mais Ella ne pouvait pas laisser ce qui se passerait ou non avec Sloane dicter si elle acceptait ou non ce travail. Si Sloane et elle s'entendaient dans le monde réel, ce serait formidable. Mais si ce n'était pas le cas, ce rôle donnait à Ella l'expérience qu'elle voulait.

Ella devait se concentrer sur ses objectifs professionnels, tout comme Sloane.

Avec un peu de chance, ses objectifs de cœur s'aligneraient aussi.

Chapitre Vingt-Sept

— Sloane ! Es-tu prête à taper dans le ballon une dernière fois ? On peut le faire sans que ta coach me tue ?

Sloane rit. Cette séance photo dans un entrepôt de Salchester pour le magazine *All Out Goals* lui faisait oublier qu'Ella n'avait pas répondu à son message de ce matin. À vrai dire, elle ne l'avait même pas encore regardé. Mais Sloane préférait pas y penser. Elle avait de nouvelles pressions professionnelles. Sloane ne voulait pas en ajouter d'autres à sa pile.

Au lieu de cela, elle allait sourire avec ses yeux, se concentrer sur l'activation de tous ses muscles pour que ses jambes soient aussi toniques que possible, et donner l'impression qu'elle venait de jouer son meilleur match, même si sa tenue était impeccable et qu'elle avait plus de fond de teint sur la peau qu'elle ne l'aurait cru possible. Elle se souvint d'avoir assisté à la remise des prix de fin de saison avec Jess, il y a deux ans, et d'avoir été couverte de maquillage. Ce n'était rien comparé à cela.

— Tu veux que je répète la même série de mouvements ?

Sloane se pencha et récupéra le ballon. Elle le pressa. Il aurait besoin d'un peu d'air.

Le photographe, un homme nommé Adam avec plus de tatouages que de peau nue d'après ce qu'elle pouvait en voir, lui leva un pouce. Au moins, c'était un type cool et pas un salaud.

Lors de sa toute première séance photo, le photographe lui avait donné son numéro et lui avait demandé de la rencontrer pour boire un verre le soir même. Elle avait 18 ans, il avait la trentaine. Elle lui avait jeté un regard fuyant et avait demandé à ne plus jamais s'associer avec lui.

— C'est ça, super, Sloane !

Sloane frappa le ballon dans le but bas devant elle une fois, deux fois, trois fois. Sloane n'avait jamais eu de mal à marquer, que ce soit sur le terrain ou en dehors. Cependant, maintenir des lignes de communication ouvertes avait toujours été son point faible. Elle avait l'impression qu'Ella et elle étaient sur la même longueur d'onde, mais il semblait qu'Ella souhaitait que Sloane s'affirme pleinement, plutôt que de faire des pas hésitants. Sloane devait travailler pour cela. De plus, le fait que Jess s'envole pour le Royaume-Uni le mois prochain était toujours dans son esprit.

Adam sortit de derrière sa appareil photo et s'approcha.

— Je pense que nous avons terminé pour aujourd'hui. On a pris de bonnes photos. Quand penses-tu revenir jouer ?

Elle souleva son pied en voie de guérison.

— Cela dépend de la façon dont il se comporte, mais j'espère d'ici une quinzaine de jours. Les choses se passent bien, alors croisons les doigts. Nous avons beaucoup de matchs à disputer.

— Bonne chance alors.

Sloane fut escortée jusqu'à l'extrémité de l'entrepôt où un vestiaire de fortune était installé derrière un écran. Elle enfila son jean, ses baskets Adidas et son sweat-shirt noir, puis fut conduite dans une pièce au fond de l'entrepôt où une journaliste l'attendait pour l'interviewer. Sloane tendit la main à Naomi et lui adressa son plus beau sourire. Elles s'étaient déjà parlé au téléphone, mais c'était la première fois qu'elles se rencontraient en personne. Elle voulait faire bonne impression pour que Naomi écrive un bel article. Elle se mit en mode « relations publiques ». Un peu de flirt léger ne fait jamais de mal. Même si Ella roulait des yeux.

— Ravie de vous rencontrer enfin, Naomi.

Sloane lui offrit une poignée de main ferme. Naomi était en décolleté et portait un jean large. Sloane aurait parié qu'elle était homosexuelle.

Naomi rougit, comme le voulait Sloane.

— Merci beaucoup d'avoir accepté la rencontre. Mes amis sont tous très jaloux !

— Aucun problème.

Naomi s'intéressa directement à la blessure de Sloane et lui demanda comment elle se remettait, puis ce qu'elle pensait des chances de Salchester de remporter quoi que ce soit cette saison, ainsi que de la configuration du club. Sloane lui donna des réponses sincères, teintées d'humour et de charme. Elle avait déjà fait cette danse un millier de fois.

— Comment vous sentez-vous au Royaume-Uni ?

Elle expira.

— Je suis ici depuis six mois. Si je n'allais pas bien, vous le sauriez. Je ne suis même pas rentrée chez moi pour les vacances, tellement j'aime cet endroit. J'ai trois parapluies, un pour chaque type de pluie. Je suis prête.

Naomi rit. Elle portait un collier boussole similaire à celui que Sloane avait acheté pour Ella. Elle avait bon goût. Sloane fit tourner sa chevalière à son majeur. Jess l'avait renvoyée et elle était arrivée le matin même.

— En effet c'est utile ici.

Elle marqua une pause, puis se racla la gorge.

— Comment se passe votre relation avec votre manager ?

Sloane fixa Naomi de son regard intense.

— C'est génial. Lucy m'a beaucoup soutenue pendant ma blessure, tout comme l'ensemble de l'équipe. Je veux leur rendre la pareille jusqu'à la fin de la saison en remportant le championnat, la coupe et une place en Ligue des champions pour l'année prochaine.

— Petits objectifs.

— Qui peut le plus peut le moins.

Sloane s'humecta les lèvres. Naomi ne lui demandait rien de trop personnel. Elle n'avait pas à s'inquiéter.

Nouveau raclement de gorge.

— En parlant du reste de votre équipe et de vos entraîneurs, vous devez être ravie d'être entourée de Layla Hansen. Ce doit être génial de la retrouver après avoir joué ensemble aux Etats-Unis.

Sloane acquiesça.

— C'est vraiment le cas.

— Elle a dû vous aider à oublier votre ex, Jess Calder ?

Sloane garda un visage neutre. Elle n'allait pas parler à Naomi des messages qu'elle avait reçus de Jess ce matin même, lui déclarant à nouveau son amour.

— Jess et moi sommes toujours amies et elle fait une saison extraordinaire. Je lui souhaite bonne chance.

— Et Ella Carmichael ? On vous a souvent vu sortir avec elle. La rumeur selon laquelle vous seriez plus que des amies est-elle fondée ?

Les muscles du cou de Sloane se tendirent. Presque une

embuscade, mais elle était toujours en alerte. Elle décroisa les jambes, se pencha en avant et fixa à nouveau le regard de Naomi.

— Je me concentre uniquement sur mon rétablissement, rien d'autre. Ella et tout le personnel ont été formidables. Mais revenir sur le terrain est mon seul objectif. De plus, prendre un café avec des amis n'a rien d'exceptionnel, et Ella est une bonne amie. Si je sortais avec toutes les personnes avec qui je vais prendre un café, j'aurais de gros problèmes.

***

Ella décrocha au troisième appel de Sloane, passé cette fois-ci depuis la voiture de fonction luxueuse que son agent avait exigée. Il y avait une petite télévision au dos du siège passager, de l'eau fraîche et des mini-paquets de Haribo à grignoter. Elle en avait déjà mangé deux et ignorait les autres qui la fixaient.

— Ah, enfin. Comment était ta journée ?

— Longue, répondit Ella. Tu sais qu'on dit que les hommes sont des créatures plus simples que les femmes ? On nous a menti. Je suis vidée.

— Tu es à la maison ? Je suis sur le chemin du retour après l'interview et le tournage pour le magazine.

— Oui, répondit Ella. Ça s'est bien passé ?

Sloane n'allait pas parler de ce que Naomi avait demandé à propos d'Ella. C'était une question de confidentialité.

— Tout s'est bien passé. J'ai encore le visage plein de maquillage. J'ai pensé que je pourrais venir te le montrer. Tu es occupée ? Tu m'as manqué.

Ella n'avait pas été présente dans l'équipe féminine ces

deux derniers jours, travaillant plutôt avec les hommes. Sloane était également très consciente que c'était la dernière nuit d'Ella avant son déménagement dans son nouvel appartement. Elle avait évité de penser à Ella quittant son immeuble. Elle s'était habituée à sa présence. Son absence allait être douloureuse.

— Je pourrais t'aider à faire tes valises si tu as encore des choses à faire. J'ai emballé toutes mes affaires lorsque j'ai déménagé aux États-Unis. Je suis vraiment douée pour emballer les verres.

— Tes talents ne s'arrêtent pas là.

Ella marqua une pause.

— Je dois finir de faire mes valises. Mais je dois me lever tôt demain, alors je te mets dehors avant l'heure du coucher.

Sloane expira.

— Je te promets qu'il n'y aura pas d'attouchements, juste de l'emballage. En plus, je commanderai à manger. Des sushis, ça te va ?

— C'est parfait, merci.

* * *

— Honnêtement, c'est une autre paire de manches que de parler aux hommes.

Ella s'appuya sur le comptoir de sa cuisine et étudia la sélection de sushis. Elle trempa un nigiri dans de la sauce soja et du wasabi, puis le porta à sa bouche. Elle finit de mâcher avant de poursuivre.

— Certains de ces garçons n'ont pas vécu chez eux depuis l'âge de huit ans, et ils sont perdus. C'est l'un des avantages du football féminin. L'absence d'investissement pendant des années signifie que personne n'a quitté la maison trop tôt. Tout le monde a les pieds sur terre.

— Je n'y avais jamais pensé. Ça ne m'aurait pas dérangé de quitter la maison, mais c'est juste moi.

Ella tendit la main et caressa les doigts de Sloane.

— Je suis vraiment désolée que tes parents ne t'aient pas soutenue.

Sloane ressentit des picotements à son contact.

— Ce n'est pas grave. C'est du passé tout ça.

Elle fit tourner un gyoza dans la sauce au vinaigre et le mangea.

— C'est délicieux. Il va falloir que tu reviennes manger avec moi, même après ton déménagement.

— Si tu es sage.

Ella prit un gyoza, puis tapota son ventre plat.

— Mais j'en ai peut-être fini pour aujourd'hui.

Elle portait un sweat-shirt orange qui faisait ressortir la couleur de ses yeux. Ses cheveux étaient humides comme si elle venait de sortir de la douche. Ce qui rappela à Sloane qu'elle avait savonné le corps nu d'Ella sous la douche l'autre jour. Elle fit taire ces pensées. Elle était ici pour aider à faire les bagages, et rien d'autre.

— Tu en as commandé trop, tu le sais, n'est-ce pas ?

— On n'a jamais trop de sushis.

Sloane enveloppa un verre dans du papier journal sur le comptoir de la cuisine d'en face, en rentrant les bords à l'intérieur. Elle se souvenait avoir fait exactement la même chose lorsqu'elle avait quitté Jess pour s'installer à Los Angeles. L'emballage des verres se faisait toujours à des moments cruciaux. Mais cette fois-ci, elle espérait que la propriétaire du verre resterait dans sa vie.

Ella partait vraiment. Sloane sentait monter la tristesse en elle.

— Je ne sais pas ce que je vais faire si tu ne vis pas en dessous de chez-moi.

— Tu devras emprunter le vase de quelqu'un d'autre la prochaine fois que Cathy t'apportera des fleurs.

Ella le brandit et le tendit à Sloane pour qu'elle l'emballe.

Sloane se lécha le doigt, choisit deux feuilles de papier journal et en recouvrit le vase. Elle en ajouta deux autres dans l'autre sens. Elle ne voulait pas être responsable de la casse.

— Exactement. Il faut que j'aille faire des courses.

— Ou commencer à baiser avec la nouvelle locataire.

Sloane plissa les yeux.

— N'importe quoi.

Ella se pencha et l'embrassa.

— Fais-le et meurs.

Ella se mit à rire.

Ce son allait manquer à Sloane, mais elle était déterminée à la soutenir. Même si les moments intimes de tous les jours lui manqueraient. Ces moments la réchauffaient. Sloane prit une tasse sur laquelle était inscrit « World's Greatest Mum » (la meilleure maman du monde). Dès qu'elle le fit, Ella le lui arracha des mains.

— Je m'occupe de celle-là. Il faut du papier bulle. Une cargaison précieuse.

Elle regarda la tasse, puis Sloane.

— Je l'ai achetée pour ma mère quand j'avais huit ans. Elle l'a gardé depuis tout ce temps. Je suis toujours étonnée que le lettrage ne se soit pas effacé, mais nous n'avons jamais eu de lave-vaisselle pour le nettoyer. Il n'y avait que maman et moi.

Ella fixa la tasse un peu plus longtemps.

Sloane combla l'écart qui les séparait et la serra fort dans ses bras. Elle embrassa le côté de sa tête, fit courir ses doigts le long de sa nuque, les fit glisser jusqu'à la racine de ses cheveux et massa son cuir chevelu. Ella la laissa faire pendant quelques secondes, puis recula.

— Je vais bien.

Elle s'essuya les yeux et expira.

— C'est juste que je ne veux pas que ça se brise. Je sais que ce n'est qu'un objet, mais ça pourrait me briser.

À ce moment-là, elle avait l'air d'avoir huit ans.

Sloane acquiesça, embrassa ses lèvres et laissa Ella se concentrer sur l'emballage de la tasse.

— Ma mère m'a acheté un mug une fois. Il y avait un ballon de football dessus. C'est la seule fois où elle m'a acheté quelque chose que je voulais vraiment.

Ella tourna la tête, les yeux brillants. Elle saisit un morceau de papier absorbant et se moucha.

— Tu l'as encore ?

Sloane secoua la tête.

— Notre chien, Coco, a sauté sur le comptoir de la cuisine et l'a cassé.

Elle aurait aimé dire qu'elle avait été dévastée, mais ce n'était pas le cas. Elle était habituée à ce que sa vie soit brisée. Elle désigna la tasse d'Ella.

— Alors s'il te plaît, emballe ça plutôt deux fois qu'une.

— Oui.

Ella termina, brandit la tasse et elles se félicitèrent. Puis elle s'arrêta. Elle regarda Sloane dans les yeux. Le regard mielleux d'Ella était-il un peu brisé ?

— Pour info, ça va me manquer aussi de vivre en dessous de chez toi.

— Oui ?

Un seul mot. Une grande signification.

Un hochement de tête.

— Oui.

Ella passa sa langue sur sa lèvre supérieure. Sloane n'en revenait pas. Ses yeux étaient encore brillants. S'agissait-il seulement de la tasse ou de quelque chose de plus ?

Ella prit une grande inspiration.

— Je me disais aussi.

Elle marqua une pause.

— Pourrons-nous bientôt nous tenir la main en public ?

Sloane se balança sur ses pieds et cligna des yeux. Elles n'en avaient toujours pas parlé.

— Bientôt. Je veux juste que mon retour soit cimenté d'abord. Ensuite, il y aura les Internationaux d'avril. Je veux reprendre ma saison et je ne veux pas que quelque chose ou quelqu'un m'en empêche. J'ai 28 ans. C'est probablement ma dernière Coupe du monde. Je veux être là, jouer. Ma carrière doit passer avant tout. Ce qui veut dire que je veux contrôler le moment où nous le dirons aux gens. Et non l'inverse. Me fais-tu confiance sur ce point ?

Ella se mordit la lèvre supérieure.

— D'accord.

Sloane soutint son regard et déglutit. Elle pouvait encore voir le dernier message de Jess sur son téléphone. Celui qui disait qu'elle voulait qu'on rattrape le temps perdu quand elle viendrait en avril. L'autre raison pour laquelle Sloane ne voulait pas que cela se sache en public, c'était Jess. Sloane voulait s'occuper d'elle une fois pour toutes, effacer l'ardoise. Ensuite, elle rendrait l'affaire publique avec Ella. C'était dans un peu plus de deux mois.

— En attendant, dit Sloane en attrapant le verre suivant, ce placard ne va pas se vider tout seul.

Elle rassembla autant d'énergie positive qu'elle le pouvait. Elle ne voulait pas accabler Ella avec les problèmes de Jess. Le reste était tout à fait vrai, cependant. Une fois qu'elle se serait occupée de Jess et de sa saison, elles pourraient reprendre leur vie ensemble.

— Au fait, je peux t'aider à déménager demain après l'entraînement.

Ella posa une main sur sa hanche et sourit.

L'énergie changea. Sloane poussa un soupir de soulagement.

— En fait, je pourrais avoir besoin de ta Jeep. Je n'ai pas beaucoup de cartons, mais plus que je ne le pensais, dit-elle en regardant la pile empilée près de la porte. Tu veux bien conduire ?

— Bien sûr. Tout ce que tu veux.

Ella releva son sourire.

— Merci.

Elle haussa un sourcil.

— Mais tu devrais peut-être atténuer le maquillage. On dirait que tu es sur le point de participer à *RuPaul's Drag Race.*

— J'aime bien ça.

Sloane lui toucha la joue.

— Ça fait ressortir mon côté féminin. Il est là, mais souvent caché.

— Je sais.

Ella se pencha vers elle et l'embrassa sur les lèvres.

La reconnexion était exactement ce dont Sloane avait besoin.

— Tout va s'arranger, tu sais. J'ai la foi.

— Tu as l'air bien sûre de toi.

— J'ai vécu un million de vies.

Ella poussa un soupir réticent, puis porta la main droite de Sloane à ses lèvres et embrassa sa phalange. Elle s'arrêta sur la bague en argent de Sloane.

Merde.

— Tu as acheté une nouvelle bague ? Je l'aime bien. Argent et noir. Audacieux.

Ella sourit.

— Ça va avec ton maquillage.

Un rictus se dessina sur le visage de Sloane. La culpabilité lui piquait la peau. Mais elle n'avait rien fait de mal. Elle avait juste récupéré son bien.

— C'est un ancien que j'ai retrouvé récemment.

Trouvé dans le courrier quand Jess lui avait envoyé.

— C'est très toi, répondit Ella. Mais assez bavardé. Comme tu l'as dit, cet emballage ne se fera pas tout seul, n'est-ce pas ?

Chapitre Vingt-Huit

Ella était contente d'être au travail aujourd'hui. Son nouvel appartement était encore plein de cartons et de poussière, et elle n'avait pas eu le temps d'y faire quoi que ce soit. Cependant, le déménagement s'était déroulé sans encombre, grâce à Sloane et à l'aide de Nat.

Ella était impressionnée que Nat joue aussi bien qu'elle, alors que ses parents posent encore des problèmes. Cependant, ils avaient au moins commencé à lui envoyer des messages sans y être invités, ce qui rassurait Sloane. Elle vivait sa réalité alternative à travers sa coéquipière. Ella avait tout prévu pour que cela fonctionne la deuxième fois.

Un coup frappé à sa porte lui fit lever les yeux. Elle s'apprêtait à dire à son interlocuteur d'entrer, mais Sloane se tenait déjà devant son bureau, ce pli sur son front parfait, une main tendue coincée dans ses cheveux.

— Bien, tu es seule.

Elle tapota du bout des doigts le dessus du bureau d'Ella.

Les doigts de Sloane attiraient toujours l'attention d'Ella. Il se passait quelque chose.

— Qu'est-ce qui ne va pas ?

Sloane tendit son téléphone.

— Clique sur play et découvre-le.

Ella s'exécuta pendant que Sloane s'installait sur une chaise. Un célèbre Youtubeur avait fait un montage d'elles deux, sur une chanson d'amour de Taylor Swift, l'une des préférées d'Ella. Après l'avoir regardé, Ella dut admettre que c'était plutôt bien. Si elle était fan, elle aurait totalement cru qu'elles étaient en couple. Et c'était le cas. La vidéo et ses captures d'écran faisaient le tour des médias sociaux. Ella savait qu'il était impossible de nier dans ce genre de cas.

— Qu'en penses-tu ?

Ella contourna son bureau et s'appuya sur la façade. Elle respira le parfum familier de bergamote de Sloane, qui était déjà l'un de ses préférés. Elle voulait effacer le froncement de sourcils de son visage.

— Je pense qu'il faut prendre de l'avance sur les ragots et le dire à Lucy. Qu'elle ait vu les photos ou non, elle en entendra parler.

Elle jeta un coup d'œil à sa droite.

— Elle est là en ce moment même. On bat le fer tant qu'il est chaud ?

Sloane acquiesça, puis posa une main sur le bras d'Ella.

— On ne le dit qu'à Lucy pour l'instant ?

Ella se mordit l'intérieur de la joue. Elle n'aimait pas cacher quoi que ce soit, mais c'était pour Sloane plus que pour elle. Elle devait suivre l'exemple de Sloane. De plus, elle ne voulait pas que le monde entier connaisse leurs moindres faits et gestes. Elle acquiesça.

Lorsqu'elles entrèrent dans le bureau de Lucy quelques instants plus tard, son visage se montrait déjà interrogatif.

— Pourquoi ai-je l'impression que je ne vais pas aimer ça ?

Ella fit glisser un siège et s'y installa.

— Ce n'est pas une mauvaise nouvelle, dit-elle pour apaiser les craintes de Lucy. Nous voulons juste porter quelque chose à ta connaissance.

Elle marqua une pause, puis jeta un coup d'œil à Sloane, qui avait l'air terrifié. Elle avait sûrement déjà eu affaire à ce genre de choses auparavant. Mais peut-être que c'était différent avec un membre du personnel plutôt qu'avec une autre joueuse.

— Tu as vu le montage de nous sur les réseaux sociaux ?

Ella étudia le visage de Lucy pendant qu'elle réagissait.

Elle secoua la tête.

— Non, répondit-elle en fronçant les sourcils. Pourquoi, j'aurais dû ?

Ella risqua un sourire.

— Et bien on commence à se demander si nous sommes plus qu'amies.

Elle prit une grande inspiration.

— Il est encore très tôt et nous voulons que cela reste discret, mais nous voulions que tu saches, en tant que patron, que nous sommes ensemble. Un nouveau couple, fraîchement formé.

Lucy bougea sa bouche à gauche, puis à droite.

— D'accord.

Elle fit une pause.

— Depuis quand ?

— Depuis Noël, répondit Sloane.

— C'est vrai.

Lucy se mordit l'intérieur de la joue.

Ella s'éclaircit la gorge, qui la démangeait incroyablement.

— Nous voulons que tu le saches, juste au cas où tu verrais des photos et que tu t'interroges. Mais comme c'est encore très frais et que Sloane est ce qu'elle est, nous n'allons pas encore rendre les choses publiques. Mais nous voulions te tenir au courant.

— Et que tu saches que lorsque nous travaillerons, nous resterons professionnelles, ajouta Sloane.

Ella rougit en pensant au hammam.

Ça resterait professionnel, le plus souvent.

Le regard de Lucy se posa sur elles deux, avant qu'elle ne tapote son stylo sur son bureau et ne prenne une profonde inspiration.

— D'abord, wow. Je dois dire que je ne l'ai pas vu venir, mais ma femme dit toujours que je suis un peu lente à la détente, alors il n'y a pas de surprise. Vous êtes toutes les deux des adultes, et vous savez tous les deux ce qu'il en est. Les relations entre les entraîneurs de football et les joueurs ne sont pas bonnes, mais il est déjà arrivé que des physios sortent avec des joueurs. Les entraîneurs de performance et de style de vie ? Je ne sais pas, nous n'avons pas de précédent. Mais je suis sûre que je n'ai pas besoin de vous dire à toutes les deux que dès que l'affaire sera révélée, vous ferez l'objet d'un examen plus approfondi, à l'intérieur comme à l'extérieur de l'équipe.

Elle pointa Ella du doigt.

— Si tu étais la psychologue de l'équipe, ce serait un non catégorique.

— Je sais, répondit Ella.

— Mais tu ne l'es pas, et tu n'es pas à temps plein. De plus, nous aimons ce que tu fais, et je vous fais confiance pour que vous restiez professionnelles au travail.

Elle tourna son regard intense vers Ella, puis vers Sloane.

— Puis-je vous faire confiance à toutes les deux ?

Ella acquiesça.

— Bien sûr.

Sloane lui emboîta le pas.

Lucy expira.

— Ne me faites pas regretter d'avoir été d'accord avec ça et de vous avoir donné le feu vert, d'accord ? Tant que vous faites bien votre travail et que vous ne laissez aucune pression extérieure s'exercer dans cette arène, vous avez mon soutien.

Elle s'assit et croisa les bras.

— Des histoires d'amour au bureau, il y en a tous les jours. Vous devez être du côté de l'amour, n'est-ce pas ?

Ella cligna rapidement des yeux et jeta un coup d'œil à Sloane. L'amour ? Personne n'avait encore parlé d'amour. Les joues de Sloane prirent la couleur d'une betterave. Cependant, elle n'allait pas contester ce que Lucy avait dit.

Elle aimait bien Sloane.

Beaucoup.

Tous les couples avaient bien commencé quelque part.

* * *

— Je crois que c'est le bon.

Ella s'allongea sur le canapé d'angle en velours bleu de Heals. Il était bien au-dessus de ses moyens, mais elle se disait que c'était un investissement pour son avenir. Les paroles de Sloane lui avaient fait penser qu'elle pourrait se l'offrir elle-même si elle le payait avec une carte de crédit et si elle puisait dans ses économies. Qu'elle le méritait. Il allait mettre six semaines à arriver, et d'ici là, elle savait déjà qu'elle en aurait marre de l'ancien. Sa mère ne s'était jamais fait plaisir, s'inquiétant toujours de l'avenir. Cela ne l'avait pas menée bien loin. Ella s'était alors fait la promesse de vivre pleinement sa vie et d'obtenir ce qu'elle voulait et ce qu'elle méritait. Ce canapé marquait son premier grand achat en solo.

— Il y est clairement fait pour toi.

Marina s'y enfonça.

— Il est très confortable aussi. Je pense que tu pourrais y passer des moments très intimes avec une certaine star du football mondial.

— Chut !

Ella jeta un coup d'œil autour du magasin.

— Quelqu'un pourrait t'entendre.

Mais il n'y avait personne à portée de voix.

— Ça n'intéresse personne. Je ne comprends toujours pas pourquoi vous ne pouvez pas vous afficher. Tu t'attends à ce que ça ne marche pas ? Ou alors c'est elle qui a des doutes ?

Ella mentirait si elle disait que cette idée ne lui avait pas traversé l'esprit. Mais elle secoua quand même la tête.

— Elle ne veut pas que quelque chose mette la pression sur son retour, ce que je comprends. Elle vient de passer de durs moments avec Jess. Elle ne veut pas s'emballer. En plus, elle essaie de me protéger, je pense.

— Si chevaleresque, ou quelque chose comme ça, dit Marina en haussant un sourcil. Honnêtement, ta vie ressemble à un feuilleton.

Marina s'allongea et se mit à l'aise sur le canapé.

— Je l'essaie juste pour les fois où je reste chez toi. Je pense que cela conviendrait pour dormir.

Elle se remit en position assise et adressa un sourire ironique à Ella.

— Tu sais quoi ? Même si vos débuts ont été un peu mystérieux, j'aime bien que tu sois avec Sloane.

— Tu me passes de la pommade pour avoir des billets gratuits ?

— Je suppose que c'est une évidence.

Marina exhiba ses deux parfaites lignées de dents nacrées, résultat d'un traitement de blanchiment des dents pour lequel elle avait dépensé une fortune l'année dernière. Elle affirmait que cela valait chaque centime.

— Seulement, il faut que j'organise bientôt une sortie avec elle. En tant que membre de ta famille la plus proche, j'ai l'impression que je dois bien vérifier ta future femme.

Ella lança à sa cousine un regard fuyant.

— Nous ne nous marierons pas.

— Pas encore, nuance Marina. Mais j'aime le feu qu'elle a allumé derrière tes yeux. Tu sembles différente, plus vivante. Je voulais que tu trouves quelqu'un, et c'est le cas. Maintenant, il ne me reste plus qu'à me dépatouiller avec ça.

— C'est vrai, acquiesce Ella. Mais sérieusement, qui sait où cela va nous mener. Elle est magnifique, talentueuse et célèbre, et je n'arrive pas à croire qu'elle couche avec moi.

— Pourquoi ? Tu es un bon parti.

— Je ne suis pas Sloane Patterson.

— C'est bien, parce que je doute qu'elle veuille coucher avec elle-même.

Marina fit un signe du doigt dans sa direction.

— Elle est peut-être la reine du terrain, mais tu es la reine de son cœur.

Ella renifla.

— Tais-toi, tu n'en sais rien.

Puis elle s'allongea sur le canapé, en veillant à ce que ses pieds ne touchent pas le tissu. Elle se tortilla, puis hocha fermement la tête.

— C'est confortable. Et c'est énorme. Même un géant pourrait y dormir. Ça te conviendrait parfaitement, vu ta taille de lutin.

Marina la gifla en signe de protestation.

Ella sourit et se tut un instant.

— Tu crois que ça va aller, quand même ? Elle et moi ? Tu as vu le collier qu'elle m'a acheté pour Noël. Il a coûté cher, j'ai fait des recherches.

Elle s'assit à nouveau à côté de sa cousine et se pinça les lèvres.

— Tu te souviens des problèmes d'argent que j'ai eus avec Reba ? J'ai peur que ce soit la même chose avec Sloane.

Mais Marina ne l'entendait pas de cette oreille.

— Tes problèmes avec Reba ne se limitaient pas à l'argent. Tu ne semblais pas heureuse avec elle. Alors que tu sembles totalement éprise de Sloane, même si vous n'en êtes qu'à vos débuts. Tu n'as jamais été comme ça avec Reba, même après six semaines, alors que tu *devais* l'être. Oui, Sloane est riche et célèbre, mais dans le bon sens du terme. Elle gagne de l'argent en faisant quelque chose qu'elle aime. Plus précisément, quelque chose que *tu* aimes. D'après ce que tu as dit, c'est une bonne personne. Et elle a bon goût en matière de bijoux. Reba gagnait de l'argent en tant que financière de la ville. Reba aimait l'argent pour l'argent. Il y a une énorme différence.

Ella n'y avait pas pensé comme ça. Elle et Sloane avaient bien plus en commun. De plus, lorsque Reba avait acheté à Ella des bijoux coûteux, c'était pour la frime, et ce n'était pas vraiment le style d'Ella. Alors que Sloane avait pris le temps de dépenser son argent pour quelque chose de significatif.

— En plus, tu es plus vieille et plus sage maintenant.

Elle marqua une pause.

— Et si ça tourne mal, tu pourras au moins dire que tu as baisé la vainqueuse de la Coupe du monde.

Ella éclata de rire, puis donna un coup de coude dans les côtes de sa cousine. Seule une personne qui l'avait connue toute sa vie pouvait dire cela.

Marina sourit.

— Où est-elle aujourd'hui ?

— Entraînement. Elle joue son premier match demain et elle est très excitée, tout comme moi. Ses jambes toniques et souples m'ont manqué sur le terrain.

— Perverse.

— J'ai le droit de dire ça, c'est ma petite amie.

Du moins, Ella l'espérait.

— On se retrouve plus tard à Kilminster. Sloane rencontre ses cousins au match local.

— Je peux venir ?

Ella haussa les épaules.

— Tant que tu ne dis rien d'embarrassant, bien sûr.

La bouche de Marina s'ouvrit et elle porta une main à sa poitrine.

— Moi ? Je suis la discrétion-même.

* * *

Ella balaya le parking du regard tandis qu'elle et Marina sortaient de leurs voitures, mais elle ne voyait pas encore la Jeep de Sloane. Elle conduisit Marina à travers les graviers jusqu'au terrain situé au-delà, portant un café acheté au Shot Of The Day pour Sloane.

Marina l'avait traitée d'imbécile.

Ella lui avait dit de se taire.

— On dirait les endroits où tu jouais à l'époque, lui dit sa cousine alors que leurs pieds s'enfonçaient dans l'herbe humide.

Elle fronça les sourcils.

— Je croyais que cette époque était révolue.

Marina ramassa ses chaussures délicates, totalement inadaptées aux champs boueux.

— C'est toi qui voulais venir.

Ella espérait que son air renfrogné ferait taire Marina.

— Pas de gémissements.

— Je disais ça comme ça, répondit Marina alors qu'elles arrivaient sur le bord du terrain.

— Et bien essaie de t'abstenir.

— Quelle humeur !

Marina rabattit son bonnet gris sur ses oreilles et leva le menton vers le ciel, comme elle le faisait lorsqu'elle était fâchée avec Ella.

Elle avait peut-être été un peu dure avec elle, mais Ella avait mis cela sur le compte de la nervosité. Emmener Marina n'importe où était toujours comme ça. Soit les gens l'aimaient, soit ils la détestaient. Il n'y avait pas de juste milieu.

— Ella, par ici !

Au loin, Ella aperçut une personne vêtue d'un vert éclatant qui leur faisait signe de la main. Elle plissa les yeux, mais n'arriva pas à distinguer qui c'était, et supposa qu'il s'agissait de Cathy. Elle lui répondit par un signe de la main.

Quelques minutes plus tard, Cathy et Hayley arrivèrent à leurs côtés, les joues roses. Ella ne les avait pas vues depuis Noël, mais c'était comme si le temps n'avait pas passé. Elles la prirent immédiatement dans leurs bras.

— Voici ma cousine, Marina. Voici la famille de Sloane, Cathy et Hayley.

Marina les prit dans ses bras et elles acceptèrent avec grâce.

— J'adore ce terrain. Il est si merveilleusement rétro, avec le terrain et le clubhouse.

Elle lança un regard nostalgique.

— C'est tout simplement charmant.

Ella avait oublié que Marina était une actrice de premier ordre quand elle voulait l'être aussi.

— Toutes mes personnes préférées sont ici en même temps !

Ella se retourna pour voir celle qui comptait le plus marcher vers elles, une veste d'hiver des Salchester Rovers zippée sur sa tenue d'entraînement.

— Tu as réussi !

Son battit la chamade lorsque Sloane s'approcha d'elle et déposa un chaste baiser sur sa joue, suivi d'une pression sur sa main.

— Il faut soutenir la famille, tout comme elle me soutient pour mon premier match demain.

— Nous sommes impatients, confirme Cathy en serrant Sloane dans ses bras. Te voir en action, ça va être un vrai régal.

— Et quand je marque, c'est pour Eliza, souviens-toi.

Ella donna son café à Sloane.

— Est-ce que ça vient de là où je pense que ça vient ?

— Avec de la crème, ajoute Ella. Suzy a commencé à en stocker juste pour toi.

— Je pourrais m'habituer à ce service.

Le sourire qu'elle adressa à Ella la réchauffa de part en part. Même ses orteils. Qui, jusqu'à présent, étaient restés fermement gelés. Tel était le pouvoir d'un sourire de Sloane Patterson.

— J'étais en train de dire à ta famille à quel point ce terrain est charmant, dit Marina à Sloane.

Ella lui donna un coup de coude. Marina n'avait pas besoin d'en rajouter autant.

— Si par charmant tu veux dire qu'il tombe en ruine, alors oui, il tombe en ruine, dit Cathy en riant. Nous organisons une collecte de fonds à la fin de la saison si tu veux faire un don, Sloane. Il n'y a pas de pression, mais ça peut aider.

— Je serais plus qu'heureuse d'apporter ma contribution, répondit Sloane. Avez-vous déjà trouvé un nouveau sponsor ?

Cathy secoua la tête.

— Nous avions une entreprise intéressée, mais la crise économique a touché tout le monde et elle s'est retirée.

Elle fit un signe de tête aux joueurs.

— C'est pourquoi les maillots sont toujours unis.

Les cris de la foule s'élevèrent lorsque Kilminster se rapprocha, mais son attaquant se pencha en arrière et envoya le ballon en l'air au moment décisif.

— Pas de chance, Nathan ! cria Cathy.

Elle pencha la tête.

— Nous retournons à nos places. Vous pouvez vous joindre à nous, ou nous rejoindre au clubhouse après le match…

Sloane acquiesça.

— OK, on se verra là-bas.

— Attendez, j'ai besoin d'aller aux toilettes, dit Ella.

— Je vais marcher avec toi, dit Marina.

En partant, Sloane lança à Marina un regard qui disait : « Fais gaffe à ce que tu dis. ».

Marina se contenta de lui adresser un doux sourire en retour.

* * *

Sloane sourit à Marina, puis entoura son café de ses mains pour les réchauffer. C'était le dernier week-end de janvier et le temps était rude, mais elle aimait bien ça. De plus, elle aimait bien savoir qu'il y avait une fin. Les saisons lui avaient manqué à Los Angeles. De plus, ce genre de temps lui rappelait son enfance à Détroit, où l'on avait toujours besoin de gants en hiver.

— Il faudra que tu viennes rencontrer mes parents aussi, maintenant que j'ai rencontré ta famille. Je sais qu'ils aimeraient beaucoup te connaître.

Marina marqua une pause, puis remonta ses épaules.

— Maintenant que toi et Ella êtes ensemble.

Sloane enregistra le changement de vibration.

— Absolument. J'en serais ravie. Mais ce ne sera probablement pas avant la fin des vacances internationales.

Si tant est qu'elle fut sélectionnée, ce qui n'était pas gagné d'avance.

— À moins qu'ils ne viennent nous rendre visite. Ils pourront alors rencontrer ma famille.

Sa famille. Elle n'avait jamais présenté sa famille à qui que ce soit d'important depuis qu'elle était en âge d'avoir son mot à dire. C'était bien que Cathy ait changé cela.

— Je sais qu'ils apprécieraient que tu viennes. Cela montrerait que tu es sérieuse à propos d'Ella.

Sloane n'avait pas imaginé qu'elle recevrait le *discours* de la cousine d'Ella en marge d'un match de ligue mineure, mais il semblait que c'était le cas. À moins qu'elle n'ait mal interprété la situation. Le fait que Marina soit minuscule ne comptait pas. Elle s'était manifestement présentée ici avec une idée derrière la tête. Sloane se tourna pour lui faire face.

— Je t'assure que je suis sérieuse avec Ella. C'est une femme extraordinaire.

Sloane évalua Marina pendant qu'elle parlait.

Le rouge à lèvres de Marina brillait de tous ses feux, ses yeux se fixèrent sur Sloane, cherchant des failles dans ses paroles. La cousine d'Ella avait pris son air impassible. Est-ce qu'elle faisait ça à toutes les personnes avec qui Ella sortait ?

— En effet.

Marina fit un pas en avant.

— Elle ne s'ouvre pas souvent aux relations, et quand elle le fait, elle est à fond. Tu vois ce que je veux dire ?

— Hum.

Une pointe d'incertitude remonta le long de sa colonne vertébrale. Elle espérait vraiment que Marina n'était pas sur le point de lui donner un coup de poing dans l'estomac.

— J'ai lu l'article que tu as publié récemment dans un magazine. Où tu as dit qu'il n'y avait rien entre toi et Ella. Je sais pourquoi tu l'as dit, mais ça m'a laissé un goût amer dans la bouche. C'est aussi le cas pour Ella, peu importe ce qu'elle te dit. J'espère juste que tu ne la fais pas marcher pour quelque raison que ce soit. Que tu es sincère. Parce que je ne voudrais pas qu'elle soit blessée. Tu es peut-être célèbre, mais ça ne m'empêchera pas de bousiller ta Jeep si quelque chose arrive.

— Tu bousillerais ma Jeep ?

Sloane lutta contre l'envie de rire. Elle devait reconnaître ça à Marina. Si Sloane avait un jour besoin que quelqu'un se batte pour elle, elle la choisirait.

Sloane leva les mains, comme si Marina était sur le point de lui tirer dessus.

— Je promets, comme je l'ai dit à Ella, que je veux nous protéger, nous et mon rétablissement, en ne mettant pas notre relation sous les feux des projecteurs. Mais dès que les internationaux seront terminés, nous afficherons des photos subtiles.

Elle tenta un sourire.

— Je comprends que tu sois protectrice, et c'est gentil, mais tu n'as pas besoin de l'être. Elle mit une main sur sa poitrine.

— Je ne vais pas lui briser le cœur.

Marina plissa les yeux, puis se fendit d'un sourire.

— D'accord, je te crois.

La foule rugit derrière elles.

Sloane se retourna pour voir Ryan s'éloigner, les bras en l'air, poursuivi par ses coéquipiers.

— Merde, j'ai raté mon cousin en train de marquer.

Marina posa un gant sur son bras.

— Mais je t'ai donné ma bénédiction.

Chapitre Vingt-Neuf

— Au fait, j'adore ce nouveau canapé, je te l'ai déjà dit ?

Sloane étendit ses longues jambes et se laissa aller en arrière, en gémissant.

— On dirait que tu as 50 ans, pas 28.

— J'aurai 29 ans la semaine prochaine. Le premier jour des vacances. Tu y crois ?

— Vieille. Je sors avec une vieille femme.

Ella se pencha et l'embrassa.

— Sache que je viendrai chez toi la veille, que tu le veuilles ou non.

Elle haussa un sourcil.

— Je dois te donner ton cadeau d'anniversaire en avance, n'est-ce pas ?

Un frisson parcourut le corps de Sloane. Ella avait le pouvoir de faire ça quand elle le voulait. De plus, elle avait l'air si sexy dans son short rose. Il faisait bien plus chaud dans son appartement qu'à l'extérieur.

— Tant que tu m'offres des dosettes de demi-crèmes de Lakeland, ça me convient parfaitement.

Ella éclata de rire.

— Et tu sais quoi ? Grâce à ton aide, j'apprends à mieux

dépenser pour moi-même et à me faire plaisir. J'ai même acheté ce canapé, ce qui représente un grand pas pour moi.

— C'est vrai.

— J'aurais même peut-être pu t'offrir quatre boîtes de crèmes pour ton anniversaire tant que tu y es. Ça aurait fait une belle somme !

— On peut toujours rêver.

Sloane embrassa à nouveau les lèvres pleines et douces d'Ella.

— Vous m'avez manqué, toi et ton esprit vif.

— Et mes superbes fesses ?

— Ça aussi.

Elle ne plaisantait pas. Au cours des trois derniers mois, elle avait mémorisé chaque centimètre de la peau d'Ella. Son cul était particulièrement mis en valeur.

Elle tapota le genou exposé d'Ella.

— Je sais que je l'ai déjà dit, mais je n'en reviens toujours pas de la taille des cicatrices sur ton genou.

— La médecine a fait des progrès depuis. De plus, les opérations foireuses n'ont rien arrangé. Au moins, je ne boite pas et je peux encore taper dans un ballon.

Sloane pencha la tête.

— C'est moi, ou cette cicatrice du haut a des airs de Dan le kiné quand Lucy s'en prend à lui ?

Cela faisait plus d'une semaine qu'elles n'avaient pas passé la nuit ensemble à cause des matchs à l'extérieur et des emplois du temps, mais ce soir ça allait changer. Sloane était arrivée plus tôt avec de la nourriture thaïlandaise, et maintenant elles étaient installées sur le canapé pour regarder un match clé en milieu de semaine de la Premier League entre les Rovers et les

Blackthorn Stars. La fin du mois de mars était une période cruciale pour les saisons masculines et féminines.

Jusqu'à présent, son retour s'était avéré fructueux, Nat et elle ayant repris là où elles s'étaient arrêtées. Elle mit cela sur le compte d'un travail acharné, d'une bonne situation pour elle et Ella, et d'un bon fonctionnement de l'équipe. Le club était toujours en Coupe d'Angleterre et en bonne voie pour disputer le championnat. Tout restait encore possible.

Sur l'écran, un jeune joueur des Rovers déborda sur l'aile et adressa un centre magnifique. Sloane émit un petit sifflement.

— Ce type sait vraiment jouer au football.

Ella tourna la tête.

— Oh mon Dieu !

— Quoi ?

Le cœur de Sloane bondit.

— Qu'est-ce qui vient de se passer ?

— Tu as dit football, pas soccer !

Ella leva les bras en signe de triomphe.

— Mon travail ici est terminé.

Sloane roula des yeux.

— C'était un lapsus.

— Démasquée, la taquina Ella en lui donnant un coup de coude dans les côtes.

Sloane opta pour un changement rapide de sujet.

— Tu vois ta famille ce week-end ?

— Belle transition.

Ella sourit.

— En effet. J'y vais en voiture samedi. Je serai de retour pour le match de dimanche. C'est dommage que tu ne puisses pas venir aussi, ils veulent absolument te rencontrer. La femme que tu vois mais que personne ne voit pas, comme le dit ma tante.

Sloane grimaça.

— Après la trêve internationale, si je suis sélectionnée, je viendrai à Midcombe. Promis.

— Je sais.

Ella allongea le dernier mot en levant les yeux au ciel.

— Et tu seras choisie, ne sois pas stupide.

Elle marqua une pause.

— J'ai aussi des œufs de Pâques fantastiques pour eux. Marina ne vit que pour le chocolat, elle sera ravie.

Sloane se tortilla, déplaça Ella et sauta du canapé. Sa cheville ne broncha même pas. Elle lui parlait tous les matins pour confirmer que c'était toujours sa cheville préférée. Elle tenait bien le coup, mais elle aimait prendre toutes les précautions nécessaires.

— En parlant d'œufs de Pâques, je t'en ai acheté un. Juste pour te montrer que mes cadeaux ne sont pas toujours tape-à-l'œil.

Ella caressa son collier.

— Ne te méprends pas, j'aime le tape-à-l'œil comme n'importe quelle autre femme.

Sloane rit en allant chercher son sac dans la cuisine. Elle s'émerveilla à nouveau de la façon dont Ella avait rendu cet appartement tellement plus accueillant depuis qu'elles étaient venues le visiter. Une horloge rétro chromée sur le mur de la cuisine. Une bouilloire jaune amusante et un grille-pain assorti. Des fleurs fraîches sur la table blanche de la cuisine. Auparavant, l'appartement manquait d'âme. Aujourd'hui, il en était imprégné.

Quand elle revint dans le salon, Ella était allongée sur le canapé comme une déesse des temps modernes, les cheveux en éventail des deux côtés. Elle était tellement concentrée sur le jeu qu'elle n'avait même pas remarqué Sloane et ce qu'elle tenait. Jusqu'à ce qu'elle s'éclaircisse la gorge.

Le visage d'Ella s'illumina alors.

— Un œuf de Pâques Wispa !

Elle se leva, prit l'œuf en chocolat des mains de Sloane et dansa dans la pièce avec l'œuf pressé contre sa poitrine. Elle jeta un coup d'œil à Sloane lorsqu'elle s'approcha d'elle.

— C'est un cadeau fantastique. Tu es douée pour ça.

Ella posa l'œuf, attrapa Sloane et passa ses bras autour de son cou.

— Un cadeau inattendu de la part de mon cadeau inattendu.

Quand Ella souriait à Sloane, ça lui coupait le souffle. Le rouge doux sur ses joues, sa chevelure brillante, son regard riche et caramel.

— Tu es un vrai cadeau, toi aussi.

Sloane pétrit ses doigts à la base de la colonne vertébrale d'Ella. Chaque fois qu'elles étaient comme ça, et qu'elle regardait dans les yeux d'Ella, elle craignait toujours que cela se termine. Mais ce n'est pas ce qu'elle voulait, et elle allait faire tout ce qui était en son pouvoir pour que cela n'arrive pas. Même si Salchester ne renouvelait pas son contrat, elle ferait pression sur Adrianne pour qu'elle trouve une solution.

Ella fronça les sourcils.

— Qu'est-ce qui se passe avec toi ? J'étais sur le point de t'embrasser et tu t'es éloignée.

Sloane secoua la tête.

— Moi ? Mais non, je suis là.

Elle se pencha et pressa ses lèvres sur celles d'Ella.

— J'embrasse ma belle petite amie.

Elle enfonça sa langue dans la bouche d'Ella, heureuse de sentir son souffle chaud. C'était ce dont elle avait besoin. Pas besoin de réfléchir. C'était simple, c'était magique, et Sloane était là pour ça.

Le jeu jouait toujours à la télévision quand elles se rendirent dans la chambre.

***

Lorsque Sloane se réveilla le lendemain matin, Ella n'était pas là, mais elle pouvait entendre l'eau couler. Ses muscles étaient endoloris par l'entraînement de la veille, mais le doux bourdonnement de la nuit dernière brillait encore à l'intérieur. Elles n'avaient pas encore déclaré leur amour l'une pour l'autre, mais Sloane pourrait être bientôt prête. Il lui avait fallu plus de neuf mois avec Jess, et c'était rapide. Elle n'était pas habituellement quelqu'un qui tombait amoureuse vite et fort. Elle craignait qu'Ella n'ait enfreint toutes ses règles.

Elle saisit son téléphone sur la table de nuit. Sa bague en onyx était posée à côté. Lorsqu'elle vit une série de messages, son cœur se serra. Encore des messages de Jess. Au milieu de la nuit. Sans doute un peu défoncée.

Elle avait recommencé la semaine dernière, et c'était la troisième nuit que Sloane se réveillait avec eux. Jess s'inquiétait de ne pas être sélectionnée pour l'équipe d'Angleterre, car sa forme avait baissé depuis qu'elle et Brit avaient rompu. Elle n'arrêtait pas de se souvenir du temps où Sloane et elle étaient ensemble, quand elles jouaient toutes les deux de façon fabuleuse pour leurs pays respectifs. La nuit dernière, elle avait écrit : « *Peut-être qu'on devrait se remettre ensemble quand je viendrai pour le match. On pourrait toutes les deux marquer.* » Ce n'était pas drôle, même dit en plaisantant. Sloane avait espéré que la baisse de forme de Jess signifierait qu'elle ne serait pas sélectionnée. Ainsi, elle ne viendrait pas en Angleterre. Cependant, le dernier message de ce matin lui dit le contraire.

« Juste pour te dire que je suis entrée dans le camp de l'Angleterre. Je ne sais pas comment. J'espère qu'on pourra se voir avant, aussi. Tu me manques, Sloane. On se voit dans deux semaines. »

Sloane laissa tomber son téléphone et ferma les yeux, imaginant Ella sous la douche. Ses fesses rondes, ses seins parfaits, ses yeux ardents. Elle ne méritait pas que Jess revienne dans leur vie, et Sloane ne laisserait pas cela se produire. Peut-être pourrait-elle arranger un café avec elle avant pour mettre les choses au clair. Serait-ce raisonnable ? Elle serra les dents. Elle n'en avait aucune idée. Elle voulait garder sa nouvelle vie et son ancienne vie loin l'une de l'autre. Sur le terrain, c'était une chose. En dehors, elle pouvait tout contrôler.

Elle envoya un message à Jess, lui disant qu'elle la verrait autour d'un café à un moment donné pour rattraper le temps perdu.

Au fond d'elle, Sloane espérait être sélectionnée. Elle s'essuya le front. Si elle ne l'était pas, ce serait dévastateur. Mais au moins, cela signifierait qu'elle n'aurait pas à voir Jess.

Les bons côtés de la vie.

Seulement, ce stage était crucial. Le dernier avant la

Coupe du monde. Si elle n'était pas sélectionnée, ses chances de participer au tournoi étaient minces. Ses cinq buts depuis son retour suffiraient-ils à la faire remarquer ? Elle l'espérait. Les gens pensaient souvent qu'il était évident qu'elle serait sélectionnée, mais pas Sloane. Elle avait déjà connu la déception de la non-sélection, et cela l'avait blessée. Cependant, elle avait fait tout ce qu'elle pouvait pour défendre sa cause. C'était à l'entraîneur de décider.

La porte de la chambre s'ouvrit et Ella entra, une serviette bleue enroulée autour d'elle, ses cheveux en nid d'oiseau humide sur le dessus. Elle avait l'air comestible. Elle sourit à Sloane.

— Bonjour, ma belle !

Elle s'approcha, embrassa Sloane, puis se retira.

Après la nuit dernière, tu as peut-être besoin d'un nouveau surnom. Quelque chose de sexy. Elle mit un doigt sur ses lèvres.

— Laisse-moi y réfléchir.

Sloane se sentait coupable. Devrait-elle parler de Jess à Ella ? Mais elle ne voulait pas faire disparaître ce sourire de son visage. Pas le moins du monde.

Ella fronça les sourcils.

— Tout va bien ? Tu as retrouvé ton front plissé, dit-elle en montrant son front.

Sloane s'essuya le visage, puis afficha un sourire.

— C'est parfait. J'ai juste fait un drôle de rêve, c'est tout. Ella acquiesça.

— Tu as vu que l'équipe d'Angleterre a été annoncée ? Elle fit une pause.

— Jess en fait partie.

Ses yeux s'assombrirent et son énergie diminua.

— Vraiment ?

Sloane espérait avoir l'air convaincante.

— Vraiment, alors c'est l'occasion de la faire trébucher et de lui montrer qui a gagné à la fin.

Ella fit un clin d'œil, écartant ce sujet.

— Mais le plus important, c'est que Nat et Becca ont été sélectionnées. N'est-ce pas incroyable ? Je me sens comme une tante fière. Deux de nos bébés sont appelés.

— Putain, c'est génial.

Ella se sècha les cheveux, puis vont s'asseoir, nue, à côté de Sloane.

— Tu te souviens quand nous avons visité cet appartement ? Quand l'agent nous a surprises en train de nous embrasser ? Elle aurait dû nous voir hier soir.

Elle souriait rien que d'y repenser. Sloane le savait, parce qu'elle le savait aussi.

— Tu as entendu parler de l'équipe américaine aujourd' hui, n'est-ce pas ?

Sloane grimaça. Elle avait essayé de ne pas y penser, mais c'était une grande nouvelle.

— Dans deux heures. Le coach appellera à 9 heures du matin, heure de l'Est.

— Tu en feras partie.

Elle prit le menton de Sloane dans sa main.

— Qui peut résister à ce visage ?

Chapitre Trente

— Tu te souviens de l'endroit où nous jouions ?

Lucy lui envoya le ballon.

Ella le réceptionna avec aisance, le contrôla, fit quelques pas de danse pour se donner du courage, puis le renvoya avec force à sa patronne. Nat et Becca avaient fait leurs adieux à l'équipe aujourd'hui pour se rendre en Angleterre. En plus de Sloane, six autres joueuses devaient participer aux matchs amicaux de leur pays au cours des deux prochaines semaines, dont Layla pour la Norvège. Lucy avait demandé à Ella si elle voulait prendre un café, mais comme elles étaient encore toutes les deux en forme après l'entraînement, elle avait suggéré de faire un tour. Lucy était d'accord.

— Pas sur des terrains comme celui-ci.

— Pas dans ce genre de fringues non plus, confirma Lucy. Les enfants d'aujourd'hui ne se rendent pas compte de la chance qu'ils ont.

Elle sourit à ses propres paroles en immobilisant la balle.

— Quand est-ce que je suis devenue aussi vieille ?

Ella rit.

— Tu n'es pas vieille. Tu n'as encore aucun cheveu blanc.

— Ça agace beaucoup ma femme en effet.

Lucy ramassa le ballon et se dirigea vers Ella.

C'était le début du mois d'avril, le soleil était encore présent et le printemps était dans l'air. Le mois de mars avait été froid, mais Ella espérait qu'aujourd'hui était un signe que la température était sur le point de remonter. Quel que soit le temps qu'il faisait, elle aimait toujours la sensation de l'herbe sous ses pieds. L'odeur de la terre dans ses narines. Elle se sentait toujours chez elle.

— On s'arrête là pour aujourd'hui ?

— Oui, s'il te plaît. Une demi-heure, c'est suffisant pour moi.

Lucy lui adressa un sourire.

— Ne le dis pas aux joueuses.

Elles se mirent à marcher d'un pas facile, Ella se protégeant les yeux du soleil d'avril encore haut. Au loin, les voitures grondaient sur la route à deux voies, mais sur ce terrain, elle se sentait dans un tout autre monde.

— Comment Sloane se sent-elle par rapport au camp ? C'est un match important dans la perspective de la Coupe du monde.

— J'ai essayé de faire en sorte qu'elle se concentre sur d'autres choses. Je sais qu'elle était tendue en attendant d'être appelée après sa blessure. Une fois que cela a été fait, elle s'est sentie bien. Maintenant, il s'agit de montrer ce qu'elle sait faire. Je ne suis pas inquiète.

— L'Angleterre devrait l'être, peut-être.

— Il y a de ça.

Ella repensa à l'autre matin où Sloane avait semblé préoccupée, et avait sursauté quand elle lui avait demandé ce qu'elle regardait sur son téléphone. Peut-être était-elle plus inquiète qu'elle ne le laissait paraître. La blessure l'avait fait douter d'elle-même, mais elle était de nouveau en forme maintenant. Sa vie en dehors du terrain était solide, et cela se traduisait toujours dans le temps de jeu.

— Ça a l'air de bien marcher entre vous ?

C'était plus un commentaire qu'une question, mais Ella ne put s'empêcher de sourire.

Ça marchait plus que bien, en effet.

Elles volaient littéralement.

— Oui, c'est vrai, et ce sera encore mieux quand nous pourrons vraiment nous montrer publiquement.

Elle secoua la tête.

— Mais je me réveille heureuse, alors je ne peux pas me plaindre.

— Je pense que vous êtes le couple idéal, confirma Lucy. De plus, quoi que vous fassiez l'une pour l'autre, continuez comme ça. J'ai une attaquante de pointe très heureuse et une entraîneuse rayonnante, toutes deux au sommet de leur art. Tu nous avais manqué pendant les six semaines où tu étais avec les hommes. C'est bien que tu sois de retour. Les hommes ne voulaient pas te perdre. Tu es très demandée.

Elles atteignirent l'abri sur le côté du terrain, et Lucy prit des bouteilles d'eau dans le seau et en donna une à Ella. Elle attendit qu'Ella ait desserré le bouchon et pris une gorgée avant de parler.

— Je voulais aussi te demander quels étaient vos projets. À Sloane et toi. Avez-vous parlé de la saison prochaine ?

Ella déglutit, puis secoua la tête.

— Pas vraiment. Elle préfère attendre la fin de la trêve internationale.

Lucy acquiesça.

— C'est logique. Elle fait une pause. Mais s'il était possible d'ajuster le budget, serais-tu intéressée par un poste à temps plein ? Peut-être un rôle d'entraîneuse à temps partiel, comme entraîneuse de football pour les jeunes ? Si ça te tente, tu pourrais envisager de passer les diplômes nécessaires pour devenir entraîneuse. Je n'y ai pas encore réfléchi en détails, mais je pense que ça pourrait marcher. Le fait que tu sois sur le terrain à faire des séances personnelles avec les jeunes tout en travaillant avec le ballon m'a fait réfléchir. De plus, cela te tiendrait encore plus à l'écart de l'influence de Sloane, si elle reste. Si tu deviens coach de performance à plein temps, nous devrons clarifier les choses avec la direction. Je ne veux pas te perdre à cause de ta relation avec elle, Ella.

Une joie pure et brûlante jaillit à l'intérieur d'Ella.

— Oui, je serais absolument intéressée.

Sous l'impulsion du moment, elle serra Lucy dans ses bras.

Lorsqu'elle lâcha prise, sa patronne recula en souriant.

— Ce serait le travail à plein temps de mes rêves. Un mélange de terrain et de hors terrain.

— On se calme, je n'ai pas encore trouvé la solution. Mais si nous prenons au sérieux le développement de l'équipe féminine, pourquoi pas ? Surtout si les choses se passent bien cette saison, les dirigeants devront me soutenir.

— Je suis tout à fait d'accord.

— Bien, je suis contente.

Lucy vida sa bouteille d'eau et commença à marcher vers le bâtiment principal. Elle tint la porte ouverte à Ella. Elles allèrent toutes les deux directement au vestiaire et échangèrent leurs crampons contre des baskets.

— Quand Sloane rejoindra-t-elle l'équipe ?

— Demain matin. Elle est en train de se préparer à la maison. J'irai ensuite prendre un thé d'anniversaire en avance. Elle a hâte de revoir tous ses amis. Cela fait longtemps.

Ella était contente que Jess ne soit pas américaine. Elle ferait équipe avec Nat et Becca. Elles pourraient lui donner tous les potins sur Jess à leur retour.

— Souhaite-lui un joyeux anniversaire de ma part. Elle passera un bon moment au camp. À part si elle perd le match.

Lucy sourit, puis fit claquer ses doigts l'un contre l'autre.

— En parlant de ça, viens dans mon bureau. J'ai obtenu des laissez-passer VIP pour nous. Angleterre contre États-Unis à Wembley, et pour une fois, nous avons des bonnes places ! Il ne te reste plus qu'à décider qui tu vas encourager ce soir-là.

Chapitre Trente Et Un

Sloane verrouilla sa voiture et se dirigea vers son immeuble. Elle était presque arrivée à la porte lorsqu'elle réalisa qu'elle avait laissé son sac sur la banquette arrière. Elle poussa un juron, puis se retourna vers la voiture. Elle balaya le parking du regard, à la recherche de photographes ou de fans. Depuis l'annonce de l'équipe américaine, elle en avait vu quelques-uns traîner dans les parages. Heureusement, elle n'en voyait pas ce soir. Elle prit son sac, claqua à nouveau la portière, mais lorsqu'elle se retourna, une silhouette familière se tenait devant elle.

Jess. Jess avait l'air plus mince, et cela en disait long à Sloane. Elle savait que Jess ne se nourrissait pas correctement lorsqu'elle était malheureuse. Une vieille mémoire musculaire donnait à Sloane l'envie de la prendre dans ses bras, puis de lui donner un bol de poulet et de pâtes. Mais ce n'était pas prévu aujourd'hui. Sloane avait un repas d'anniversaire à manger et un camp à rejoindre. Ella allait bientôt arriver. Elle devait se débarrasser de Jess, et vite.

Des vagues d'anxiété tourbillonnaient dans sa poitrine.

— Qu'est-ce que tu fais ici ?

— Bonjour à toi aussi.

Jess essaya un sourire arrogant, mais il n'atteignit pas tout à fait ses yeux.

— Regarde-toi, tu conduis une voiture de luxe comme si tu vivais ici.

Son accent anglais avait une forte tonalité américaine, et ses lèvres étaient gercées. Sloane fronça les sourcils.

— *Je* vis ici.

— Tu vois ce que je veux dire.

Pas vraiment.

— Ma première question reste valable.

Sloane jeta un nouveau coup d'œil autour d'elle. Si Ella arrivait en même temps que Jess, ce ne serait pas une bonne chose. Sloane devait se débarrasser de son ex dès que possible.

— Je croyais que tu prenais l'avion avec les filles américaines demain ?

C'est ce que Jess lui avait dit dans l'un de ses nombreux messages.

Jess secoua la tête.

— C'était ce qui était prévu, mais j'ai pris un vol plus tôt pour voir ma famille pendant quelques jours.

Sloane haussa un sourcil.

— Et ils ont emménagé dans mon immeuble ?

Jess roula des yeux.

— Mais non idiote, dit-elle en tendant une main et en saisissant le bras de Sloane. C'est toi ma famille, tu le sais.

Elle soupira.

— Tu m'as manqué, Sloane, c'est tellement bon de te voir. Tu as l'air en forme. Tu as reçu tous mes messages, n'est-ce pas ? Tu m'as à peine répondu. Mais tu as dit qu'on devrait se retrouver pour un café.

Jess lâcha Sloane et écarta les bras.

— Je suis là, prête pour un café et pour te souhaiter un joyeux anniversaire pour demain. Je pensais que si je me présentais en personne, tu n'aurais pas d'autre choix que de me parler.

Jess n'avait pas tort. Elle ne pouvait vraiment plus l'ignorer maintenant.

— Aussi, j'ai vu ce montage YouTube de toi avec cette autre femme. Ella, c'est ça ? dit-elle en se penchant. Très impressionnant, ces Youtubeurs. Ils font tellement d'efforts.

Jess soutint son regard avec assurance. Sloane devait l'admettre : après tout ce qui s'était passé, elle faisait preuve d'une audace remarquable. Ou peut-être était-elle simplement une sociopathe. Sloane n'arrivait pas à trancher.

— J'ai senti que c'était le bon moment. De venir te voir. Prendre un café, te regarder dans les yeux, te montrer et te dire que je n'en ai pas fini avec toi.

Vraiment ? Après tout ce temps ? Jess avait prononcé ces mots en décembre, après la chute de la Grande-Bretagne, mais Sloane pensait qu'elle s'en était remise depuis. Elle n'avait pas cherché à l'encourager, mais Jess n'avait jamais su lire entre les lignes. Sloane avait tenté d'être bienveillante, consciente de ce que c'était que d'être loin de chez soi et seule après une rupture. Peut-être que cette empathie avait été sa faiblesse. C'est peut-être le moment d'être franche.

Les oreilles de Sloane se mirent à chauffer et son estomac s'emballa. Elle s'apprêtait à cracher sa phrase d'introduction assassine lorsque la voiture d'Ella passa le coin de la rue.

Le souffle de Sloane s'évanouit, tous ses signaux d'alerte en éveil.

Elle voulait disparaître, mais elle ne le pouvait pas. Il n'y avait aucun moyen de se débarrasser de Jess avant qu'Ella ne la repère maintenant. Elle savait très bien à quoi cela ressemblait, parce qu'à chaque fois que Jess était mentionnée dans la presse, en particulier concernant ce jeu, le nom de Sloane ne semblait jamais loin derrière. Cela n'avait pas d'importance qu'elles aient été officiellement séparées depuis des mois. Pour le monde entier, elles formaient un duo.

Sloane devait essayer de limiter les dégâts avant qu'Ella n'arrive.

Peut-être pourrait-elle faire appel à la meilleure nature de Jess, bien qu'elle ne soit pas tout à fait sûre d'en avoir une.

— Tu es venue me dire que tu me veux toujours ? Est-ce que tu es défoncée en ce moment ?

Jess cligna des yeux, puis prit un air confus.

— Brit n'était qu'une passade, Sloane. Je n'ai jamais cessé de penser à toi. Je n'ai jamais cessé de t'aimer. Je l'ai dit dans les messages que j'ai envoyés.

— Oui, mais tu as eu une liaison avec quelqu'un d'autre !

Sloane s'était efforcée de garder sa voix égale, mais elle est presque sûre d'avoir crié la dernière partie. Elle ne pouvait pas s'en empêcher. Comment Jess pouvait-elle être aussi stupide ? Sloane jeta un coup d'œil derrière elle. Ella s'approchait, le visage crispé.

Sloane connaissait ce sentiment. Mais c'était trop tard. La rencontre qu'elle espérait ne jamais voir se produire. Sa vie d'avant et sa vie d'aujourd'hui qui se heurtaient.

— Bonjour, Ella.

Sloane se pencha et donna à Ella le plus léger des baisers sur la joue.

Ella s'était-elle détournée à la dernière minute ? Il fallait maintenant limiter les dégâts.

— Je viens de rentrer et regarde qui m'attendait.

Elle espérait que son ton lourd indiquait à Ella qu'elle n'était pas contente de voir Jess.

— Je vois. Ravie de te rencontrer, Jess. Je suis Ella, la petite amie de Sloane.

La fierté remonta le long de la colonne vertébrale de Sloane. Elle devait le reconnaître à Ella. Elle prenait le contrôle de la situation. Quelque chose que Sloane aurait dû faire il y a des mois.

La confusion de Jess monta d'un cran.

— Petite amie ? Je savais que tu la voyais, mais je ne savais pas que c'était *officiel*.

— C'est officiel, dit Sloane, avant qu'il ne soit possible de tirer d'autres conclusions.

— Et tu es ici maintenant parce que ?

Les mots d'Ella étaient durs comme du granit.

Oh putain, qu'est-ce qui allait sortir de la bouche de Jess ? Le sentiment d'affaissement était de retour.

— Parce que je suis venue plus tôt pour le camp afin de voir ma famille. Mais je me suis arrangée pour voir Sloane aussi. Parce que nous sommes une famille. Ainsi que pour régler des affaires inachevées.

— Vous êtes quoi ?

Les yeux d'Ella s'écarquillèrent et elle se tourna vers Sloane.

Sloane fit un pas en avant. Non, non, non. Ce n'est pas possible. La veille du plus grand match de sa vie, sa vie personnelle était en train d'exploser dans son parking. Elle devait arrêter ça et arranger les choses. Ce n'est pas comme ça que ce soir devait se passer. Elle avait prévu un repas spécial. De la nourriture Marks & Spencer à manger. Ce n'était pas comme ça que cette soirée allait se terminer. Elle tendit la main et attrapa le bras d'Ella, maintenant replié sur sa poitrine.

— J'apprends la nouvelle en même temps que toi, je te rassure.

— Je t'ai dit que je venais dans mes messages, répondit Jess. Après avoir renvoyé ta bague en argent et en onyx.

— Elle a envoyé ta bague ?

Le masque de contrôle d'Ella tomba. La déconcertation traversa son visage, suivie de près par la douleur.

C'était pire que tout ce que Sloane aurait pu imaginer. Le désespoir tourbillonnait en elle, s'enroulant comme une liane. Elle ne voulait jamais être la source de la souffrance d'Ella.

« Je promets de ne pas lui briser le cœur .» C'est ce qu'elle avait dit à Marina. Mais elle devait dire la vérité.

— Jess a trouvé la bague dans sa veste.

Jess croisa les bras et s'appuya sur la Jeep.

— Et nous avons convenu de nous rencontrer pour un café.

— Mais pas aujourd'hui ! répondit Sloane, avant de se rendre compte de son erreur.

Ella recula, les regardant tous les deux.

— Vous vous échangiez des messages ?

Double merde.

Triple merde.

— Bien sûr. Nous étions fiancées, dit Jess, comme si c'était évident. Nous nous sommes séparées. Je ne suis pas morte.

Sloane grimaça, jetant un coup d'œil de Jess à Ella. Rien de ce qu'elle dirait ici ne serait juste. Mais elle devait faire en sorte que ce soit bien pour Ella. Pour lui montrer que ce n'était pas ce que qu'elle croyait. Mais plus elle regardait, plus elle voyait que c'était exactement ce à quoi ça ressemblait.

— Sloane ? Est-ce vrai ? Vous vous êtes envoyé des messages ?

Une peur sombre et grinçante s'installa au fond de la gorge de Sloane. Si elle niait, Jess ne ferait que contester. Elle pourrait même sortir son téléphone pour le montrer à Ella.

Sloane devait régler ce problème. Même si Ella avait déjà fait un pas en arrière. Un pied en dehors de la vie de Sloane.

— Techniquement, oui. Mais c'est plutôt Jess qui m'envoie des messages et moi qui ne fais que lui répondre.

Cela lui paraissait plus intelligent dans sa tête.

Ella jeta un coup d'œil de l'une à l'autre, puis elle tressaillit.

Sloane suivit sa ligne de mire. Ella fixait la main gauche de Jess.

— Tu portes toujours ta bague de fiançailles ? Celle que Sloane t'a donnée ?

Même Jess sembla légèrement embarrassée par cela en hochant la tête.

Dis quelque chose, Sloane ! N'importe quoi pour briser ce moment !

Mais Ella réagit plus rapidement.

— Laisse-moi résumer. Tu m'as dit que ta bague avait été retrouvée, mais tu as commodément oublié de mentionner que c'est Jess qui l'avait trouvée. Tu as envoyé un message à ton ex-fiancée, avec laquelle tous les journaux et les fans veulent que tu te remettes, et tu avais prévu de la rencontrer. Pendant ce temps, tu m'as dit que nous devions garder notre relation secrète jusqu'à la fin de la trêve internationale, afin que tu puisses te concentrer sur ton come-back et faire sortir Jess de ta vie pour de bon ?

Les joues d'Ella rougissaient.

— Pardonne-moi de dire des conneries. Mais peut-être que la vraie raison pour laquelle tu ne voulais pas rendre publique notre relation était que tu gardais tes options ouvertes ? Attendre que Jess revienne au Royaume-Uni. Pour voir laquelle d'entre nous tu aimais le plus ?

Elle la regarda avec une férocité que Sloane ne soupçonnait même pas.

— Tu n'y es pas du tout !

Sloane était au bord du désespoir. Elle avait conscience que les apparences étaient contre elle. Mais Ella devait comprendre que ce n'était pas la réalité. Cependant, à en juger par l'expression de son visage, ce n'était peut-être pas pour aujourd'hui. Ou même la semaine prochaine. Il fallait bien qu'elle écoute à un moment ou à un autre, n'est-ce pas ?

Un vide se creusa dans la poitrine de Sloane. Elle pourrait vraiment la perdre.

— Tu sais quoi ? Va te faire foutre, Sloane. Va te faire foutre, toi et tes manières de superstar.

Les yeux d'Ella brillaient pendant qu'elle parlait.

— Je n'arrive pas à croire que tu m'aies fait marcher tout ce temps, alors qu'en réalité, tu ne faisais qu'occuper le temps, en attendant de retourner aux Etats-Unis et de reformer le couple en or.

Ella porta ses doigts à son collier-boussole. Son visage s'assombrit et elle arracha la chaîne de son cou. Elle ouvrit les doigts de la main droite de Sloane et pressa le collier dans sa paume.

— Tu peux récupérer ça aussi. Tu m'as menti.

Ella respirait difficilement.

— Tu es restée en contact avec ton ex pendant des mois sans m'en toucher un mot.

Les mots d'Ella étaient comme missiles. Chacun d'entre eux se logeait dans le cœur de Sloane. Son esprit cherchait des moyens de renverser la situation, mais ses sens en ébullition n'en trouvaient aucun. Ce soir, elle savait déjà que c'était une cause perdue.

Ella se tourna vers Jess.

— Tu es la bienvenue auprès d'elle. Vous êtes clairement aussi mauvaises l'une que l'autre.

Sur ce, Ella lança un regard meurtrier à Sloane, tourna les talons et se dirigea vers sa voiture. Les pneus crissèrent alors qu'elle accélérait pour sortir du parking.

Lorsqu'elle fut partie, Sloane se retourna vers Jess, puis inclina la tête.

— Je n'arrive pas à croire ce qui vient de se passer.

— Je suis désolée, dit Jess.

— Un peu tard pour ça, tu ne crois pas ?

Sloane empocha le collier, puis appuya ses paumes sur ses cuisses et se pencha, essoufflée. Que diable allait-elle faire maintenant ? Elle jeta un coup d'œil à Jess.

— Est-ce que tu causes autant de dégâts partout où tu vas ? Tu sais quoi, ne réponds pas à cette question. Pour reprendre les mots d'Ella, va te faire foutre, Jess.

Jess grimaça.

— Je ne savais pas que tu étais réellement en couple. Je pensais que nous avions encore une chance.

Sloane secoua la tête, incrédule.

— Qu'Ella et moi soyons ensemble ou non n'a aucune

incidence sur nous. Nous n'avons aucune chance de nous remettre ensemble. Suis-je claire ?

— Mais je pensais que…

— Tu pensais quoi ?

Sloane lui fit face, les mains sur les hanches. Il fallait qu'elle le sache.

— Que nous étions destinées à être ensemble.

Sloane n'en était pas sûre, mais à voir le visage de Jess, il se pourrait bien qu'elle ait compris.

— C'était le cas quand je t'ai demandé de m'épouser et que tu as dit oui. Mais ensuite tu as baisé avec quelqu'un d'autre, alors le destin a fait un brusque demi-tour.

Sloane secoua la tête.

— Tu as tout gâché Jess, tu le sais ? Va au camp. Joue au football. Tu es douée pour ça. Mais avant d'essayer de te mettre avec quelqu'un d'autre, essaie peut-être de faire un peu d'introspection et de grandir, toi aussi.

Jess soutint son regard, s'apprêta à dire quelque chose, puis se ravisa manifestement.

Jess avait-elle compris ce que Sloane disait ? Elle n'en a aucune idée.

— Tu choisis vraiment tes moments pour proclamer ton amour éternel. Tu ne l'as jamais fait quand nous étions ensemble.

— Je ne me rendais pas compte de ce que j'avais à l'époque. Je le réalise maintenant.

Jess fit une pause, puis capta le regard de Sloane.

— Alors nous deux c'est vraiment fini ?

Ses épaules s'affaissèrent en préparation de la réponse.

Sloane acquiesça.

— Vraiment.

— Et tu aimes beaucoup cette fille ?

— Oui.

Elle eut du mal à prononcer le mot.

Jess se tint droite et croisa les bras.

— Dans ce cas, on dirait que tu as fait des folies inutilement. Il est temps que tu lui montres, n'est-ce pas ?

Chapitre Trente-Deux

Ella ne se souvenait pas d'un moment de sa vie où elle s'était sentie comme ça. Elle avait avalé tous les mensonges de Sloane comme s'ils étaient paroles d'évangile. Oui, le fait de garder leur relation secrète lui avait coûté cher, mais la lumière au bout du tunnel, qu'elle croyait si proche, s'était révélée être un mirage.

Elle se sentait ridiculement stupide, comme une de ces femmes dans un article de magazine qui ne savent rien de la vie secrète de leur partenaire. Les mots de Jess lui revenaient sans cesse.

— Nous nous sommes séparées. Je ne suis pas morte.

Est-ce que tout ce qu'il y avait entre elles était un mensonge ? Sloane n'avait-elle fait que passer le temps ? Elle n'arrivait pas à y croire après tout ce qu'elles avaient partagé, mais toutes les preuves lui sautaient aux yeux. Elle ne voulait pas répéter des schémas familiaux. Elle avait vécu dans un monde en dents de scie. Sa mère avait été trompée par des hommes suffisamment de fois dans sa vie, et Ella s'en souvenait. Peut-être s'agissait-il d'un trouble génétique qu'elle et sa mère partageaient en matière de relations amoureuses.

Cette nuit-là, Sloane avait envoyé des messages et essayé d'appeler, mais Ella les avait tous ignorés. Elle n'était pas d'humeur à parler. Une chose dont Ella était sûre : elle n'irait pas au match Angleterre/Etats-Unis. Elle avait subi assez d'humiliation pour la semaine.

La première personne à qui elle avait parlé de ce qui s'était passé fut Marina. Sa cousine lui avait alors dit qu'elle viendrait en voiture dès que possible, ce qui avait permis à Ella de comprendre à quel point elle devait avoir l'air bouleversée. Marina n'était pas du genre à tout laisser tomber sans raison, mais elle avait toujours été là pour Ella tout au long de sa vie. Elle était la sœur qu'elle n'avait jamais eue. De plus, comme l'avait dit Marina : « Il faut que je sois là avec toi pour regarder ce match amical Angleterre-Etats-Unis, sinon tu vas devenir folle. »

Ella avait commencé à réfuter qu'elle allait regarder le match seule, mais elle s'était arrêtée. Ce n'était pas la peine. Sa cousine avait raison. Ella allait regarder tout le match et s'agripper au canapé lorsque Sloane et Jess s'approcheraient l'une de l'autre.

Le jour du match, pour ajouter l'insulte à la blessure, quelqu'un avait divulgué une histoire sur sa dispute avec Sloane devant l'immeuble, disant qu'elles avaient eu une querelle d'amoureuses impliquant Jess. L'histoire n'eut pas eu beaucoup de succès, mais elle avait quand même été diffusée. Ella était trop fatiguée pour regarder les commentaires, mais elle avait regardé un Youtubeur qui disait qu'elle était ravie à l'idée que Sloane et Jess se remettent ensemble. Ces gens ne savaient-ils pas qu'il y avait de vraies personnes avec de vrais sentiments impliqués ?

Marina arriva à 19 heures avec deux bouteilles de merlot et l'application Deliveroo ouverte sur son téléphone. Elle serra Ella très fort et l'embrassa sur la joue.

— Tu t'en sortiras, tu es une femme forte. Quelle que soit l'issue.

Elle lui toucha les joues.

— Tu es pâle. Tu as besoin de vin.

Ella savait qu'elle avait raison sur les deux points. Qui ne pâlirait pas en regardant son (ex ?) amoureuse jouer au football à la télévision avec son ancienne fiancée ? Ella n'arrivait pas à croire que c'était sa vie, mais c'était 100 % réel.

Elles s'installèrent devant leur curry : poulet bhuna pour Ella, bœuf madras pour Marina. Ella rapprocha la table basse pour qu'elles aient un endroit où poser leurs assiettes, puis elle ouvrit le vin et mit le match à la TV.

Marina saisit immédiatement la commande et l'éteignit.

Ella fronça les sourcils.

— Je croyais qu'on le regardait ? J'ai vraiment besoin de le regarder. Ce n'est pas seulement à cause de Sloane, que je vais essayer d'ignorer de mon mieux. Notre gardienne joue, ainsi que notre autre attaquante, Nat. C'est sa première convocation, et elle pourrait jouer quelques minutes. Elle est très excitée. Voilà qui avait au moins le mérite de faire sourire Ella. Nat avait vraiment mérité sa convocation grâce à son travail acharné et à son immense talent.

— Nous le regarderons. Mais avant de t'infliger la torture de regarder ta petite amie...

— Ce n'est plus ma petite amie.

Ella s'affaissa sur son canapé flambant neuf. Celui sur lequel Sloane et elle s'étaient allongées la semaine dernière pour parler de leur avenir. Tout ça, c'était fini.

— Nous en parlerons plus tard. Mais avant cela, redis-moi ce qui s'est passé.

— Je te l'ai déjà dit.

— Tu étais dans un état second. Redis-le moi de façon plus rationnelle.

C'est ce que fit Ella.

Marina fronça les sourcils.

— Quand tu es arrivée, Jess était là, mais Sloane a dit qu'elle ne l'attendait pas ?

— Non, mais elles se sont envoyées des messages. Jess lui a envoyé une bague et elles se sont arrangées pour aller prendre un café. Jess a aussi dit qu'elle voulait qu'elle revienne.

Ella haussa exagérément les épaules.

— Je veux dire, à part passer une annonce dans le journal, Jess a été très claire dans ses intentions, et Sloane n'a rien nié de tout cela.

— Qu'a dit Sloane, exactement ?

— Elle a admis qu'elles avaient échangé des messages. Et que Jess avait renvoyé une bague que Sloane avait perdue.

Je l'ai rembarrée, et je suis partie.

— Hmmm.

— Hmmm ? Je ne sais pas pourquoi tu es de son côté. Ce n'est pas parce qu'elle est célèbre qu'elle est irréprochable. Les gens célèbres peuvent aussi être des trous du cul. Ou peut-être que c'est comme avant avec Reba. Que je ne suis pas à son niveau de célébrité ou d'argent. Si elle veut que Jess revienne, peut-être que cela joue un rôle. Je n'ai pas la célébrité ou le cachet dont elle a besoin.

Mais Marina secouait déjà la tête et agitait une bouchée de curry.

Ella lui prit la main et la reposa.

— Pas autour de mon nouveau canapé, s'il te plaît. Le curry et le velours bleu ne font pas bon ménage.

Marina la posa et se tourna vers Ella.

— Je suis ici pour te dire que l'argent et la célébrité ne sont pas ce que Sloane recherche. La plupart des gens célèbres ne veulent pas de quelqu'un qui leur vole la vedette. C'est un fait. Ce qui veut dire que tu es idéale. Mais Sloane t'aime pour ce que tu es : célèbre ou pas. Elle fait partie des bonnes personnes. Je ne l'ai rencontrée que deux fois, mais ça se voyait. En plus, je lui ai dit de ne pas te briser le cœur, et elle a accepté de ne pas le faire.

— Tu as fait quoi ?

Marina haussa les épaules.

— Ce n'était rien, tu me remercieras plus tard. Mais ce que je veux dire, c'est que je pense que tu as besoin d'entendre sa version de l'histoire avant de t'emballer. Même si, oui, je sais que tu as déjà techniquement plongé.

— Le niveau d'expertise de Tom Daley.

— Je suis d'accord. 9,7 sur toute la ligne.

Elles sourirent toutes les deux. Ce léger soulagement était nécessaire. Elles mangèrent un peu et réfléchirent pendant quelques instants.

— Mais elle a essayé de te contacter ? finit Marina.

— Oui, depuis. Elle m'envoie des messages tous les jours. Elle est tenace.

— Pourquoi penses-tu que ce soit le cas ?

— Parce qu'elle ne supporte pas d'être celle qui se fait larguer ?

— Sloane Patterson est l'une des footballeuses les plus calmes que j'aie jamais rencontrées. Elle t'aime aussi. Beaucoup. Je parierais que tout ceci n'est qu'un malentendu.

— Pourquoi la défends-tu ?

— Parce que je l'aime bien et que je t'aime. Je pense qu'elle est peut-être déjà un peu amoureuse de toi, et vice versa. C'est pas si courant de nos jours, et c'est pourquoi je défends Sloane. Si c'est une idiote et qu'il s'avère que j'ai tort, je devrais revoir toute ma vision de la nature humaine. Ne la raye pas de ta vie tout de suite.

Ella décrocha son téléphone.

— Je vais lui envoyer un message maintenant, d'accord ?

Sloane ne put répondre que par des sarcasmes. Que savait Marina des relations amoureuses ? Elle était encore célibataire, après tout.

Marina roula des yeux, arracha le téléphone des doigts d'Ella et le posa sur sa table basse en bois, face contre terre.

— Tu n'as pas besoin de le faire maintenant. Elle est un peu occupée.

— Ah oui, elle joue avec son ex.

— Elle joue *contre* son ex. Il y a une grande différence.

Ella souffla. C'était difficile d'être en colère contre Sloane, même quand elle avait tort. Parce que les sentiments ne s'éteignent pas du jour au lendemain, n'est-ce pas ?

— D'accord. J'y réfléchirai.

Elle leva les yeux.

— Est-ce qu'on peut regarder le match maintenant ?

— Tu ne vas pas jeter quelque chose sur la télé ?

— Je ne te promets rien.

Elles allumèrent la TV. Le match venait de commencer. Les Etats-Unis étaient déjà à l'attaque et leur autre attaquante, Lena Jackson, tirait sur la gardienne des Rovers, Becca. Elle s'appuya de tout son poids sur le ballon et s'écroula sur celui-ci.

Ella tapa dans ses mains.

— Allez, Becca !

Elle encourageait vraiment l'Angleterre ce soir. Sur le côté droit de l'écran, Sloane s'éloigna du but en trottinant. La bouche d'Ella devint sèche. Elle était toujours aussi belle dans sa tenue. Cela n'avait pas changé.

Becca fit rebondir le ballon, puis le posa pour un dégagement. Ella se pencha vers Marina.

— J'ai marqué un but contre elle à l'entraînement. Est-ce que je l'ai déjà dit ?

— Une ou deux fois, répondit Marina.

***

Ella se réveilla le lendemain matin avec un petit rayon d'espoir que peut-être Sloane et elle pourraient remettre les choses sur les rails. Peut-être que Marina avait raison et qu'il y avait une explication logique pour Sloane et Jess. Elles avaient beaucoup d'histoire en commun. Beaucoup de lesbiennes étaient amies avec leurs ex. Est-ce que beaucoup d'ex atterrissaient l'une sur l'autre et se roulaient sur un terrain en herbe devant des millions de téléspectateurs dans le monde entier, comme Sloane et Jess l'avaient fait hier soir ? Ella était contente que Marina l'ait regardé avec elle et lui répétait que c'était leur travail d'interagir sur le terrain. Sinon, Ella aurait peut-être prêté trop d'attention aux commentateurs qui n'arrêtaient pas de mentionner qu'elles étaient fiancés.

— C'est étrange de se retrouver sur un terrain, devant des millions de personnes, avec quelqu'un avec qui on était fiancée il y a seulement six mois. Qu'en penses-tu, Alex ? avait demandé l'un à l'autre.

Ella aurait voulu frapper l'écran.

Ce matin, elle prit son téléphone sur la table de nuit et écouta le dernier message de Sloane. Elle l'avait envoyé après le match d'hier soir, qui s'était soldé par un match nul 2-2. L'Angleterre menait 2-1, mais Sloane avait obtenu un penalty après avoir été renversée dans la surface. Elle s'était avancée et, dans une démonstration de précision glaçante, elle avait battu Becca.

Ella ne savait pas quoi ressentir. Triste pour l'Angleterre ? Heureuse pour Sloane d'être de retour sur la grande scène ?

Mais aussi, putain de Sloane. Pour être si douée. Et d'être si sexy dans sa tenue de football.

Le message de Sloane disait à Ella qu'elle avait sa voix dans l'oreille lorsqu'elle a tiré le penalty, lui disant qu'il n'y avait qu'elle, personne d'autre, juste elle et le ballon. Une gardienne, un but, comme elles s'étaient entraînées. Ella secoua la tête. Elle était presque sûre que Sloane avait maîtrisé les penaltys bien avant qu'elles ne se rencontrent, mais elle était touchée qu'elle ait essayé de l'inclure dans sa réussite.

Devait-elle répondre ? Elle respira profondément et réfléchit à ce qu'elle pourrait écrire.

Superbe match hier soir. Superbe penalty. J'ai aussi beaucoup aimé la façon dont tu t'es amusé avec ton ex. D'ailleurs est-ce que c'est ton ex ? Oui, peut-être qu'elle n'était pas encore prête.

Marina passa la tête par la porte de la chambre d'Ella.

— Tu tiens ton téléphone. Tu as vu les photos d'hier soir ?

Sa voix était hésitante.

Le visage d'Ella se décomposa.

— Quelles photos ? dit-elle d'une voix fatiguée.

Marina s'approcha et s'assit sur le lit d'Ella.

— Je suis sûre que ce n'est rien. Mais jette quand même un coup d'œil.

Elle tendit son téléphone à Ella.

Ce qu'Ella vit lui fit lâcher son téléphone sur les couvertures de son lit et fermer les yeux. Des photos de Sloane et Jess s'embrassant sur le terrain après le match, puis après, discutant et s'embrassant dans les vestiaires de l'équipe anglaise. Au moins, elles portaient des survêtements et n'étaient pas nues. C'était un moindre mal pour Ella.

— Je sais que tu as dit de ne pas tirer de conclusions hâtives, mais tu ne penses quand même pas que c'est un peu trop ? Nous nous voyons depuis près de quatre mois. Elle n'a jamais voulu me serrer dans ses bras en public. Mais elle voit Jess pendant cinq minutes et elles sont tous les deux sur la même longueur d'onde ?

Marina acquiesça.

Je sais. Je serais en colère aussi. Mais c'était un match amical. Elle a aussi serré d'autres membres de l'équipe anglaise dans ses bras.

Ses yeux bienveillants se posèrent sur Ella.

— Parle-lui. Sloane est sincère. J'en suis sûre.

Mais Ella n'était pas d'humeur à parler pour l'instant.

Elle n'était pas sûre de pouvoir le faire un jour.

Chapitre Trente-Trois

Trois semaines plus tard, Sloane entra sur le terrain d'entraînement de Salchester, saluant la réceptionniste Beth au passage. Ses pieds connaissaient le chemin des vestiaires, mais ils s'enroulaient dans ses baskets pendant qu'elle marchait, sachant qu'ils devaient passer devant le bureau d'Ella en chemin. Lorsque Sloane y arriva, elle retint son souffle. Comme elle l'avait fait les trois jours précédents.

La tasse à café Bodum d'Ella était posée sur son bureau. Sa veste était sur le dossier de sa chaise. Mais elle n'était pas là.

Sloane accéléra le pas, juste au cas où Ella serait au toilettes et sur le point de sortir. Elle voulait arriver à son casier, se changer, aller sur le terrain et se débarrasser de tous ses soucis. Dès qu'elle franchissait la ligne blanche, le reste de sa vie passait à l'arrière-plan. Certaines personnes méditent. D'autres font du tai chi. L'endroit où Sloane se sentait bien, celui qui lui permettait de garder l'équilibre, c'était le terrain de football.

Ou du moins, ça l'avait été, jusqu'à ce que Jess arrive et détruise sa vie.

Le stage international s'était bien passé, même si son entraîneur avait remarqué qu'elle était très discrète. Sloane ne lui avait pas expliqué pourquoi. Cependant, Sloane avait reçu l'assurance que si elle continuait à progresser après sa blessure, elle ferait partie de l'équipe de la Coupe du monde. Enfin une bonne nouvelle. Maintenant qu'elle savait ce qu'elle avait à faire, elle était prête à relever le défi. Un plus grand défi, cependant, était de faire revenir Ella à ses côtés.

Elle lui avait envoyé plusieurs messages, mais Ella lui avait dit de lui laisser un peu d'espace. Sloane savait quand s'éloigner, elle était douée pour cela. Elle s'était entraînée avec Jess. Alors elle s'était exécutée. Mais elle était revenue du camp depuis quelques jours. Elle avait donné à Ella des semaines d'espace. Ces heures et ces minutes s'étaient écoulées lentement. L'espace avait sûrement une date de fin ?

Sloane s'en voulait d'avoir été prise en photos avec Jess lorsqu'elles se disaient au revoir après le match amical, mais c'était tout ce qu'il y avait. Nat l'avait entraînée dans les vestiaires de l'équipe anglaise pour rencontrer quelques filles anglaises, et Jess était là. Quelqu'un les avait photographiées en train de se serrer dans les bras, de se dire un dernier au revoir. Jess lui avait même souhaité bonne chance pour arranger les choses avec Ella. Elle avait dit à Sloane qu'elle pourrait prendre du recul par rapport à ses relations pendant un certain temps.

Comment pourrait-elle faire comprendre à Ella qu'il ne se passe rien ? Le monde du football est petit et Sloane ne pourra pas éviter Jess pour toujours. La Coupe du Monde avait lieu cette année, et elle ne doutait pas qu'elles se verraient. Elle devait convaincre Ella que cela ne signifierait rien. Ella était mêlée à la vie de Sloane maintenant. Quand Sloane se réveillait, elle pensait d'abord à elle. Comme il lui manquait de se réveiller avec les cheveux sauvages d'Ella sur l'oreiller à côté d'elle. Elle fixait la bague à son doigt, le catalyseur de leur impasse actuelle. Elle devait faire savoir à Ella qu'elle était tout pour elle. Que sa relation avec Jess avait eu lieu dans une autre vie. Maintenant, elle n'était plus que quelqu'un qu'elle avait connu.

Mais alors même qu'elle pensait cela, Sloane savait que ce n'était pas vrai. La raison pour laquelle elle avait été si réticente à laisser partir Jess était qu'en l'absence d'une famille de sang, Jess était sa famille. Elle avait été la première relation stable dans la vie de Sloane. La première où elle s'était sentie aimée pour ce qu'elle était. C'était difficile de s'en défaire. Et peut-être, d'une manière un peu tordue, quand Jess la traitait mal, elle s'y attendait. Après tout, c'est ce que fait la famille.

Sloane s'assit sur le banc des vestiaires. Elle se mit la tête dans les mains. Ses relations avec sa famille et avec Jess étaient très mauvaises. Sa relation avec Ella n'était guère meilleure. Elle devait changer cela, et vite.

— Ça va, Patts ?

Sloane leva les yeux. Layla. Elle expira et se leva d'un bond.

— Oui, c'est bon. Juste une mauvaise nuit de sommeil.

Layla la regarda fixement.

— C'est tout ?

Sloane acquiesça.

— J'ai juste envie de retourner sur le terrain.

Elle n'avait joué qu'un seul match pour Salchester depuis son retour du camp international. Elle avait été lente au ballon, léthargique. Le seul moyen d'y remédier était de retourner sur le terrain d'entraînement.

— Prête à tuer comme la reine que tu es ?

Sloane se leva et poussa Layla du coude.

— N'en fais pas trop, répondit-elle en souriant.

— Tu as l'air d'avoir besoin d'être réconfortée.

Sloane enleva son pantalon de survêtement et enfila son short.

— Allons botter des cul.

C'est l'heure du spectacle.

***

Sloane était contente que la séance d'entraînement soit terminée. Elle n'était pas dans son assiette. Pour se faire pardonner, elle attrapa Becca, puis plaça la balle sur le terrain. Elle imagina une situation de jeu comme elle le faisait toujours. Le rugissement de la foule. La démangeaison de l'excitation sur sa peau. Puis elle reprit sa routine d'entraînement, une balle à la fois. C'était toujours comme ça, comme dans la vie. Vivre le moment présent. Prendre chaque seconde comme elle vient. Seulement, ces coups de pied ne rentraient pas tout à fait comme prévu. Vingt-sept sur cinquante. Elle rata même la cible huit fois. Layla s'entraînait à ses côtés, et elle avait marqué plus que Sloane. Sans précédent.

— Tu te sens bien aujourd'hui ? Ou tu te réserves pour les moments importants ? demande Becca alors qu'elles quittaient le terrain.

Sloane secoua la tête.

— C'est juste un mauvais jours. Ou une mauvaise semaine. Peut-être même un mauvais mois entier.

Lorsque Sloane entra dans le centre d'entraînement, elle vérifia l'heure. Si cela affectait aussi ses tirs au but, il fallait qu'elle règle le problème. Elle devait rattraper Ella avant la prochaine séance. Elle enleva ses crampons, enfila ses chaussures blanches et déambula dans les couloirs jusqu'aux bureaux. Lucy la vit passer et fronça les sourcils. Sloane jeta un coup d'œil dans le bureau d'Ella. Elle était à son bureau.

Sloane frappa sur le cadre de la porte avec ses doigts.

Ella leva les yeux et arrêta ce qu'elle était en train d'écrire. Son visage était stoïque. Elle n'allait pas rendre les choses faciles.

— Je peux entrer ?

Cela prit quelques instants, mais Ella finit par lui faire un léger signe de tête.

Sloane s'assit sur la chaise en face de son bureau, souhaitant soudain être douchée et fraîche. Le fait d'arriver directement du terrain d'entraînement la désavantageait. Mais elle était ici maintenant. Elle devait dire ce qu'elle avait à dire et sortir.

— Je voulais t'attraper avant que tu ne partes.

Le silence.

D'accord, elle n'allait pas rendre les choses faciles.

— J'ai été filmée sur le chemin du travail le lendemain de la publication des photos de Jess et toi.

Ella se redressa sur sa chaise.

— Quelqu'un attendait que je quitte mon appartement.

Elle posa un doigt sur sa poitrine.

— Moi. Je ne suis pas une footballeuse célèbre. Je ne suis pas toi, je ne suis pas Jess.

— Mais tu es Ella. Tu es vraiment quelqu'un.

La grimace d'Ella fit se serrer l'estomac de Sloane. Le malaise la frappa aux tripes.

— Mais ce quelqu'un n'a pas à être photographié à volonté. Je suis dans les coulisses, pas devant la caméra. Peut-être que tu le savais quand tu ne t'es pas totalement engagée ces derniers mois.

— Je t'ai déjà dit que j'étais désolée pour tout ça. Jess est arrivée à l'improviste. Elle voulait parler, et j'ai pensé que je pourrais discuter autour d'un café. Le faire sans t'inquiéter. Je sais maintenant que j'aurais dû te dire qu'elle était restée en contact, mais je pensais pouvoir gérer ça. Il s'avère que je n'ai pas pu.

— Mon point de vue reste valable. Peut-être que tu serais mieux avec quelqu'un comme elle. Quelqu'un qui aime les feux de la rampe. Ce n'est pas mon cas.

Sloane avait cette impression.

— Je ne pense pas que ce soit le cas. Pour info, je n'aime pas ça non plus.

— Ton jeu en pâtit.

Sloane avait manqué une belle occasion lors de son premier match de retour, et l'équipe était désormais troisième du championnat. La prochaine étape est la demi-finale de la FA Cup.

— C'est parce que je ne suis pas heureuse. Tu sais, il faut que tout aille bien en dehors du terrain pour que ça marche. Aujourd'hui, j'ai écopé de 27 penaltys sur 50. C'est un nouveau record. Il faut que je règle ça avec toi.

Un coup frappé dans l'encadrement de la porte les fit toutes deux lever les yeux.

Lucy. Elle entra et ferma la porte derrière elle. Elle se plaça à côté du bureau d'Ella, les bras croisés sur la poitrine.

— Je suis contente de vous avoir réunies toutes les deux. J'en avais envie depuis notre défaite de l'autre soir.

Elle soupira.

— Vous vous souvenez quand j'ai dit que j'étais pour, tant que ça n'avait pas d'impact sur l'équipe ?

Elle jeta un coup d'œil d'Ella à Sloane, puis revint en arrière.

— Dites-moi que ça n'a pas d'impact sur l'équipe.

Elle pointa Sloane du doigt.

— Tu ne t'entraînes pas bien, et d'après ce que j'ai vu tout à l'heure, tes penaltys en pâtissent aussi, j'ai raison ?

Sloane acquiesça. Elle jeta son regard sur Ella, puis sur le sol. C'était comme se faire gronder par le directeur. Ce n'était pas ce à quoi elle était habituée.

— Et toi, dit Lucy en fixant Ella. Avant la trêve internationale, tout allait si bien. Maintenant, tu travailles à la maison dès que tu en as l'occasion. Tu te caches dans les toilettes quand tu penses que Sloane pourrait passer devant ta porte.

La bouche d'Ella s'ouvrit.

— Mais comment...

— C'est mon travail de savoir ces choses-là.

Ce fut au tour d'Ella de rougir et de regarder le sol.

— Pour faire simple, j'ai besoin que mes deux meilleures joueuses reviennent en forme. C'est le point crucial de la saison. Je ne peux pas laisser Ella éviter l'équipe et Sloane manquer de réussite. Ça ne marche pas.

Elle souffla.

— Voilà ce que j'ai besoin que vous fassiez. Vous êtes des adultes. Vous savez ce qui est en jeu. S'il vous plaît, réglez ça, pour que la forme de Sloane ne soit pas affectée, et que le visage triste d'Ella ne hante pas le reste de l'équipe. J'ai besoin d'une équipe heureuse et de joueuses motivées, pas de gens qui se jettent à la gorge. Puis-je compter sur vous pour cela ?

Sloane jeta un coup d'œil à Ella et elles acquiescèrent toutes les deux.

— Absolument, déclarèrent-elles d'une seule voix.

— Bien, dit Lucy. Maintenant, je vais sortir d'ici avant que cette tension ne m'étouffe. Rappelez-vous ce que vous aimez l'une chez l'autre. S'il vous plaît. Au moins jusqu'à la fin de la saison. Et rappelez-moi de ne plus jamais faire preuve de souplesse dans les relations entre le personnel et les joueuses.

Sloane attendit que Lucy ferme la porte avant de se tourner vers Ella. Elle ne partirait pas tant qu'Ella n'aurait pas écouté ce qu'elle ressentait.

— Je crois qu'on a vraiment tout foutu en l'air.

— Je suppose que oui, soupira Sloane. Mais si je peux faire face à la déception de Lucy, je ne peux pas te décevoir. Tu m'as vraiment manqué pendant que j'étais au camp. Te parler m'a manqué, ainsi que tout le reste. Tu fais partie de ma vie, Ella. Une partie massive, non négociable. Je ne veux pas te perdre.

Ella souffla, imitant Lucy.

— Je ne veux pas te perdre non plus. Mais ce n'est pas si simple, Sloane. Tu as repris contact avec ton ex. Tu vas peut-être partir dans quelques mois. Essaie de te mettre à ma place. Devrais-je mettre mon cœur en jeu, pour que tu t'en ailles ? C'est peut-être le moment de prendre du recul. Nous pouvons encore réussir jusqu'à la fin de la saison si nous acceptons d'être civilisées.

La peur traversa Sloane. Elle s'était déjà retrouvée à ce point dans des jeux, où elle avait cru que tout était perdu. Elle avait réussi à renverser la situation plusieurs fois dans sa vie. Elle n'abandonnait pas Ella aussi facilement. Elles ne finiraient pas comme ça.

— Ce qui s'est passé avec Jess est de ma faute. Je te l'ai dit. Mais il faut que tu saches que je veux te tenir la main en public maintenant. Les raisons pour lesquelles je ne l'ai pas fait se sont retournées contre moi de façon spectaculaire lors de la trêve internationale. J'ai été stupide. Je ne veux plus être stupide à partir de maintenant. Je ne vais nulle part, Ella.

Mais Ella secoua la tête.

— Pour l'instant. Que se passera-t-il quand tu partiras à la fin de la saison ? Tu ne veux jamais penser à long terme, Sloane. Moi, je dois le faire. On devrait peut-être limiter les dégâts.

* * *

L'expression du visage de Lucy disait à Sloane tout ce qu'elle avait besoin de savoir. Il restait cinq matchs de championnat et Sloane n'avait pas marqué lors des deux derniers. Plus que cela, elle n'était toujours pas dans son assiette. Sept points seulement séparaient les trois premiers, et tout restait à jouer. Le problème ? Elles ne gagnaient pas de terrain.

Les choses n'étaient toujours pas résolues avec Ella, et son jeu ne se passait pas bien.

Sloane ne remplissait pas sa part du marché.

Ce soir, la demi-finale de la FA Cup était cruciale pour leur saison, et après la prolongation, le score est de 1-1. Sloane avait manqué une frappe facile qui aurait permis de remporter le match.

Les parents de Nat lui avaient dit qu'ils viendraient, mais ils ne s'étaient pas présentés. Elle avait raté un tir et frappé le poteau lors de sa tentative suivante. Une reprise de Layla leur avait permis de rester à égalité, et Becca jouait le match de sa vie.

L'équipe se rassemblait sur la ligne de touche et la foule

vibrait d'impatience et de frustration. Elles avaient été la meilleure équipe. Elles auraient dû gagner en 90 minutes. Lorsque Sloane jeta un coup d'œil à droite, elle vit que les supporters portaient encore des écharpes, même si nous étions en avril. Elle était en ébullition, mais c'est parce qu'elle avait joué 120 minutes de football et qu'elle n'avait pas réussi à marquer. Elle allait y remédier aux tirs au but. Elle était la première à se présenter.

Avant de parler, Lucy s'assura d'avoir croisé le regard de chacune de ses joueuses, et de chaque tireuse de penalty. Un contact visuel, pour s'assurer qu'elles étaient toutes avec elle.

— Il n'y a plus qu'à jouer. C'est la fin de la saison. Allez-y et marquez pour nous tous. Faites en sorte que tous les efforts que nous avons déployés pour arriver à ce stade de la campagne en valent la peine. Nous voulons aller en finale à Wembley, n'est-ce pas ?

Le briefing fut interrompu par l'arbitre. Layla, la capitaine de l'équipe, avait perdu le tirage au sort, ce qui signifiait que les Rovers devaient tirer en premier. Sloane s'avança sur la pelouse avec détermination. Elle tirait dans le camp adverse, ce qu'elle avait déjà fait un millier de fois. Derrière le but, les supporters agitent les bras pour essayer de la décourager. Mais Sloane s'était entraînée. Elle savait ce qu'elle faisait. Un tir bas et fort dans le coin inférieur droit. Elle regarda le gardien et respira profondément, puis recula de cinq pas.

Puis, tout à coup, un film de ses récents manquements à l'entraînement commença à se dérouler dans son esprit.

Au-dessus de la barre.

Pas cadré.

Directement sur le gardien.

Qu'est-ce que c'est que ce bordel ?

Elle ferma les yeux, puis se reconcentra. Elle pouvait le faire. Elle le faisait tous les jours. Même si hier, elle avait raté huit fois. Huit fois, deux jours de suite.

Ella veut-elle toujours d'elle ?

Concentre-toi !

Elle déglutit, expira, s'élança, et frappa la balle.

À l'instant où le ballon quitta son pied, elle sut qu'il passerait au-dessus de la barre. Elle avait toujours eut un sixième sens pour savoir où se trouvait le but.

Le vent lui fouettait le visage.

La foule derrière le but était en délire.

Elle avait l'estomac noué. Elle voulait arrêter le temps et s'enfuir. Elle aurait préféré être n'importe où sauf ici. Sloane était une joueuse de haut niveau. Ce n'était pas digne d'elle.

Elle serra les dents, puis retourna lentement vers ses coéquipières. Elle ne pouvait pas regarder le banc. Elle ne voulait pas voir la déception sur leurs visages. Ni ceux de Cathy, Rich, Ryan et Hayley, qui se trouvaient quelque part dans les tribunes.

Tous ici pour la voir échouer.

Sloane n'aimait pas échouer. Mais elle échouait dans tous les domaines de sa vie en ce moment.

C'est peut-être une chance que sa famille ne soit jamais venue aux jeux.

Lorsqu'elle arriva auprès de ses coéquipières, Nat fut la première à la serrer dans ses bras.

— Ne t'inquiète pas, nous marquerons le reste.

Sloane prit place dans la ligne des joueuses, bras dessus bras dessous.

Layla lui serra l'épaule.

L'équipe adverse avait marqué son premier but, tout comme Salchester. Mais leurs adversaires avaient ensuite marqué à nouveau. Chaque équipe avait obtenu deux tirs au but. Salchester était à terre.

1-2.

Les deux penaltys suivants ont été placés de manière experte dans les coins inférieurs par les deux équipes. Welshy frappa le sien à ras de terre.

2-3.

C'était l'heure de vérité. Sloane n'était pas sûre de pouvoir regarder Nat s'avancer. Sa famille devait être en train de jouer dans son esprit. Elle recula de cinq pas, comme pendant l'entraînement. Mais au lieu de viser la précision, comme à l'entraînement, Nat choisit la puissance, et son pied frappa le ballon avec force. En plein centre, tandis que le gardien, pris de court, plongeait vers la gauche.

En plein dans le mille.

3-3 !

Les joueuses de Salchester crièrent et donnèrent des coups de poing dans l'air comme un seul homme.

Elles étaient au même niveau. Lorsque Nat sprinta jusqu'à la ligne, tout le monde la serra dans ses bras. Sloane lui déposa un baiser sur le front ; en retour, Nat lui fit un sourire.

— Qu'est-ce que je t'avais dit ?

Sloane n'allait pas parler et porter la poisse. C'était loin d'être terminé.

Ensuite, la numéro 10 de l'équipe adverse marcha lentement jusqu'au point de penalty et plaça le ballon. Elle marqua le but dans le temps réglementaire. Elle avait de l'expérience et cela ne devait pas la perturber. Mais Sloane aurait dit la même chose d'elle-même.

Sloane ferma les yeux. Elle ne pouvait pas regarder. Elle voulait que sa rivale rate son tir ou que Becca fasse un arrêt. Elle l'avait suffisamment entraînée chaque jour. Il fallait bien que cela porte ses fruits. Si leur attaquante marquait, cela signifiait que Layla devait marquer le dernier coup pour les maintenir dans la course. Si elles perdaient, ce serait Sloane qui s'en chargerait.

Elle ferma les yeux et tenta de stabiliser sa respiration. L'adrénaline l'envahit. À côté d'elle, Nat lui saisit l'épaule.

Soudain Sloane entendit ses coéquipières crier tout autour d'elle, des corps qui sautaient à proximité.

Sloane ouvrit les yeux et vit Becca hurler, tout en brandissant son poing fermé en l'air.

— Elle a réussi ?

Nat secoua la tête, les yeux écarquillés.

— Elle l'a envoyé au-dessus de la barre.

Wow. Tout était encore possible jusqu'à la fin.

Du coin de l'œil, Sloane vit l'attaquante de l'équipe adverse reculer péniblement, la tête dans les mains. Sloane savait ce qu'elle ressentait. Mais elle était trop heureuse pour éprouver de la sympathie. Le soulagement l'envahit et elle regarda le ciel. Puis vers le banc. Lucy et Ella se tenaient côte à côte, le visage impassible.

Le score était toujours de 3-3. Les deux équipes manquèrent un penalty. La pression était à son comble.

Le dernier penalty revenait à Layla, parce qu'elles avaient choisi de faire passer leur meilleur atout, Sloane, en premier. Elles s'étaient entraînées ensemble la semaine dernière, mais est-ce que ça allait marcher ? Sloane lui donne une tape sur le poing et lui lance un « Tu vas y arriver » avant de se diriger vers le point de tir et de placer le ballon.

Sloane s'obligea à regarder celui-ci. Elle le devait à Layla. Chaque muscle qu'elle possédait se tendit alors qu'elle voulait que son amie marque.

Les épaules de Layla se soulèvent, puis s'abaissent. Elle recula de trois pas, puis, d'un coup d'éclat caractéristique, elle envoya la balle dans le coin supérieur droit. Bang ! Personne n'allait sauver cette balle.

Pour la première fois depuis le début de la séance de tirs au but, elles étaient en tête. Sloane s'autorisa à y croire. Elle serra son poing à côté d'elle, poussa un glapissement, mais ce n'était pas fini. Toute l'équipe le savait. Tout se jouait au prochain tir. Si l'équipe adverse marquait, c'était la mort subite. Si elles manquaient leur coup, Salchester se qualifiait pour la finale.

Layla revint sous une pluie d'embrassades, puis reprit sa place dans la ligne d'équipe. Les dix joueuses de champ se tenaient bras dessus bras dessous sur la ligne médiane, toutes tournées vers le but.

C'était maintenant au tour du numéro cinq de l'équipe adverse, une solide défenseuse qui avait marqué Sloane avec autorité tout au long du match. Sa démarche était lente. La pression du penalty à l'état pur. Bien plus que celle de Sloane, parce qu'à partir de son échec, il y avait encore un moyen de revenir, comme son équipe l'avait montré. Mais pour cette défenseuse, un échec et elle était éliminée.

Au dos de son maillot rouge, son nom était inscrit en blanc. Stoneson. Elle posa la balle sur le point. Elle recula, puis s'arrêta, les mains sur les hanches. L'arbitre siffla. Stoneson regarda à gauche, puis devant elle, et s'élança.

Manque-le. Pour l'amour de Dieu, rate ce putain de penalty.

Le bruit sourd de sa chaussure sur le ballon fut retentissant. Le tir était bon, il se dirigeait vers le coin supérieur gauche du but. C'était un penalty solide. Sloane rétrécit son regard tandis que Becca s'élançait vers le ballon et tendait les bras aussi loin qu'elle le pouvait.

Allait-elle l'arrêter? Sloane aspira une bouffée d'air.

Becca saisit le ballon du bout des doigts, le déposa sur le poteau gauche et l'éloigna du but. Elle atterrit en tas sur le sol et la tireuse de penalty s'agenouilla.

L'équipe de Salchester laissa échapper un souffle collectif, se démêla et commença à courir vers leur héroïne, les bras levés. La moitié du stade où se trouvaient les Salchester Rovers explosa. Les supporters derrière le but s'effondrèrent.

Becca avait arrêté le ballon ! Elles avaient réussi ! Elles allaient à Wembley ! Sloane avait envie de rire, de pleurer et de crier en même temps. Elle poussa un glapissement primitif, envoya un remerciement à un dieu auquel elle ne croyait pas, puis remua les pieds pour se joindre aux autres et embrasser Becca. Lorsque le vacarme se calma, Sloane se tourna vers la ligne de touche.

Ella se tenait dans un rayon de soleil.

Elle devait trouver un moyen d'arranger les choses.

Pour elle-même, pour l'équipe et pour Ella.

Chapitre Trente-Quatre

C'était la deuxième semaine de mai, la fin d'une autre journée de travail, et Ella avait le site d'EasyJet ouvert sur son écran. La saison se terminait bientôt, et elle avait ensuite quelques semaines de congé. Elle avait besoin de s'évader. Des vacances quelque part au soleil, ça lui semblait bien. Des palmiers, un ciel bleu, des couchers de soleil magnifiques. Mais cela lui faisait penser à Sloane. Chaque jour passé sans elle était une lutte.

Ella se concentra sur l'écran. Sur les photos de gens allongés sur des transats, avec un cocktail et un livre. Cela semblait parfait. Peut-être que Marina aimerait y aller ? Seulement, quand elle l'imaginait, ce n'était pas Marina qui lui venait à l'esprit. C'était Sloane. Toujours Sloane. Elle essayait de bloquer les images de Sloane en maillot de bain, outrageusement sexy, et ses pensées tournaient en boucle dans sa tête malgré elle.

Après la victoire en demi-finale, Ella s'était jointe aux célébrations du mieux qu'elle avait pu sur le terrain et dans les vestiaires, avant de s'éclipser, espérant qu'on ne la remarquerait pas. L'exaltation de la nuit et les émotions liées à Sloane étaient écrasantes. Elles allaient à Wembley. Ella avait du mal à y croire.

Après le premier penalty raté de Sloane, elle pensait que c'était foutu. Mais cette équipe ne cessait de la surprendre.

Lorsque le personnel avait rejoint l'équipe sur le terrain, ils avaient embrassé chaque joueur à tour de rôle, avec une attention particulière pour Becca et les cinq tireuses de penalty. Que l'on marque ou non, il faut beaucoup de courage pour tirer un penalty. Elle avait compris ça du temps où elle jouait.

Quand son tour était venu de serrer Sloane dans ses bras, elles avaient toutes les deux hésité. Elle ne voulait pas l'éviter et donner l'impression que quelque chose n'allait pas. D'un autre côté, si elle la prenait dans ses bras, elle ne la lâcherait peut-être pas. Finalement, elles s'étaient contentées d'une accolade maladroite et de quelques tapes dans le dos, puis s'étaient éloignées l'une de l'autre à toute vitesse. Quand Ella avait surpris Lucy en train de la fixer, elle avait eu l'impression qu'elles avaient été prises en flagrant délit. Le fait que tous les tendons de son corps se penchaient vers Sloane comme une plante cherchant la lumière du soleil ? Elle l'avait ignoré. En ce moment, Ella ne faisait confiance ni à ses pensées ni à ses sentiments.

Tout ce qu'elle savait, c'est que la saison de Salchester atteignait son apogée. Lors du match de la veille, Sloane avait inscrit un doublé. Cependant, à un match de la fin du championnat, elles ne pouvaient pas rattraper United pour le titre. Elles en étaient pourtant très proches. Cependant, la Coupe d'Angleterre était toujours à portée de main. Le match était au premier plan des préoccupations de chacune.

La finale de Wembley se déroulait ce samedi 12 mai.

Sloane avait essayé de parler à Ella. De la coincer. De lui envoyer un message. Mais Ella avait tenu bon. Recommencer quoi que ce soit était inutile parce que Sloane partait.

Ella était en train de préparer son sac pour partir, quand Lucy passa à son bureau.

— Tu as une minute ? demanda-t-elle en penchant la tête vers son bureau.

Ella ferma son écran et se dirigea vers la porte d'à côté, l'estomac noué. La dernière fois qu'elle et Lucy s'étaient parlées de manière formelle, cela n'avait pas été agréable. Cela allait-il se reproduire ? Elle s'assit sur la chaise d'en face et attendit la suite.

— Il n'y a pas lieu d'avoir l'air si effrayée. La dernière fois, Sloane ne venait pas de marquer un doublé.

Lucy esquissa un sourire timide.

— Vous vous êtes réconciliées ?

— Non, mais nous avons fait une sorte de trêve.

— Si cela peut aider, je veux la garder ici l'année prochaine. Cela dépend si elle veut rester et si son agent apprécie le contrat. Elle est très exigeante, mais Sloane en vaut la peine. Malgré sa blessure et son passage à vide, elle est toujours la deuxième meilleure buteuse de la ligue. Elle pourrait même remporter le Soulier d'or.

Sloane resterait-elle ? Elle ne l'avait pas dit à Ella. Sûrement que si elle y pensait, elle l'aurait fait ? Mais Ella ne lui en avait pas vraiment donné l'occasion. Une lueur d'espoir brûla dans sa poitrine. Rapidement suivie d'une défaite. Peut-être profiterait-elle de l'offre pour en obtenir une autre aux États-Unis ou ailleurs en Europe ? Dans un endroit plus chaud que Salchester ?

Lucy se racla la gorge et regarda Ella droit dans les yeux.

— Mais ce n'est pas de Sloane que je veux parler. C'est de toi. Sloane n'est pas la seule personne que je veux voir rester. J'ai parlé à Paulo, comme je l'avais dit, et nous avons trouvé un accord avec lequel, si tu es d'accord, le club peut t'offrir un contrat à plein temps en tant qu'entraîneuse de performance à temps partiel de Salchester, et entraîneuse de football des jeunes à temps partiel, ainsi qu'une bonne augmentation de salaire.

Lucy s'assit.

— Tu travaillerais principalement avec les femmes, mais il y a une possibilité de travailler avec les hommes aussi, si nécessaire.

Elle haussa les épaules.

— C'était ma concession pour faire passer le projet.

Elle marqua une pause.

— Qu'en penses-tu ?

Pour une fois dans sa vie, Ella était stupéfaite. Elle n'était au club que depuis une saison, et elle l'aimait déjà plus qu'elle ne l'aurait cru possible. Mais avoir la possibilité de travailler sur l'équipe de football, en plus ? C'était au-delà de ses rêves les plus fous.

— Tu es d'accord pour que je garde quelques-uns de mes clients à côté ? Je pense qu'il n'est pas juste de les laisser en plan. Mais cela n'affectera pas mon dévouement.

Lucy acquiesça.

— Bien sûr, nous comprenons cela. Tant que tu peux nous donner des heures de travail à plein temps et assister aux matchs, c'est bon pour nous. Qu'en dis-tu ? Cela te paraît-il attrayant ?

— Qu'est-ce que j'en dis ? Putain, un énorme oui, sans réserve, à 100 % !

Elle se mit une main sur la bouche.

— Je n'ai jamais juré en acceptant une offre d'emploi, putain.

Elle rougit.

— J'ai encore juré, n'est-ce pas ?

L'exaltation se répandit dans l'organisme d'Ella. Elle voulait le dire à sa mère, comme toujours. Marina. Tante Ursula. Et puis, quelqu'un d'autre lui vint à l'esprit. Ella la repoussa.

— Tu ne sais pas ce que cela signifie. Je ne te laisserai pas tomber. Je pourrais t'embrasser, mais c'est comme ça que les rumeurs commencent.

Lucy éclata de rire.

— Tu l'as bien mérité. Pour ce que ça vaut, l'équipe masculine voulait aussi t'engager définitivement, car leur entraîneur de performance et de style de vie s'en va. Mais j'ai fait valoir mes droits.

Elle se leva et fit le tour du bureau. Elle serra la main d'Ella, la prit dans ses bras, puis la tint à bout de bras.

— Tu as tellement à offrir, Ella. Tu as été fantastique cette saison, et je ne doute pas que tu feras encore mieux la saison prochaine.

Elle lui adressa un sourire crispé.

— Je sais que ça n'a pas été facile entre Sloane et toi, mais j'espère que tu pourras arranger les choses et revenir plus fraîche la saison prochaine.

Elle sortit du complexe d'entraînement, la peau encore rougie, sous l'effet de l'adrénaline. Elle allait devenir une véritable entraîneuse de football. Elle serra le poing en s'approchant de sa voiture. La Jeep argentée de Sloane était garée à côté. Elle était arrivée tard. Elle était probablement encore à la salle de sport. Il y avait une raison pour que Sloane soit aussi bonne qu'elle l'était. Elle travaillait dur, chaque jour.

Ella voulait désespérément annoncer la nouvelle à Sloane.

Elle voulait aussi désespérément un baiser de félicitations. Cela faisait maintenant des semaines qu'elles étaient séparées. Bien trop longtemps. Sa détermination vacilla.

C'était une volte-face, mais peut-être que cette nouvelle lui avait montré ce qui était important. Tout comme sa possible réservation de vacances. Elle ne voulait pas vivre sans Sloane. Devrait-elle l'attendre ? Ella secoua la tête. Au lieu de cela, elle jeta son sac sur le siège arrière, puis essaya de joindre sa tante. Pas de réponse. Puis elle essaya Marina. Même chose. Bon sang, où était sa famille quand elle en avait besoin ?

Elle s'installa sur le siège du conducteur, le téléphone toujours à la main. Elle fit défiler jusqu'au numéro de Sloane et son doigt passa sur son nom. Toutes les raisons pour lesquelles elle devrait appuyer sur le bouton défilèrent dans son esprit. Rapidement suivies par toutes les raisons de ne pas le faire. Pourquoi tout cela était-il si difficile ?

Tout ce qu'elle voulait, c'était lui dire qu'on lui avait proposé un nouveau travail et qu'elle l'acceptait. Elle restait à Salchester pour l'instant, et si Sloane ressentait quelque chose pour elle, quoi que ce soit, alors elle devait rester aussi. Mais Ella voulait que Sloane reste parce qu'elle le voulait. Pas pour elle. Elle ne pouvait pas se résoudre à appeler. À cracher les mots. À faire le premier pas. Parce que si c'était trop tard ? Et si Sloane avait déjà décidé d'aller voir ailleurs ? Et si elle avait décidé qu'Ella n'en valait pas la peine après tout ?

— Elle est déjà un peu amoureuse de toi, et vice versa. C'est ce qu'avait dit Marina. Avait-elle raison ?

Un coup frappé à sa fenêtre lui fit lever les yeux.

Sloane regardait fixement vers le bas, lunettes de soleil sur la tête.

Le cœur d'Ella faisait un bruit de carillon. Les lobes de ses oreilles s'illuminèrent lorsqu'elle baissa sa fenêtre.

— J'espérais te voir aujourd'hui, dit-elle d'une voix tremblante.

— Je me demandais si je devais t'appeler.

Oh putain, elle l'avait dit à voix haute.

Mais c'était la vérité. Au moins, Ella n'avait plus à se poser la question. Le destin lui avait donné un coup de main. Sloane était là en personne.

— Ah oui ?

Sloane marqua une pause.

— Dans ce cas, qu'est-ce qu'on fait ? Tu veux venir chez moi pour que nous puissions parler ?

Ella aspira une grande bouffée d'air. Les carillons se transformèrent en tambours. Oui ? Non ? Peut-être ? Tout cela à la fois ?

Mais Sloane se pencha et enleva ses lunettes de soleil. Elle pencha la tête et fixa Ella avec une intensité qui la fit fondre.

— Tu veux que je te supplie ? dit-elle en s'humectant les lèvre. S'il te plaît ?

Tout ce qu'Ella voulait, c'était se lever, prendre le visage de Sloane dans ses mains et l'embrasser. Peut-être qu'Ella devrait écouter ce que son corps lui disait.

Sloane avait fait le premier pas, avait tenté sa chance. Elle avait dit à plusieurs reprises à Ella qu'elle voulait que ça marche, et Ella l'avait repoussée. Aujourd'hui, c'était différent. Maintenant qu'elle prenait le temps de bien évaluer la situation, la réponse était simple.

Oui.

* * *

L'appartement de Sloane était différent. Plus accueillant. Elle aperçut des plantes. Des tableaux au mur. Un nouveau tapis. Sloane n'avait pas chômé pendant son absence. De l'autre côté du salon, la lumière du soleil entrait à flots par les portes-fenêtres et les fenêtres. Cet appartement était déjà une œuvre d'art, et maintenant il semblait presque accueillant. Cela avait manqué à Ella.

Ella capta son regard.

— J'aime le nouveau look.

Sloane lui lança un sourire hésitant.

— Je m'en doutais. Tu m'as toujours dit que j'avais besoin d'adoucir l'endroit.

Sloane balaya l'espace de son bras.

— J'ai eu du temps libre après le camp. J'espère en avoir fait bon usage.

— C'est bien.

Elles avaient souffert toutes les deux. Mais peut-être en avaient-elles eu besoin pour en arriver là.

— La prochaine chose que je dois adoucir, c'est toi. Puis-je t'offrir quelque chose à boire ?

Elle s'arrêta au milieu du chemin.

— Mais aussi, pourquoi allais-tu m'appeler ?

Ella s'assit sur un des tabourets de la cuisine, puis expira.

— Parce que je viens d'apprendre une nouvelle. Lucy m'a proposé un contrat à temps plein. Je serai la coach de performance du club à temps partiel, je travaillerai avec les deux équipes, mais je serai aussi l'entraîneuse de football des jeunes à temps partiel. Elle haussa exagérément les épaules, tout en affichant un sourire franc. Elle ne pouvait pas garder cette joie en elle plus longtemps.

— Honnêtement, c'est un rêve qui devient réalité. Et la première personne à qui je voulais le dire ? dit-elle en maintenant le regard de Sloane. C'était toi.

Sloane s'assit sur le tabouret à côté d'elle. Elle leva la main comme si elle allait toucher Ella pour la féliciter, puis la retira. Elles n'en étaient pas encore là.

Mais bon sang, Ella en avait envie. Elle voulait désespérément que Sloane la touche, la prenne dans ses bras. Il s'avérait que la chose qu'elle se refusait à elle-même était ce qu'elle avait toujours voulu : Sloane à ses côtés. Mais elle n'en était pas sûre jusqu'à présent. Elle était trop occupée à s'attendre au pire. Maintenant, elle espérait que, quelle que soit la tournure des événements, le brouillard se dissiperait.

— C'est une nouvelle fantastique, et rien de moins que ce que tu mérites.

Sloane croisa le regard d'Ella. Comme le regard exquis de Sloane lui avait manqué. Elle voulait arrêter le temps et rester ici pendant des jours.

— Je peux te serrer dans mes bras ? Est-ce que c'est autorisé ?

Une vague de chaleur envahit Ella.

— Tu as intérêt à me serrer dans tes bras, oui !

Sloane s'exécuta, et c'est ainsi que le monde s'éclaircit. Dans les bras de Sloane, Ella se sentait soutenue, en sécurité. En réponse, elle enroula ses bras autour de Sloane et respira son odeur. Le shampoing à la pomme et le parfum de bergamote de Sloane.

Sloane mit son nez dans le cou d'Ella. D'une certaine

manière, c'était différent. Par rapport aux mois où elles avaient fait cela, avec un œil ouvert, en regardant toujours par-dessus leur épaule. Cette fois, le corps de Sloane était détendu, dans l'instant. Comme Ella lui avait toujours dit de le faire. Elle pouvait le faire sur le terrain d'entraînement. Maintenant, elle devait le faire dans la vraie vie.

Lentement, Ella recula et fixa Sloane dans les yeux. Un grondement d'attirance s'éleva en elle. Elle n'avait jamais désiré quelqu'un comme ça. En quelques instants, leurs lèvres se reconnectèrent et un éclat de joie traversa Ella. Quand elle était avec Sloane, elle ne voulait qu'elle. Leur attirance était magnétique. Maintenant, elle pouvait enfin avoir ce qu'elle voulait.

Lorsque leurs lèvres se décollèrent enfin, Sloane renversa la tête en arrière et respira longuement.

Ella fronça les sourcils.

— Mon baiser était-il si mauvais ?

Sloane sourit.

— Loin de là. T'embrasser est facile. Parler avec toi, c'est là que ça devient effrayant. Mais je veux être honnête avec toi, parce que la malhonnêteté ne nous a pas menés très loin, n'est-ce pas ?

Tous les muscles d'Ella se tendirent. S'agissait-il de Jess ? Avaient-elles couché ensemble après tout ?

— Et avant que tu ne penses au pire, cela n'a rien à voir avec Jess.

Bon sang, elle était si facile à lire.

— Qu'est-ce que c'est, alors ?

— Allons sur le balcon. Il y a du soleil, je ne veux pas le gâcher.

Sloane se leva et tendit la main à Ella.

Ella la prit, son cœur déroulant le tapis rouge. Elle s'était demandé si cela allait être gênant. Elle avait sa réponse. Sloane écarta la porte vitrée et elles sortirent. Elle tira l'une des chaises blanches et Ella s'assit à côté d'elle. L'après-midi était chaud comme en été.

Sloane attendit qu'Ella soit installée avant de parler. En bas, quelqu'un klaxonnait et les pneus crissaient. Au-dessus, le ciel était parsemé de cirrus.

— D'abord, je dois dire que je suis désolée. Un million de fois, désolée. En fait, désolée n'est pas suffisant. Pour tout ça. Pour avoir eu un secret. De ne pas t'avoir dit que j'étais en contact avec Jess. Pour avoir été malhonnête. Je l'ai fait pour les bonnes raisons, mais le résultat a été très mauvais. À partir de maintenant, c'est fini. Cent pour cent d'honnêteté.

Ella aimait la tournure des événements, mais elle savait que ce n'était pas tout. Sa réponse fut brève.

— Excuses acceptées. Continue.

— J'ai reçu un appel d'Adrianne ce matin. Mon agent. Elle a reçu une offre d'une grande équipe américaine. New York veut que je revienne et que je joue pour eux, que je signe une déclaration. Jouer pour Salchester ne devait être qu'un projet à court terme, c'est ce que j'ai dit à Adrianne quand j'ai déménagé. Le résultat, c'est qu'elle veut savoir si je suis intéressée.

L'ambiance optimiste chuta immédiatement, comme si Sloane avait éteint une bougie en pinçant la flamme avec l'index et le pouce mouillés.

Ella ferma les yeux. La déception la frappa de plein fouet. Après tout cela, elle avait raison. C'était déprimant de s'en rendre compte. Elle aurait aimé bécoter Sloane un peu plus longtemps avant que leur bulle n'éclate. Mais ce n'était pas possible.

Cependant, Ella était une adulte. Elle avait toujours su que cela pouvait arriver. Mais elle était tout de même plus que déçue que ses pires attentes se réalisent devant elle.

Elle prit une profonde inspiration avant de parler.

— Je comprends. Tu as une carrière limitée et tu dois accepter tout ce qui se présente à toi. Surtout quand il s'agit d'une grosse somme d'argent.

Ella haussa les épaules. Les larmes montaient derrière ses yeux, mais elle était déterminée à les retenir. Elles avaient eu une aventure. Il n'y aurait jamais rien de plus. Elle devait l'accepter et aller de l'avant.

— Félicitations. On dirait que c'est quelque chose que tu ne peux pas refuser.

D'accord, ces mots étaient peut-être un peu durs.

Un léger sourire se dessina sur les traits de Sloane.

Elle trouvait ça drôle ? Ella croisa les bras sur sa poitrine en signe de défense.

— Tu es très mignonne quand tu es troublée. Et tu es une terrible menteuse, juste pour que ce soit clair.

Ella se redressa, les poils hérissés. Elle n'avait pas l'intention de se laisser faire.

— Tu viens de me dire que tu retournais aux Etats-Unis. Excuse-moi si je suis un peu contrariée par la nouvelle.

Sloane prit les doigts d'Ella dans les siens.

De petits feux d'artifice explosèrent dans la poitrine d'Ella.

Maudit soit Sloane. Maudite soit la moindre petite chose à son sujet.

— Tu as dit que je ne pouvais pas refuser. Il y a neuf mois, cela aurait été vrai. Mais maintenant, je t'ai rencontrée. J'ai toujours pensé que si je rencontrais quelqu'un ici, je garderais la relation à distance. Je n'irais pas jusqu'au bout.

Sloane leva la main.

— Dans une certaine mesure, c'était vrai. Mais même si mon corps était prudent, mon cœur ne l'a jamais été. Tu n'as jamais été une aventure, Ella. Je suis tombée amoureuse de toi. Mais comme tu le dis, je dois penser à ce qui est le mieux pour les quelques années qu'il me reste dans ma carrière. Je dois faire un choix judicieux, et ça ne peut pas être que pour toi. Mais — Sloane leva le doigt — Lucy veut me parler après la finale de la Coupe d'Angleterre. Ils sont encore en train de discuter de l'accord, mais Salchester a aussi une offre sur la table. Adrianne doit faire ce qu'il faut pour que ce soit le mieux possible. Je ne sais pas encore si cela correspond à l'offre de New York. Pas avant d'avoir parlé à Adrianne et Lucy. Et tout est en suspens jusqu'à la fin de la finale.

Ella était assise, fascinée par les magnifiques lèvres rouges de Sloane. Ses cils papillonnants. Ses cheveux, ébouriffés par la brise omniprésente sur le toit. Sloane avait prononcé de nombreux mots, mais la seule phrase qui ressortait était « Je suis tombée amoureuse de toi ». Elle était allumée dans son esprit comme un bâton lumineux. Elle espérait que cela suffirait.

— Mais je veux rester. Je veux être là où tu es. Si tu dis oui, alors je le ferai aussi.

Sloane tourna toute la puissance de son regard vers Ella.

Ella se vautra dans sa chaleur, sa passion.

— Je veux me réveiller avec toi. Je veux m'endormir avec

toi. Je veux regarder plus de couchers de soleil avec toi. Je veux passer toutes les fêtes avec toi, pas seulement Noël.

Sloane se pencha et serra la main d'Ella.

— Si Salchester me fait une offre décente, devrais-je dire oui ? Est-ce qu'on pourrait recommencer notre histoire?

Ces mots firent secouer la tête d'Ella.

— Tu es folle ? Je ne vais pas revivre ça. Les gémissements sur le manque de crème ? Sur le fait de conduire du mauvais côté de la route ? Ton incapacité à appeler le football par son nom ? Ça ne marchera pas.

Ella se leva et entraîna Sloane avec elle. Ce faisant, son cœur s'éleva encore plus haut. Il y avait de l'espoir. Un grand espoir. En fin de compte, l'espoir était ce dont elle avait besoin.

Si Salchester venait la chercher, Sloane resterait. Lucy avait dit à Ella qu'ils voulaient vraiment Sloane. Et Sloane voulait réessayer. Elle était désolée. Il y aurait des règles de base. Mais Ella savait au fond de son cœur la réponse qu'elle voulait donner. C'était oui. C'était toujours oui. Elle était tombée amoureuse de Sloane, elle aussi. Maintenant, elles devaient juste apprendre à mieux être ensemble toutes les deux.

— Non, nous ne pouvons pas recommencer. Mais nous pouvons reprendre là où nous nous sommes arrêtées. Juste toi et moi. Je suis tombée amoureuse de toi aussi, Sloane.

Les bords de la bouche de Sloane se relevèrent.

— Merci pour ça putain.

Puis elle se pencha en avant et couvrit la bouche d'Ella avec la sienne.

Chapitre Trente-Cinq

— Ok tout le monde, on se regroupe !

Sloane s'était rendue dans le même vestiaire le mois dernier pour jouer le match contre l'Angleterre. C'était fou la différence entre ces deux moments. À l'époque, elle avait été entourée d'accents américains, ce qui était étrange. Maintenant, elle était habituée aux voix britanniques. Qui l'aurait cru ?

La dernière fois, elle et Ella étaient également sur des sables mouvants. Aujourd'hui, c'était une autre histoire. Oui, les discussions sur son contrat étaient toujours en suspens. Mais ce matin, elle s'était réveillée avec Ella, comme elle l'avait souhaité. Tout le monde dans l'équipe savait qu'elles étaient ensemble. Sloane se dirigea vers le centre du groupe.

— Bienvenue à la finale de la Coupe d'Angleterre, mes chères ! Elle regarda le groupe.

Une énergie nerveuse s'en dégageait. Mais c'était une bonne chose. Elles en auraient bien besoin.

— J'ai demandé à Lucy et à Layla, la capitaine de l'équipe, si je pouvais faire ce discours. Elles ont toutes les deux gentiment accepté. C'est le plus grand jour de la courte histoire de notre club. L'équipe féminine a moins de dix ans. Nous avons parcouru un long chemin. *Vous avez* aidé ce club à parcourir un long chemin. Je ne suis là que depuis un an, mais j'espère continuer à construire dans les années à venir. Malheureusement, nous ne pouvons pas gagner le championnat, même si nous avons fait de notre mieux.

Sloane était toujours en colère, mais c'était ça aussi le soccer.

Football.

Bon sang de bonsoir.

— Mais vous savez ce que nous pouvons gagner ? La Coupe d'Angleterre. À Wembley. N'est-ce pas là un rêve d'enfant ? Mais nous ne le faisons pas seulement pour nous et pour les supporters. Nous le faisons pour toutes celles qui nous ont précédées. Toutes celles qui voulaient jouer au football mais à qui on a dit qu'elles ne pouvaient pas le faire parce qu'elles étaient des femmes.

— Certaines d'entre vous m'ont peut-être entendu parler de mon arrière-grand-mère, Eliza Power, plus tard Patterson. Elle voulait jouer au football, mais elle n'en avait pas le droit. Alors elle s'est coupé les cheveux, a bandé ses seins et s'est faite passer pour un homme. Et elle a marqué, marqué et marqué. Jusqu'à ce qu'on la démasque et qu'elle soit renvoyée de l'équipe.

— Lorsque vous jouerez aujourd'hui, pensez à elle et à toutes les autres Eliza dans le monde. Nous avons le droit de jouer. C'est un privilège que nous ne devons jamais considérer comme acquis. Allez-y, exprimez-vous et faites de cette journée un souvenir pour tous les supporters des Salchester Rovers. Ne vous laissez pas intimider par les foules : elles sont là pour vous, alors laissez-les vous soulever. Pour reprendre les mots de la merveilleuse Shania Twain : Let's go, girls !

Sloane termina en faisant le tour de l'équipe et en la

félicitant. Lorsqu'elle atteignit Lucy, la manager lui serra la main et la prit dans ses bras.

— Je n'aurais pas pu le dire mieux moi-même.

Puis elle se retrouva face à face avec Ella. Son nouvel amour. Elle lui fit un high five, suivi d'un câlin. Quand sa bouche fut au niveau de l'oreille d'Ella, elle chuchota.

— Je vais les battre pour toi aussi. Parce qu'ils t'ont si mal traitée quand tu avais besoin d'eux, il y a tant d'années.

Elles jouaient contre Rushton City, l'équipe qui avait laissé partir Ella. Sloane lui embrassa l'oreille, puis se retira.

— Il ne s'agit pas de mo, lui dit Ella. Mais vas-y et bats ces bâtards.

Sloane sourit, puis suivit ses coéquipières dans le tunnel.

* * *

Elles entrèrent en jeu en deuxième mi-temps après une soufflante de Lucy suite à leur piètre performance de début de jeu. Elles le méritaient. Seulement deux tirs cadrés dans les 45 premières minutes, et celui de Sloane avait été facilement repoussé. Elle, et toute l'équipe, devaient faire mieux.

Sloane ne savait pas trop ce qui n'allait pas, peut-être les nerfs ? Les passes se perdaient et la pelouse lisse de Wembley semblait énorme. Mais elle avait déjà vécu cela auparavant et était revenue plus forte. Elle pouvait donc recommencer. Heureusement, leurs adversaires, Rushton City, jouaient également un football nerveux, bien que leur attaquante dynamique ait inscrit un but peu convaincant. Elles en étaient toutes conscientes. Heureusement, il leur restait la seconde mi-temps pour se racheter.

— Tu peux le faire, jeune prodige !

Ella criait tandis que Sloane passait devant elle et courait sur le terrain. Tout autour, les drapeaux flottaient et la foule rugissait. Sloane s'imprégnait de cette ambiance de match, et leva son pouce en souriant à Ella. Ella avait raison. Si Sloane voulait être à la hauteur de son surnom, elle devait marquer un but et changer le cours du match.

Nat s'approcha d'elle et elles tapèrent dans la main à hauteur de la taille.

— Tu es prête à gagner ?

— On ne peut pas faire plus prête.

La mère de Natalie, trois rangs derrière le banc de touche, cria :

— Tu peux le faire, Natalie !

Nat rougit et salua sa famille. Son père n'était pas venu, mais sa mère et ses sœurs l'avaient fait. Sloane était ravie pour elle. C'était un début.

Sloane tourna la tête vers le soleil de mai. Un calme soudain s'installa. Elle pouvait tout à fait y arriver. Tout ce qu'elle avait à faire, c'était de canaliser qui elle était vraiment. Qui elle voulait être. La meilleure version d'elle-même. Celle qu'Ella voyait. Celle qu'Ella avait fait d'elle.

L'arbitre siffla et elles partirent.

Les 15 premières minutes furent intenses, avec plusieurs occasion de part et d'autre. Becca réussit un arrêt à bout portant sur leur attaquante, et Nat passa si près du but qu'elle se prit la tête dans les mains. Elle savait qu'elle aurait dû faire mieux.

Dix minutes plus tard, Salchester ne parvenait pas à sortir de sa propre moitié de terrain. L'ailier rapide de l'équipe adverse se faufila d'un côté, puis de l'autre, pénétra dans la surface et décocha une frappe. Sloane tendit la jambe droite pour la bloquer. Elle y parvint presque, mais en glissant, elle sentit quelque chose se tordre dans sa cuisse. Elle était presque sûre de pouvoir s'en sortir, mais elle resta à terre pour permettre à son équipe de souffler un peu.

Dan courut avec sa trousse médicale et s'agenouilla à côté d'elle.

— Ça va ? Où as-tu mal ?

— À mon ego ? chuchota Sloane. Rien qu'un peu de spray et une éponge magique ne puissent guérir.

Dan se contenta d'un sourire en coin et lui administra les lotions et potions nécessaires. Ses coéquipières s'agitaient autour d'elles, buvant un verre alors que le soleil battait son plein. Au bout de quelques minutes, Sloane se leva, étira son muscle et courut vers le centre.

Becca tira dans le ballon depuis le but et l'envoya au loin. Sloane garda un œil sur le ballon jusqu'à la dernière seconde, mais elle fut rapidement dépassée par la numéro sept de Rushton, qui mesurait plus d'un mètre quatre-vingt-dix. Cette dernière reprit le ballon de la tête, et leur milieu de terrain offensif l'envoya loin devant. Tout à coup, l'équipe adverse profita d'une attaque fulgurante, exploitant la désorganisation de la défense.

Merde.

Salchester ne pouvait pas prendre deux buts d'avance, c'était une montagne à gravir. Sloane galopait à nouveau vers la surface pour défendre le centre, tout comme Welshy. Au moment où le ballon arriva, Welshy leva inexplicablement la main vers le ballon et celui-ci toucha le sol.

Son bras n'était pas dans une position naturelle. Il s'agissait là d'une penalty incontestable.

Sloane grimaça lorsque sa coéquipière tomba au sol, les cris de « main » fusant de toutes parts de la part des joueurs et de la foule. Elle n'eut pas besoin de regarder l'arbitre pour savoir ce qu'elle avait donné. Sloane entendit le coup de sifflet et retint son souffle, l'arbitre n'hésitant pas à désigner le point de penalty. La foule hurla. Welshy se leva, leva la tête vers le ciel et se prit la nuque dans la paume de la main.

Merde.

C'était plus que mauvais. Il ne restait plus beaucoup de temps, et le stade était un chaudron de sifflets et d'acclamations. Elles devaient espérer que Becca puisse sauver le match. Ou qu'elles puissent marquer trois buts. Rien n'était impossible. Sloane passa un bras autour de l'épaule de Welshy et l'entraîna hors de la tribune.

— Ne t'inquiète pas, on s'en occupe.

Elle serra Welshy contre elle et jeta un coup d'œil à l'horloge. Plus que dix-sept minutes, et elles risquaient de perdre 2-0. Elle n'était pas sûre de croire ses propres paroles, mais elle ne pouvait rien dire d'autre. Ce n'est jamais fini avant la fin. Cela, elle le savait.

La grande attaquante rousse de City plaça le ballon et se stabilisa. Sloane se concentra sur Becca. Lorsque l'attaquante commença sa course, Sloane serra les poings à côté d'elle. Elle frappa directement au centre, mais lorsque Becca tenta de se déplacer vers la droite, elle déploya son pied et réussit à sauver le ballon. L'attaquante enchaîna avec une nouvelle frappe, mais Becca, réactive, bloqua le tir et s'écroula au sol, le ballon bien serré contre sa poitrine.

Ses coéquipières et la foule étaient en délire. Sloane serra Welshy dans ses bras — elle avait l'air de vouloir pleurer

— puis se précipita, et lorsque Becca se leva, elle prit son visage dans ses mains et l'embrassa sur le front. « Je te dois une fière chandelle. », lui dit-elle.

Becca sourit au milieu du vacarme qui venait de monter d'un cran.

— Tous ces entraînements au penalty ont fini par payer pour moi aussi. Marquez un ou deux buts, maintenant, d'accord ?

Sloane prit un élan supplémentaire et remonta le terrain, tandis que Becca relançait le ballon. Cette fois, Sloane gagna le duel aérien et le dévia vers Welshy, au milieu de terrain. Salchester calma le jeu, conservant le ballon et le faisant circuler avec aisance. Soudain, Layla remarqua la course de Sloane et réalisa une passe millimétrée qui transperça la défense adverse. Sloane s'empara du ballon dans le couloir, leva les yeux et centra pour Nat. Anticipant parfaitement le mouvement, Nat s'éleva majestueusement et plaça une tête tonitruante au fond des filets.

Et quelle tête !

Soudain, Salchester était revenu dans le match.

Le soulagement était palpable, de la part des joueuses et du public. Sloane traversa en sprintant et sauta sur le groupe près du drapeau de coin, avec Nat au bas de l'échelle.

Nat les embrassa toutes, puis donna un coup de poing en saluant la foule.

— Un de plus pour la victoire ! cria-t-elle.

L'atmosphère était électrique et la peau de Sloane se hérissa.

Alors qu'elles revenaient en trottinant pour repartir, la dynamique s'était inversée. Il fallait maintenant en profiter.

Le prochain but serait celui de la victoire. C'était une question de vie ou de mort.

Sloane jeta un coup d'œil à l'horloge alors que leurs adversaires redémarrèrent.

Il restait dix minutes.

Le jeu était lancé.

Dès la reprise, Rushton s'élança vers l'avant et obtint un corner. Salchester prenait position, seules Sloane et Nat restant en dehors de la surface pour défendre. La tireuse de corner envoya le ballon, mais Becca le frappa avec précision, permettant à Layla de le dégager hors de la surface. Layla passa à Welshy, qui trouva Nat. À cet instant, Sloane savait que Nat n'aurait qu'une seule idée en tête : s'élancer vers l'avant.

Sloane était parfaitement synchronisée et sprinta vers l'avant, activant ses postcombustions. Ses poumons brûlaient alors qu'elle remontait le terrain, consciente que Nat était juste derrière elle. Sloane savait ce qui allait se passer ensuite, et lorsque Nat lâcha le ballon, celui-ci passa au-dessus de sa tête. Il rebondit une fois, Sloane le contrôla avec aisance, puis le ramena sur le pont. Il ne restait plus qu'elle, une défenseuse qui arrivait à toute vitesse et la gardienne.

Sloane entra dans la surface, contourna la défenseuse, qui glissa sur le ballon. Un but de moins. Elle regarda la gardienne dans les yeux alors que le monde ralentit et que le bruit de la foule s'estompait. Sloane se pencha d'un côté, puis de l'autre, et s'apprêta à la contourner lorsque la gardienne tendit le bras. Elle toucha la cheville de Sloane. Sloane s'écroula presque au ralenti en poussant un glapissement.

L'arbitre ne tarde pas à accorder un penalty, mais cette

fois-ci, c'était dans leur camp. Devant leurs supporters bleus et blancs qui, à ce moment-là, devenaient fous à lier.

Sloane se leva, s'essuya et se dirigea vers l'arbitre qui tenait le ballon. Elle le prit et le posa sur le terrain. Ses parents regardaient-ils ? Elle n'en avait aucune idée. Mais Ella, elle, regardait. Sa nouvelle famille aussi. Ils étaient toute l'inspiration dont elle avait besoin.

Elle inspira, puis expira.

Focus.

Cinq pas en arrière.

Six minutes au compteur.

Un coup de pied pour la gloire.

Elle ferma les yeux et imagina une vision d'Eliza. *Celle-ci est pour toi, arrière-grand-mère.* Sloane regarda la gardienne, s'élança, frappa doucement et le ballon alla se loger dans le coin supérieur droit.

L'exaltation jaillit en elle. Le rugissement de la foule ne parvenait pas à étouffer le cri de joie qui s'échappa de ses lèvres alors qu'elle s'éloignait, les bras levés, courant vers les supporters.

Sloane atteignit les barrières, son sourire menaçant d'engloutir Wembley, juste au moment où ses coéquipières lui tombèrent dessus. Elle s'écroula sur le sol. Un de ces jours, elle allait vraiment la blesser en faisant ça. Mais pas aujourd'hui.

Aujourd'hui, elle était en téflon.

Aujourd'hui, elles menaient 2 à 1 en finale de la Coupe d'Angleterre.

Aujourd'hui, elles allaient gagner.

* * *

Au coup de sifflet final, Sloane s'agenouilla et posa sa tête sur la pelouse sacrée. Très vite, ses coéquipières la serrèrent dans leurs bras.

— On l'a fait, putain ! cria Layla, les bras serrés autour du cou de Sloane.

Oui, elles l'avaient fait.

Sloane se leva, se retrouva serrée dans les bras de Lucy, puis engloutie dans son parfum floral préféré sur le cercle central quand Ella la rejoignit. Son étreinte était épique. On aurait pu l'inscrire au Panthéon des câlins. Lorsque Sloane se retira, Ella secoua la tête.

— Je sais que tu t'entraînes, mais ce penalty...

Elle secoua encore la tête.

— Je ne saurai jamais où tu trouves la force.

Elle marqua une pause.

— Je suis en admiration pour toi, Sloane Patterson, dit-elle en la serrant fort dans ses bras, avant de lui murmurer à l'oreille : Mais je vais arrêter de te serrer dans mes bras maintenant, car nous sommes à la télévision nationale.

Sloane renifla.

— C'est probablement une bonne chose.

Elle avait de la chance que sa cheville soit guérie à temps pour jouer un match aussi historique pour la patrie du football. Elle avait gagné la Coupe du monde, ainsi que tous les honneurs aux États-Unis. Mais la FA Cup était spéciale. Ses arrière-grands-parents avaient joué les premiers tours. Aujourd'hui, elle perpétuait le nom de sa famille et terminait ce qu'ils avaient commencé.

— Je reviens tout de suite. Il y a quelque chose que je dois faire avant de pouvoir fêter ça comme il se doit.

Sloane serra la main d'Ella, puis courut vers la ligne de touche, cherchant derrière l'abri où elle savait que sa famille se trouvait. Lorsqu'elle entendit l'appel de son nom, elle leva les yeux et découvrit l'immense sourire de Cathy.

— Tu as réussi ! Tu es une putain de superstar ! hurla Cathy, les bras en l'air.

Sloane ne se souciait pas de son apparence. Elle franchit la barrière, monta les marches jusqu'au dixième rang et, au milieu des applaudissements et des félicitations, rejoignit sa famille et la serra dans ses bras. Hayley était sous le choc. Ryan ne pouvait s'empêcher de sourire. Rich n'arrêtait pas de lui tapoter le dos. Et Cathy se contenta de sourire.

— Tu as été brillante, dit-elle en serrant le menton de Sloane. Des nerfs d'acier pour tirer ce penalty. J'avais du mal à regarder.

Ryan donna un coup de coude dans les côtes de sa mère.

— Tu n'as pas regardé ! Tu avais les mains sur le visage.

— Je regardais à travers mes doigts.

Cathy rougit à vue d'œil.

— Je suis très fière de toi. Toute ta famille l'est. Mais je sais surtout que mes grands-parents, tes arrière-grands-parents, te regardent tous les deux de haut et te disent : « Vas-y, ma fille ! »

Elle donna un coup de poing dans l'air en prononçant cette dernière phrase.

— Tu fais partie de la légende Patterson.

Sloane acquiesça.

— Celui-là était pour Eliza.

Cathy essuya une larme.

— Je sais que c'est le cas, petit cœur.

Elle mit la main sur son cœur.

— Je l'ai ressenti ici.

Sloane ne put s'empêcher de sourire.

Elle était venue au Royaume-Uni pour se retrouver.

En réalité, elle avait trouvé une nouvelle famille, un nouvel amour et un nouveau foyer.

Chapitre Trente-Six

Sloane l'attendait quand Ella descendit dans la rue devant son appartement. Elle l'embrassa, avec un large sourire. Elle portait un jean déchiré et une parka noire, car le temps était passé du ciel bleu à la mer Baltique, même si on était presque en juin. La saison de Salchester était terminée, et Sloane avait appelé pour dire qu'elle avait des nouvelles.

— Alors ?

Ella posa une main sur sa hanche. Elle espérait que c'était la nouvelle qu'elle attendait depuis leur dernier match de la saison. Elles avaient raté le championnat de trois points, mais c'était quand même le meilleur résultat de leur histoire. Lucy avait remercié toute l'équipe et le personnel, et leur avait dit d'aller profiter de leurs congés. Ella ne pourrait pas le faire tant que l'avenir de Sloane ne serait pas réglé. Sloane n'arrêtait pas de lui dire de se détendre. Plus facile à dire qu'à faire.

— Monte dans la voiture, sexy. On va au Shot Of The Day.

Elle jeta un regard à Sloane. Personne n'est sexy dans une veste de pluie.

— La nouvelle, c'est qu'on va prendre un café ?

— Et une pâtisserie danoise si on se débrouille bien.

Ella consulta sa montre.

— Tu sais très bien qu'ils seront déjà en rupture de stock.

Sloane mit le moteur en marche et brancha son téléphone. La chanson 22 de Taylor Swift remplit la voiture.

— Je me demande, depuis notre pré-saison, si cette chanson aurait été celle que tu aurais choisie. Est-ce que c'est celle que tu aurais choisi de chanter ? Quand tu t'es éclipsée du karaoké, si je me souviens bien ?

— Ce serait révélateur. Je ne peux pas révéler tous mes secrets.

Ella sourit tandis que Sloane s'engageait sur la route avec facilité. Elle conduisait régulièrement maintenant, sans problème. Ella aimait bien qu'on la conduise. Cela ne lui était jamais arrivé auparavant. Elle avait l'impression qu'on s'occupait d'elle. C'était agréable.

— Je vais devoir m'assurer que tu chantes une chanson lors de la pré-saison de cette année, n'est-ce pas ?

Ella laissa les mots couler pendant quelques secondes. Puis elle se redressa.

— Attends, ça veut dire quoi ?

Elle se retourna sur son siège.

Sloane s'arrêta à un feu rouge, se retourna, puis hocha la tête.

— Hé oui.

Son sourire en disait long.

— Je viens de recevoir l'appel d'Adrianne. Elle a réussi à obtenir ce qu'elle voulait. Elle est heureuse. Je suis heureuse. Et j'espère que tu l'es aussi.

Une vague d'amour submergea Ella. En ce moment même, elle ne pensait pas avoir jamais été aussi heureuse. Elle passa un bras autour du cou de Sloane, l'attira à elle et lui donna un long baiser. Le film de leurs derniers mois défila dans son esprit. Sloane restait. La vie était belle. Elle était sur le point de s'améliorer.

— Je devrais me déplacer plus souvent pour t'annoncer des nouvelles qui changent la vie.

Le regard de Sloane réchauffa Ella de part en part. Les feux passèrent au vert et Sloane s'éloigna.

— Mais pourquoi allons-nous prendre un café au Shot Of The Day ?

— Pourquoi pas ? C'est une journée magnifique, le soleil brille et ils servent le meilleur café. À part celui de mon appartement. Mais je n'ai plus de ces minuscules et délicieuses dosettes de demi-crème.

Ella ricana.

— Ah, nous y voilà.

— Aussi, deux bonnes nouvelles. J'ai été sélectionnée pour l'équipe américaine de la Coupe du monde. Je pars en stage ce week-end. Profitons du temps qui nous est imparti.

Ella jeta ses bras en l'air.

— Tu me dis tout ça pendant que tu conduis et que je ne peux pas te bécoter ? C'est injuste !

Elle rit.

— Mais félicitations, jeune prodige. Bien sûr que tu es prise. Ouf.

Dix minutes plus tard, le ciel ayant la couleur des cauchemars, Sloane sauta de la voiture et courut jusqu'au côté d'Ella. Lorsqu'elle ouvrit la porte, elle lui tendit la main. Ella la prit. Sloane lui embrassa la main, claqua la portière du passager et ne la lâcha pas. Au lieu de cela, elle la tira vers le café, mais s'arrêta devant les fenêtres qui s'étendaient du sol au plafond.

À l'intérieur, des clients les regardaient fixement. Quelques-uns, voyant qui c'était, levèrent leurs téléphones portables. Sloane tenait toujours la main d'Ella.

Elle baissa les yeux sur leurs doigts entrelacés, puis les releva pour croiser le regard concentré de Sloane.

— Tu tiens toujours ma main.

C'était encore inhabituel.

Un large sourire.

— Je sais. J'espère que ce n'est pas grave. Parce que je veux la garder maintenant, et pour toujours, si tu me le permets.

Sloane fit une pause.

— Ella, je veux que ce soit notre café local. Et si tenir ta main signifie que nous pourrions être photographiées, il n'y a personne avec qui je préférerais être photographiée.

Elle serra les doigts d'Ella.

— On m'a proposé un contrat de deux ans à Salchester, et j'ai dit oui. Pour deux raisons. D'abord, parce que je suis tombée amoureuse du club et de la région.

Une grosse goutte de pluie tomba sur le nez d'Ella. Suivie d'une autre. Elles rirent toutes les deux.

Sloane l'effaça d'un baiser.

Ella était émue.

— Mais surtout parce que je suis tombée amoureuse de toi. J'aurais dû te le dire plus tôt. J'ai été stupide. Je ne crois pas te l'avoir dit. Mais je te le dis maintenant. Je t'aime, Ella. Et où que tu sois, c'est là que je veux être. Je sais que ta mère n'est plus là faire ta pom-pom girl. Mais si le poste est toujours ouvert, j'aimerais postuler.

Les yeux d'Ella devinrent chauds et humides, tandis que son esprit, en état d'alerte, se levait et l'ovationnait. Toutes ces semaines de souffrance et ces jours de chagrin d'amour. Mais maintenant, Sloane se tenait devant elle, offrant son cœur, avec des pompons en plus. Elle ne pouvait pas être plus parfaite. Ella était prête à accepter de tout son cœur.

— Je t'aime aussi, Sloane Patterson, et je t'aurais comme pom-pom girl en chef n'importe quand.

Son cœur fit un bond. Sloane ne retournait pas aux États-Unis. Elle restait ici, et elle était amoureuse d'Ella. Cette journée s'annonçait exceptionnelle.

— Même si je n'arrive pas à croire que je te dis ça alors que je suis à l'extérieur de Shot Of The Day.

— Je ne vois pas de meilleur endroit.

Les yeux de Sloane pétillaient à mesure qu'elle parle.

— Je suis même amoureuse de la pluie constante.

— N'exagérons rien.

Ella avait fini de tenir les mains de Sloane. Elle avait besoin de se rapprocher. Elle passa ses bras autour du cou de Sloane et embrassa la femme qui était amoureuse d'elle. Elle ne se lasserait jamais d'entendre cela.

— Mais je n'arrive pas à croire que tu sois passée de l'absence de tout témoignage d'amour à un bécotage devant tout un café, marmonna Ella sur ses lèvres. Tu crois qu'on peut rentrer avant d'être trempées ?

Quand elles arrivèrent, Suzy et Michelle applaudirent lentement.

— Tout un spectacle, mesdames.

Nat et Layla étaient également assises au comptoir. Elles avaient un public depuis le début.

Ella rougit comme une folle. Peut-être devait-elle aussi s'habituer à l'affection en public.

— Dieu merci, vous êtes au grand jour et je n'ai plus à faire attention à ce que je dis, dit Nat en les serrant toutes les deux dans ses bras. Mais cela signifie-t-il que vous restez aussi ?

Le sourire de Sloane couvrit tout son visage et elle acquiesça.

— Deux ans de plus. L'année prochaine, nous gagnerons le championnat.

— Oui, c'est vrai ! Je vais chercher du café pour fêter ça.

Sloane et Ella s'assirent sur les canapés près de la fenêtre. Ella n'était pas venue ici aussi souvent que Sloane, mais elle pouvait en apprécier le charme. Le principal charme aujourd'hui étant Sloane.

Sloane prit la main d'Ella dans la sienne et l'embrassa.

— Encore une chose. Tu viens à la Coupe du monde, oui ?

Cette année, c'était en France.

Ella sourit.

— Pourquoi pas. C'est vrai que je suis une compagne de footballeuse maintenant ?

— La meilleure, répondit Sloane. Une fois que nous aurons gagné, j'aurai deux semaines de congé. J'ai réservé un séjour tout compris dans une station balnéaire au Mexique. J'espérais que tu viendrais avec moi ?

— Une fois que vous aurez gagné ?

Ella secoua la tête, mais elle aimait la bravade, l'arrogance. C'était la raison pour laquelle Sloane était ce qu'elle était. Une gagnante.

— Est-ce que vous essayez de m'acheter avec des vacances de rêve, Sloane Patterson ?

— Je vous offre aussi mon corps, quand vous le voulez et comme vous le voulez.

Le sourire d'Ella s'élargit.

— Tu es dure en affaires, mais c'est d'accord.

Épilogue

— Je n'arrive pas à croire que tu aies réussi à organiser tout cela en un mois, lui dit Ella. Ou que tu aies réussi à obtenir l'accord du club en premier lieu.

Sloane gara sa Jeep sur une place libre du parking du club, puis coupa le moteur. Le silence fut d'or pendant quelques secondes, alors qu'elle s'asseyait pour se ressaisir.

— Tu devrais savoir qu'une fois que quand je veux quelque chose, généralement je l'obtiens.

Elle se pencha et déposa un léger baiser sur les lèvres d'Ella. Elle n'arrivait toujours pas à croire qu'elle pouvait faire cela tous les jours, sans aucun souci. Le nouveau rôle d'Ella avait été approuvé, la direction n'ayant aucune objection à ce que leur relation se poursuive. Sloane était libre d'embrasser sa petite amie où et quand elle le voulait.

— Tu étais sur la liste des choses que je voulais, juste au cas où tu te poserais la question.

— Je m'en doutais.

Ella sourit en détachant sa ceinture de sécurité.

— Combien de billets avez-vous vendus ?

— Environ 25 000 personnes, ce qui est exceptionnel pour un match sans enjeu.

— Ah, le pouvoir des stars.

— J'ai des super-pouvoirs que je ne connaissais même pas.

Les rayons du soleil lui chatouillaient le visage alors qu'elle sortit de sa voiture et mit ses nouvelles lunettes de soleil. Elle attendit Ella et elles se dirigèrent vers le stade, main dans la main.

Ella la serra avant de parler.

— Tout le monde vient aujourd'hui. Ma famille. Ta famille. Tout le monde est réuni pour un repas. Comment te sens-tu ?

Sloane secoua la tête. Elle serait nerveuse quand il s'agissait de ses parents. Mais Cathy et ses collègues ? Elle ne voyait pas un jour où tout ce qu'ils pouvaient dire ou faire diminuerait l'amour et l'admiration qu'elle leur portait. Depuis qu'ils étaient entrés dans la vie de Sloane, ils n'avaient apporté que de la positivité. Elle n'était pas sûre de pouvoir un jour leur rendre la pareille pour lui avoir montré ce qu'était une famille.

— Ce sera grandiose. Nous avons le Big Shootout, nous faisons décoller Kilminster et la nouvelle équipe féminine bénéficie d'une publicité et de fonds dont elle a bien besoin. Que demander de plus ?

Ella franchit les portes du stade avant de se tourner vers elle.

— Tu n'es pas qu'un joli visage, Sloane Patterson.

— Je sais. Apparemment, je suis aussi une championne.

***

Elles étaient dans le tunnel, la tension se lisait sur les visages de tous les tireurs de penaltys. Y compris Ella. Sloane était habituée à être sous pression pendant les penaltys, mais parfois, elle oubliait que le simple fait de courir sur le terrain pouvait causer de l'anxiété. Elle l'avait fait toute sa vie, c'était une seconde nature pour elle. Elle frappa dans ses mains et attira l'attention de tout le monde en quelques secondes.

— Tout d'abord, bienvenue dans le tunnel des Salchester Rovers. J'espère que vous êtes prêts à savourer chaque instant. C'est ici que tant de grands joueurs ont fait leurs premiers pas avant le match. Maintenant, vous faites partie de ce même club.

Des rires nerveux fusaient dans l'air. Ce serait tellement différent dans son pays d'origine. Là-bas, tout le monde se congratulerait et s'époumonerait. Mais ici, tout le monde était renfermé dans sa coquille, contemplant ce qui l'attendait. Les différences culturelles n'avaient jamais été aussi flagrantes. C'était le travail de Sloane de détendre ces gens, de les faire espérer.

— Deuxièmement, merci beaucoup de soutenir le football de base et de payer 500 livres sterling pour tirer un penalty contre les gardiens et gardiennes de Salchester lors du Big Shootout. Vous êtes 100, 50 hommes et 50 femmes, ce qui signifie que votre générosité a permis de récolter 50 000 £ pour Kilminster United. Et ce, avant qu'ils ne prélèvent leur part sur les entrées du match. Votre argent contribue à sauver l'équipe masculine de Kilminster et à créer une équipe féminine de Kilminster.

La fierté lui hérissait le poil.

— Mes arrière-grands-parents ont joué pour l'équipe, ma famille le fait encore aujourd'hui, et je porterai fièrement leur nouvelle tenue cet après-midi lors du match amical entre Salchester et Kilminster.

Elle s'arrêta et regarda ces visages qui lui étaient si reconnaissants.

— Du fond du cœur, je vous remercie.

Sloane reprit son souffle.

— Mais voici le moment que vous attendez tous : vous allez pouvoir tirer votre but. Voulez-vous les conseils de quelqu'un qui a fait ça un million de fois ?

— Oui, s'il vous plaît ! s'écria la femme à côté d'elle.

Elle portait le nouveau maillot de Kilminster, sponsorisé par Sloane en l'honneur de son arrière-grand-mère. Les mots « Let Women Play » (Laissez les femmes jouer) étaient inscrits sur le devant, et « In honour of Eliza Power » (En l'honneur d'Eliza Power), en beaucoup plus petit, au dos. Sloane avait passé des heures à essayer de trouver quelque chose d'intelligent, mais finalement, la réponse était la plus évidente. Ce sont les mots qu'Eliza aurait voulus, parce que c'est ce qu'elle avait voulu à l'époque. Avec le nouveau contrat de sponsoring de Sloane et le total de cette collecte de fonds, elle espérait que Kilminster serait prêt pour deux bonnes saisons à venir.

— Voici mon conseil, qui est valable si vous n'avez jamais tiré de penalty auparavant, ou si vous en avez tiré des douzaines. Appréciez-le. Détendez-vous. Décidez de l'endroit où vous allez le mettre et tenez-vous en à ce plan. N'oubliez pas non plus qu'il faut du courage pour faire cela. Oui, même en dehors d'une situation de jeu. Vous faites un pas en avant et vous vous mettez en avant, au-delà de votre zone de confort. La vie est faite d'expériences, et vous êtes sur le point de vivre quelque chose que la plupart des gens ne vivront jamais. Amusez-vous bien, et essayons de marquer 100 superbes penaltys, d'accord ?

Elle marque une pause.

— Prêts ?

Cent paires d'yeux écarquillés la fixaient.

À sa droite, Ella prononça le mot « Non » dans sa direction.

Sloane se retint de sourire.

— J'ai dit, est-ce que vous êtes prêts ?

Cette fois, elle obtint la réponse et l'engouement qu'elle souhaitait.

— Alors, allons-y !

***

Ella prit de grandes respirations et essaya de se calmer. Son cœur battait la chamade dans sa poitrine tandis qu'elle contemplait les tribunes qui se remplissaient rapidement. Le match devait commencer dans une demi-heure, mais de nombreux supporters étaient arrivés en avance pour encourager les penaltys. Chaque élan avait été applaudi par la foule, et chaque tir au but avait été célébré comme s'il s'agissait d'un but de coupe.

Entrer sur le terrain en tenue complète avait suscité toutes sortes d'émotions qu'Ella pensait être derrière elle. Apparemment, ce n'était pas le cas. Et pourtant, la voici, la 50e femme à tirer un penalty dans cette séance de tirs au but de bienfaisance. De l'autre côté, le gardien masculin Fraser Holt avait encore cinq de ses 50 tirs à effectuer. Les femmes s'étaient mises au travail avec beaucoup moins d'agitation.

— Prête pour ta chance dans la cour des grands, Carmichael ?

Sloane plaça la balle sur le terrain et tint son sifflet à la main, comme elle l'avait fait pour les 49 penaltys précédentes. Le côté officiel de Sloane excitait Ella bien plus que nécessaire, mais elle chassa cette pensée de son esprit. Elle n'allait pas jeter un coup d'œil aux cuisses musclées et fermes de sa petite amie qu'elle avait léchées plus tôt ce matin. Pas même une seconde.

— Tu te souviens de ce que j'ai dit ?

Ella plissa les yeux. Elle n'avait pas besoin d'un cours de maître sur la penalty de Sloane en ce moment.

— Maintenant silence, s'il te plaît.

Sloane mima la fermeture éclair de ses lèvres et jeta la clé, puis recula.

C'était au tour d'Ella de briller. Sa chance de marquer dans un grand stade. Son rêve pouvait enfin se réaliser.

Elle respira profondément, puis recula de sept pas. La foule derrière le but commença à rugir. La carrière précédente d'Ella défila devant ses yeux. Tout aurait pu être si différent, mais bizarrement, elle ne changerait rien. Elle était là où elle était, au moment où elle était, pour une raison. La saison prochaine, elle allait entraîner de jeunes stars sur le terrain, partager son savoir, les voir réaliser leurs rêves. Cela lui suffisait amplement.

Le grondement s'amplifia alors qu'elle entama sa course d'élan. À chaque pas, Ella s'enfonçait un peu plus dans l'instant. Lorsqu'elle atteignit le ballon, elle adressa une prière silencieuse à sa mère, puis elle le frappa à ras de terre en direction du coin inférieur gauche.

La balle s'éloigna et Ella retint son souffle.

Becca devina le bon chemin.

Ella grimaça en attendant que le gardien l'atteigne.

Mais la puissance du tir d'Ella était trop forte. Le ballon toucha le fond du filet et la foule derrière le but jeta ses mains en l'air et rugit son approbation.

Ella se mit debout, les bras en l'air, se tourna vers Sloane et rejeta la tête en arrière.

— Oui ! s'écria-t-elle, juste au moment où Sloane l'atteignit, la souleva et la fit pivoter.

— Tu l'as fait, putain ! cria Sloane, qui continuait à la faire tourner en rond. Qu'est-ce que ça fait d'être soi-même la championne ?

Ella sourit lorsque ses pieds touchèrent le sol. Mentalement, elle était toujours en train de s'envoler.

— Je ne vais pas mentir, ça fait un bien fou.

* * *

Le match amical s'acheva sur un score de 6-3 en faveur de Salchester, un résultat qui demeura honorable compte tenu des six divisions et des centaines d'équipes séparant les deux formations. Nat marqua brillamment deux buts pour l'équipe professionnelle mixte, prouvant ainsi que sa récente ascension n'était pas le fruit du hasard. Sloane, quant à elle, s'impatientait de débuter la prochaine saison.

Sloane avait joué pour Kilminster en l'honneur de son arrière-grand-mère et avait même marqué un but. Elle avait obtenu une photo de ce moment, ainsi que des photos avec toute l'équipe qui seront bientôt accrochées au mur du clubhouse du terrain de Kilminster. Sloane y serait toujours la bienvenue ; Matt, le manager, l'avait bien fait comprendre lorsqu'elle lui avait téléphoné pour lui parler de son projet de sponsoring.

En quittant le terrain, Nat rattrapa Sloane et la serra dans ses bras. Sa coupe était fraîchement rasée et elle rayonnait de fierté pour sa performance.

— Bien joué, pas si novice que ça, lui dit Sloane.

— Merci, jeune prodige.

Le titre de Sloane était remis en question et elle ne pouvait pas être plus ravie. Lorsqu'elle jeta un coup d'œil vers la section familiale derrière le but, elle constata qu'il n'y avait pas que sa famille. La mère et les sœurs de Nat étaient trois rangées plus loin, ainsi qu'un homme brun. Sloane se tourna vers Nat et pencha la tête.

— Est-ce que c'est la personne à laquelle je pense à côté de ta mère ?

Le sourire de Nat faillit fendre son visage lorsqu'elle hocha la tête.

— Son premier match, après que ma mère lui ait dit qu'elle divorcerait s'il ne venait pas.

— Bien joué, maman.

Nat les salua, et son père lui fit un sourire nerveux avant de répondre à son salut.

Sloane lui donna un coup de coude.

— On dirait qu'il a besoin de se détendre. Va lui faire un câlin.

Le duo franchit les barrières pour rejoindre leurs proches. Sloane embrassa Cathy, Rich, Hayley et Ryan, ainsi qu'Ursula, son mari Gary, Marina, son frère Brad, sa femme Sarah et leurs trois enfants. Plus de famille qu'elle n'en avait jamais eue dans sa vie.

— J'ai adoré le jeu, Sloane, lui dit Ursula.

Avec ses énormes cheveux châtains, elle ne pouvait être que la tante d'Ella.

— Je n'ai pas assisté à beaucoup de matchs depuis qu'Ella y jouait. Cela m'avait manqué.

Elle se tourna vers Ella.

— Il faudra que tu nous achètes des billets pour cette saison.

— Vous devriez aussi venir à Kilminster, lui dit Cathy. Venez prendre le thé. Je peux vous préparer cette recette de poulet dont je vous parlais à l'instant.

— Et le dessert au chocolat. À mourir, ajouta Rich en embrassant le bout de ses doigts.

Sloane sourit.

— Tu as regardé le match ?

Cathy rit.

— Tout le temps. Je n'ai jamais manqué une minute.

Elle lui fit un clin d'œil.

— Tu as si bien joué, dommage que tu n'aies pas gagné.

Cathy se pencha en avant et épousseta les cheveux de Sloane. Bizarrement, cela ne dérangeait pas Sloane. La nature tactile de sa nouvelle famille était quelque chose à laquelle elle s'était habituée assez rapidement. Elle aimait bien ça. À côté de Marina, Ella était assise dans sa tenue d'entraînement Salchester, encore rayonnante d'avoir marqué son penalty. Sloane ne pensait pas l'avoir aimée plus qu'elle ne l'avait fait à ce moment précis.

Elle avait l'air satisfaite.

Sloane connaissait exactement ce sentiment.

— Aujourd'hui, il ne s'agissait pas du résultat, il s'agissait de sauver Kilminster.

Sloane jeta un coup d'œil aux tribunes qui se vidaient peu à peu.

— J'espère que nous y sommes parvenues.

— Tu as tout déchiré, déclara Ryan en lui tendant la paume de la main pour qu'il lui tape dans la main.

Sloane claqua sa paume contre la sienne.

— J'espère que c'est le cas. C'était important. J'espère que quelques-uns de ces supporters se rendront au terrain de Kilminster cette saison.

— Croisons les doigts.

Sloane prit une grande inspiration.

— Je vais me changer, mais je vous verrai tous au pub plus tard pour le dîner ?

Ils acquiescèrent tous.

Avant cela, elle devait demander quelque chose à Ella. Elle était nerveuse. Elle ne pouvait pas attendre.

***

— Tu as été incroyable sur le terrain aujourd'hui.

Sloane passa son bras par-dessus l'épaule d'Ella.

Ella lui adressa un large sourire.

— J'ai appris des meilleurs.

— C'est aussi notre premier repas en famille. C'est important, n'est-ce pas ?

Elles marchèrent jusqu'à l'entrée du pub et Sloane s'arrêta.

Ella s'arrêta et la regarda d'un air perplexe.

— Tu n'entres pas ?

Sloane acquiesça.

— Bien sûr. J'ai juste quelque chose à te demander d'abord.

Elle retira son bras et se tourna vers Ella. Un picotement de peur la parcourut. Si poser cette question était stressant, Sloane n'ose imaginer ce que c'était que de faire sa demande en mariage.

— Quand je suis affamée et sur le point de mourir faim ?

C'était l'Ella qu'elle connaissait et qu'elle aimait.

— Je ne me mettrais jamais entre toi et ta nourriture.

Sloane sourit.

— Nous passons beaucoup de temps l'une chez l'autre en ce moment. Et mon appartement est bien plus proche du terrain d'entraînement que le tien.

Elle prit les deux mains d'Ella dans les siennes. Le bout de ses oreilles tinta.

— Le problème, c'est que tu ne penses pas à rompre ton bail ? Les six mois sont écoulés, et tu peux le faire maintenant, non ? Tu dors déjà chez moi 75 % du temps, de toute façon.

— Je ne suis pas sûre que l'on dorme beaucoup, répondit Ella, un sourcil froncé. Est-ce que tu me demandes d'emménager avec toi, jeune prodige ?

Sloane fronça les sourcils, puis acquiesça.

— Je suppose que oui.

— Es-tu prête à vivre avec moi, 24 heures sur 24, 7 jours sur 7 ?

Ella pinça les lèvres.

— Je suis née prête. Mais surtout, je suis née pour me réveiller chaque matin avec toi.

— Tu es tellement adorablement ringarde et américaine parfois.

Mais le visage d'Ella s'illumina tout de même d'un sourire.

— Prends ça comme ça. Je dis juste la vérité.

Sloane se rapprocha, puis se pencha.

— Qu'en dites-vous, Ella Carmichael ?

Elle la fixa dans ses yeux noisette. La couleur dont elle ne se lasserait jamais.

— Est-ce que c'est un oui pour doubler votre garde-robe ? Un oui à une terrasse sur le toit ?

Elle déposa un doux baiser sur les lèvres d'Ella, tandis que son cœur battait la chamade.

— Quand tu le dis comme ça, comment pourrais-je refuser ?

Ella l'embrassa à nouveau, puis recula.

— Tu es la demi-crème de mon café, Sloane Patterson. Je t'ai sous-estimée lorsque nous nous sommes rencontrées. Juste pour que tu le saches, tu es bien plus qu'un belle gosse.

Ella tendit la main.

— Allons-nous annoncer la bonne nouvelle à nos familles ?

Sloane acquiesça.

— Allons-y.

— FIN —

Avez-vous apprécié ce livre ?

Si la réponse est oui, je me demande si vous pourriez envisager de me laisser un commentaire là où vous l'avez acheté. Une ou deux lignes suffisent, et cela pourrait vraiment faire la différence pour quelqu'un d'autre qui se demande s'il doit ou non venir découvrir mon univers et mon écriture. Il vous suffit de vous rendre là où vous avez acheté ce livre (Amazon, Apple Books, Kobo, Google, B&N ou n'importe quel autre point de vente numérique) et de dire ce que vous en avez pensé.

Merci, vous êtes les meilleurs !

Love,
Clare x

www.ingramcontent.com/pod-product-compliance
Lightning Source LLC
Chambersburg PA
CBHW031735180726
48283CB00005B/1522